Das Buch

Lieutenant John Thorndyke befehligt mit der HMS *Dolfin* eines von drei britischen Mini-U-Booten, die es zumindest offiziell gar nicht gibt. Geheime Hightech-Weiterentwicklungen der X-Klasse zu Spionagezwecken, die mit nur sechs Mann Besatzung auch noch in den flachsten Küstengewässern operieren können. Als das Schwesterschiff *Sailfish* von einem Einsatz vor Nordkorea nicht wieder zurückkehrt, weil es möglicherweise in eine neuartige U-Boot-Abwehrsperre geraten ist, erhält Thorndyke den heiklen wie riskanten Auftrag, der Sache vor Ort auf den Grund zu gehen. Die CIA, die mit ihrer Topsecret-Operation »Korean Rap« noch ganz andere Ziele verfolgt, stellt den Engländern die amerikanische Inchon Base in Südkorea als Ausgangspunkt für das Unternehmen »Shallow Waters« zur Verfügung. Doch in der gefährlichen und von Untiefen durchzogenen See im nordkoreanischen Hoheitsgebiet ist Commander Thorndyke ganz allein auf sich und sein Können angewiesen, als die Volksmarine die Jagd auf sein Kleinst-U-Boot eröffnet ...

Der Autor

Peter Brendt, Jahrgang 1964, wuchs im Badischen auf. Nach dem Abitur ging er zur Marine und diente dort zunächst als Navigator, bevor er zu den Waffentauchern wechselte; Teilnahme im Rahmen der NATO an diversen Einsätzen zusammen mit der US Navy. Nach turbulenten Jahren in Sonderkommandos nahm er seinen Abschied, studierte Informatik, der er dann als selbständiger Softwareentwickler fast zwanzig Jahre treu blieb, bevor er sich verstärkt der Schriftstellerei zuwandte. Seiner Leidenschaft für die Wracktaucherei, die ihn unter anderem in der Irischen See in 168 Meter Tiefe zur *Empress of Britain* führte, frönt er aber nach wie vor weiter.

Von Peter Brendt sind in unserem Hause außerdem bereits die U-Boot-Thriller *Crashdive*, *Subdown*, *Dead Soul*, *Deep Hunters* und *Seawolf* erschienen.

Peter Brendt

Shallow Waters

Thriller

Ullstein

Besuchen Sie uns im Internet:
www.ullstein-taschenbuch.de

Umwelthinweis:
Dieses Buch wurde auf chlor- und säurefreiem Papier gedruckt.

Neuausgabe im Ullstein Taschenbuch
1. Auflage Oktober 2009
© Ullstein Buchverlage GmbH, Berlin 2006
Umschlaggestaltung: HildenDesign, München/Buch und Werbung, Berlin
Titelabbildung: Tine Ehrlich
Satz: LVD GmbH, Berlin
Gesetzt aus der Sabon und Antique Olive
Druck und Bindearbeiten: CPI – Ebner & Spiegel, Ulm
Printed in Germany
ISBN 978-3-548-28147-6

Prolog

Greg Spencer spähte durch das winzige Sehrohr, aber zu erkennen war nicht viel. Der schottische Regen war wie eine graue Wand. Der junge Offizier spürte die leichten Bewegungen des Bootes, das dicht unter der Wasseroberfläche schwebte. Missmutig fuhr er das Periskop wieder ein und wandte sich um. »Henry, bitte verrate mir, ob wir da sind, wo wir sein sollen!« Er grinste schwach. »Ich kann nämlich nicht das Geringste ausmachen.«

Der Mann, den er mit Henry angesprochen hatte, beugte sich über den winzigen Kartentisch und ging seine Berechnungen noch einmal durch. Seinen Rangabzeichen zum Trotz, die ihn als Sublieutenant auswiesen, machte er keinen unerfahrenen Eindruck. Allerdings setzten die Kälte und die Feuchtigkeit im Boot auch ihm zu. Sich zu konzentrieren erschien beinahe unmöglich in dieser eiskalten Tropfsteinhöhle voll verbrauchter Luft und Öldunst. Einmal mehr riss er sich zusammen: »Scheint alles zu stimmen, Commander!«

Der Kommandant des Kleinst-U-Bootes nickte. »Na schön, wenn dann alles bereit ist, schreiten wir zur Tat. Steuerbord zehn, wir gehen auf …«, er warf einen kurzen Blick auf die Karte, »… eins-eins-null, zweihundert Umdrehungen, runter mit dem Baby auf dreihundert Fuß!«

Das Boot senkte sich langsam in die Tiefe, wurde zu einem Schatten, der noch etwas schwärzer als die Dunkelheit des Loch Ewe war.

Dreihundert Fuß waren nicht die äußerste Tauchtiefe des Kleinst-U-Bootes, das wusste der junge Kommandant genau, auch wenn ihm gleichermaßen klar war, dass er in dieser Hinsicht nicht über allzu große Reserven verfügte. Aber es würde reichen. Weit genug über dem Grund, um dort liegenden Sonarbojen aus dem Wege zu gehen, und weit genug von der Wasseroberfläche entfernt, um von dort kommenden Ärger noch rechtzeitig zu hören. Er zwinkerte dem Rudergänger verschwörerisch zu.

Mit Schleichfahrt bewegte sich das Boot auf das Ufer des Loch zu. Der spannende Teil des Manövers lag noch vor ihnen, auch wenn es nicht besonders aufregend klang, sich an das Ufer anzuschleichen und einen Mann an Bord zu nehmen, der dort wartete. Es war ja auch nur eine Übung, und wenn sie die vermasselten, dann würde ihnen nichts Schlimmeres drohen als ein paar weitere Wochen Drill. Andererseits, wenn es klappte, würde es Urlaub geben – weg von dem Regen Schottlands. Zufrieden betrachtete Greg Spencer sein kleines Reich. Die Männer, *seine* Männer, gingen ruhig und routiniert ihren jeweiligen Aufgaben nach. Nach all den Unsicherheiten und der harten Ausbildungszeit sah es so aus, als sollte die Erledigung des vorgegebenen Auftrags zu einem Kinderspiel werden. Die erste Abschlussübung eines größeren Manövers mit seiner eigenen Crew, das konnte man feiern!

HMS *Mackerel* war nicht da, wo sie sein sollte. Sie war nicht sehr weit entfernt, aber die Ungenauigkeit in der Navigation reichte, um sie in ein Desaster zu führen. Die knappe Meldung des Rudergängers war das erste Anzeichen, dass etwas nicht stimmte. »Commander, sie folgt nicht! Strömung!« Er schlug das Steuer, das dem Joystick eines Computerspiels ähnelte, stärker nach Steuerbord, aber die Strömung drehte das Boot wieder nach Backbord zurück.

»Vierhundert Umdrehungen!« Greg Spencer fuhr herum. »Henry, woher kommt diese Strömung?« Die Gedanken rasten durch seinen Kopf. Das Übungsgebiet war harmlos, aber an Steuerbord gab es eine Felswand.

Der erste Offizier des Bootes blickte kurz auf die Karte. »Die muss aus dem Seitenarm kommen, ich verstehe nur nicht ...«

Ein lautes Knirschen unterbrach ihn, und der Bug wurde plötzlich nach Steuerbord herumgezogen. Die Männer sahen sich erschrocken an. Weitere Schläge erschütterten die enge Röhre. Die Monitore des Beobachters, die bisher nur ein verwaschenes Dunkelgrau abgebildet hatten, zeigten plötzlich Konturen. Felsen, große Felsen, die scheinbar aus dem Nichts von oben herabfielen.

Der Kommandant reagierte sofort. »Achthundert Umdrehungen, alles, was drin ist! Ruder hart Steuerbord!«

Wieder prallte ein Felsen von oben auf die Stahlröhre. Unter Wasser war das alles nicht so schlimm, denn die Felsen waren entsprechend langsamer, aber trotzdem dröhnte das Geräusch durch ihr winziges Boot. Spencer entfuhr ein Fluch. *Ruhig bleiben, sehen, verstehen, handeln!* Die Weisheiten, die man ihm über Jahre hinweg eingetrichtert hatte, tauchten ohne sein Zutun aus seiner Erinnerung auf. Er atmete tief ein. *Was gab es zu se-*

hen, zu verstehen? Felsbrocken und etwas, das den Bug herumgezogen hatte. Spencer kämpfte gegen die aufsteigende Furcht. Er konnte sich kein Bild von der Lage machen.

Die Elektromotoren begannen lauter zu summen, aber im Rumpeln des Felsrutsches ging das Geräusch einfach unter. Der Bug des Bootes begann sich plötzlich zu senken.

»Vorderes Tiefenruder lässt sich nicht bewegen!« Die Stimme des Rudergängers verriet Panik. Sie hatten die Kontrolle über ihr Boot verloren. Etwas zog sie nach unten. Sie mussten zusehen, dass sie wieder an die Oberfläche kamen.

Der Moment der Betäubung verschwand. Spencers Stimme klang scharf, als er befahl: »Anblasen!«

Zischend fuhr Pressluft in die Zellen. Einen Augenblick lang hatte es den Anschein, als würde das Boot aufsteigen. Aber dann senkte sich der Bug erneut, als würde er einer schweren Last folgen.

»Vierhundert Fuß gehen durch!« Die Stimme des Maschinisten war mehr ein Wispern. Vierhundert war tief! Noch nicht zu tief, aber tief!

Metall begann zu knirschen, und ein Regen aus winzigen Farbteilchen ging auf die Männer nieder, als der Rumpf um Bruchteile eines Millimeters vom Wasserdruck zusammengedrückt wurde. Erschrockene Augen richteten sich auf den Kommandanten, aber Greg Spencer wusste auch nicht, was zu tun war. *Der Bug, was hängt da am Bug?*

Der Erste begann ohne Befehl, sich gegen das Handrad der manuellen Steuerung zu stemmen, aber obwohl er das Gefühl hatte, es habe etwas Spiel, konnte er es nicht aus der aufgerichteten Stellung herausdrücken! Der Beobachter sprang hinzu, und mit ihrem ganzen Gewicht legten sie sich gegen den Handgriff, aber nichts bewegte sich.

»Fünfhundert Fuß gehen durch! O heilige Mutter Maria!« Aus aufgerissenen Augen starrte der einzige Maschinist des Bootes auf die Anzeige.

Wieder dröhnte es, und das Licht begann zu flackern. Metall schrie gequält auf, als der Stahlrumpf immer weiter in die Tiefe gerissen wurde. Dem Commander rasten tausend Gedanken durch den Kopf. Es konnte alles Mögliche sein, was sie gerammt hatten, aber das war egal. Worauf es ankam, war, dass das, was immer es war, vorne an der Nase ihres Bootes festhing und sie nun gnadenlos in die Tiefe zog. Sechshundertfünfzig Fuß bis zum Grund. Das war zu tief! Das konnte nicht gutgehen! Es war der Moment, in dem Lieutenant Greg Spencer begriff, dass er und seine Männer bereits tot waren. Seine Arme sanken herab. Er hätte brüllen oder toben können. Befehle geben, irgendwelche Befehle. Aber er stand nur da und starrte mit aufgerissenen Augen auf die runde Wandung. Greg Spencer wusste nicht, was er tun sollte. All die Jahre der Ausbildung, des Trainings und all die Erfahrungen seiner Laufbahn, seit er im Alter von achtzehn Jahren zur Navy gegangen war, all das war wie weggeblasen. Sein Gehirn war einfach leer und weigerte sich, das Unvermeidliche zu akzeptieren.

Ein weiterer Schlag traf das Boot und riss die Männer von den Füßen. Dann fiel das Licht endgültig aus. In völliger Dunkelheit stürzten sie in den nachtschwarzen Abgrund, bis – bereits dicht vor dem Grund – der Wasserdruck anfing, die Schweißnähte einzudrücken. Wasser drang in die enge Röhre ein, zuerst nur in dünnen, scharfen Strahlen, dann immer mehr, als die Außenbordverschlüsse nachgaben. Lieutenant Spencer und seine Besatzung ertranken sechshundertfünfzig Fuß unter der Oberfläche des Loch Ewe. Die Reste des Bootes schlugen hart auf den felsigen Grund auf, wo bereits das alte U-Boot-Abwehrnetz aus dem Zweiten Weltkrieg ruhte. Das Netz, das sie versehentlich aus seiner Verankerung gerissen hatten.

Denn Loch Ewe war immer schon U-Boot-Basis gewesen. Von hier waren die Kleinst-U-Boote ausgelaufen, die einst die *Tirpitz* beschädigt hatten, von hier waren sie gekommen in den fünfziger Jahren, und auch jetzt übten sie wieder hier. Und natürlich hatte jede Generation ihre Spuren hinterlassen. U-Boot-Sperrnetze, Netzkästen und neuerdings auch Sonarbojen am Grund. Das Netz, das der *Mackerel* zum Verhängnis wurde, existierte schon seit der frühen Nachkriegszeit nicht mehr in den Karten.

An der Oberfläche bemerkte niemand etwas von der Katastrophe. Selbst der plötzlich aufsteigende Blasenschwall wurde vom allgegenwärtigen schottischen Regen verschluckt. Die Männer auf dem Sicherungsboot spähten und lauschten vergeblich. Aber es wunderte sie nicht, schließlich waren die Kleinst-U-Boote dazu gebaut worden, nicht gefunden zu werden. Nicht einmal im Fall ihres unzeitigen Endes ...

1. Kapitel

16:00 Ortszeit, 16:00 Zulu – Loch Ewe, Schottland

Das Feuer im großen Kamin prasselte etwas. *Musste daran liegen, dass hier sogar das Feuerholz nass war!* Lieutenant John Thorndyke verzog das Gesicht. Trotzdem war die Offiziersmesse des Stützpunktes ein sehr viel bequemerer Ort als die Messe des alten Trossschiffes HMS *Cephalus,* das offiziell die Kleinst-U-Boote betreute. »Old Syphilis«, wie die Seeleute den alten Pott nannten, war Heim und Werkstatt in einem, aber eines war sie nicht – gemütlich. So war es kein Wunder, dass viele der Offiziere und Unteroffiziere es vorzogen, den Weg in die jeweiligen Stützpunktmessen zu nehmen, trotz des Regens. Und besonders in einer Situation wie dieser.

Nachdenklich rührte er in seinem Tee herum. Prinzipiell stand ihm der Sinn nach etwas Stärkerem, aber das würde warten müssen, bis er wusste, ob sie noch einmal hinaus ins Loch mussten.

Er wandte sich der Gestalt am Fenster zu. »Was gibt's zu sehen, Trevor?«

»Die *Stingray* kehrt gerade zurück!« Der Lieutenant sah seinen Vorgesetzten aus geröteten Augen an. »Sieht nicht so aus, als hätten sie Glück gehabt.«

Glück gehabt? Der Gedanke setzte sich in Thorndykes übermüdetem Gehirn fest. Das hatte mit Glück nichts zu tun. Die *Mackerel* wurde seit vier Tagen vermisst. Die Zeit war um, und Trevor, sein Erster, wusste es. Schweigend sahen sich die beiden Männer an. Die Hoffnung starb zuletzt, aber irgendwann war es dann doch so weit.

Rein äußerlich konnte es kaum einen größeren Unterschied zwischen den beiden geben, trotz der gleichen Rangabzeichen und Uniformen. Trevor James war ein großer, hagerer Mann. Meistens hielt er sich leicht gebeugt, ein Resultat seiner Dienstzeit auf U-Booten. Selbst in einer Situation wie dieser zeigte sein langes Pferdegesicht wenig Regung. Nicht, dass er keine Gefühle gehabt hätte, aber sie zu zeigen war irgendwie nicht englisch. Trevor James war einfach so. Von den Spitzen seines sandfarbenen Haars bis zu den Zehen war er Engländer, er konnte einfach nichts anderes sein.

Kein *moderner* Engländer, korrigierte sich sein Kommandant. Trevor hätte wahrscheinlich besser auf das Achterdeck eines Linienschiffes zu Nelsons Zeiten gepasst. Warum auch nicht? Wie viele Offiziere, so hatte auch Trevor James eine lange Ahnenreihe von Seeoffizieren vorzuweisen, die bis in die Zeit der Armada zurückreichte. So betrachtet war Nelson schon relativ aktuell.

John Thorndyke war nur durchschnittlich groß, und auch ihm sah man die Anstrengungen der letzten Tage an. Seine blaugrauen Augen verbargen seine Gefühle, die hier nichts zu suchen hatten, aber sie taten es nicht vollständig. Und die Bewegungen des sonst so drahtigen Körpers wirkten schwerfällig, als müsse er seine ihm noch verbliebenen Kräfte sorgfältig rationieren. Vielleicht war es ja wirklich so.

Der Kommandant fuhr sich mit den Fingern durch die dichten schwarzen Haare. Als Schauspieler war er ziemlich lausig, und natürlich wusste sein Erster, was sein Kommandant von der ganzen Sache hielt. Sie waren jetzt seit vier Jahren bei den Kleinst-U-Booten und seit zwei Jahren zusammen. Das war in diesem elitären Zirkel eine halbe Ewigkeit. Sie hatten andere Boote kommen und gehen sehen. Mochte die Welt glauben, es herrsche Frieden, doch irgendwo gab es ständig ein brisantes Problem. Mal eine Terroristengruppe hier, ein Terrorregime da. Aber es war besser, wenn die Welt das nicht wusste. Thorndyke verzog das Gesicht. Andernfalls würden die braven Bürger wohl kaum ruhig schlafen können. Die *Mackerel* war ein Teil des Preises, der für diesen ruhigen Schlaf gezahlt wurde. Es war nicht das erste Boot, dass sie verloren hatten, nicht die erste Lücke in der Messe. Aber es war trotzdem anders.

Trevor James schaute ihn fragend an. Sie waren allein in der Messe, wenigstens noch für ein paar Augenblicke. »Du hast es gewusst, John?«

Sein Kommandant erwiderte erbost seinen Blick. »Du etwa nicht? Greg war noch nicht so weit. Selbst wenn Charles ihm tausendmal bescheinigte, er sei es!« Thorndyke spürte den Zorn. Greg Spencer, der Kommandant der *Mackerel*, war erst vor kurzem befördert worden, nachdem er eineinhalb Jahre lang Erster von Charles Summers auf der *Stingray* gewesen war. Summers hatte Spencer eine sehr gute Beurteilung geschrieben und so zu dieser Beförderung beigetragen. Aber Summers hätte es besser wissen müssen. Es war einer der vielen Kämpfe gewesen, die sie hinter verschlossenen Türen ausgetragen hatten. Was blieb, waren die Leere, die Trauer und der Zorn.

Trevor unterdrückte den Reflex, die Augen zu verdrehen. Er wusste, dass John recht hatte. Aber wenn es um Charles Summers, den Kommandanten der *Stingray*, ging, dann würde man ihm dies trotzdem nicht abnehmen. Dazu waren die früheren Geschichten noch zu gut im Gedächtnis aller. Das alte Spiel, eine Frau, zwei Männer. Summers hatte gewonnen und Janet geheiratet. Ob Thorndyke dies jemals wirklich hatte verwinden können, stand freilich auf einem ganz anderen Blatt. Und da allgemein bekannt war, dass die beiden Commander sich in herzlicher Abneigung zugetan waren, würde vorsichtshalber niemand auf das reagieren, was der eine über den anderen alles so sagte.

Dennoch – es stimmte. Greg Spencer war noch nicht so weit gewesen. Weder er noch seine Besatzung, noch sein Boot. Es war relativ einfach, das so zu konstatieren. Nachdenklich blickte Trevor auf seine Hände, aber sie zitterten nicht. Er war sich sehr klar darüber, dass er einer der Anwärter auf das nächste Boot sein würde. Aber für die *Dolfin* würde es ein Verlust sein, wenn die kleine Crew auseinandergerissen wurde. Und ein eigenes Kommando? Hoffentlich war er schon so weit. Er zwang sich zu einer abwinkenden Geste.

»Nun, wenigstens hatte ich einen guten Lehrmeister!«

»Danke für die Blumen!« John Thorndyke, der ahnte, welche Gedanken Trevor beschäftigt hatten, nahm einen Schluck von dem Tee und hoffte, das Gebräu würde ihn etwas aufwärmen. Es half nicht viel. »Wo steckt eigentlich unser Sub?« Besorgnis klang in seiner Stimme mit.

Der Erste legte sein Gesicht in Falten. »Er telefoniert mit seiner Mutter. Der Chef hat's ihm erlaubt. Natürlich keine Einzelheiten!«

Natürlich keine Einzelheiten! Thorndyke rekapitulierte die hingeworfene Bemerkung. Es würde nie Einzelheiten geben. Vielleicht würde der Sub etwas im Familienkreis andeuten, aber auch nicht mehr. Er kannte inzwischen die Regeln. Aber es würde hart werden. Charles Spencer war der jüngere Bruder des Kommandanten der *Mackerel*. Seine Familie würde wissen wollen, was geschehen war, und Charley wusste es. *Aber trotzdem, keine Einzelheiten!*

Die Tür sprang auf und Männer traten ein. Genau wie Thorndyke und James waren auch sie in Overalls gekleidet, unter denen sie alle möglichen Kleidungsstücke trugen, Pullover, dicke Unterwäsche, was auch immer geeignet war, Stunden um Stunden in den engen Stahlröhren auszuharren, bei minimaler Bewegung und ohne Heizung. Natürlich gab es eine elektrische Heizung auf den Booten, aber wer wusste schon, ob man den Strom nicht noch für etwas Besseres würden brauchen können? So waren die Dinger im Winter lausig kalt, im Sommer an der Oberfläche heiß und ansonsten einfach nass. Die besten Mittel dagegen waren eine kreativ gewählte Kleidung und schlichte Ignoranz.

Lieutenant Charles Summers, der Kommandant der *Stingray*, blickte kurz zu Thorndyke. Äußerlich war keinem etwas anzumerken. Aber sie waren Rivalen, waren es immer schon gewesen. *Stingray* und *Dolfin* galten als die am besten geführten Boote der Gruppe.

Charles nahm die zerknautschte Mütze ab, strich sich das blonde Haar glatt und schüttelte den Kopf. »Nichts!« Die Augen verrieten seine Müdigkeit. »Wir sind im nördlichen Seitenarm so weit runter, wie es geht. Keine Spur! Und wie lief's bei euch?«

»Wir sind das Ufer entlang, zwischen den Felsen durch. Ist ja nicht sehr tief, bis man zum Seitenarm kommt.« Thorndyke zuckte mit den Schultern. »Keine Spur von der *Mackerel*!«

Ein weiterer Offizier schob sich neben seinen Kommandanten. Sublieutenant Thomas White, bis vor kurzem noch der Beobachter auf Summers Boot und nun zum Ersten aufgestiegen. »*Sailfish* und *Moray* sind noch draußen! Vielleicht haben die mehr Glück!«

Wieder Glück! Sie wussten alle, was sie entdecken würden, wenn sie jetzt überhaupt noch etwas fanden. Es war nicht das erste Boot, das verlorenging. Es würde auch nicht das letzte sein. Sie waren erfahrene Männer, die sich nichts über die Gefährlichkeit ihres Jobs vormachten. Selbst unter Übungsbedingungen gab es immer etwas, das schiefgehen konnte. Ein Ventil geöffnet statt geschlossen, eine Strömung, die sie versetzte, ein Kurzschluss in den empfindlichen Systemen oder einfach eine falsche Entscheidung. Es gab der Ursachen viele. Sie alle wussten es, und sie hatten gelernt, dies zu akzeptieren. Soweit man den möglichen Tod überhaupt akzeptieren konnte. Er war Teil ihres Lebens.

Summers blickte sich suchend nach dem Messesteward um. »Einen Scotch, einen doppelten!«

Thorndyke zog eine Braue in die Höhe, sagte aber nichts. Summers bemerkte es trotzdem und zuckte mit den Schultern. »Wir werden heute wohl kaum noch einmal rausgeschickt!«

»Dein Wort in Gottes Ohr, Charles!« Thorndyke wartete, bis der Steward den Drink servierte, bevor er seine Teetasse hob. »*To absent friends!*«

03 : 00 Ortszeit, 18 : 00 Zulu,– nördlich von Namp'o, Nordkorea

Die Straße lag in Dunkelheit, aber der Mann, der sich tief in die Büsche drückte, wusste, dass es nicht so bleiben würde. Er spürte das Schlagen seines Herzens, die Aufregung und die Angst. Er war mindestens eine Stunde Fußmarsch vom Rand des Sperrgebietes entfernt, bereits weit innerhalb der abgeriegelten Gegend nördlich von Namp'o. Wenn *sie* ihn hier fanden, würden *sie* darüber nicht erfreut sein. Nach einigen Stunden würde er um einen gnädigen Tod betteln, während sie versuchten, alles, was er wusste, aus ihm herauszupressen. Nur wusste er nicht viel, aber das würden *sie* kaum glauben. Beinahe konnte er jetzt schon eine Andeutung des Schmerzes fühlen, und er spürte, wie ihm der Schweiß ausbrach. Es war jedes Mal so, und trotzdem kehrte er immer wieder zurück. Auch wenn ihm klar war, dass er nicht nur sich selbst, sondern auch seine Familie in Gefahr brachte, es half nichts. Jemand musste diese Aufgabe erledigen, und er kannte sich am besten hier draußen aus. Und Geld bedeutete in diesem Land überleben.

Abgeblendete Scheinwerfer wurden sichtbar. Aus den schmalen Schlitzen fiel nur wenig Licht. Als brauchten die amerikanischen Himmelsspione Licht! Der Mann im Gebüsch grinste in sich hinein. Es wurde Zeit, sich sein Salär zu verdienen. Während er sich tiefer in sein Versteck drückte und versuchte, mit dem Boden zu verschmelzen, begann er, die vorbeifahrenden Fahrzeuge zu zählen. So, wie er es bereits viele Nächte lang getan hatte. Wenn der Morgen graute, würde seine Botschaft bereits auf dem Weg sein.

08 : 00 Ortszeit, 08 : 00 Zulu – Loch Ewe, Schottland

Charles Summers sollte recht behalten. Die Suche wurde die Nacht über eingestellt. Für die Männer, die bereits seit der fehlgeschlagenen Übung nach dem Schwesterboot gesucht hatten, war es die Gelegenheit, mehr als ein kurzes Nickerchen zu halten. Der Stopp bedeutete aber auch eine Art inoffizielle Verlautbarung, dass man nicht mehr damit rechnete, die Besatzung noch lebend bergen zu können. Luft für drei Tage, vielleicht, bei äußerster Streckung vier, das war das Maximum dessen, was die Boote an Überlebensreserven bieten konnten.

Es war vorbei, jetzt ging es nur noch darum, das Boot selbst zu finden und die sterblichen Überreste der Besatzung zu bergen. Das hatte keine Eile mehr. Die Männer spürten den Verlust, aber trotzdem war allen bewusst, dass in einigen Wochen niemand mehr über HMS *Mackerel* sprechen würde. *Niemals zurückblicken!* Für die Männer, die in gleichartigen Booten wieder hinausfahren würden, war es eine gute Regel, mochte auch jeder für sich insgeheim denken, was er wollte.

Der Tag begann mit einer Überraschung. Gleich nach dem Frühstück war, wie üblich, eine kurze Besprechung mit dem 1 A der Gruppe, Lieutenant Commander Frank Glasson, anberaumt worden. Aber bereits als der 1 A eintrat, gefolgt von einem Mann in Zivil, war allen Anwesenden klar, dass etwas anders war als sonst. Zivilisten waren das Letzte, was in diesem Stützpunkt willkommen war. Die Besatzungen, alle bereits in die Bordoveralls gekleidet, betrachteten daher den Neuankömmling mit einer Mischung aus Neugier und Misstrauen. Derartige Zivilisten waren Geheimdienstleute, und das bedeutete normalerweise

Ärger. Viele ihrer Einsätze gingen vom Geheimdienst aus, und sie wussten, wovon sie sprachen.

Nicht selten klaffte zwischen dem, was die schlauen Köpfe sich am grünen Tisch ausdachten, und dem, was die Besatzungen dann in der Realität vorfanden, eine große Differenz. Nun, da alle im Geist immer noch auf der Suche nach der *Mackerel* waren, empfanden sie das Eindringen eines Fremden als noch störender. John Thorndyke brauchte sich nicht umzudrehen, um sich die leeren Stühle schräg hinter ihm zu vergegenwärtigen. Aber er wusste, dass einige der anderen immer wieder auf die verwaisten Plätze starren würden, deren Besitzer nun auf dem Grund des Lochs lagen. Und nicht wenige würden sich fragen, wann die Reihe an ihnen sei.

Frank Glasson trat hinter das Pult und sah sich um. Vor ihm wartete eine Ansammlung dick eingepackter Seeleute auf seine Anweisungen. Er zwang sich zu einem kurzen Lächeln. »Guten Morgen, Gentlemen!« Den Blick auf seine Notizen schenkte er sich. »Also, dann kommen wir zum Einsatzplan des Tages. *Moray* und *Hake* werden wie geplant auslaufen, um die Suche fortzusetzen.« Glasson sah auf die Uhr. »Einsatzbesprechung gleich im Anschluss!« Er ersparte sich längere Erläuterungen, die Männer wussten ohnehin Bescheid.

Eine gewisse Unruhe machte sich breit, und die Offiziere sahen einander fragend an. Sie hatten nur sechs Boote hier zur Verfügung, zwei weitere waren vor Südamerika im Einsatz. Die *Mackerel* lag irgendwo auf Grund, machte fünf, und nun hatte der 1 A auch noch drei Boote nicht eingeteilt. Was mochte das wohl bedeuten?

Glasson ignorierte die Unsicherheit seiner Zuhörer.

»Lieutenant Thorndyke, Lieutenant Summers und Lieutenant Baxter, Sie habe ich für eine andere Aufgabe vorgesehen.« Er wandte sich um und deutete auf den Zivilisten, der bisher geschwiegen hatte. »Das ist Commander Frazier von der US Navy.« Der 1 A lächelte knapp. »Sie können sich also beruhigen, der Herr gehört zur Familie.«

Frazier nickte ob dieser Vorstellung nur kurz in die Runde. »Guten Morgen, Gentlemen!«

Summers, der Commander der *Stingray*, musterte den Amerikaner von Kopf bis Fuß. »U-Boot-Fahrer?«, fragte er.

»Ja, aber Atom-U-Boote. Eine ganz andere Welt.« Frazier grinste gequält. »Was mir aber immerhin eine Reise nach Schottland eingebracht hat!«

»Na, na! Was haben Sie denn angestellt, Commander?« Trevor James sah den amerikanischen Offizier neugierig an. Bei ihnen ging es nicht sehr förmlich zu. Man konnte von den Männern nicht erwarten, dass sie immer wieder ihre Haut zu Markte trugen und dann noch im richtigen Moment Männchen bauten. Besser, der Kamerad aus Übersee gewöhnte sich gleich dran. Dass immerhin zwei Ränge zwischen ihnen lagen, schien James kaum zu stören.

Frazier blinzelte leicht amüsiert. »Und Sie sind …?«

»Lieutenant Trevor James.« Er zögerte kurz, als müsse er darüber nachdenken, ob er noch eins draufsetzen sollte, aber in Wirklichkeit hatte er sich schon längst entschieden. »Natürlich könnte ich Ihnen erzählen, was ich hier tue, aber dann müsste ich Sie danach töten, Sir!« Sein Pferdegesicht zeigte keine Regung.

»Na, na!« Der 1 A klopfte mit seinem Stift auf das Pult. »Ich glaube, es reicht jetzt. Der Chef will, dass

Thorndyke, Summers und Baxter sich mit Commander Frazier zusammensetzen und sich sein Problem anhören.« Er gab seiner Stimme einen warnenden Ton. »Jemand in London steht hinter dieser Sache, also machen Sie mir nicht zu viel Unfug, Gentlemen.« Er sah sich kurz um. »Sie und Ihre Besatzungen sind damit entschuldigt!«

Die Genannten erhoben sich, grüßten kurz und verließen den Raum. Commander Frazier schloss sich an. Der Amerikaner hatte sehr wohl registriert, dass keiner der Männer über Trevor James' flapsige Bemerkung gelacht hatte. Es war eine deutliche Warnung gewesen, dass er hier nicht willkommen war. Trotzdem schien er wenig von seiner guten Laune verloren zu haben.

Diese Männer sahen zwar ein bisschen aus wie Strauchdiebe, aber sie zeigten Selbstbewusstsein und legten jene gewisse Lässigkeit an den Tag, die mit einem gefährlichen Leben einhergeht. Nun, sie würden sich an etwas andere Spielregeln auch gewöhnen können, da hatte Frazier wenig Zweifel. Aber im Grunde fühlte Commander Keith Frazier bereits, dass er fündig geworden war. Ruhig wartete er ab, bis die drei Kommandanten ihren kleinen Besatzungen Anweisungen gegeben hatten, was während ihrer Abwesenheit zu erledigen war. Es gab immer etwas zu tun, das lag im Wesen der Marine. Nachdenklich sah er den Männern nach, die nach unten zur Pier mit dem alten Tender verschwanden.

»Und wohin jetzt, Sir?«, fragte Thorndyke.

»In die Messe, Lieutenant! Ich denke, da sind wir ungestört!«

»Wie Sie wünschen, Commander!«

Es dauerte ein Weilchen, bis die Männer an einem der Tische Platz genommen hatten, der Steward die Getränke gebracht hatte und Ruhe eingekehrt war. Commander Frazier hatte dem Steward nicht nur Anweisung gegeben, darauf zu achten, dass sie nicht gestört wurden, sondern seine Worte auch noch höchst unmilitärisch mit einem großzügigen Trinkgeld unterstrichen. Die Engländer verzichteten darauf, ihn auf die Tatsache hinzuweisen, dass der Steward nun erst recht die Ohren spitzen würde. Die US Navy und die Royal Navy befleißigten sich zwar einer ähnlichen, aber eben doch nicht der gleichen Sprache – dies jedoch war ein Problem des Amerikaners.

Frazier blickte in die Runde. »Nun, nachdem wir uns hier häuslich niedergelassen haben, sollte ich Ihnen zunächst wohl schildern, worum es geht. Die anschließende Frage wird sein, ob man den Fall mit Booten wie den Ihren lösen kann.«

Summers hob abwehrend die Hand. »Ganz langsam, Sir, nur damit ich Sie richtig verstehe. Sie sind von Amerika nach Schottland geflogen, um uns solche Fragen zu stellen? Ich nehme doch stark an, dass die US Navy über ihre eigenen Experten verfügt?«

Der Amerikaner warf einen misstrauischen Blick auf Summers' Tee mit Milch, konzentrierte sich dann aber wieder. »Auf beide Fragen lautet die Antwort: Nein. Ich bin nicht von Amerika aus hierher geflogen, aber das spielt auch keine Rolle, und sie werden verstehen, dass ich darüber keine Auskünfte geben kann.« Er lächelte verbindlich. »Jedenfalls zu diesem Zeitpunkt noch nicht.«

Summers nickte gelassen. »Gut, akzeptiert! Aber wieso konsultieren Sie nicht Ihre eigenen Leute?«

»Weil wir keine derartigen Spezialisten haben, ganz

einfach!« Frazier zuckte mit den Schultern. »Die US Navy verfügt über Atom-U-Boote, hat jedoch so gut wie keine konventionellen Boote mehr. Was Kleinst-U-Boote angeht, so haben wir unsere Alvins, Avalons und Marvins. Alles Rettungs- und Forschungs-U-Boote. Für ihre Einsatzzwecke bestens geeignet, aber nicht für das, was Sie hier betreiben.«

Thorndyke beugte sich interessiert vor. »Und was tun wir Ihrer Meinung nach?«

»Spionieren!« Frazier grinste gefühllos. »Es mag schönere Worte dafür geben, aber Sie setzen mit diesen Booten Agenten ab und nehmen sie wieder auf, sie schleichen durch Küstengewässer und schießen nicht nur Bilder, sondern messen auch alle möglichen Arten von Strahlen, und wenn es notwendig ist, könnten sie auch Angriffe fahren. Glauben Sie mir, ich bin über die technischen Fähigkeiten Ihrer Boote durchaus im Bilde ... Worüber wir reden sollten, sind taktische Fähigkeiten, Gentlemen!«

Die drei Kommandanten wechselten erstaunte Blicke. Es war klar, dass Baxter sich zurückhalten würde. Der Kommandant der *Sailfish* hatte sein Boot noch nicht lange übernommen, er würde also seinen beiden erfahreneren Kameraden den Vortritt lassen. Aber auch er wunderte sich natürlich. Bisher war allein schon die Existenz ihrer Boote ein Geheimnis gewesen, doch nun wussten die Amerikaner bereits sehr viel. Jemand hatte geplaudert, und das bestimmt nicht ohne Grund.

»Dann erzählen Sie mal, was Sie wissen wollen, Commander!«, sagte Thorndyke gelassen.

»Gut!« Frazier blickte Thorndyke abschätzend an. »Stellen Sie sich eine Küste mit einem breiten Flussdelta vor. Flaches Wasser, aber nicht zu flach. Dazwischen auch immer wieder tiefere Gräben. Und irgendwo in diesem Gebiet befindet sich eine geheime Anlage, von der wir gerne wissen würden, was dort abläuft. Was würden Sie in so einem Fall empfehlen?«

Summers dachte kurz nach. »Was sagen die Spionagesatelliten?«

»Fast gar nichts. Wir haben Leichter mit Beton entdeckt, die mehrere kleine Inseln im Delta angelaufen haben. Aber ansonsten keine Wärmeabstrahlung, keine Konturen an der Oberfläche, nichts.«

»Unterirdisch?« Thorndyke rieb sich das Kinn.

Frazier nickte. »So etwas in der Art glauben unsere Experten auch. Das Gebiet ist ziemlich abgelegen, und man kommt nur schwer hin. Die Gegend um das Delta selbst wimmelt von Militär. Wir können also keine Agenten über Land einschmuggeln.«

»Und so kamen Sie auf uns?«

Frazier lächelte. »Sagen wir, es gab schon immer Gerüchte, und die wurden nun plötzlich interessant.«

Thorndyke erwiderte das Lächeln, aber es erreichte seine Augen nicht. »Schön, und da Sie hier sind, haben unsere Vorgesetzten offenbar bereits zugestimmt?«

»Nun ja ...« Frazier wand sich etwas. »So würde ich das nicht nennen. Man macht es von Ihrer Expertise abhängig, obwohl man sich der Brisanz der Lage bewusst ist. Nur, die Sache ist wirklich wichtig und eilig.«

Summers beugte sich vor. »Also wollen Sie wissen, ob wir uns da reinschleichen können und wieder raus. Aber das hängt von vielen Kleinigkeiten ab.«

»Was brauchen Sie?«

Die drei Kommandanten sahen sich kurz an, mehr war nicht notwendig, dann ergriff Summers erneut das Wort: »Karten, sehr genaue Karten des Operationsgebietes. Des weiteren Berichte über alles, was in der Gegend fliegt, schwimmt oder läuft. Eine Basis, und wenn die zu weit vom Ziel entfernt liegt, ein Schlepp-U-Boot. Und last, but not least wäre es hilfreich, zu wissen, was wir überhaupt suchen sollen.«

»Das alles und ein Transfer für Sie und Ihre Boote sollte kein Problem sein. Was die Karten und die Informationen angeht, kann ich Ihnen sogar noch etwas Besseres anbieten: Skynet!«

»Skynet?« Thorndyke sah ihn nachdenklich an. »Strategisches Netzwerk, einloggen über Satellit und die neuesten Bilder der AWACS laden?«

»Na ja, so in etwa, Lieutenant!« Frazier strahlte zufrieden. »Immer auf dem neuesten Stand.«

Thorndyke lehnte sich in seinem Sessel zurück und rührte nachdenklich in seiner Tasse, die er in der Hand hielt. Dann schüttelte er langsam den Kopf. »Sehen Sie, es gibt einen Unterschied zwischen den U-Booten, die Sie gewohnt sind, und unseren Schlitten.« Er nahm einen Schluck von seinem Tee, bevor er weitersprach. »Wenn eines Ihrer Boote sich in dieses Netzwerk einloggt, dann steht es vielleicht dreihundert Meilen vor der Küste. Die Wahrscheinlichkeit, dass es eingepeilt wird, liegt nahe bei null, denn eine gerichtete Satellitenkommunikation streut nicht stark, und auf dreihundert Meilen Abstand so etwas zu messen wäre ein echtes Kunststück. Nur, wenn wir die Karten brauchen, stehen wir vielleicht noch dreihundert Meter vor dem Strand. Vielleicht nur eine Meile von der nächsten Funkstation mit Peiler entfernt, und jemanden, der funkt, auf eine Meile einzupeilen ist nun wirklich kein Kunststück!«

Charles Summers schmunzelte über das verblüffte Gesicht des Commanders. »Was er Ihnen erklären will, ist, dass wir nicht aus Prinzip altmodisch sind, wir strahlen nur nicht gerne.« Er wurde ernst. »Also, nichts, was vom Boot weggeht, und nichts, was weiter als zwei Zoll über die Wasseroberfläche ragt. Wir setzen meistens nicht einmal GPS ein, weil wir dazu eine Antenne zu weit herausstrecken müssten.«

Frazier sah die drei Lieutenants an. »Ich verstehe!« Aber sie konnten an seinen Augen ablesen, dass er es nicht tat. Wie sollte er auch?

Summers erhob sich und trat ans Fenster. Auffordernd deutete er nach unten zur Mole. Gerade schor HMS *Moray* von der hohen Bordwand der »Old Syphilis« weg.

Commander Frazier trat neben ihn. »Interessant, diese Boote im Einsatz zu sehen, Lieutenant!«

Summers ignorierte die Bemerkung. Seine Stimme klang leise: »Das ist die *Moray,* aber sie sind alle beinahe gleich. Sechs Mann Besatzung, sechsundvierzig Fuß lang, und getaucht verdrängen sie etwa dreitausendachthundert Kubikfuß. Das ist etwa so viel wie eine große Yacht.« Summers Tonfall wurde kälter. »Die *Moray* läuft aus, um nach der *Mackerel* zu suchen, die vor viereinhalb Tagen bei einer Übung verlorengegangen ist.«

»Aber ...«

»Nichts aber, Commander, es eilt nicht mehr.« Thorndyke trat neben sie ans Fenster. »Der Luftvorrat der *Mackerel* ist seit spätestens gestern verbraucht.« Der Lieutenant zuckte mit den Schultern, aber der Blick seiner Augen strafte seine Lässigkeit Lügen. »Die Boote haben nur für drei Tage Luft. Wenn etwas schiefgeht, dann haben Sie zweiundsiebzig Stunden, nicht eine mehr. Und wo immer sich Ihre geheime Anlage auch befindet, ich zweifle sehr, dass Sie uns in dieser Zeit irgendwie behilflich sein können, Sir!«

»Das bedeutet, Sie lehnen ab?«

Thorndyke schüttelte den Kopf. »Wenn unsere Vorgesetzten sagen, wir sollen den Job erledigen, dann tun wir das. Aber wir tun es auf unsere Art und zu unseren Konditionen, Sir!« Er sah die beiden anderen Kommandanten an. »Also, wie sieht es aus?«

Baxter verzog das Gesicht. »Befehl ist Befehl!«

Thorndyke nickte. »Richtig, Ron! Nur, wenn ich nicht vorher etwas mehr zu sehen bekomme, sage ich trotzdem nein!«

Summers wandte sich vom Fenster ab und sah Thorndyke an. Einst waren sie die besten Freunde gewesen, dann die größten Rivalen, und was sie heute waren, wussten sie selbst nicht genau. Aber irgendwann würden sie es austragen müssen, das wenigstens war beiden klar.

Schweigen hing im Raum, während sie sich mit Blicken maßen. Dann grinste Summers plötzlich. »Von mir aus. Und das Wetter kann dort nur besser sein als hier in Schottland. Hören wir also mal, was der Chef dazu meint!«

Ohne den ging grundsätzlich nichts. Commander Trenowen war derjenige, der letzten Endes den Marschbefehl gab. Nur hatte auch er wiederum Vorgesetzte, und wenn die nicht von vornherein die Möglichkeit erwogen hätten, den Amerikanern eventuell unter die Arme zu greifen, dann wäre Commander Frazier wohl kaum bei ihnen aufgekreuzt. Sie würden sich also so oder so auf diesen Einsatz vorbereiten müssen. Befehl und Gehorsam, das Gesetz des Militärs.

Thorndykes Stimme klang leicht spöttisch, als er sich an den Amerikaner wandte. »Also schön. Sie wollen wissen, was wir draufhaben? Dann sehen wir mal zu, dass wir Auslauferlaubnis kriegen.«

»Was hast du vor?« Summers sah ihn misstrauisch an.

»Im Prinzip haben wir schon so ziemlich alles abgesucht. Also kann die *Mackerel* eigentlich nur noch am Drop-off liegen. Da, wo der Seitenarm ...«

»Ich weiß, wo das ist«, unterbrach ihn Summers. »Aber das ist schwierig.« Strömung, eine nicht sehr stabile Felswand, schlechte Sicht. Das kann ins Auge gehen!«

»Dachte ich mir, Charles, dass du das sagst. Deswegen wirst du auch unser Schutzengel sein. Wenn du dich gut von der Wand freihältst, kannst du mit dem Seitenscan jederzeit warnen, wenn sich da was lösen sollte. Dann sehe ich zu, dass wir wegkommen!«

»Klingt gut«, erklärte Summers, »vor allem weil ich nicht am Drop-off rumkriechen muss. Vierhundert Fuß sind ja noch okay, alles darunter ist ein Glücksspiel!« Für Commander Frazier, der der Unterhaltung mit offenem Mund gefolgt war, setzte er hinzu: »Ich glaube, Sie haben gerade die Teilnahme an einem praktischen Anschauungsunterricht gewonnen, Commander!« Seine Stimme klang boshaft belustigt. »Vielleicht finden *Sie* ja heraus, was mit der *Mackerel* geschehen ist.«

16 : 30 Ortszeit, 08 : 30 Zulu – Beijing Capital International Airport

Der chinesische Kopilot verließ den Flughafen, ohne zu zögern. Alles war wie immer, was sollte sich auch ändern? Dreimal in der Woche flog die chinesische Airline nach Nordkorea und zurück, dreimal in der Woche bedienten die Nordkoreaner die Strecke. So viel zu der offiziellen Aussage, Pjöngjang sei ein internationaler Flughafen.

BCA, der internationale Flughafen Pekings, hingegen war ein echter internationaler Airport. Genauer, er platzte aus allen Nähten. Reisende aus allen Ländern, zumeist natürlich Geschäftsleute, die ihren Anteil am wirtschaftlichen Boom Chinas sichern wollten, bildeten Schlangen an den Einreisekontrollen, die dem Andrang nicht gewachsen waren. Für kommunistische Verhältnisse wurden die Kontrollen mehr als oberflächlich durchgeführt.

So achtete keiner auf den Kopiloten. Er spazierte einfach zum Vorderausgang des Terminals A hinaus, nachdem er seinen Dienst offiziell beendet hatte. Wie immer nach diesen Flügen fühlte er sich müde und ausgelaugt, eine Folge des nachlassenden Adrenalins. Was nun kam, war mehr oder weniger Routine. Er blickte kurz an der Reihe der wartenden Taxis entlang. Das dritte Fahrzeug in der Schlange zeigte eine ausgeprägte Beule. Er trat an den Wagen, warf seinen kleinen Bordkoffer auf den Rücksitz und setzte sich auf den Beifahrersitz. Der Fahrer sah ihn neugierig an. Für einen Augenblick begegneten sich die Blicke aus dunklen Augen. Dann nickte der Kopilot und nannte eine Adresse. Beiläufig fügte er hinzu: »Ich glaube, das wird ein heißer Sommer. Es ist jetzt schon sehr warm.«

»Mir soll es recht sein, Hauptsache, der Winter wird nicht wieder so kalt.«

Für einen Augenblick fragte sich der Kopilot, wer sich diese bescheuerten Kennworte ausgedacht hatte. Aber immerhin hatte er die richtige Antwort erhalten. Nur das Gesicht war falsch. Er hob die Brauen. »Was ist mit Chiang?«

Der ihm fremde Taxifahrer zuckte mit den Schultern. »Chiang hatte einen kleinen Unfall. Aber nichts Schlimmes, ich glaube, er spürt es schon gar nicht mehr.«

Der Kopilot nickte. »Also gut!«

Schweigend fuhren sie weiter, bis der Wagen ein Wohnviertel in einem Vorort erreichte. Ohne weiteren Kommentar reichte der Flieger dem Taxifahrer ein paar schmierige Geldscheine. Zwischen den Scheinen steckte ein einfacher Zettel. Der Fahrer steckte das Geld ein, ohne nachzuzählen. Als der Kopilot die Treppen zum Eingang hinaufstieg, verschwand das Taxi bereits wieder im Verkehr.

17 : 30 Ortszeit, 09 : 30 Zulu –
Beijing Capital International Airport

Die Putzfrau, die ihren Wagen mit Reinigungsmitteln vor sich herschob, war spät dran. Gemäß den genau ausgerechneten Ablaufplänen hätte sie bereits vor einer halben Stunde mit den Herrentoiletten im Terminal A fertig sein sollen. Doch in denen waren einige der Unerfreulichkeiten öffentlicher Toiletten nicht vorgesehen und dementsprechend auch keine Zeit dafür einkalkuliert.

Wung Cheng, so der Name der Putzfrau, machte sich keine Gedanken. Sie arbeitete, so schnell es ging. In Minutenschnelle blitzen die Armaturen an den Waschbecken wieder, die Papierhandtücher waren aufgefüllt, und sie konnte darangehen, die Kabinen zu kontrollieren.

Der Mann saß in der letzten Kabine, aber die Tür war nicht abgeschlossen. Er thronte mit heruntergelassenen Hosen auf der Schüssel, aber seine Augen starrten blicklos ins Leere. In seinem Arm steckte immer noch eine Spritze. Wung Cheng schlug die Hände vor den Mund. Für eine Zeit, die ihr wie eine Ewigkeit erschien, starrte sie den Toten an, dann rannte sie schreiend hinaus. Bereits Augenblicke später waren die ersten Sicherheitskräfte zur Stelle, und ein Offizier fischte eine abgegriffene Taxilizenz aus der Tasche des Toten: Chiang Zetan, 38 Jahre, würde nie wieder Fahrgäste transportieren.

2. Kapitel

10 : 30 Ortszeit, 10 : 30 Zulu – Loch Ewe

»Zweihundert Fuß, Commander!« Die Stimme von Sublieutenant Charles Spencer, dem Beobachter, klang sachlich nüchtern. Wenn es ihn bedrückte, dass sie hier das Boot seines toten Bruders suchten, dann zeigte er es nicht. Genau wie die anderen Männer versah er stoisch seine Pflicht. Für Gefühle mochte es später eine Zeit geben, wenn sie wieder aufgetaucht waren und nicht jeder Konzentrationsfehler gleich bedeuten würde, selbst auf die Liste der vermissten Boote zu kommen.

Während an der Oberfläche der Regen aus einem grauen Himmel auf eine noch etwas dunklere graue Wasseroberfläche prasselte, die Männer auf den Sicherungsbooten sich fester in ihr Ölzeug wickelten und darauf hofften, dass wenigstens der kalte schottische Wind etwas nachließ, war es für HMS *Dolfin* zweihundert Fuß tiefer wie immer: kalt, dunkel und etwas unruhig.

Für den Amerikaner war es eine neue, verblüffende Erfahrung. In der engen Röhre war kaum Platz, sich zu bewegen. Der Kommandant stand im Mittelpunkt, immer in der Nähe des Sehrohrs, aber – was viel wichtiger war – so, dass er alles sehen und hören konnte, was vorging. Immer wieder beobachtete Frazier den Commander. Trotz seiner Jugend strahlte Thorndyke eine ruhige Autorität aus.

Kalt wie eine Hundeschnauze, obwohl sie hier doch nach ihren toten Kameraden suchten. Aber Frazier verdrängte den Gedanken gleich wieder. Während das kleine Boot in den unregelmäßigen Strömungen leicht bockte, begriff der Amerikaner einen ersten wesentlichen Unterschied zwischen einem Kleinst-U-Boot und den großen Atom-U-Booten, die er kannte. Hier gab es keine Minute der Entspannung. Jeder der Männer musste in jedem Augenblick voll bei der Sache sein, und es war Thorndyke, der sie alle zusammenhielt.

Der Erste, Lieutenant Trevor James, stand meistens über den kleinen Navigationstisch gebeugt und versuchte, aus Seitenscans, Aktivsonar oder auch nur mit Hilfe genialer Schätzung ihren Standort in jedem Augenblick genau zu bestimmen. Auch Navigation war hier anders als auf großen Booten. Ganz anders! Wenn man sich auf dem Atlantik um ein oder zwei Meilen vertat, dann wurde das in aller Ruhe korrigiert, falls es überhaupt auffiel. Hier jedoch würde man nicht mehr nachrechnen müssen. Die Felswände des Loch würden ihnen den Fehler von selbst mitteilen und gleichzeitig dafür sorgen, dass so etwas nicht wieder passierte – endgültig.

An der anderen Bordwand, also hinter dem Ersten, saß der Rudergänger. Mit Hilfe seiner Computer, einer Unzahl von Servomotoren und sehr viel Erfahrung steuerte Petty Officer John Clarke das Boot. Hinter seinem Steuerknüppel, der mehr an ein Flugzeug erinnerte, wirkte der Maat ungelenk, als sei er zu groß für das winzige Boot. Tatsächlich war Clarke das größte Besatzungsmitglied und hatte an keiner Stelle der *Dol-*

fin Stehhöhe, aber das schien ihn nicht zu stören. Er saß ja ohnehin meistens am Ruder. Wenn man die vorsichtigen, bedachten Bewegungen des Mannes sah, begriff man, wie wichtig der Rudergänger war. Er flog die *Dolphin* mehr, als dass er sie steuerte. Die Felswand, nur vierhundert Fuß entfernt, schien ihm jedenfalls keine Sorgen zu machen, obwohl das Boot immer wieder bockte, wenn es durch eine der sich kreuzenden Strömungen drehte.

Vierhundert Fuß, bei einem Strom von vier Knoten, das machte etwa eine Minute Sicherheitsabstand ... würde es machen, wenn sie nicht gerade zusätzlich aufsteigen oder sinken würden, wenn sie nicht gerade einen Kreis schlagen mussten, der sie ohnehin näher an die bedrohlichen Felsen bringen würde, wenn nicht ..., wenn nicht ... Frazier spürte die Unsicherheit und mit ihr die Furcht. *Hilflosigkeit!* Er begriff, dass es die Hilflosigkeit war, die ihm zu schaffen machte. Er war gefangen in einer Röhre, die aus einer Titanlegierung bestand, es gab keine Möglichkeit, einfach auszusteigen, keine Möglichkeit, etwas zu tun, keine Möglichkeit der Rettung, wenn etwas schiefging. Auf einem großen Boot war das anders, oder wenigstens war es ein anderes Gefühl. Hier, in dieser engen Bootshülle, in einem Nebel aus Öldunst, Schweiß und verbrauchter Luft war das Fühlen sehr viel unmittelbarer. Genauso wie der unvermeidliche Kopfschmerz, der aus dieser Mischung resultierte.

»Das ist der Süßwasserstrom aus dem Seitenarm!« Als sei das eine hinreichende Erklärung für den Amerikaner, der sich hinter den Beobachter gequetscht hatte, deutete Charles Spencer auf seine Monitore. Sonar, Magnetometer, Dichtemessung, alles was irgendwie mit elektronischer Sensorik zu tun hatte, war an seinem Platz zusammengefasst. Der Platz des Beobachters lag vorn, noch vor dem des Rudergängers, beinahe schon in der stumpfen Nase des Bootes. Hufeisenförmig waren die Konsolen um den jungen Mann herum aufgebaut. Wenn Thorndyke das Gehirn der *Dolfin* war, dann war Spencer die Nase, die Augen, der Tastsinn, was auch immer.

Frazier nickte unsicher und versuchte, auf den Monitoren etwas zu erkennen. Er kannte die Sonarsysteme großer Atom-U-Boote, und irgendwo gab es eine gewisse, wenn auch sehr entfernte Ähnlichkeit. Und der Rest? Nun, der Rest war für ihn wie eine völlig fremde Welt. So konnte er nichts weiter tun, als auf die 3-D-Darstellung starren, die von den Computern auf einem Monitor erzeugt wurden. Die Felswand ragte wie eine große grüne Gitterkonstruktion über einem winzigen U-Boot auf. *Als würde sie die Dolfin jeden Augenblick unter sich begraben.* »Wie dicht wollen Sie rangehen, Lieutenant?« Er konnte nicht verhindern, dass seine Stimme heiser klang.

Thorndyke runzelte die Stirn. »Ich denke, hundert sollten dicht genug sein.« Er wandte sich zu North, dem Funker des Bootes, um. »Ian, was sagt *Stingray*?«

Ian North, der Funker, griff zum Hörer des Unterwassertelefons. Ein seltener Luxus, denn normalerweise benutzten sie es nie. *Wer strahlt, ist tot!* Frazier erinnerte sich. Er erinnerte sich an noch mehr. Zum Beispiel, dass Funken nur die Nebenaufgabe des schlanken Petty Officer North war. Seine Hauptaufgabe war Tauchen. Auch wieder so ein verrückter Job, der nur in dieser engen Stahlröhre vernünftig erscheinen konnte. Unter Wasser aussteigen und Netze zerschneiden!

»*Stingray*, hier ist *Dolfin*! Wie sieht es aus?«

Die Stimme von Sublieutenant White, Summers Erstem auf der *Stingray*, drang aus den Lautsprechern. Offenbar hatte North auf Mithören gestellt. »Wenn das stimmt, was unser Seitenscan zeigt, dann fehlt oben eine Menge an Geröll. Scheint ein Felssturz gewesen zu sein. Außerdem haben wir Stahl im Felsen!«

»Stahl?«, entfuhr es Thorndyke, »wieso Stahl?«

»Wir wissen es nicht, er zieht sich jedenfalls in dünnen Spuren die Felswand hinunter!«

»Gut, *Stingray*, wir pirschen uns dann mal an!« Thorndyke nickte bedächtig. »Charles! Wir brauchen immer den genauen Abstand. John, wenn du in Probleme kommst, selbständig abdrehen! Keine Zeit verschwenden!«

»Vorschlag, Commander ...«, die Stimme des Sublieutenants klang nachdenklich, »... wenn ich mir den Doppler ansehe, dann habe ich hier verschiedene Strömungsgeschwindigkeiten. Zwischen zweihundert und dreihundert Fuß Tiefe scheint es am wildesten zu sein.« Er schluckte trocken. »Ich meine, wenn Greg ... na ja, ... wenn, dann liegt die *Mackerel* sowieso darunter.«

Thorndyke überlegte einen Augenblick. Sie waren gerade einmal zweihundert Fuß tief, und das Boot führte bereits jetzt einen kleinen Tanz auf. »Gut, Ian, sag *Stingray*, wir schlagen einen Bogen, um unter die Strömung zu kommen. John, du weißt, was zu tun ist?«

Der Rudergänger hielt den Blick starr auf seine Kontrollen gerichtet. »Vierhundert, Commander?«

»Vierhundert, dann können wir gleich mal sehen, ob das Boot noch dicht ist!«

Frazier spürte ein flaues Gefühl im Magen. Aber das interessierte hier niemanden. Langsam senkte sich der Bug des Bootes in die Tiefe, während John Clarke gleichzeitig einen weiten Bogen weg von der bedrohlichen Felswand steuerte. Immer wieder gab Charles Spencer die genauen Abstände und Strömungen durch. Ansonsten wurde nicht gesprochen.

Frazier drehte sich um und sah achtern am Schott das sechste Besatzungsmitglied lehnen. Chief Engine Room Artificer Jack Collins. Der zierliche Mann hatte sich auf das Süll gesetzt und wartete. Sollte es notwendig werden, konnte er mit ein paar Schritten durch die Schleuse nach hinten verschwinden, um nach seinen Maschinen zu sehen, wo eigentlich seine Gefechtsstation war. Aber er zog es wohl vor, in der Nähe der Zentrale zu bleiben. Nachdenklich blickte Frazier zu dem verschlossenen Luk über dem Kommandanten. Der einzige Ausweg, auch wenn er in dieser Tiefe nichts nützen würde. Frazier wischte sich erstaunt den Schweiß von der Stirn. Er schwitzte, obwohl es im Boot eiskalt war. *Wer hier keine Klaustrophobie entwickelt, der kriegt nie eine.*

Ein Quietschen ging durch den Rumpf, als das Boot in größere Tiefen kam und der Wasserdruck versuchte, die Hülle zusammenzuquetschen. Aber das schien keinen zu stören. Ruhig sagte Spencer weiter Entfernungen und Strömungsgeschwindigkeiten an. Aber Frazier hatte nur Augen für die Taucherschleuse. Jack Collins, der Maschinist, saß nicht deshalb auf dem Schottrand, weil er nicht allein auf seiner Gefechtsstation bleiben wollte. Er befand sich dort, weil er den Panzertaucher klargemacht hatte. Weil er es spürte, wie sie es alle gespürt hatten. Nur er nicht! Frazier unterdrückte den Impuls, sich selbst einen Narren zu schimpfen. Denn HMS *Dolfin* war unterwegs, ein Grab zu öffnen.

In einer flachen Bahn stieß das Boot unter die Strömung, die aus dem Seitenarm drückte. Die Bewegungen wurden ruhiger. Immer wieder gab der Beobachter die Entfernung zur Felswand durch. »Hundertzehn! Hundert!« Dann wieder: »Hundertzehn!« Offenbar war es gar nicht so einfach, einen festen Abstand einzuhalten.

Das Ping des Aktivsonars mischte sich in die Geräuschkulisse. Gleichmäßig verhallten die ersten Impulse in der Tiefe. Aber sie mussten nicht lange warten. Pi-Ping! Eine Reflexion! Pi-Ping! Wieder eine. Charles Spencer gab ein paar Befehle ein und studierte das Ergebnis. Seine Stimme klang belegt: »Metall unter uns. Scheint Stahl zu sein. Etwa zweihundert Tonnen laut Magnetometer. Aber sehr unklar.«

»Danke, Charles.« Thorndyke nickte dem Sub zu. Er ahnte, welche Gedanken den jungen Mann bewegten. Unklares Ergebnis. Stahl. Wusste der Teufel, woher der Stahl kam, aber es gab in diesem Loch nur eines, was ein unklares Ergebnis auf Spencers Schirme bringen konnte – ein Kleinst-U-Boot! Eingehüllt in eine dicke Schicht aus Waffelgummi, die nahezu neunzig Prozent der Sonarimpulse absorbierte, gefertigt aus einer hochwertigen Titanlegierung und so weit entmagnetisiert, wie man einen Rumpf dieser Größe überhaupt entmagnetisieren konnte. Ein Schatten, nicht nur für das Licht, das hier unten ohnehin nie schien, sondern auch für die empfindlichen Ortungsgeräte, mit denen man nach U-Booten jagte. Sie hatten die *Mackerel* gefunden. Das Boot selbst würde nicht hinabschweben können, aber für den schweren Panzertaucher in der Taucherschleuse waren sechshundertfünfzig Fuß gar kein Problem. Wortlos erhoben sich Jack Collins und Ian North. Sie würden einige Zeit brauchen, um alle Vorbereitungen abzuschließen. Es brachte nichts ein, unvorbereitet den Panzertaucher einzusetzen.

20 : 15 Ortszeit, 11 : 15 Zulu –
Funch'ou, ein kleines Dorf in der Nähe von Namp'o, Nordkorea

Sie kamen am Abend, rund hundert Soldaten, angeführt von einem Hauptmann der Geheimpolizei. Die Befragungen dauerten nicht lange. Keine Befragung dauert lange, wenn sie mit Prügeln und glühendem Stahl durchgeführt wird und es so einfach ist, einen Nachbarn zu denunzieren. Als die Soldaten wieder abrückten, brannten hinter ihnen etliche der Hütten. Die Einwohner des Dorfes bemühten sich nach Kräften, das Übergreifen der Brände zu verhindern. Die Hütten mochten klein und wackelig sein, aber sie und ein paar Habseligkeiten waren alles, was sie besaßen. Ihr Leben würde sich noch schwieriger gestalten, als es ohnehin schon war. Selbst diejenigen, die den Soldaten alles verraten hatten, was sie wissen wollten – ob es stimmte oder nicht –, würden künftig in den Augen der kommunistischen Partei-Obrigkeit bestenfalls als unsichere Kantonisten betrachtet werden. Als nicht hundertprozentig linientreu eingestuft zu werden bedeutete, noch weniger Lebensmittel zugewiesen zu bekommen, keine Schulplätze für die Kinder zu erhalten, geschweige denn die Erlaubnis zum Fischen in der nahen Bucht von Korea.

Über jene, die auf den Pritschen der Armeelaster weggebracht worden waren, sprach niemand mehr. Sie waren faktisch bereits tot, obwohl sie noch atmeten und fühlten. Sie beseelte ohnehin nur noch die Furcht, und die Hoffnung hatte sich auf einen gnädigen Tod reduziert. Mehr konnte niemand erwarten, der in die Hände der gefürchteten Geheimpolizei fiel.

Eine junge Frau versteckte sich außerhalb des Dorfes im Gestrüpp. Sie konnte das Leuchten der Brände beobachten, trotz der Tränen in ihren Augen. Sie hatten alle gewusst, dass so etwas passieren konnte, dass es mit Gewissheit eines Tages eintreten würde. Aber sie hatten keine andere Wahl gehabt.

Doch trotz Trauer und Schmerz konnte sie immer noch klar denken. Ihr Vater hatte ihr viel beigebracht. Sie wusste nicht mehr, wie oft sie ihn bei seinen Ausflügen in das Sperrgebiet nördlich von Funch'ou begleitet hatte. Sie kannte die Gegend und das Land. Aber es würde schwer werden zu überleben. Die Soldaten kannten ihren Namen: Kim Chung-Hee. Sie wussten, wie sie aussah, wer sie war. Sie würde nie wieder zurückgehen können. Nicht, dass sie es gewollt hätte. Aber sie würde Papiere brauchen, Geld und Nahrung. Und sie musste jemanden warnen, denn sie alle waren aufgeflogen. Falls es nicht schon zu spät war ...

12 : 45 Ortszeit, 12 : 45 Zulu – Loch Ewe, Schottland

Ian North ließ sich langsam in die Tiefe sacken. Zu seiner Rechten erkannte er den Lichtschein von Brian Smythe und dessen Panzertaucher. Die *Stingray* musste irgendwo über ihnen sein, genauso wie die *Dolfin*, sein eigenes Boot.

Der Panzertaucher war mehr eine Art U-Boot als ein Taucheranzug. Oder irgendwie beides. Er besaß Tauch- und Trimmzellen, wurde über Schrauben auf seinem Rücken angetrieben, und in seinem Inneren herrschte normaler Oberflächendruck. Norths »Hände« waren Greifer, die er eher wie Manipulatoren steuern musste. Wenn es drauf ankam, würde der Anzug ihn bis zu neunhundert oder noch mehr Fuß Tiefe schützen. Aber wie bei den U-Booten, so wusste man auch in solch einem Anzug nie genau, wo die Grenzen wirklich lagen. Seit den ersten Erprobungen der JIM-Suits in den sechziger Jahren waren diese Geräte kontinuierlich weiterentwickelt und erheblich verbessert worden. Außerhalb der Royal Navy war natürlich so gut wie nichts darüber bekannt, was sie mittlerweile vermochten.

»Ian? Wie sieht es bei dir aus?«

North vernahm die Stimme des Ersten, und er wusste, jeder würde jetzt auf seine Worte lauschen. Er unterdrückte seine Gefühle. »Die Sicht ist nicht gut. Brian von der *Stingray* hängt etwa zehn Yards rechts von mir, und ich kann nur seine Lampen sehen.«

»Keine Sorge, wir lotsen dich ran, Ian!« Trevor James klang ruhig.

Brian Smythe räusperte sich. »Noch etwa hundert Fuß, bis wir den Grund sehen können.« Langsam ließ er den Anzug tiefer sacken. Fische betrachteten die Eindringlinge in ihrem Reich neugierig, unsicher, ob die Fremdlinge Futter oder Gefahr bedeuteten. Vielleicht auch beides. North warf einen Blick auf die Temperaturanzeige, die in seine Sichtscheibe eingeblendet wurde. Keine winzigen Instrumente mehr, keine Notwendigkeit mehr, den Blick abzuwenden, um sich auf Anzeigen zu konzentrieren. Nur die Zahl, die angezeigt wurde, wurde dadurch nicht freundlicher. Vier Grad Celsius. Er stellte die Heizung etwas höher, aber nur eine Idee. Die Stromvorräte des JIM Mk.6 waren begrenzt.

Zuerst war es mehr ein grauer Schatten, dann wurde den Tauchern klar, dass sie den Grund erreicht hatten. Sechshundertvierzig Fuß. Unsicher verhielten sie.

»Brian, was meinst du, wie tief der Schlamm ist?« North betrachtete das Graubraun unter sich. Es ähnelte einem Schokoladenpudding, in dem Felsen wie

Rosinen verstreut lagen. Nur die grünbraunen Büschel vereinzelter Wasserpflanzen störten den Eindruck.

»Für mich sieht das nicht sehr stabil aus!«

Smythe, der Taucher der *Stingray*, brummte etwas, das wahrscheinlich eine Zustimmung sein sollte. Dafür meldete sich Trevor James aus der *Dolfin*: »Charles sagt, er hat doppelte Reflexionen. Seiner Meinung nach ist die Schlammschicht zehn bis fünfzehn Fuß dick, dann wird es massiv, Ian!«

North seufzte. »Also, wo sollen wir anfangen?«

»Probier's zuerst an der Felswand, Ian. Charles hat dort Stahl, was immer das bedeuten mag.« Die Stimme des Ersten nahm einen warnenden Ton an. »Aber riskiert nicht zu viel!«

»Brian, du achtest auf meinen Rücken?«

Smythe schwenkte seine Lampen etwas. »Was immer du willst, Ian!« Seine Stimme klang ruhig und gelassen. Smythe war genauso erfahren wie North. Sie kannten sich schon lange genug, um blind darauf vertrauen zu können, dass der andere genau wusste, was er tat.

Vorsichtig tastete sich North näher an die Felswand heran. Smythe folgte ihm, immer darauf bedacht, ihn stets am Rand seines Scheinwerferkegels zu halten. Zehn Fuß, weiter reichte das Licht nicht. Falls weitere Felsbrocken abbrachen, würden sie wahrscheinlich beide Taucher erwischen.

»Trevor, sag Charles, ich habe seinen Stahl gefunden!« Ians Stimme klang tonlos. Die Brust in die Strömung gerichtet, liefen die Schrauben auf seinem Rücken bereits beinahe mit Höchstlast, nur um die Strömung aus dem Seitenarm auszugleichen. Im Schein seiner Lampen sah er ein dickes Stahlkabel und die Reste weiterer dünner Kabel. Alles war verrostet und dick mit Braunalgen bedeckt. Trotzdem erkannte

Ian North es als das, was es war. »Es handelt sich um ein altes U-Boot-Abwehrnetz. Oder das, was davon noch übrig ist.«

Er starrte die gespannten Stahlkabel entlang, die in der Dunkelheit verschwanden. Fische tummelten sich am Rande seines Sichtfeldes. North spürte die Übelkeit, als ihm klar wurde, was die Fische angelockt hatte. Er räusperte sich mühsam und versuchte, seiner Stimme einen sachlichen Ton zu geben. »Sieht so aus, als würde die *Mackerel* noch drinhängen.«

Für einen Augenblick herrschte Schweigen. Dann erklang Summers' Stimme von der *Stingray*: »Okay, holt unsere Jungs hoch!«

Thorndyke, der auf der *Dolfin* bereits das Mikrofon in der Hand hielt, wechselte einen kurzen Blick mit seinem Ersten. Summers hatte sich sehr entschlossen angehört. Es war nicht der richtige Zeitpunkt zu streiten. Allein schon deshalb nicht, weil er diesen Amerikaner an Bord hatte. Er verzog das Gesicht und drückte den Sprechknopf: »Ian, Brian, tut, was möglich ist, aber es ist eure Entscheidung, in Ordnung?«

North lächelte traurig in seinem Anzug. Der Commander gab ihm Rückendeckung, falls ihm das hier zu hart wurde. Er hatte verstanden. Was Summers anging, der war Brian Smythes Kommandant, aber nicht seiner. Nur, irgendwer würde diesen Job ohnehin erledigen müssen. Er holte Luft und schaffte es, die Angst wieder unter Kontrolle zu bringen. »Schon gut, Commander, wir sind auf dem Weg!«

Er nahm die Drehzahl der Schrauben zurück und ließ sich langsam von der Strömung rückwärts drücken, bevor er in den Rückwärtsgang schaltete und sich ruckartig umdrehte. Anders ging es nicht, die Strömung hätte ihn weggetragen. Zehn Fuß entfernt von ihm, nun an seiner linken Seite, schwenkte Brian Smythe ebenfalls in die Strömung. Er sagte nichts, es gab auch nichts zu sagen. Langsam, die Schrauben rückwärts drehend, schwebten sie an den Kabeln entlang. Sie mussten nicht lange suchen.

Der abgebrochene Bug lag fast im Schlamm begraben. Fetzen der Gummihülle wehten wie Seetang in der Strömung. Fische stoben in alle Richtungen auseinander, als das Scheinwerferlicht sie erreichte. Vorsichtig, um keinen Schlamm aufzuwirbeln, drehte North gegen die Strömung und richtete seine Lampen in die tote Hülle, die noch vor ein paar Tagen ein Boot wie ihres gewesen war. Er hielt den Atem an und schloss kurz die Augen. Der Schweiß brach ihm aus. Aber der Moment ging vorbei. Er öffnete die Augen wieder und starrte auf die Leichen, die unter der niedrigen Bootsdecke hingen. North wusste, er sollte vielleicht Mitleid spüren, oder noch mehr Horror, aber alles, was ihm einfiel war: *Nie wieder Fisch!* Sublieutenant Henry Forth, der Erste der *Mackerel*, nickte in der Strömung, als wolle er ihm fröhlich zustimmen, doch aus dem zerfressenen Gesicht starrten nur noch leere Augenhöhlen.

3. Kapitel

17 : 00 Ortszeit, 08 : 00 Zulu – Inchon Base, Südkorea

Den Besatzungen blieb nicht viel Zeit, das Unglück der *Mackerel* zu verarbeiten. Doch wie sollte man das auch? Es war etwas, das immer wieder passieren konnte, jedem von ihnen. Ausbildung, Instinkt und Wachsamkeit waren ihre einzigen Waffen, und ein jeder kannte den Preis für Fehler. Die *Mackerel* war nicht das erste Boot, das verlorengegangen war, sei es bei Übungen oder bei den streng geheimen Einsätzen, und es würde auch nicht das letzte bleiben. Im Frieden in einem U-Boot zu sterben mochte widersinnig erscheinen, aber genau wie Sicherheit war auch Frieden so etwas wie eine Illusion. Jeden Tag starben Menschen im Frieden, und jeden Tag konnte vermeintlicher Friede in einen heißen Krieg umschlagen. Im Irak herrschte immer noch Krieg, obwohl der Feldzug bereits seit Jahren beendet war; Afghanistan galt als befriedet, dennoch kam es häufig zu schweren Gefechten; der Iran rasselte mit dem nuklearen Säbel, und Nordkorea testete Raketen, während die Führung in Pjöngjang mehr oder weniger offen erklärte, wohin diese mit atomaren Gefechtsköpfen bestückten Taepodong II im Zweifelsfall fliegen sollten: nach Tokio, Nagasaki, Hiroshima, Hawaii. Wobei immer noch einige der kleineren für Inchon und Seoul übrig blieben. Frieden war wahrlich eine Illusion, an der täglich Menschen starben. Für die Besatzungen der Kleinst-U-Boote war Frieden ein besonderes Gut, zu dessen Verteidigung sie auf ihre Weise zumindest einen kleinen und ganz speziellen Beitrag leisten konnten, eigene Verluste eingeschlossen.

Dennoch war es gut, dass eine neue Mission bevorstand. Zeit, wegzukommen von diesem schwarzen Loch in Schottland, den Erinnerungen an das *Mackerel*-Unglück. Manche der Männer gingen gerne. Charles Spencer, der Beobachter der *Dolfin*, war einer von ihnen. Für ihn bildete der kommende Einsatz ein Entrinnen vor den bohrenden Fragen seiner Familie zum Schicksal des Bruders, Fragen, auf die er zwar die Antwort kannte, aber sie nicht geben durfte. *Warum gerade er und wieso? Wie konnte dies nur passieren?* Als es an der Zeit war abzurücken, konnte der junge Charles Spencer seine Erleichterung kaum noch verbergen.

Für andere Männer bedeutete es nur einen Einsatz mehr. Nicht wenige sahen darin eine Gelegenheit, sich auszuzeichnen. Selbst wenn der Frieden eine wacklige Illusion sein mochte, so beschränkte er doch die Chancen auf Beförderung, und sie waren alle Berufssoldaten. Einige von ihnen hatten Frau und Familie, und nicht wenige mussten in den letzten Tagen vor dem Abflug die üblichen Streitereien über sich ergehen lassen. Für manche der Männer würde dieser Einsatz der eine zu viel sein, der, den ihre Ehen nicht mehr überstanden. Für andere würde es vielleicht der letzte Einsatz sein, bevor sie sich wegversetzen ließen, um die Ängste ihrer Frauen zu beschwichtigen, draußen, in jenem anderen Leben außerhalb der Basis.

Wieder andere hatten Angst. Es waren nicht nur die Neulinge, die davon geplagt wurden. Die vielleicht am wenigsten. Deren Angst war die Angst vor dem Versagen. Etwas falsch zu machen, wenn es darauf ankam. Sie kannten noch nicht die Furcht, die Männer überfallen konnte, die in Sichtweite der Küste mit ihrem Boot auf Grund lagen, während nicht weit entfernt die Patrouillenboote kreisten, die Spannung, wenn man an der Oberfläche in der Dunkelheit über Sperrnetze glitt und sich jeden Augenblick die Fäden von Leuchtspurmunition in den Nachthimmel erheben konnten, das Entsetzen im Inneren eines in ein Netz verstrickten Bootes. Aber die Älteren kannten sie mehr oder weniger gut. Ein paar hatten gelernt, damit zu leben, oder glaubten es wenigstens. Andere, die noch ein paar mehr Einsätze hinter sich hatten, wussten, dass man nie wirklich damit leben konnte. Es war wie Verschleiß, der einen irgendwann erledigte. Nicht sofort, nicht beim nächsten oder übernächsten Mal, aber der Zeitpunkt würde unweigerlich kommen. Das war die Angst der Alten – nicht rechtzeitig zu erkennen, wann man die unsichtbare Grenze erreicht hatte, die es einem unmöglich machte, einen weiteren Einsatz durchzustehen.

Falls jemand geglaubt hatte, es würden Monate vergehen, bis das Unternehmen zur Realität wurde, so hatte er sich getäuscht. Auf britischer Seite bestand anscheinend ein großes politisches Interesse, den USA beizuspringen, und dem hatte sich auch das Militär unterzuordnen.

Normalerweise wäre der zeitliche Vorlauf aber dennoch länger gewesen. Schließlich mussten die Boote erst nach Asien verlegt, ein Stützpunkt eingerichtet und die gesamte Technik installiert werden, die für die Wartung und Reparatur der Boote notwendig war. Aber bei dieser britisch-amerikanischen Kooperation verlief so manches anders. Die Boote würden selbstverständlich nicht direkt der US Navy unterstellt sein, sondern einen komplett eigenständigen Verband bilden. Zunächst einmal maßen die Besatzungen dieser Tatsache nicht viel Aufmerksamkeit bei. Erst als klar wurde, dass sie einen eigenen britischen Kommandeur vor Ort haben würden und Commander Frazier nur als Verbindungsoffizier zu den Amerikanern fungierte, begannen die Kommandanten, sich umzuhören. Aber da das gesamte Projekt unter striktester Geheimhaltung stand, vermochten auch sie keine weiteren Details in Erfahrung zu bringen.

Dafür ließen die Amerikaner zunächst die Muskeln spielen. Einen langwierigen Transport der Boote auf dem Seeweg gab es nicht. Stattdessen wurden sie bei Nacht und Nebel, sorgfältig verhüllt, auf Schwerlasttransportern nach Inverness gebracht, wo eine Transportstaffel der US Air Force sie aufnahm. Die Boote wurden einfach in gewaltige C5-Galaxy-Transporter geschoben. Für die Engländer eine verblüffende Erfahrung, zumal die riesigen Maschinen offensichtlich noch Platz für erheblich mehr Zuladung gehabt hätten. So hoben im Minutentakt noch vor dem Morgengrauen vier der mächtigen Transportflugzeuge in Inverness ab und machten sich auf die lange Reise, in den drei ersten Maschinen jeweils ein sorgfältig festgezurrtes Mini-U-Boot, Besatzung und Ausrüstung, in der vierten Maschine Stützpunktpersonal und noch mehr Ausrüstung. Zwischenlandungen gab es nicht, da einfach über dem Irak in der Luft aufgetankt wurde. Achtzehn Stunden später erfolgte die Landung in Inchon in Südkorea, wo erst drei Tage zuvor das Vorauskommando angekommen war, während sie noch an den Gräbern der *Mackerel*-Crew gestanden hatten.

18 : 15 Ortszeit, 09 : 15 Zulu –
Nördlich von Namp'o, Songun-Basis, Nordkorea

Bei Einbruch der Nacht starb ein alter Mann endlich einen gnädigen Tod. Zu diesem Zeitpunkt hatte er keinen heilen Knochen mehr im Leib. Eine Autopsie, wenn es denn eine solche gegeben hätte, hätte gezeigt, dass er letzten Endes an inneren Blutungen nach schweren Schlägen gestorben war. Aber das wäre nur die halbe Wahrheit gewesen. Tatsächlich war das Ende für Kim Gwang-Jo, den Vater der immer noch flüchtigen Kim Chung-Hee, eine Erlösung gewesen, nach über einer Woche gespickt mit Schlägen, Elektroschocks, eiskalten Güssen und vorgetäuschten Exekutionen. Umso verwunderlicher war es seinen Folterknechten erschienen, dass er partout keine Verbindungsleute preisgegeben hatte. Doch das war nun nicht mehr zu ändern.

Der schlanke Hauptmann der Geheimpolizei, der das letzte Verhör geleitet hatte, starrte auf den verdrehten Leichnam. Die Sache war ihm mehr als unangenehm. Nicht wegen der Folter, so etwas gehörte zur Routine. Aber wenn einem die Leute einfach wegstarben, weil man nicht aufpasste, konnte das immer unangenehme Fragen nach sich ziehen. Gedankenverloren zog er ein Zigarettenetui hervor und zündete sich einen Glimmstengel an. Während er tief inhalierte, ratterte sein Gehirn auf Hochtouren. »Unteroffizier Chieng!«

»Hauptmann Park?«

»Schaffen Sie den Müll beiseite. Ich nehme an, wir gehen beide davon aus, dass uns der Gefangene ohnehin nichts mehr zu sagen gehabt hätte?«

Der Unteroffizier, der schon zahllose Verhöre durchgeführt hatte, wusste genau wie sein Vorgesetzter, dass jemand, der sich so hartnäckig ausschwieg, statt ihnen ein paar Lügen aufzutischen, etwas zu verbergen hatte. Aber das basierte natürlich nur auf Instinkt und Erfahrung, bildete keinen Beweis. Zögernd nickte Chieng. »So ist es, Hauptmann!« Er zuckte mit den Schultern. »Sieht so aus, als hätten wir den falschen Mann erwischt.« Es würde so am besten sein; ein offener Fall würde nur Weiterungen nach sich ziehen.

Der Offizier nahm einen weiteren tiefen Zug aus seiner Zigarette. »Nur, dann wären unsere Informationen falsch, nicht wahr?« Erneut blickte er auf den Toten. Irgendwie fühlte er sich betrogen und hasste den Alten beinahe dafür, dass er ihm vor der Zeit weggestorben war. Aber das ließ sich nun nicht mehr rückgängig machen.

Park Haneul sah Chieng an. »Wissen Sie, Unteroffizier, manchmal ist es gerade das Offensichtliche, das man übersieht. Alles deutete auf das Dorf und auf die Familie Kim. Aber was, wenn der Alte wirklich nichts gewusst hat?«

»Soll ich mit seiner Familie weitermachen?« Die Stimme des Unteroffiziers klang unbeeindruckt. Als spreche er davon, einen Einkaufsbummel zu unternehmen oder etwas ähnlich Harmloses, aber nicht, Menschen Schmerz zuzufügen, ihnen die Knochen zu brechen, ihnen die Haut vom Leib zu schneiden oder Gliedmaßen abzutrennen. Es gab immer eine Möglichkeit, Menschen zum Sprechen zu bringen, vorausgesetzt natürlich, sie starben nicht versehentlich zu früh, und für Unteroffizier Chieng waren seine Opfer nichts anderes als die Tiere auf einem Schlachthof für den Schlächter. Arbeitsmaterial.

Hauptmann Park warf die Zigarette auf den Betonboden und trat sie aus. »Kümmern Sie sich darum, Unteroffizier.« Er seufzte und schnippte ein Stäubchen von der Uniform.«Ich sehe die Unterlagen noch einmal durch, vor allem auch die anderen Verhörprotokolle.« Er verzog keine Miene. »Es gibt irgendwo etwas, und wir werden es finden, Chieng!«

19 : 00 Ortszeit, 10 : 00 Zulu – Inchon Base, Südkorea

Lieutenant Thorndyke zupfte angewidert an seinem schweißnassen Hemd und sah Summers missmutig an. »Hattest du nicht irgendetwas gesagt wie, alles sei besser als das schottischen Wetter?«

»Muss mich wohl getäuscht haben!« Summers saß steif auf einem Stuhl, um die Berührung seines feuchten Rückens mit dem Plastik der Lehne zu vermeiden. »Immerhin ist es hier drinnen einigermaßen erträglich!«

Thorndyke lauschte dem Brummen der Klimaanlage. »Ja, die Amis haben gute Arbeit geleistet, das muss man ihnen lassen.« Er sah sich nach dem dritten Mann ihrer Runde um. »Ron, was meinst du?«

Ron Baxter, der gerade erst zu ihnen gestoßen war, verzog das Gesicht. »Ich bin mir nicht sicher, aber ich habe was läuten hören.« Er hielt inne.

Summers beugte sich interessiert vor. »Spuck's aus!«, forderte er Baxter auf.

»Unser neuer Kommandeur soll morgen eintreffen. Jedenfalls ist Lieutenant Commander Miller ganz aus dem Häuschen. Scheint jetzt schon die Hosen gestrichen voll zu haben.«

Thorndyke dachte nach. Lieutenant-Commander Frank Miller war ein freundlicher Mann in den Vierzigern und damit etwas zu alt für seinen Rang. Bisher hatte er das Kommando gehabt, wobei es in den wenigen Tagen, seit er mit der Vorhut angekommen war, nicht viel zu befehlen gegeben hatte. Sie hatten die Boote zu Wasser gelassen, sich über die Möglichkeiten informiert, die ihnen das amerikanische Trossschiff USS *Sibuyan* bot, und begonnen, ihre Werkstätten in den großen aufblasbaren Hallen aufzubauen, die ihnen die Amerikaner hingestellt hatten. Viel anderes gab es ohnehin nicht zu tun. Inchon Base trug zwar den Namen der nächsten größeren Stadt, aber die war in Wirklichkeit über zwanzig Meilen entfernt. Wenn man es genau betrachtete, dann gab es in der näheren Umgebung nicht mehr als ein kleines Fischerdorf. Nicht gerade eine Touristenattraktion, zumal Nuomp'on bereits sehr dicht an der Sperrzone rund um den achtunddreißigsten Breitengrad lag. Die Todeszone, aber das ging sie nicht viel an – noch nicht.

Der Lieutenant rieb sich das Kinn. Viel interessanter war die Frage, warum Miller regelrecht in Panik verfallen war. »Hast du einen Namen mitbekommen?«

Ron Baxter nickte, und an seinem Gesichtsausdruck sah man, dass ihnen die Neuigkeiten nicht gefallen würden. »Wir stehen nun unter dem Kommando des sehr ehrenwerten Commander Michael Dewan, DSC!«

Summers gab einen erstickten Laut von sich. »Dewan? Und mit einem DSC? Au Backe!«

Auch Thorndyke wusste nicht, was er sagen sollte. Die Navy war wie eine große Familie, man begegnete sich immer wieder oder hörte zumindest oft voneinander. Aber was ihm bisher über Dewan zu Ohren gekommen war, hatte nicht erfreulich geklungen. Er sah Baxter an. »Ich bin ihm persönlich nie begegnet, aber er soll ein Eisenfresser sein. Und ein DSC?«

Das Distinguished Service Cross, eine hohe militärische Auszeichnung, war seit dem Zweiten Weltkrieg nicht ganz hundert Mal vergeben worden. Wenn Dewan eins hatte, bedeutete das, dass er sich hervorgetan haben musste. Direkt im Kampf. Thorndyke verzog das Gesicht. »Das muss er dann wohl im Irak bekommen haben.«

»Wundert mich etwas, es gab zwar viele Gerüchte, aber eigentlich hatte die Navy da unten ja nicht viel zu tun.« Summers konnte es immer noch nicht ganz fassen.

»Na, du solltest es doch am besten wissen«, meinte Baxter trocken. »Du warst ja selber da, Charles, auch wenn du kein Lametta bekommen hast.«

»Wäre auch unverdient gewesen.« Summers lehnte sich zurück und verzog das Gesicht. »Wir haben Umm-Quasr ausgekundschaftet, einen der wenigen Häfen. Jemand hatte Angst, dort würden mit Sprengstoff beladene Boote bereitstehen, um sich auf die Kriegsschiffe zu stürzen, wenn die in den Golf einliefen.« Er zuckte mit den Schultern. »Erstens sind die Kriegsschiffe nur selten in den Golf eingelaufen, und zweitens war das Kaff tot wie ein Türnagel. Also kein Orden. Dewan muss etwas anderes gemacht haben.«

»Das Letzte, was ich von ihm hörte, ist, dass er sich auf Aufklärung spezialisiert hat. Wer weiß, was da gelaufen ist. Darüber wird aber auch nicht groß rumgequatscht.« Thorndyke erhob sich. »Aber mal abgesehen vom DSC, wenn auch nur die Hälfte stimmt, was man über ihn erzählt, dann ist er ein Stinkstiefel!« Er grinste. »Ich schau mal nach, was meine Männer so treiben. Wenn nicht einmal Trevor hier auftaucht, muss es irgendwo was Interessantes geben.«

Summers musterte den Lageraum, die Papiere, die überall herumlagen, und die Karten an der Wand. Es war nicht schwer, sich vorzustellen, wie es hier bald zugehen würde. Stäbe hatten ihre eigenen Gesetze. Schon jetzt standen den achtzehn U-Boot-Fahrern beinahe dreißig Mann Stützpunktpersonal und sechzehn Stabsmitarbeiter gegenüber, eine Art militärischer Verwaltungs-Turmbau zu Babel. Er zwang sich ein träges Grinsen auf das Gesicht. »Gute Idee! Und Ron, entspann dich, vielleicht haben wir Glück, und die Geschichte mit Dewan ist wirklich nur ein Gerücht.«

18 : 30 Ortszeit, 23 : 30 Zulu – Langley, Virginia, USA

»Nachricht aus Korea, Sir!«
Die Hand, die den Telefonhörer hielt, griff etwas fester zu, doch die Stimme des Mannes verriet nichts von seiner Anspannung. »Ich höre?«
»Dringlichkeitsstufe Drei! Korean Rap! Machen Ferien, haben Anschluss an die Reisegruppe verloren.« Die Stimme der jungen Frau in der Fernmeldezentrale klang ruhig. Worin die Bedeutung der Botschaft lag, wusste sie nicht, aber das war ihr eigentlich auch egal. Ihr Job war es, Nachrichten zu entschlüsseln und weiterzugeben, nicht mehr und nicht weniger.
Jack Small, erst seit einem halben Jahr Projektleiter, nachdem er viele Jahre lang selbst im Außendienst gewesen war, spürte Übelkeit in sich aufsteigen, unterdrückte sie aber und bedankte sich, um dann noch hinzuzufügen: »Sollte es neue Nachrichten geben, rufen Sie mich an, selbst wenn es mitten in der Nacht ist! Richten Sie das auch den nachfolgenden Schichten aus.«
»Jawohl, Sir!« Die junge Frau legte auf.
Small lehnte sich etwas in seinem Stuhl zurück und spielte nervös mit einem Kugelschreiber. Er hatte es

fraglos zu was gebracht, saß in einem geschmackvollen Arbeitszimmer, gehörte zur Führungsriege und musste vor allem nicht mehr tagtäglich seinen Hals im Feld riskieren. Er zählte nun zu jenen fernen, gesichtslosen Gestalten, die sie draußen immer als »Langley« bezeichnet hatten.

Er seufzte leise. *Machen Ferien.* Mit anderen Worten, Korean Rap tauchte ab, soweit sich das in Nordkorea machen ließ. *Haben Anschluss an Reisegruppe verloren.* Welcher seiner Agenten auch immer die Meldung gesendet hatte, er verfügte über keinen Kontakt mehr zu anderen Teilen des Netzes, er war allein auf sich gestellt. Nicht auszuschließen war, dass es auch noch weitere Agenten gab, die auf freiem Fuß waren, möglicherweise auf der Flucht. Es konnte aber auch sein, dass sie schon alle in den Verhörzellen der Geheimpolizei saßen.

Jack Small warf den Kugelschreiber wütend auf den Tisch. Wenn Korean Rap gescheitert war, nun gut, das kam vor. Aber er würde alles unternehmen, was möglich war, um wenigstens seinen Leuten die Flucht zu ermöglichen. Außerdem war vielleicht alles nur halb so schlimm, wie es sich zunächst angehört hatte. Er griff sich aus dem Seitenfach seines Schreibtisches zwei Mappen und breitete sie auf der Arbeitsfläche aus. Ihren Inhalt hätte er zwar auch auf seinem Computerbildschirm aufrufen können, aber wenn es darum ging, aus den Worten ein Bild zu entwickeln, dann bevorzugte Small immer noch die gute, altmodische Papierform. Nachdenklich blickte er auf die Beschriftungen: »Korean Rap« und »Shallow Waters«. Zwei Projekte, die zwar theoretisch so viel miteinander zu tun hatten wie Kühe und Klavierspielen, aber faktisch dennoch vielfältig miteinander verknüpft waren. Er würde daher Frazier in

Seoul anrufen müssen. Zögernd griff er zum Hörer und blickte sich in seinem Büro um. Teure Möbel, Klimaanlage, bequeme Sitzmöglichkeiten. Nicht schlecht, aber nicht zum ersten Mal erschien es ihm trotzdem wie ein Gefängnis.

08 : 00 Ortszeit, 23 : 00 Zulu – Inchon Base, Südkorea

Es war kein Gerücht. Commander Michael Dewan, ausgezeichnet mit Distuingished Service Cross und Military Cross, traf noch spät am selben Abend ein. Mit Ausnahme des Stabschefs bekam ihn jedoch kaum jemand zu Gesicht. Er zog sich in das für ihn bereitgestellte Arbeitszimmer zurück und ward nicht mehr gesehen. Nur wenige Leute auf dem Stützpunkt registrierten, dass die ganze Nacht im seinem Büro das Licht brannte, weil der neue Kommandeur es sich nicht nehmen ließ, sämtliche Personalakten durchzuarbeiten, alle Berichte zu lesen und sich mit Hilfe der Karten einen ersten Überblick zu verschaffen. Erst am nächsten Morgen traf Dewan auf die ihm unterstellten Männer, und diese erste Begegnung sollte sich ihnen nachhaltig ins Gedächtnis prägen.

Wie üblich warteten sie bereits im Briefing Room auf die tägliche Offiziersbesprechung, die kurz nach dem Frühstück stattfand. In diesem abgelegenen Teil Südkoreas gab es eigentlich keinen Grund, auf legere Kleidung zu verzichten, und die meisten der Männer hatten entweder einfach Tropenuniform mit kurzärmeligen Hemden und kurzen Hosen an oder aber Overalls, die für die Arbeit in den Werkstätten oder auf den Booten am praktischsten waren.

Umso mehr verwunderte der Anblick von Commander Dewan, der die vollständige weiße Uniform trug, inklusive Jackett und Binder. Irritiert betrachteten die junge Offiziere ihren neuen Chef, in dessen Kielwasser ein offensichtlich verschreckter Frank Miller mit einem Stapel Papiere in den Raum segelte.

Dewan schien sich aus den erstaunten Blicken der Männer nichts zu machen, so er sie denn überhaupt wahrnahm. Er stellte sich hinter das Pult und musterte intensiv die gesamte Runde. Stille kehrte ein.

Thorndyke, der in der ersten Reihe saß, hatte Muße, sich den neuen Kommandeur in Ruhe anzusehen. Dewan mochte um die vierzig sein, eher noch darunter. Trotzdem zeigten sich in seinem schwarzen Haar bereits erste graue Strähnen, als er die Mütze abnahm und sorgfältig auf dem Pult platzierte.

Wer einen veritablen Helden nach dem Vorbild der Special Forces im Kino erwartet hatte, musste zwangsläufig enttäuscht sein. Dewan war allenfalls durchschnittlich groß. Sein Haar war militärisch kurz geschnitten und seine Haut stark gebräunt. *Logisch, wenn er gerade erst aus dem Irak zurück ist!* Thorndyke verkniff sich ein Schmunzeln. Jedenfalls machte der Alte es stilvoll, was immer dabei auch herauskommen mochte. Als er jedoch den Blick aus Dewans kalten blauen Augen auf sich gerichtet sah, setzte er sich trotzdem etwas aufrechter hin.

Dewan warte, bis es so ruhig war, dass man eine Stecknadel hätte fallen hören können. Dann nickte er leicht. »Guten Morgen, Gentlemen!«

»Guten Morgen, Commander!« Es klang wie von Kindern in der Schule, aber offensichtlich erwartete das der neue Chef.

»Schön, meine Herren, reden wir nicht lange drum herum! Wie Sie sicher bereits vernommen haben, bin ich der neue Kommandeur hier. Ich bin mir darüber im

Klaren, dass wir hier ziemlich am Arsch der Welt sitzen ...« Ein paar der Männer setzen wegen dieser offenen Worte zu einem Grinsen an, das jedoch auf ihren Gesichtern gefror, als Commander Dewan weitersprach. »... und wie man mir versicherte, verstehen Sie alle Ihr Handwerk. Dennoch, bis die Admiralität uns wieder abberuft, repräsentieren wir hier die Royal Navy, Gentlemen.«

Sein Blick glitt erneut über die Ansammlung kurzer Hosen und ölverschmierter Overalls. »Sie haben es sicher schon gehört, die Royal Navy hat ein paar jahrhundertealte Traditionen. Eine jedoch ist bestimmt nicht dabei – Schlampigkeit!« Sein Ton wurde schärfer. »Wir sind hier bei den Amerikanern zu Gast, und ich bitte mir daher aus, dass Sie sich, auch was die Kleidung betrifft, strikt an die Vorschriften halten! Tragen Sie Overall, wenn Sie an den Booten arbeiten, aber zu einer Offiziersbesprechung möchte ich Sie in korrekter Tagesuniform sehen, Gentlemen!« Er wurde wieder etwas leiser. »Weiteres entnehmen Sie bitte meinen ständigen Befehlen, die Lieutenant Commander Miller im Anschluss an diese Besprechung ausgeben wird.«

Thorndyke zwinkerte verwundert mit den Augen. Das konnte ja was Schönes geben.

Charles Summers räusperte sich. »Verzeihung, Sir! Ohne es an dem gebührenden Respekt mangeln zu lassen, aber unser Job ist nicht ganz frei von Risiken.« Er leistete sich ein Lächeln. »Manchmal hilf eine gewisse Lockerheit darüber hinweg, Sir!«

Commander Michael Dewan starrte Summers an, als hätte dieser einen schweinischen Witz gerissen. Wieder wurde es still. Dewan sprach so leise, dass Summers sich vorbeugen musste, um dessen Entgegnung zu verstehen. »Lieutenant, wenn Sie lange genug leben, um Ihren Commander mit drei Tage altem Bart, den Hintern halb aus der Hose, durch dieses Gelände schleichen zu sehen, dann, und nur dann, haben Sie das Recht, meine Befehle in diesem Zusammenhang in Frage zu stellen. Haben wir uns verstanden?« Seine Augen schienen sich in Summers zu bohren.

Der Lieutenant hatte keine andere Wahl, als zu nicken. »Aye, Sir!«

»Gut!« Dewan zeigte sich zufrieden. »Kommen wir zum nächsten Punkt! Die Amerikaner haben zugesagt, mir bis zum Mittag alle notwendigen Aufklärungsunterlagen zukommen zu lassen. Danach wird es Zeit für eine erste Sondierung des Einsatzgebietes. Lieutenant Thorndyke, Sie werden das mit der *Dolphin* übernehmen. Ich erwarte Sie um drei in meinem Arbeitzimmer.«

»Aye, aye, Sir!«

»Sehr gut!« Dewan sah sich um. »Lieutenant Commander Miller wird Sie um Berichte über den Einsatzstatus der Boote bitten, Gentlemen. Einige der Fragen werden Ihnen vielleicht seltsam vorkommen, aber bedenken Sie, dass er in meinem Auftrag handelt. Wir befinden uns hier nicht in heimischen Gewässern. Es handelt sich auch nicht um irgendein Land, in dessen Gewässern wir unsere Mission durchführen müssen, sondern um Nordkorea mit seinem kommunistischen Terrorregime. Rechnen Sie daher nicht mit einer Behandlung nach der Genfer Konvention, sollten Sie oder einer Ihrer Männer in Gefangenschaft geraten.« Er holte tief Luft. »Es ist besser, Sie fangen an, die andere Seite als Feind zu betrachten.«

Die Offiziere sahen einander verblüfft an, aber keiner wagte, eine Zwischenfrage zu stellen. Der Commander sprach, als wären sie bereits mitten im Krieg, und dabei ging es doch lediglich darum, etwas mehr darüber zu erfahren, was die Nordkoreaner so trieben.

Dewan, dem die Reaktionen natürlich nicht entgangen waren, grinste, aber die Belustigung erreichte seine Augen nicht. »Nicht weit von hier liegt der achtunddreißigste Breitengrad. Es bildet eine Front, schon seit vielen Jahren; denn der Norden hat seine Ansprüche auf den Süden nie aufgegeben. Seien Sie sich dessen immer bewusst. Und für diejenigen, die glauben, wir haben Frieden – vergessen Sie es! Wenn überhaupt, dann haben wir gerade keinen heißen Krieg!« Sein aufgesetztes Grinsen verschwand schlagartig wieder, und als sei nichts gewesen, sprach er ruhig weiter. »Wenn mich also jeder verstanden hat, dann an die Arbeit!« Mit einer knappen Bewegung stülpte er sich die Mütze auf den Kopf und rauschte hinaus, gefolgt von den Blicken der Männer.

Lieutenant Commander Miller nahm den verwaisten Platz hinter dem Pult ein. Er räusperte sich mühsam. »Nun, meine Herren, Sie haben gehört, was der Commander gesagt hat. Ich verteile jetzt seine ständigen Befehle.« Er zögerte kurz, und danach klang seine Stimme beinahe so, als würde er um ein Wunder flehen. »Der Commander bittet um genaueste Einhaltung!«

Thorndyke beobachtete, wie Miller die Papiere vorsichtig aufnahm, als fürchte er, sie würden explodieren. Ganz wohl schien ihm nicht zu sein, als er langsam durch die Reihen ging und jedem der Männer eine Kopie reichte.

Der Lieutenant blätterte bedächtig durch das Konvolut. Dienstplan, Kleiderordnung, Landgang, Dewan schien an alles gedacht zu haben. Thorndyke fragte sich, wann der Mann das alles zusammengestellt haben mochte. Er schien ein harter Arbeiter zu sein, oder aber, das war so eine Art Standardprogramm.

Er blickte auf, als Summers wütend murmelte: »Demnächst will er wohl, dass ich mein Boot mit Dreispitz und Degen kommandiere?« Thorndyke lächelte schmal. *Charles regte sich immer so schnell auf!* Thorndyke kostete es Mühe, sich einzugestehen, dass dem so war. Er kannte Summers schon lange genug, und wahrscheinlich kannte kaum jemand ihn besser. Sie hatten beide zusammen bei den Kleinst-U-Booten angefangen. Mit all den dazugehörigen Problemen. Und es war ein langer, harter Weg gewesen, um dahin zu gelangen, wo sie heute standen. Trotz seiner jungen Jahre fühlte Thorndyke sich manchmal alt. Vor allem, wenn er an jene dachte, die es nicht so weit gebracht hatten, sondern vorher auf der Strecke geblieben waren.

Er warf Summers einen prüfenden Blick zu. Charles hatte das auch alles mitgemacht. So etwas kann ein Band zwischen zwei Männern schaffen, und so hatte es niemanden gewundert, dass sie enge Freunde wurden. Es gab auch zwischen ihren Besatzungen immer gute Beziehungen, und nicht selten hatten sie alle gemeinsam wüste Partys gefeiert.

Bis Janet in ihr Leben getreten war und ihre kleine verschworene Welt durcheinandergewirbelt hatte. John unterdrückte den dumpfen Schmerz, der durch die Erinnerung heraufbeschworen wurde. Das war Vergangenheit. Aber auf Charles würde er ein Auge haben müssen. Sie waren lange genug dabei. *Die Besten!* Doch was hieß das schon. Es bedeutete nur, dass sie überlebt hatten, um sich damit für noch üblere Jobs zu qualifizieren. Was wusste Dewan schon?

Trevor James erhob sich langsam von seinem Stuhl und schlenderte zur Wand, an der ein Pin-up-Kalender hing. Mit einem roten Filzstift schrieb er sorgfältig eine Eins über das Datum. Dewans Tag eins. Egal, wie lange der Korea-Einsatz unter dem Befehl von Dewan auch dauern mochte, er würde ihnen allen wie eine Ewigkeit in der Hölle vorkommen.

08 : 15 Ortszeit, 23 : 15 Zulu – Songun Basis, Nordkorea

Nicht einmal hundert Meilen entfernt blätterte Kapitän 2. Klasse Tran van Trogh gelangweilt durch seine Unterlagen. Bereitschaftsmeldungen, Fertigungsberichte über Teile der neuen Anlage. Dazwischen der Funkbefehl, mit einem mehr oder weniger hochrangigen Politiker eine Führung zu veranstalten, der mit irgendeinem großen Tier der Parteihierarchie verwandt war. Mehr oder weniger das Übliche. Van Trogh wusste, dass das Vorhandensein der neuen Anlage kein Geheimnis bleiben würde. Aber sehr viel mehr, als dass es sie gab, würden die amerikanischen Satelliten nicht herausfinden können, denn die eigentlichen Geheimnisse, die sich in ihrem Innern befanden, blieben den Himmelsspionen verborgen.

Tran war nicht direkt mit Sicherheitsproblemen befasst, aber er konnte sich an fünf Fingern ausrechnen, dass dieses Projekt die Amerikaner oder ihre Verbündeten nicht ruhen lassen würde.

Sein Blick blieb an einem der Geheimdienstberichte hängen. Es gab eine Unzahl davon. Die Amerikaner, die koreanischen Landsleute im Süden, neuerdings sogar Japaner als Instruktoren im Rahmen der SEATO, sie alle waren ständig in Bewegung. Irgendetwas war immer los, und Kapitän Tran van Trogh hatte keinerlei Zweifel, dass seine »kapitalistischen« Kollegen auf der anderen Seite ähnliche Berichte erhielten und sicher nicht weniger.

Sein glattes Gesicht zeigte keine Regung, als er die Schriftzeichen überflog. Nur seine Augen begannen zu funkeln. Die Briten also! Im Report wurde allerdings nur der Antransport schweren Materials erwähnt. Blieb die Frage, welchem Zweck es dienen sollte. Der Errichtung einer neuen Radaranlage?. Nicht gerade plausibel. Die Amerikaner hatten da viel mehr zu bieten. Es musste also eine anderen Grund dafür geben, warum die Briten sich bei ihren amerikanischen Verbündeten einquartiert hatten. Tran van Trogh brauchte nicht einmal auf die Karte zu sehen. Seit über fünfzig Jahren war das Land entlang dem achtunddreißigsten Breitengrad geteilt. Jeder Offizier, der auch nur einen Schuss Pulver wert war, wusste um die Unsicherheit an der Grenze, um die Minenfelder. Und ihm war ebenso bekannt, welche Orte jenseits der Grenze wo waren und welche Straßen dorthin führten. Der Informationsstand auf südkoreanischer Seite lief umgekehrt auf das Gleiche hinaus. Denn beide Länder warteten. Auf den Krieg, auf eine friedliche Wiedervereinigung, ein Wunder? Sie wussten es nicht. Und bis was immer auch eintreten würde, spielten sie alle ihre gefährlichen Spiele entlang der künstlichen Grenze weiter.

15 : 00 Ortszeit, 07 : 00 Zulu – Inchon Base, Südkorea

»Na, das lief heute Morgen ja gar nicht so schlecht!« Zufrieden sah Dewan zu Thorndyke auf, der sich vor seinem Schreibtisch postiert hatte. Er machte sich nicht die Mühe aufzustehen, sondern deutete stattdessen auf einen Stuhl. »Nehmen Sie Platz, Lieutenant!«

Wenn du es sagst? Thorndyke erinnerte sich an die bösen Kommentare der anderen Männer. Was immer Dewans Definition von »gut gelaufen« sein mochte, er blieb lieber auf der Hut. Vorsichtig ließ er sich auf dem Stuhl nieder und legte die Mütze, die er zuvor unter den Arm geklemmt hatte, auf seine Knie. »Ich sollte mich bei Ihnen melden, Sir!«

»Ja, Thorndyke, ich habe eine Aufgabe für Sie!« Er deutete auf die Karte an der Wand. »Nordkorea! Wir wissen wenig über unser Operationsgebiet. Nicht viel mehr, als uns die offiziellen Karten zeigen. Die Amerikaner haben uns zwar viele Satellitenbilder überlassen, doch die verraten natürlich nicht, wie es unter der Wasseroberfläche aussieht.«

»Der Grund für unsere Existenz, Sir!«

»Ja, darüber bin ich mir im Klaren, Lieutenant!«, erklärte Dewan süffisant. »Dass Ihr neuer Kommandeur nicht aus Ihrer kleinen Welt stammt, bedeutet nicht, dass er keine Ahnung hat.«

»Verzeihung, Sir, ich wollte keineswegs andeuten …«

Mit einer kurzen Handbewegung wischte Dewan die Episode beiseite. »Vergessen Sie es, Lieutenant! Ich habe es auch nicht so aufgefasst!«

»Danke, Sir!« Thorndyke lehnte sich etwas zurück. Der Alte schien gut gelaunt, doch das mochte nicht viel besagen. Seine Stimmungswechsel konnten von einem Augenblick auf den anderen erfolgen, und sie waren inszeniert. Ein Lächeln erreichte die Augen genauso wenig wie etwaiger Ärger. Dewans Augen waren blau, aber nicht das Blau des Chinesischen Meers oder das Blaugrau des Atlantik. Sie waren hell wie zwei polierte Kiesel. Und was auch immer ihr Besitzer wirklich denken oder fühlen mochte, sie verrieten nichts.

»Also, wie lauten die Befehle, Sir?«

Dewan nickte beifällig: »Die Amerikaner drängeln. Deren Geheimdiensten liegen Informationen vor, denen zufolge es irgendwo im Mündungsgebiet des Taedong-gang, in der Gegend von Namp'o, einen unterirdischen Komplex gibt. Natürlich treibt die Amis etwas die Sorge um, es könne sich dabei um eine weitere Atomanlage handeln. Es ist ja nicht so, dass die potentielle Bedrohung durch Nordkorea vom Tisch wäre, nur weil jetzt der Iran etwas für Ablenkung sorgt.«

»Das bedeutet, wir sollen uns anpirschen. Und was dann?«

Dewan winkte ab. »Ich habe vorgeschlagen, in die Flussmündung einzudringen, aber die Amerikaner wollen keine irgendwie geartete Provokation riskieren. Vor allem nimmt man an, die Gelben verstünden eventuell etwas von Mini-U-Booten. An der Ostküste hat es ja bereits den einen oder anderen Zwischenfall gegeben.«

Thorndyke erinnerte sich. Die Meldungen waren ja auch groß genug durch alle Medien gegangen. Kleinst-U-Boote russischer Bauart waren offenbar gar nicht mal so selten.

»Sie glauben nicht daran, Sir?«

Dewan zuckte mit den Schultern. »Das tut nichts zur Sache. Wesentlich ist, dass die Amerikaner daran glauben. Auch wenn es sich wahrscheinlich nur um eine mehr oder weniger sporadische Waffenhilfe der Russen gehandelt haben mag. Die lassen sich ja heutzutage auch nicht mehr in alles reinziehen. Der Kalte Krieg ist vorbei, hat man mir wenigstens beteuert.«

»Ja, habe ich auch so gehört, Sir! Aber wie kommen nun wir ins Spiel?«

»Sie werden nicht in die eigentliche Mündung vordringen, sondern davor auf und ab laufen, um mit

Hilfe eines Sensorcontainers Reststoffe aus einer eventuellen Nuklearanlage aufzuspüren. Mehr oder weniger Wasserproben sammeln und gleichzeitig das Revier erkunden.«

Der Lieutenant lächelte, obwohl er wusste, dass solche Geschichten nicht ganz ungefährlich waren. Aber dafür waren sie schließlich hier. »Wann?«

»In den nächsten Tagen.« Dewan reichte Thorndyke ein Blatt Papier. »Das ist sozusagen mein Plan. Sehen Sie ihn sich an, und sagen Sie, was Sie brauchen. Ich nehme an, wir werden irgendwann weitere Unterstützung erhalten. Einen Stab, mit dem man arbeiten kann.«

»Wir haben gerade einmal drei Boote hier, Sir!«

»Ja, im Moment! Warten wir ab, was geschieht, Thorndyke.«

Lieutenant Charles Summers lag flach auf dem Rücken und starrte zum Ventilator empor. Das Hemd war weit geöffnet, um auch den geringsten Luftzug noch einzufangen, trotzdem war er schweißnass. Nicht, dass es ihm etwas ausgemacht hätte. Erstens gab es Schlimmeres, und zweitens verriet der Pegel in der Flasche Scotch, die er umklammerte, dass er bereits über den Punkt hinaus war, sich darum zu scheren.

Der Kommandant der *Stingray* wusste, dass er zu viel trank. Das Problem war nicht neu. Viele Offiziere taten es ihm gleich. Auf abgelegenen Stützpunkten, manchmal sogar auf See. Es gab immer Gründe. Partys, Traditionen und oft genug auch das Warten auf Nachrichten von daheim. Bei Summers war es Letzteres. Immer wieder kehrten seine Gedanken zurück zu ihrem letzten gemeinsamen Abend, bevor er mit der Gruppe nach Korea flog. Doch es war alles andere als ein romantischer Abend gewesen. Bis spät in die Nacht hatten sie gestritten, und am Ende hatte er die Nacht im Gästezimmer verbracht. Selbst am Morgen war Janet nicht heruntergekommen, als er sich einen letzten Tee kochte, bevor er durch den dicken schottischen Nebel zum Stützpunkt fuhr.

Es waren immer wieder die gleichen Themen, die hochkochten, und der Streit war nicht der erste dieser Art gewesen. Es war immer wieder die Bitte aufzuhören! Aufhören? Zurück in den regulären Dienst? Das hier war seine Chance, nicht nur auf Beförderung, sondern vor allem auf Auszeichnungen, die später seiner Karriere nützlich sein würden. Janet musste es doch wissen, sie war selber lange genug in der Navy gewesen. Im Frieden war es schwer, sich auszuzeichnen, und das war wiederum nötig, um voranzukommen. *Und er war immer noch der Beste! Trotz aller Vergleiche!* Zornig nahm Summers einen weiteren Schluck. Zum Teufel mit Dewan und seinem DSC!

Die Sonne versank im Gelben Meer in einer Flut aus flammenden Farben. Hier, auf der geografischen Breite von Sizilien, war die Dämmerungsphase deutlich kürzer als in den heimischen Gefilden, aber der Sonnenuntergang farbiger. Er passte zu den Ländern, die in diesen Breiten- und Längengraden lagen: exotisch, bunt, ein Meer aus Rot und Gelb. Schön anzusehen, aber für die Soldaten aus dem fernen Europa so fremd wie die Bevölkerung dieser Länder, und genauso war auch das Gelbe Meer, mit seinen Untiefen, den plötzlich heraufziehenden Stürmen und der dann wieder täuschend friedlichen See.

Das feurige Schauspiel ließ auch die stumpfen Rümpfe der beiden Boote aufleuchten, die sich an die massige Bordwand des amerikanischen Versorgungsschiffes USS *Sibuyan* schmiegten wie verängstigte Küken an eine Glucke. HMS *Dolfin* fehlte. Das Boot war bereits in einer der Werfthallen verschwunden, um neu konfiguriert zu werden. Dewan hatte nicht die Absicht, Zeit zu verschwenden.

Auf der anderen Seite der *Sibuyan* lag der neueste Zuwachs der Basis. USS *Grayling*, offiziell bereits seit fünf Jahren ausgemustert, aber wie meistens traf nicht alles Offizielle auch wirklich zu. Mit seinen über viertausend Tonnen Verdrängung wirkte das Atom-U-Boot in der engen Bucht wie ein Gigant. Reger Barkassenverkehr von der *Sibuyan* zur Pier zeugte davon, dass die Besatzung die mehr oder weniger aufregenden Möglichkeiten des Landganges nutzte. Die amerikanischen Boote kamen zwar viel in der Welt herum, aber nur selten ergab sich die Gelegenheit, auch mal an Land zu gehen. Kein Wunder also, dass die Mannschaftsgrade gern davon Gebrauch machten.

Nur für die Offiziere bestand Präsenzpflicht. Bis tief in die Nacht brannten im Lagezimmer die Lichter. Der Countdown für den Einsatz von HMS *Dolfin* lief, und bis dahin war noch einiges zu erledigen. Aufgabe der *Grayling* würde es sein, das Kleinst-U-Boot zum Ausgangspunkt der Operation zu schleppen, um die begrenzten Ressourcen der *Dolfin* zu schonen. Es wäre zwar für das kleine Boot durchaus möglich gewesen, direkt ins Operationsgebiet zu laufen, aber niemand konnte genau vorhersagen, wie viel Zeit der dortige Einsatz beanspruchen würde. Vorsicht war deswegen immer noch die Mutter der Porzellankiste.

Und so wurde diskutiert, wurden Treffpunkte besprochen, Notfallsignale verabredet und alle möglichen Kleinigkeiten geklärt. Im Lagezimmer roch es nach Schweiß und Zigarettenrauch, draußen süßlich nach exotischen Pflanzen. In der Baracke hörte man Männerstimmen, draußen nur das Zirpen der Zikaden, die hier beinahe zwei Zoll groß werden konnten. Ein unüberhörbares Konzert, und der Kontrast konnte wohl kaum größer sein. Aber die Zeit, um den trügerischen Frieden zu genießen, lief ab.

4. Kapitel

18 : 30 Ortszeit, 09 : 30 Zulu – Pjöngjang, Nordkorea

Kim Chung-Hee, die Letzte der Familie Kim, die sich noch auf freiem Fuß befand, wusste weder etwas vom Tod ihres Vaters noch darüber, wie es ihren Angehörigen ging. Was denen in den Verhörzellen der Geheimpolizei in Namp'o an Folter widerfuhr, konnte sie zumindest annähernd erahnen. Sie verspürte Trauer, Wut, vor allem aber Hilflosigkeit. Es gab absolut nichts, was sie für ihre Familie hätte tun können. Wer einmal in den Fängen der Geheimpolizei gelandet war, dessen Schicksal war besiegelt. Wie alle Nordkoreaner auch machte Chung-Hee sich darüber nichts vor. Eigentlich wäre es nun an ihr gewesen, zu beten, dass ihren Verwandten ein schnelles, gnädiges Ende beschieden sein möge. Aber wie bittet man Götter, an die man nicht wirklich glaubt, um den Tod von Vater, Mutter und Geschwistern?

Die junge Frau blickte sich um. Sie kannte sich in der Hauptstadt nicht aus. Für jemanden wie sie, der aus einem weit entfernten Fischerdorf stammte, war Pjöngjang eine fremde, unbekannte Welt. Aber nun war sie hier, Teil eines lebenden Dschungels bestehend aus knapp drei Millionen Koreanern. Sie hatte zwar keinerlei Papiere, aber die brauchte sie auch nicht. Es gab so viele Menschen, dass es schlechthin unmöglich war, auch nur einen Bruchteil von ihnen zu kontrollieren. Ein gewisses Risiko existierte natürlich immer, aber sie schätzte es nicht allzu groß ein. In der Hauptstadt des kommunistischen Nordkorea diente alles – Museen, die Bauruine des Ryugyöng-Hotels, das vermutlich nie fertig werden würde, der Triumphbogen und nicht zuletzt der gewaltige Chuch'e-Turm – dazu, die Errungenschaften der Partei herauszustellen. Fremde waren unerwünscht. Nur sehr selten sah man Touristen oder Journalisten, und diese nie ohne Begleitung eines der obligatorischen Aufpasser für Ausländer.

Chung-Hee fragte sich, ob die Besucher die Diskrepanz zwischen den Prachtbauten, den Museen und den ständig wiederkehrenden Behauptungen eines Arbeiterparadieses einerseits und der massiven, allgegenwärtigen Präsenz des Militärs andererseits wahrnahmen. Wahrscheinlich! Doch der Rest der Welt würde nichts tun. Wenn, dann musste das Volk es selbst tun ... Dem Einzelnen blieb ansonsten nur, das Land zu verlassen, was aber ebenfalls nahezu unmöglich war.

Sie war erst seit dem Morgen in der Stadt, aber sie hatte bereits begriffen, dass Pjöngjang ein Abbild des Landes war. Armut, Hunger und Krankheit nisteten überall zwischen den Palästen der Mächtigen und den Militärquartieren. Genau wie das Land war auch Pjöngjang eine sterbende Stadt. In manchen Vierteln gab es nur stundenweise Strom. Medikamente waren Mangelware und den Genossen vorbehalten. Die Hungersnöte der vergangenen Jahre hatten Teile der Bevölkerung hinweggerafft, und immer noch sah man in den Straßen der ärmeren Viertel leerstehende Häuser, die verdeutlichten, wer die am stärksten Betroffenen waren. Der Weg vom Kim-Il-Sung-Platz, auf dem die Parteijugend für Aufmärsche übte, zu den Wohnvierteln östlich des Chuch'e-Turmes war weiter als ein paar Meilen. Zwischen dem Prunk der Partei und dem Hunger des Volkes lagen Welten. Freiheit war ja gut und schön, aber was Pjöngjang zuerst brauchte, war eine Schale Reis für jeden.

Kim Chung-Hee war nicht mehr weit entfernt von ihrem Ziel, aber bisher hatte sie nicht die geringste Vorstellung davon, wie sie in das Gebäude hineinkommen sollte, wenn sie es erreicht hatte. Zögernd ließ sie sich von dem Passantenstrom treiben, immer die Sungni-Straße entlang. Bis zur Yonggwang-Straße konnte es nur noch ein Katzensprung sein, und an der Ecke befand sich dann das große Opernhaus. Noch war es hell. Aber den Einbruch der Dunkelheit und das Ende der Opernaufführung abzuwarten, um sich danach mit dem Mann zu treffen, ging auch wieder nicht. Da es kein nennenswertes Nachtleben in der Hauptstadt gab, riskierte jemand, der zu später Stunde noch unterwegs war, die Aufmerksamkeit der Militärpatrouillen auf sich zu ziehen. Es blieb ihr also gar nichts anderes übrig, als vorher in die Oper zu gelangen.

Innerlich verfluchte sie ihre Schwäche, aber sie hatte seit Tagen kaum gegessen, und wenn sie etwas Schlaf gefunden hatte, dann nur irgendwo in einem Versteck entlang der Straße. Nur mit Mühe gelang es ihr überhaupt noch, sich zu konzentrieren. Falls sie nicht bald einen Unterschlupf fand, würde ihre Flucht ohnehin nicht mehr lange dauern. Aber es war nie vorgesehen gewesen, dass sie diesen Mann aufsuchte. Nur die Ereignisse zwangen sie dazu. Sie konnte behaupten, ihn warnen zu wollen, aber wahrscheinlich wusste er ohnehin bereits, was vorging. Was also sollte sie ihm sagen? Oder sollte sie ihn einfach um Hilfe bitten? Es würde auch für diesen Mann ein immenses Risiko bedeuten, gegebenenfalls mit einer gesuchten Spionin in Verbindung gebracht zu werden. Sie spürte die Unsicherheit. Es war nicht auszuschließen, dass der Mann, den sie suchte, sie benutzen würde, um sich bei der Partei lieb Kind zu machen. Dennoch ... welche andere Chance hatte sie, als zu hoffen, dass er nicht falsch spielte? Ansonsten war sie bereits jetzt schon so gut wie tot.

19 : 00 Ortszeit, 10 : 00 Zulu –
Gelbes Meer, 30 Seemeilen westsüdwestlich von Namp'o

»Es wird Zeit, Lieutenant! Soll ich Ihre Männer wecken lassen?« Die Stimme des amerikanischen Lieutenant Commanders klang hilfreich-bemüht, als mache er sich Sorgen um die *Dolfin* in seinem Schlepptau. Aber Thorndyke wusste nur zu gut, dass der Kommandant der *Grayling* dabei mehr an sein eigenes Boot dachte. Im Augenblick glitten die beiden Boote noch im Verbund durch die ruhige Tiefe. Wie immer bei solchen Einsätzen befand sich eine Überführungscrew auf der *Dolfin*, in diesem Fall Lieutenant Baxters Männer von der *Sailfish*. Dadurch sollten die Kräfte der regulären Besatzung so lange wie möglich geschont werden für die Zeit, in der sie gebraucht wurden.

»Tun Sie das«, sagte John Thorndyke. »Es wird wirklich Zeit.« Er gähnte und hielt sich erschrocken die Hand vor den Mund. Nicht immer war Gähnen ein Zeichen von Müdigkeit. Es konnte auch von den Nerven kommen. Aber die Hand, die den Stechzirkel hielt, mit dem er eine Entfernung aus der Karte nahm, war ruhig, trotz all dem, was ihm durch den Kopf ging. Hatte er an alles gedacht? Waren die Treffpunkte gut ausgewählt? Konnte er den Zeitplan einhalten? Er sah zum Zentralemaat auf und fragte: »Gibt es hier irgendwo einen Tee?«

»Tee?« Der Petty Officer hätte nicht verblüffter aussehen können, wenn er nach einer Meerjungfrau verlangt hätte. Wieder einmal wurde es Thorndyke bewusst, dass die *Grayling* nun mal kein englisches Boot war. Er zwang sich zu einem Grinsen. »Na gut, ein Kaffee tut's auch.«

»Damit kann ich dienen ... Sir!« Die Pause war deutlich. Thorndyke war Offizier, aber keiner von den ihren. Jedem Offizier, sogar einem feindlichen, standen Respekt und die korrekte Ehrenbezeigung zu, aber die Männer verstanden es trotzdem, Unterschiede zu machen.

Der Lieutenant grinste und wandte sich wieder der Karte zu. Dreißig Meilen noch bis Namp'o. Der Hafen befand sich in einer Bucht auf der Nordseite der Stelle, wo der Taedong in einen zehn Seemeilen tiefen Meeresarm mündete. Das Objekt, nach dem sie suchten, lag angeblich auf der Namp'o vorgelagerten Halbinsel Waudo. Es existierten natürlich keine offiziellen Karten von diesem Gebiet, aber die Satellitenaufklärung lieferte ein relativ präzises Bild. Den Rest mussten sie eben selbst herausfinden.

Trevor James erschien von irgendwo achtern. Genau wie der Rest der Besatzung hatte er den Tag auf dem großen U-Boot benutzt, um in Ruhe zu dösen und dazwischen ein bisschen zu lesen. In den nächsten 72 Stunden würde Schlaf so kostbar sein wie Gold. Und obgleich die *Grayling* ihrer Besatzung eng vorkam, so erschien sie den Männern der *Dolfin* einfach riesig groß und komfortabel. Es war eben alles eine Frage der Maßstäbe. Trevor nickte seinem Kommandanten gelassen zu. »Geht's los?«

»Noch nicht, aber bald!« Thorndyke bedachte ihn mit einem amüsierten Lächeln. »Ich weiß aber, wie lange ihr Murmeltiere braucht, um wach zu werden.«

Trevor deutete eine sarkastische Verbeugung an. »Danke bestens für die Blumen!« Dann wandte er sich an den Kommandanten der *Grayling*. »Wie ist das Wetter ... Sir?«

Mit einer gewissen Erheiterung registrierte Lieutenant Commander Brian Mallory dieses zur Abwechslung mal umgekehrte Sprachpausen-Spielchen und griff sich einen Notizzettel: »Bisher ruhig, aber der Wetterbericht von Seoul sagt Sturm voraus.« Der LCDR wurde ernst. »Sie haben entweder nicht die vollen drei Tage, oder es wird höllisch schwirig werden, Sie wieder an den Haken zu nehmen.«

»Zu wann?« Thorndyke sah ihn starr an. Schlechtes Wetter, daran hatte natürlich bei der Planung keiner gedacht. Die Taifunsaison sollte schließlich erst in einigen Wochen beginnen. Selbst der Monsunregen war bisher ausgeblieben, aber das war so weit westlich, wie Korea nun einmal lag, nichts Ungewöhnliches. Einen ganz ordinären Sturm konnte es allerdings immer mal geben, und das Gelbe Meer war dafür bekannt, dass Stürme dort gelegentlich ziemlich heftig ausfielen. »Und wie stark?«

»Ab morgen Abend auffrischend bis Stärke acht, teilweise darüber, begleitet von heftigem Regen. Die Sauerei wird wahrscheinlich so etwa zwanzig Stunden brauchen, bis sie durchgezogen ist.«

Thorndyke rechnete. Sie würden in rund fünf Stunden, bei Sonnenaufgang, vor der Küste stehen. Kam darauf an, wie viel Verkehr es gab. Danach sollten sie mindestens zwei Tage lang ihre Nase in alle möglichen

Löcher an der Küste stecken und nur die Bucht vor Namp'o aussparen. An sich kein schlechter Plan. Nur würde der Sturm ihnen Probleme bereiten.

»Wasserproben können wir auch am Grund liegend nehmen. Es gibt ein paar Riffe …« Trevor James, sein Erster, war anscheinend bereits zum gleichen Ergebnis gekommen wie Thorndyke.

Der Kommandant der *Dolfin* wusste, die Entscheidung, jetzt weiterzumachen oder abzubrechen, lag einzig und allein in seinem Ermessen. Trevor war offensichtlich dafür, die Sache durchzuziehen. Doch darüber zu befinden hatte nur er selbst. Vielleicht war es einfach verrückt, aber möglicherweise konnte der nahende Sturm ihnen auch von Nutzen sein. »Es könnte klappen«, erklärte Thorndyke bedächtig. »Wenn alle Stricke reißen, können wir uns auch längs der Küste nach Süden schleichen. Allerdings bräuchten wir dann einen zusätzlichen Rendezvous-Termin, nach vier Tagen und keinesfalls später. Zeitlich hätten wir damit immerhin etwas Reserve. Wenn Sie von der Küste abgelaufen sind, geben Sie den geänderten Plan als Kurzsignal ab, einverstanden, Sir?«

Der Amerikaner signalisierte mit dem nach oben gestreckten Daumen Zustimmung: »Wir werden in der Gegend sein, Lieutenant.«

»Bei dem prognostizierten Sauwetter wird uns erst recht keiner dicht unter Land vermuten! Nehmen wir es als Chance. Sonst noch Überraschungen?«

»Sonar sagt, es regnet an der Oberfläche, gebe aber kaum Seegang. Das Umsteigen sollte daher schnell über die Bühne gehen können.«

»Wir beeilen uns!« Lieutenant Thorndyke wandte sich an seinen Ersten. »Trevor, alles vorbereiten!«

»Aye, aye, Sir!« Das lange Pferdegesicht blieb wie

üblich ziemlich stoisch. »Ich bin dann vorne bei den anderen, Sir!«

»Ich komme gleich nach.« Thorndyke wandte sich ein letztes Mal zu Brian Mallory um. »Melde mich dann schon mal von Bord. Wir machen Dampf, damit Sie nicht so lange hier rumhängen müssen, Sir!«

Der Kommandant erwiderte den Gruß. »Dann viel Glück, Lieutenant. Wir sehen uns in drei oder vier Tagen, wann auch immer.« Keiner der Männer erwähnte, dass die *Dolfin* nur für knappe fünf Tage Treibstoff an Bord hatte. Es war unnötig. Wenn sie nach vier Tagen nicht am Treffpunkt erschien, war ohnehin alles zu spät.

Thorndyke wandte sich um und marschierte nach vorn. Anscheinend hatte Trevor bereits seine Tasche mitgenommen, die ohnehin nur das Allernotwendigste enthielt. Ruhig ging er zu seiner Besatzung, die bereits unter dem vorderen Wartungsluk wartete. Der Bug der *Grayling* begann bereits, sich behutsam nach oben zu orientieren.

Kaum hatte sie die Wasseroberfläche durchbrochen, verlief alles Weitere plötzlich ganz schnell. Die Männer kletterten die Leiter empor, ein Schlauchboot wurde zu Wasser gelassen, und Augenblicke später entfernten sie sich bereits von dem schwarzen Rumpf, vorsichtig an eine Leine nach achtern gefiert.

Charley Spencer, der Beobachter, spähte suchend in die Nacht, entdeckte die *Dolfin* aber erst, als sie das Boot schon fast erreicht hatten. In der Dunkelheit ähnelte es mehr einem überspülten Felsen denn einem von Menschenhand geschaffenen Hightech-Gebilde. Immer wieder rollten die Wellen über die stumpfe Rumpfnase und brachen sich an dem niedrigen Buckel, den die *Dolfin* statt eines richtigen Turmes aufwies. Lieutenant Baxter, der sie erwartete, klammerte sich nicht ohne Grund an den Aluminiumstreben des Sehrohrschutzes fest. Auch wenn der Seegang nicht hoch war, für das kleine U-Boot reichte er aus, um es unruhig rollen zu lassen.

Gesprochen wurde nicht. Nur ein kurzer Händedruck zwischen John Thorndyke und Lieutenant Ron Baxter, der sich sofort ins Schlauchboot begab. Seine Männer kamen einer nach dem anderen nach oben geklettert und folgten ihm, während Thorndykes Leute jedes Mal parallel dazu im Reißverschlusssystem einstiegen. Aufgrund der beengten Platzverhältnisse ließ sich dieses Umsteigemanöver nicht anders bewerkstelligen. Trotz der Finsternis dauerte das ganze nur wenige Minuten, die dem Kommandanten der *Grayling* allerdings wie eine Ewigkeit vorkommen mussten, denn sein Boot lag unbeweglich mit geöffnetem Wartungsluk in der See. Jeden Augenblick konnte es von einem nordkoreanischen Flugzeug entdeckt werden, denn natürlich war es ihnen so dicht vor der Küste verwehrt, das eigene Radar zu benutzen. Und wer konnte schon wissen, wie sich ein Kampfpilot in so einer Situation dann verhalten würde. Brian Mallory wäre kein guter U-Boot-Kommandant gewesen, wenn ihn die Tatsache, tauchunfähig an der Oberfläche verharren zu müssen, nicht kribbelig gemacht hätte.

Das gelbe Gummiboot verschwand in der Dunkelheit. Auch wenn Thorndyke die *Grayling* nicht mehr sehen konnte, so spürte er sie dennoch. Jedes Mal, wenn die Leine straff kam, gierte das Boot leicht herum. Auf dem Bauch und völlig durchnässt robbte er nach vorn und slippte die Leine. Befreit von der Last, begann das kleine U-Boot stärker zu rollen und zu stampfen. Thorndyke sah zu, dass er zum Luk zurückkam. Als

Letzter schlüpfte er hinein und drehte das Handrad zu. Wenigstens war das Wasser nicht kalt, sondern eher lauwarm gewesen.

»Trimm gecheckt, Elektrik gecheckt, wir sind klar, Commander!«, meldete Trevor.

»Gut!« Thorndyke angelte nach einem Halt, als die *Dolfin* sich wieder überlegte. »Dann runter mit uns. Hundert Fuß, Marschfahrt. Wir gehen auf eins-einsfünf!«

Der Erste brauchte die Befehle nicht zu wiederholen. Schließlich saß John Clarke, der Rudergänger, direkt neben ihm und damit gleich vor dem Kommandanten. Wasser strömte in die Tanks, sorgfältig reguliert von den Computern, die mit Clarkes Steuerknüppel verbunden waren. Der Bug begann sich abwärts zu senken, während achtern die Schraube anlief. Wie ein Schatten verschwand die *Dolfin* von der Wasseroberfläche.

»Die *Grayling* dreht nach Steuerbord weg. Abstand achtzig Yards!« Die Stimme von Charles Spencer, dem Beobachter, klang desinteressiert. Thorndyke warf einen prüfenden Blick nach vorn, sah aber nur den Rücken des Subbies. Wahrscheinlich grübelte er immer noch über den Tod seines Bruders. Eigentlich hätte Thorndyke ihn in Urlaub schicken sollen, doch so einen Einsatz mit einem Ersatzmann zu fahren wäre noch riskanter gewesen. Sie waren alle gut aufeinander eingespielt; ein Neuling hätte alles nur schlimmer gemacht.

»Taucht sie?«

»Sie ist jetzt auch bei hundert und sinkt weiter!«

»Mallory soll aufpassen!« Der Erste zog eine Grimasse. »Bei dreihundert ist hier auch für ihn Schluss!«

Thorndyke schmunzelte. Was auch kommen mochte,

die Stimmung seiner Männer war jedenfalls prächtig. Hundert Fuß unter der Wasseroberfläche war vom Seegang nichts mehr zu spüren. Mit gerade einmal sechs Knoten Marschfahrt begann das Boot, sich der Küste zu nähern.

19 : 30 Ortszeit, 10 : 30 Zulu – Pjöngjang, Nordkorea

»Was machst du da?«

Chung-Hee wandte sich um und sah den Mann so unschuldig an, als könne sie kein Wässerchen trüben. »Der Chef hat gesagt, ich soll mit anfassen, damit die Getränke in die Kühlung kommen! Sonst sind sie bis zur Pause nicht kalt!«

Der Fahrer des Lieferwagens zog an seiner Zigarette und zuckte mit den Schultern. »Na ja, mir soll's recht sein, wenn ich den Kram nicht selber reintragen muss!«

Ohne einen weiteren Kommentar abzuwarten, lud sich Chung-Hee eine Weinkiste auf die Schultern und marschierte auf den nächsten Eingang zu. Auf der Rückseite des großen Opernhauses gab es davon mehrere, für Lieferanten, Schauspieler oder auch für hochrangige Besucher, die nicht vor den Augen der Öffentlichkeit aus großen Autos steigen sollten. Chung-Hee hoffte nur, dass die Tür, die sie ansteuerte, wenigstens irgendwie zu einer Küche oder Kühlräumen führen würde. Nicht, weil sie wirklich den Wein abliefern wollte, sondern um zu vermeiden, dass der Fahrer des Lieferwagens misstrauisch wurde.

Ihre Vorstellung dessen, was sie erwartete, war eher nebulös. Natürlich war sie noch nie in ihrem Leben in einem Opernhaus gewesen. Selbst der Wein in der

Kiste auf ihrer Schulter stellte eine unbekannte Größe dar. Solche Dinge waren für die Reichen, die hochrangigen Genossen. Die breite Masse bekam so etwas in einem Land, in dem alle gleich waren, natürlich nie zu Gesicht. Für die junge Frau, die Wasser oder Ziegenmilch kannte, war die Vorstellung von Getränken aus Flaschen irgendwie unwirklich. Entschlossen stellte sie die Weinkiste in einer Ecke ab und ging weiter. Sie musste nach oben.

Es war die Musik, die ihr den Weg wies. Sie erreichte das verwaiste Foyer und schlich die Treppen empor, die zu den Logen führten. Der Mann, den sie suchte, war wichtig und mächtig. Seine Loge zu finden würde einfach sein, weil davor mit Sicherheit Wachen postiert waren.

Sie gelangte in den Logengang und straffte sich etwas. Wenn sie hier herumschlich, würde sie sich nur verdächtig machen. Besser also, so zu tun, als gehöre sie hierher. Zielstrebig schritt sie über die Teppiche.

Niemand hielt sie auf, während sie hinter den verschlossenen Türen der Logen entlangging. Die Musik wurde allgegenwärtig – genauso wie die uniformierten Wächter. Sie vermied jeden Augenkontakt mit ihnen und ging weiter, bis sie die Toiletten am Ende des Korridors erreichte. Mit einem Aufatmen verschwand sie in der Damentoilette.

»Mist!« Sie starrte in den Spiegel. Vor der Hälfte der Logen standen Sicherheitsleute. Chung-Hee haderte mit sich selbst. Was hatte sie denn erwartet? Hier waren die Großen und Mächtigen des Landes zu Gast. Obwohl alles hier für sie neu und fremd war, so hatte sie doch den tieferen Sinn und Zweck der Veranstaltung intuitiv erfasst. Es ging nicht um Musik. Es ging darum, sich zu zeigen. Das galt natürlich auch für die

Parteibonzen, für deren Personenschutz rund um die Uhr die Armee zuständig war.

»Verdammter Mist!« Chung-Hee drehte den Wasserhahn auf. Sie würde einen Plan brauchen, und zwar einen sehr guten, der auch nicht daran scheiterte, dass sie völlig unpassend gekleidet war.

05 : 45 Ortszeit, 10 : 45 Zulu – Langley, Virginia, USA

Roger Marsden verfolgte im Lagezentrum immer noch gelangweilt die beinahe minütlich eintreffenden Meldungen. Wie immer, wenn er sich eine Nacht um die Ohren geschlagen hatte, fragte er sich, wozu. Aber natürlich gab es tausend Gründe.

Aktuell warteten sie vorrangig auf neue Nachrichten von einem Stoßtruppteam, das in Mexiko ein Zwischenlager mit kolumbianischem Kokain im Wert von einigen Millionen Dollar in die Luft gejagt hatte. Doch das anschließende Absetzmanöver hatte nicht wie geplant geklappt. Eine bewaffnete Bande aus Handlangern der Drogenhändler war hinter den Männern her, um sie umzulegen.

Für Marsden war dies eine von vielen Operationen, die ständig irgendwo stattfanden. Er selbst konnte nichts weiter tun, als auf die Information zu warten, dass seine Leute es dennoch geschafft hatten, die Grenze zu überqueren. Er blickte auf die Uhr. Zwei Stunden noch, entschied Marsden. Wenn das Team sich bis dahin nicht gemeldet hatte, brauchten sie nicht mehr länger zu warten.

Einer der jüngeren Agenten, die das Lagezimmer bevölkerten, kam mit einem tragbaren Telefon auf ihn zu. »Sir, ein Gespräch für Sie auf einer sicheren Leitung.

Der Anrufer wollte eigentlich eine Nachricht hinterlassen, aber als er hörte, Sie seien noch im Haus ...«

Marsden blinzelte müde. »Verraten Sie mir auch, wer dran ist und von wo?«

»Frazier, aus Seoul!«

»Oh ...« Marsden riss sich sichtlich zusammen. »Sagen Sie mir jetzt bloß noch, der ruft aus der Botschaft an.«

»Nein, Sir, es ist eine militärische Verbindung!«

»Na gut!« Er schnappte sich das Telefon und scheuchte den jungen Mann mit einer ungeduldigen Handbewegung weg. »Special Agent in charge Roger Marsden?«

»Keith Frazier, Sir!«

Die Verständigung war trotz der großen Entfernung glasklar. »Hallo, wie geht es im Fernen Osten? Wissen Sie eigentlich, wie spät es hier ist?«

»Früher Morgen, denn bei uns ist gerade die Dinnerzeit rum.« Frazier seufzte vernehmlich. »Wenn ich noch mehr Reis kriege, bekomme ich irgendwann Schlitzaugen, Roger!«

Marsden richtete sich auf. Frazier würde ihn normalerweise nie einfach beim Vornamen nennen. Er war zwar nicht in alle laufenden Operationen direkt involviert, aber als Chef des Außendienstes war er darüber wenigstens informiert. Hoffte er jedenfalls.

Frazier zog in Korea eine Spionagegeschichte unter dem Deckmäntelchen der Navy durch. Irgendwas zusammen mit den Engländern. Sein direkter Führungsoffizier war allerdings Marsden unterstellt. Dessen Gedanken rasten, und von einem Augenblick zum anderen war er hellwach. Wenn Frazier, statt eine Nachricht zu hinterlassen, sich gleich an ihn, den Oberboss, wandte, einfach, weil der da war, dann musste er ein dickes Problem am Hals haben.

»Ich weiß nicht, ob ich dir bei deinem Reis-Dilemma helfen kann, Keith.«

Frazier lachte etwas gezwungen auf. »Ich glaube, jemand anders hat schon versucht zu helfen und ist sozusagen bei Nacht und Nebel in die Kartoffeln gegangen.«

Marsden erhob sich aus dem Sessel und ging zu einem der allgegenwärtigen Computer. Das Telefon zwischen Wange und Schulter eingeklemmt, loggte er sich ein und holte den Vorgang auf den Bildschirm. Aktuell gab es zwei Operationen, die in Korea liefen und bei denen die Firma ihre Finger im Spiel hatte: »Korean Rap« und »Shallow Waters«. Er ignorierte den »Rap« und konzentrierte sich auf »Shallow Waters«.

»Ich denke, wir wissen bereits, wo die Kartoffeln gelagert sind. Nur nicht, wie viele und in welchem Zustand?«

»So ungefähr, Roger. Nur hat ein guter Freund gemeint, er müsste uns überraschen. Leider bevor jemand ihm die richtige Wegbeschreibung mitgeben konnte.«

Was zum Teufel wollte Frazier andeuten? Es konnte doch nicht sein, dass die Tommys eines der Kleinst-U-Boote losgeschickt hatten, bevor die US Navy grünes Licht gegeben hatte? Marsden schluckte mühsam. Einen Augenblick lang wusste er nicht genau, was er sagen sollte. Vorsichtig versuchte er herauszufinden, ob er mit seiner Vermutung richtiglag. »Weiß dieser Freund eigentlich, was du genau brauchst?«

Frazier seufzte erneut. »Nein, das ist ja mein Problem. Ich befürchte, er wird sich verlaufen.«

»Kann man diesem Freund ein Licht ins Fenster stellen?«

Die Stimme aus dem fernen Korea schwieg einen Moment, dann meinte Frazier leise: »Ich fürchte, jemand hat bereits die Hand am Lichtschalter. Aber das wusste unser Freund nicht. Was wir bräuchten, wäre erst mal ein Blick durchs Schlüsselloch, um ein Bild davon zu erhalten, was eigentlich los ist.«

Keyhole! Frazier wollte Keyhole? Marsden dachte einen Augenblick nach. »Also gut, ich sehe zu, was ich tun kann. Und, Keith, pass bitte auf, dass unsere Freunde nicht immer gleich vor Enthusiasmus lossprudeln. Das kann wirklich peinlich enden. Brauchst du sonst noch was?«

»Glück, Roger, viel Glück!«

»Ich drücke euch da drüben die Daumen. Wir melden uns!« Er beendete die Verbindung und starrte nachdenklich auf den Bildschirm. SAC Jack Small würde nicht begeistert sein, wenn er ihn jetzt aus dem Bett klingelte, denn der war ein ausgemachter Nachtmensch und von daher ein Morgenmuffel. Aber noch weniger würde es ihm schmecken, wenn er als Boss den Job für ihn erledigte, ohne ihn überhaupt zu informieren. Small war ein guter Mann und hatte deswegen eine solche Behandlung nicht verdient. Er griff zum Telefon. Die Nummer kannte er auswendig. Es tutete einige Male, bevor sich eine verschlafene Stimme meldete: »Small?«

»Marsden! Tut mir leid, dass ich Sie aus den Federn holen muss, aber eines Ihrer Babys versucht gerade, auf eigene Faust laufen zu lernen!«

»Was?«

Marsden würgte Fragen ab. »Kommen Sie her, und ich erzähle Ihnen, was vorgeht!«

20 : 00 Ortszeit, 11 : 00 Zulu – Pjöngjang, Nordkorea

Das dramatische Anschwellen der Musik deutete auf einen ersten Höhepunkt der Operndarbietung hin. Den vor den Logentüren postierten Sicherheitskräften war dies offenkundig egal. Sie hatten präsent zu sein, mehr nicht.

Chung-Hee hatte die Tür zur Damentoilette einen Spalt weit geöffnet und peilte die Lage. Noch immer zermarterte sie sich den Kopf, wie sie an »ihren« Mann in seiner Loge herankommen konnte – und vor allem welche die richtige war. Auf einmal fiel es ihr wie Schuppen von den Augen. Sie musste ja gar nicht zu ihm hinein, denn in der Pause würde er ohnehin herauskommen, mit ihm allerdings auch jede Menge anderer Leute. Es war jedoch unwahrscheinlich, dass die obersten Parteibonzen sich unter das gemeine Volk mischten, auch wenn es sich dabei ebenfalls um Funktionäre handelte, nur niedere Chargen eben. Hung-Chee ging davon aus, dass in dieser Pause Getränke und vermutlich auch etwas zu essen gereicht werden würden. Folglich musste es auch Leute geben, die servierten. Sie lächelte. Das war zwar immer noch kein Plan, aber zumindest ein Ansatz. Was ihr nun noch fehlte, war ein passender Aufzug. Es galt, den Kostümfundus zu finden.

Sung Choang-Wo nahm beiläufig ein Glas gekühlten Reiswein von dem Tablett, mit dem die junge Frau die Runde machte, und wandte sich wieder seinem Gesprächspartner zu. »Nein, Genosse. Ich glaube, ich habe bereits bessere Aufführungen gesehen!«

General Kim No-Wuong lächelte verbindlich. »Sehen Sie, Genosse Sung, ich war immer ein einfacher Soldat. Ich genieße die Musik, die Darbietung. Ich fürchte …«, und bei diesen Worten legte er seine Stirn in bedauernde Falten, »… die tieferen künstlerischen Aspekte muss ich Ihnen überlassen.« Der Chef der Geheimpolizei entschärfte den angedeuteten Vorwurf bourgeoisen Kunstverständnisses durch ein genau bemessenes breiteres Lächeln.

Sung Choang-Wo reagierte geschmeidig. »Ich liebe unser Land und seine Kultur. Was man einem Minister für Kultur ja nicht verdenken kann, General.«

Die junge Frau im traditionellen *Hanbok* hatte nur noch wenige gefüllte Gläser auf dem Tablett, als sie sich ihren Weg zurück durch das Gedränge kämpfte. Weder der General noch der Minister schenkten ihr besondere Aufmerksamkeit. Natürlich waren alle, die hier Zutritt hatten, von der Geheimpolizei überprüft. Sung, obwohl kein Freund Kims, wusste genau einzuschätzen, wie gut der General in seinem Bereich war. Er hatte Grund genug, das zu wissen.

Das Tablett geriet ins Rutschen, ganz offensichtlich war es ein Versehen. Dennoch gab der Minister einen erschreckten Laut von sich, als ein Schwall eiskalten Reisweins seinen Rücken traf. Soldaten wirbelten herum, entspannten sich aber wieder, als sie sahen, dass sie es nicht mit einem Attentäter, sondern nur mit einer schreckensbleichen Bedienung zu tun hatten, die aus geweiteten Augen auf den Minister starrte. »Verzeihung, Genosse Minister, ich … ich …«

Sung gab einen deftigen Fluch zum Besten, als die Frau ein Tuch hervorzauberte und versuchte, sein Seidenjackett trocken zu tupfen. Wütend schälte er sich aus dem edlen Stück und hielt es der Frau hin. »Kümmern Sie sich darum, Genossin!«

Sie neigte unterwürfig den Kopf. »Sofort, Genosse Minister! Wohin soll ich es dann anschließend bringen?«

»In meine Loge natürlich, dummes Stück! Nummer vier!« Sung fauchte es fast und wandte sich wieder General Kim zu, der die Szene mit offensichtlichem Amüsement beobachtet hatte.

»Es scheint heute nicht Ihr Tag zu sein, Genosse Sung!« Das Lächeln des Generals vertiefte sich. »Erst eine Aufführung, die nicht Ihr Wohlgefallen findet, und nun das. Erlauben Sie, dass ich für eine neue Jacke sorge. Oberst, glaube ich?«

Der Minister, der neben vielen Titeln auch den eines Obersten führte, nickte. »So ist es, General!«

Kim stieß ein paar Befehle aus, und ein Soldat flitzte davon. Innerhalb von Minuten kehrte er mit der Uniformjacke eines Obersten der Volksarmee zurück. Sung schlüpfte hinein. Sie war zwar etwas zu groß, aber was sollte es. Mit einem Lächeln dankte er dem General.

Die junge Frau im Hanbok brachte das Jackett des Ministers in dessen Loge, kurz bevor drei letzte Gongschläge die Fortsetzung der Aufführung ankündigten. Es war zwar noch etwas feucht, aber sie hatte es sorgfältig mit kaltem Wasser bearbeitet. Als im Saal das Licht ausging, griff Sung Choang-Wo wie immer in seine Taschen, aber all seine Utensilien steckten natürlich noch in dem Seidenjackett, weshalb er sich gezwungen sah, im Dunkeln etwas umzuräumen. Augenblicke später starrte er verdutzt auf ein kleines Stück Reispapier. Aber seine Verblüffung währte nicht lange, denn dafür war er bereits zu lange im Geschäft. Das kleine Leselicht, eigentlich dazu gedacht, es dem Logenbesitzer zu ermöglichen, erläuternde Texte zu überfliegen oder auch die Programmfolge zu studieren, reichte gerade aus, um ihn die wenigen Zeichen erkennen zu lassen. Der Tänzer war nur sehr stilisiert zu erkennen, aber es reichte Sung. Vielleicht war doch noch nicht alles verloren.

5. Kapitel

04 : 30 Ortszeit, 19 : 30 Zulu –
Westlich von Namp'o, vor der Mündung des Taedong

Als die Sonne aufging, näherten sie sich langsam der Einfahrt in den Meeresarm, in den weiter innen der Taedong-Fluss mündete, immer darauf bedacht, nördlich des vielbefahrenen Tiefwasserweges zu bleiben. Namp'o war immerhin der größte Hafen an der Westküste Nordkoreas, und dem entsprach auch der Schiffsverkehr. Charles Spencer, der Beobachter, konnte ein Lied davon singen. Mit einem Seufzen wandte er sich von seinen Monitoren ab. »Ich habe jetzt sechsundvierzig, Commander! Da oben geht's zu wie am Piccadilly zur Rushhour!«

»Aber alles Frachter?«

»Hat zumindest den Anschein!« Spencer zuckte mit den Schultern. »Es sei denn …«

Lieutenant Thorndyke nickte. Das übliche »Es sei denn …« Es sei denn, ein Patrouillenboot steckte irgendwo in diesem Durcheinander und lauschte. Die Nordkoreaner galten als extrem misstrauisch. Sie kontrollierten alles, was sich nur kontrollieren ließ. Weshalb sollten sie dies bei der Ansteuerung eines ihrer wichtigsten Häfen ausgerechnet nicht tun?

Trevor James, der Erste, richtete sich von der Seekarte wieder auf. Natürlich hatte auch er keine Stehhöhe, aber er wusste genau, wie weit er sich aufrichten konnte, um sein gequältes Kreuz etwas zu entlasten.

»Noch haben wir auf der Nordseite ein paar Faden Wasser unter dem Kiel, aber wenn wir auf diesem Kurs bleiben, dann wird es bald flach!«

»Wie flach?« Thorndyke sah James fragend an.

»Laut Satellitenmessungen können es drei oder vier Faden sein. Aus den Seekarten geht hervor, dass es bei Niedrigwasser auch weniger sein kann, wobei die Tide hier allerdings sowieso nicht so stark ist.«

Der Kommandant trat näher an die Karte und musste nicht lange suchen, um den entsprechenden Hinweis zu finden. Alle Seekarten, die das Gebiet vor der Flussmündung abbildeten, beruhten auf altem japanischem Material aus den Jahren 1931/32. Er deutete auf den Eintrag. »Sieht so aus, als hätte schon mal jemand mit diesen Karten einen Krieg verloren!«

Trevor grinste und wandte sich zu ihrem Beobachter um. »Also, Charles, immer schön auf die Strömungsprofile achten!«

»Ich sehe zu, was ich hinkriege!«, erwiderte Spencer etwas gequält.

Thorndyke sah ihn scharf an. »Na, darum bitte ich auch!«

Die Bemerkung wurde allgemein mit einem weiteren kurzen Grinsen quittiert, aber jeder der Männer war sich bewusst, dass sich hinter dem Geplänkel bitterer Ernst verbarg. Sie verfügten über keine genauen Tiefenangaben und konnten aus naheliegenden Gründen auch kein Aktivsonar einsetzen. Die einzige Chance, die sie hatten, war, sich an den Strömungen zu orientieren. Wo eine Strömung herkam, gab es tiefes Wasser. *Oder wenigstens tief genug für die* Dolfin, korrigierte Thorndyke sich.

Er sah auf die Uhr. »Also gut, Gentlemen! Wir fangen an, hier die ersten Proben zu nehmen. Dann nähern wir uns entlang der Nordseite der Halbinsel Waudo. Trevor, wie lange?«

Der Erste schaute kurz auf seine Notizen. »Etwas mehr als eine Stunde bei Schleichfahrt!«

Eine weitere Stunde! Die Luft im Boot roch jetzt schon abgestanden. Aber Thorndyke wusste, wenn es nottat, würden sie weitere zweieinhalb Tage unter Wasser überleben können. Er schüttelte den Gedanken ab. Niemand hatte gesagt, dass ihnen das hier Spaß machen musste. Außerdem war er sich darüber im Klaren, dass er nur sein Verlangen unterdrückte, einen Rundblick zu nehmen. Leicht missmutig blickte er zu Spencer, der ein paar Befehle auf seiner Konsole absetzte. Für die nächste Stunde würde der Probencontainer automatisch alle fünf Minuten eines der kleinen Probenröhrchen volllaufen lassen, und die allgegenwärtigen Computer würden zu dieser Probe gleichzeitig Position, Wassertemperatur, Strömungsdaten, Tiefe und Uhrzeit speichern. Im Prinzip ein narrensicheres Verfahren, solange die *Dolfin* dabei nicht erwischt wurde.

Die Untersuchung der Proben würde später in einem Labor an Land erfolgen. Das Ergebnis würde ein paar Tage auf sich warten lassen, aber dann würden sie den ersten Teil des Bildes in der Hand halten. Salze, Schwermetalle industriellen Ursprungs, biologische Rückstände, die aus dem Ackerbau stammen, vielleicht aber auch auf Pharmaproduktion hindeuten konnten, oder, möglicherweise, der Jackpot: radioaktive Isotope, ein Hinweis auf einen Reaktor oder eine Nuklearanlage. Was die Proben beinhalteten, die sie sammelten, würde sich erst später erweisen. Im Augenblick konnten sie nur auf dem festgelegten Kurs dahinschleichen und die Automatik ihre Arbeit verrichten lassen, während sie darauf achteten, nicht erwischt zu werden. Kein besonders hektischer Job, aber einer, der es plötzlich werden konnte.

John Clarke räusperte sich vernehmlich. »Solange es noch ruhig ist, schlage ich vor, einen Tee und ein paar Sandwiches zu machen!«

Ian North, Funker und Taucher in Personalunion, der derzeit nicht viel zu tun hatte, richtete sich auf. »Ich löse dich ab, John! Dein Tee ist nämlich besser als meiner!«

»Stimmt!«, pflichtete Thorndyke ihm bei. Äußerlich gelassen beobachtete er das Geschehen an Bord. Eine gewisse Anspannung war spürbar, wie jedes Mal, wenn sie im Einsatz waren. Thorndyke wusste, er hatte eine gute Crew. Vielleicht war Charles Spencer etwas weniger zu Späßen aufgelegt als sonst, aber das war verständlich. Seinen Job versah er jedenfalls zuverlässig. Alle anderen taten dies auch, mit ruhiger Selbstverständlichkeit. Nur er selbst wurde von Mal zu Mal nervöser, und es fiel ihm immer schwerer, das zu verbergen.

»Querströmung!« Spencers Warnung kam gerade rechtzeitig, bevor es auf einmal schien, als gleite das Boot über eine holprige Straße.

Trevor hob den Kopf. »Das kommt aus dem Seitenarm hier! Wir scheinen genau da zu sein, wo wir sein sollten! Wassertiefe auf den nächsten Meilen etwa hundertzwanzig Fuß!« Er deutete auf die Karte. »Commander, wie wollen Sie es machen? Die Tong-Ju-Untiefe hat zum Teil gerade mal zehn Fuß!«

Thorndyke zeigte auf die blaue Markierung. »Wir gehen über das südliche Ende!«

»Aye, aye, Commander!« Trevor verzog das Gesicht. »Sind aber auch nur dreißig Fuß!«

»Wir gehen über der Sandbank auf Sehrohrtiefe! Die Schlitzaugen werden wohl kaum damit rechnen, dass sich an *der* Ecke einer rumdrückt. Das wäre selbst für ein normales Patrouillenboot eng, wenn es zu weit nach Norden kommt!«

»Stimmt! Zum Teil schaut das Ding sogar aus dem Wasser raus.« Der Erste zuckte mit den Achseln. »Hoffen wir also, dass die Kerle nicht ahnen, wie verrückt wir sind!« Er schnitt eine seiner berühmten Grimassen, die bei seinem langen Pferdegesicht so herrlich ulkig wirkten.

Die Männer lachten. Es war einer dieser kleinen Späße, die dazu beitrugen, die Spannung zu brechen.

»Charles, wie sieht es aus?«

Spencer warf einen kurzen Blick auf seine Monitore. »Die Wasserproben werden regelmäßig genommen. Ansonsten ist das Flusswasser etwas wärmer als das Seewasser. Aber das kann alle möglichen Gründe haben.«

»Gut! Warten wir ab, was später die schlauen Leute in der Basis dazu meinen werden!« Der Container, der die Wasserproben einsammelte, hing an der Backbordseite wie eine Geschwulst an der ansonsten glatten Bootshülle. An Steuerbord war ein weiterer Container angebracht worden, der elektronische Sensoren enthielt. Er würde allerdings erst während der Nacht zum Einsatz kommen, wenn sie es riskieren konnten, aufzutauchen beziehungsweise ein paar Antennen auszufahren.

Doch der Teil der Konfiguration, der Thorndyke am meisten Sorgen bereitete, waren die beiden Waffencontainer, die jeweils unter den Gerätecontainern aufgehängt waren. Sie enthielten jeweils einen modifizierten Leichttorpedo vom Typ Sting Ray Mk.II. Natürlich waren die kleinen Aale nicht mit den Torpedos großer U-Boote vergleichbar, sondern stellten eher eine Variante der bekannten Anti-U-Boot-Torpedos dar, die von Flugzeugen und Hubschraubern verwendet wurden. Trotzdem aber waren sie nicht zu unterschätzen. Wahrscheinlich würde es nicht möglich sein, ein modernes Kriegsschiff damit zu versenken, aber sicher würden sie ausreichen, die Jagdlust eines Verfolgers zu dämpfen.

All ihre früheren Einsätze waren unbewaffnet erfolgt. Doch Dewan, der diese Konfiguration befohlen hatte, schien in dieser Hinsicht anderer Ansicht zu sein. Thorndyke erinnerte sich noch gut an ihre Besprechung vor dem Auslaufen. Dewan wollte ganz offensichtlich keine Zeugen dabeihaben und hatte sogar Miller, seinen 1 A, unter einem Vorwand hinausgeschickt.

»Denken Sie daran, wenn Sie oder einer Ihrer Männer geschnappt wird, vermag keiner ihnen zu helfen. Wenn Sie sich den Weg freischießen müssen, kann man das hinterher immer noch als Unfall darstellen.« Für Thorndyke war es fast so, als höre er Dewans Stimme wieder. Auch wenn er es nicht offen ausgesprochen hatte, war der Grundtenor seiner Befehle klar. Weder das Boot noch einer der Männer durfte den Nordkoreanern in die Hände fallen. *Dem Feind! Dewan jedenfalls schien es damit ernst zu sein.*

08 : 05 Ortszeit, 23 : 05 Zulu –
Songun Base, Nordkorea. Ein paar Meilen nördlich von Namp'o

Tran van Trogh erschien wie üblich früh an seinem Schreibtisch. Ähnlich wie viele seiner westlichen Kollegen im asiatischen Raum zog er es vor, einen großen Teil seiner Arbeit zu erledigen, wenn es kühl war. Wenn man es allerdings genau nahm, dann war die Temperatur in den Betonbunkern immer die gleiche, egal zu welcher Zeit. Doch alte Angewohnheiten ließen sich nun mal sehr schwer ablegen.

Van Trogh warf einen Blick auf die Uhr. Fünf Minuten nach acht. Das gab ihm noch genug Zeit, schnell die neuesten Geheimdienstmeldungen zu überfliegen, bevor er pünktlich um neun die ihm unterstellten Besatzungen treffen würde.

An einem Bericht blieben seine Augen hängen. Aus dem aufgedruckten Zeitstempel ging hervor, dass er erst einige Stunden alt war. Ein großes U-Boot, möglicherweise ein amerikanisches Atom-U-Boot, war nur rund dreißig Meilen vor der Küste gesichtet worden, bevor es nach nur wenigen Minuten wieder abgetaucht war. So weit die Fakten.

Doch wie ließen die sich erklären? Es war generell selten, dass Atom-U-Boote überhaupt auftauchten. Selbst zum Funken steckten sie normalerweise nur eine Antenne über die Wasseroberfläche. Natürlich war es ein reiner Zufall, dass ausgerechnet in jenem Augenblick ein russischer Spionagesatellit in der richtigen Position gestanden hatte. Pures Glück sozusagen. Sonst hätte niemand auch nur vermutet, dass eines der großen amerikanischen Boote in der Bucht von Korea operierte, zumal dort das Wasser eigentlich für sie zu flach war. Was also mochte dahinterstecken?

Tran van Trogh lehnte sich zurück und spielte nachdenklich mit einem Stift. Auch wenn sich die Geschichte mit dem Atom-U-Boot als Sturm im Wasserglas entpuppen würde, so ließ sich damit eine echte und nicht nur simulierte Übung für seine Männer verbinden. Und ihm bot sich die Möglichkeit, endlich einmal aus diesen Bunkern herauszukommen.

Er griff zum Telefon und wählte eine interne Nummer an. Es tutete dreimal, bevor der Angerufene abnahm.

»Kapitän Park Il-Sung?«

»Kapitän van Trogh! Hatten Sie bereits Gelegenheit, die Berichte zu lesen, die auf der russischen Satellitenaufklärung fußen?«

»Ich bin gerade dabei, Kapitän!«

Die Stimme seines Vorgesetzten klang argwöhnisch, was van Trogh aber mittlerweile zur Genüge kannte. Schließlich war er ein geborener Vietnamese, und seine Eltern waren erst 1970 nach Nordkorea gegangen. Es gab viele wie ihn, aber das bedeutete nicht, dass die Koreaner ihnen vertrauten. »Ich habe hier die Informationen über ein Atom-U-Boot vorliegen, Kapitän. Ich schätze, es dürfte sich lohnen, der Sache einmal nachzugehen.«

»Und was versprechen Sie sich davon? Das Boot ist doch garantiert schon längst weg, Kapitän!«

»Verzeihung, Genosse Kapitän, aber genau das würde ich gern sicher wissen wollen. Und selbst wenn dem so wäre, so böte sich dadurch doch zumindest eine ausgezeichnete Übungsmöglichkeit.«

Park zögerte einen Augenblick. »Was haben Sie vor?«

»Ich schlage vor, wir setzen zwei Boote im Westen ein, die vielleicht eine Spur von diesem Atom-U-Boot finden. Außerdem würde ich gerne mit einem weiteren Boot nach Süden laufen. Nur vorsichtshalber.«

»Sie selbst?«

»Wenn Sie es gestatten, Kapitän?«

Kapitän 1. Klasse Park Il-Sung hörte sich an, als würde er sich über irgendetwas freuen. »Wenn Sie das so wollen! Aber keine Blamage in südkoreanischen Gewässern, wenn ich bitten darf!«

»Verstanden, Kapitän. Aber ich glaube ohnehin nicht, dass es notwendig werden wird, südlicher als bis zum achtunddreißigsten Breitengrad zu laufen. Meiner Schätzung nach werde ich spätestens morgen Nachmittag wieder an meinem Schreibtisch sitzen.«

»Gut, betrachten Sie die Befehle als erteilt. Auslaufen nach Ihrem Ermessen, aber kommen Sie vorher noch einmal kurz in mein Büro, Genosse Kapitän.«

»Vielen Dank! Ich werde so gegen halb zehn bei Ihnen sein, Genosse Kapitän.«

Nach dem Austausch einiger Höflichkeitsfloskeln legten die beiden Männer auf. Kapitän van Trogh war erleichtert. Er hatte mit mehr Widerstand gerechnet. Nicht, weil der Vorschlag schlecht war, sondern weil er von ihm kam. So war es sonst immer.

In einem anderen Teil des Betonlabyrinths blickte Kapitän Park Il-Sung nachdenklich auf das Telefon. Er mochte den Vietnamesen nicht, und van Trogh wusste das. Aber jeder Einsatz, gleich welcher Art, barg immer ein gewisses Risiko, und Park sah keine Veranlassung, van Trogh davon abzuhalten, sich selbst Gefahren auszusetzen. Park war ein Anhänger der Theorie, nach der sich mit Glück viele Dinge von selbst erledigten.

10:40 Ortszeit, 01:40 Zulu –
Vor der Taedong-Mündung, Chung-Ju-Untiefe

Die Zeit verstrich. Während die *Dolfin* sich mit Schleichfahrt entlang der Küste nach Norden tastete, hatten die Männer ihren kleinen Imbiss eingenommen. Cornedbeef-Sandwiches und dazu stark gesüßten Tee. Eine richtige Mahlzeit würde es erst wieder geben, wenn sie zurück auf der *Grayling* waren.

Thorndyke sah sich um. Es herrschte die übliche Arbeitsroutine. Nur Ian North, für den es momentan nicht viel zu tun gab, versuchte, hinter seiner Funkkonsole ein Nickerchen zu halten. Später würde er einen der anderen ablösen, der dann seinerseits ein bisschen dösen konnte. Leider gab es keinen Platz, der es erlaubt hätte, sich irgendwie auszustrecken. Aber auch so vermochten sie wenigstens den Zeitpunkt hinauszuzögern, bis es ohne Ephedrin oder Pervitin nicht mehr ging. Denn drei Tage ohne wirklichen Schlaf auskommen zu müssen war hart. Thorndyke taten die Knochen weh. Nie konnte man im Boot aufrecht stehen, irgendwo sich mal langlegen. Aber er ignorierte den Schmerz, er war Teil dieses seltsamen Lebens im Boot, wie es auch die eigenartige Wechselstimmung zwischen Langeweile und höchster Nervenanspannung war.

»Fischerboote, Commander!« Charles Spencers Stimme hatte einen warnenden Unterton.

John Thorndyke schreckte aus seinen Gedanken auf. »Entfernung?«

»Knappe vier Meilen in null-zwo-null. Laufen langsam nach Backbord ab.«

Trevor blickte auf. »Könnten Schleppnetz- oder Krabbenfischer sein. Besser, wir gehen denen aus dem Weg.«

Thorndyke biss sich auf die Lippen. Mit der Fahrt

hochzugehen würde zwangsläufig auch lautere Schraubengeräusche verursachen. Sie waren ohnehin nur noch fünfzig Fuß tief, und viel weiter ging es nicht mehr nach unten. Vor seinem geistigen Auge sah er das Boot bereits durch einen Dschungel aus Schlingpflanzen kriechen. Jetzt noch weiter zur Küste hin auszuweichen konnte sie in arge Bedrängnis bringen, aber das konnten die Netze der Fischer genauso tun.

Spencer stülpte sich einen Kopfhörer auf und lauschte. Flink klapperten seine Finger auf der Konsole. Zahlen und Diagramme erschienen auf einem seiner Monitore. »Die setzen ein Fischersonar ein. Scheint ein alter russischer Typ zu sein.« Er studierte die Frequenzen der Impulse, um dann nochmals zu bekräftigen: »Sehr alt!«

»Danke, Sub!« Thorndyke zögerte einen Augenblick. Etwas warnte ihn, aber er konnte es nicht greifen. Vielleicht war es nur ein Hirngespinst. »Ich will besser doch mal einen Blick auf die Knaben werfen. Trevor, wie sieht es mit den Wassertiefen an Steuerbord aus?«

»Die Chung-Ju-Untiefen. Vereinzelt sogar flache Inseln. An Steuerbord voraus gibt es eine Tonne, Flackerfeuer – zwölf Sekunden. Bis dahin sind es noch eineinhalb Meilen. Zwanzig Fuß über der Bank, aber dann kommt östlich von einer flachen Insel eine Senke mit über vierzig Fuß.« Die Stimme des Ersten klang konzentriert, als versuche er, sich alles bildlich vorzustellen. Vierzig Fuß, das war etwa so, als würden sie im Erdgeschoss herumkriechen, während die Überwasserfahrzeuge den dritten Stock bewohnten. Eine absurde Idee.

Thorndyke konzentrierte sich wieder. »Also gut! John, bring uns rauf auf Sehrohrtiefe, Charles, halte die Ohren gespitzt!«

»Aye, aye, Commander!« John Clarke zog den Steuerknüppel vorsichtig etwas zu sich heran, die Augen starr auf die Anzeige gerichtet. Der Bug der *Dolfin* richtete sich leicht auf.

»Dreißig Fuß gehen durch!«

Der Kommandant fuhr das Sehrohr aus. Im Gegensatz zu den großen U-Booten gab es hier nur ein einzelnes Sehrohr, das mit Hilfe verschiedener Vergrößerungen alle Aufgaben erfüllen musste, egal, ob es darum ging, die See oder den Himmel zu beobachten. Und da es ohnehin schon keine Stehhöhe gab, war Thorndyke gezwungen, sich in halb gebückter Stellung wie eine Krabbe um das Periskop herumzubewegen, um es zu schwenken. Es erforderte etwas Übung, aber die hatte Thorndyke zur Genüge. Er konnte sich nicht mehr erinnern, wie oft er bereits so in seinem Boot gestanden hatte. Im Mittelmeer, vor Libyen, im Persischen Golf oder vor Argentinien. Zischend fuhr der Spargel aus seinem Schacht.

Einen Augenblick lang verdeckten Wasserspritzer die Sicht, dann kamen die Fischer ins Blickfeld. Drei kleine, offensichtlich uralte Boote. Leinen, die an ihren gedrungenen Hecks ins Wasser führten, verrieten ihm, dass sie tatsächlich Netze schleppten. Sie hatten wohl vor, die knapp drei Meilen breite Rinne zwischen den Untiefen im Zickzack abzufischen. Aber noch waren sie nicht beunruhigend nahe.

»Drei Trawler. Sieht so aus, als müssten wir tatsächlich über die Sandbank ausweichen. Trevor: Die Tonne ist in null-vier-drei.« Er schwenkte das Sehrohr herum. »Leuchtfeuer Chamaec Do in null-acht-drei! Setz einen Kurs ab, der uns über die Untiefe bringt!«

»Aye, aye, Commander!« Er zeichnete kurz den neuen Kurs auf die Karte. »Neuer Kurs wird null-vier-null!«

Thorndyke spürte, wie das Boot sich leicht auf die Seite legte, als der Kurs geändert wurde. Er wusste, er ließ das Sehrohr zu lange oben, aber er wollte noch einmal einen Blick auf die Trawler werfen. Der Seegang begann bereits etwas kabbelig zu werden, und der Himmel verfinsterte sich, obwohl es erst kurz vor elf Uhr vormittags war. Der angekündigte Sturm sandte seine ersten Vorboten.

Er blinzelte erstaunt und presste sein Gesicht fester gegen den Gummiwulst. Die Trawler zogen immer noch geruhsam ihre Netze durch das Wasser. Aber drei oder vier Meilen hinter ihnen erkannte er einen hellgrauen Schatten, der sich gegen den dunklen Himmel etwas abhob. Erschrocken fuhr er das Sehrohr ein und atmete tief durch. »Genau im Norden liegt ein Patrouillenboot vor Anker!«

»Vor Anker?« Trevor bekam runde Augen.

Thorndyke nickte ruhig. »So ist es.« Er zwang sich zu einem Grinsen. »Weiß jemand, wann die Koreaner Mittagspause machen?«

Der bullige John Clarke erklärte dazu trocken: »Wenn sie Reis haben, nehme ich an!«

Charles Spencer gab ein glucksendes Geräusch von sich. »Also, Jungs, dann mal Ruhe im Boot. Wir können nicht vor der Tonne über diese Sandbank rutschen, oder?«

Der Erste schüttelte bedauernd den Kopf. »Keine Chance, Commander. Die ist überall gerade mal sechs oder sieben Fuß tief!«

»Schön, dann schleichen wir uns eben vorbei!«

Wieder verstrichen Minuten. Trotz des Risikos einer Entdeckung nahm Thorndyke zweimal einen kurzen Rundblick, während sie sich der Lücke zwischen den Sandbänken der Chung-Ju-Untiefe näherten.

Die Spannung stieg, aber bisher deutete nichts darauf hin, dass sich das nordkoreanische Patrouillenboot von der Stelle rührte. Die Minuten zogen sich dahin und schienen nicht vergehen zu wollen. Als sie endlich die Tonne erreichten, kam es ihnen vor, als sei eine Ewigkeit vergangen, aber die Uhren und ihr Verstand wussten genau, dass es nicht einmal eine ganze Stunde gewesen war.

»Neuer Kurs wird null-drei-zwo!« Trevor kontrollierte seine Eintragungen auf der Karte und flüsterte die neue Kursanweisung.

Ohne weiteren Kommentar fuhr Thorndyke das Sehrohr erneut aus und nahm einen schnellen Rundblick. Der Nordkoreaner lag nach wie vor still vor Anker. Die Trawler auf der anderen Seite der Rinne waren gerade wieder dabei kehrtzumachen. Sie waren jetzt schon fast auf gleicher Höhe mit der *Dolfin*. Aber bei dem Tempo würden sie erst in einer halben Stunde hier sein, und bis dahin sollte das Kleinst-U-Boot längst über der Sandbank stehen. Etwas über eine Meile, oder bei Schleichfahrt eine Stunde, bis sie darüber hinaus waren. Lieutenant Thorndyke wägte das Für und Wider ab. »Wir gehen etwas mit der Fahrt hoch. Je schneller wir drüber sind, desto besser. John, Umdrehungen für drei Knoten! Charles, auf Magnetometer achten!«

Drei Knoten waren auch nicht viel, aber immerhin würde es die Zeit auf etwa zwanzig Minuten verkürzen. Und das Magnetometer würde sie rechtzeitig warnen, falls jemand eine Netzsperre ausgelegt hatte. Mit leicht erhöhter Geschwindigkeit glitt die *Dolfin* über die Sandbank.

Spencer überflog seine Anzeigen. »Hier gibt es überall Metall, wenn auch nichts Großes. Scheint ein beliebter Ankergrund zu sein ... oh, was ist das?« Er wandte er sich um. »Stopp, Commander! Das sieht seltsam aus!«

»Maschine stopp! Charles, was gibt's?«

Der Sub beugte sich über seine Monitore. »Kleine Metallmassen am Grund. Aber das sieht aus wie ein Muster. Zwei gerade Reihen!« Per Tastatur gab er ein paar Befehle ein. Als das neue Bild auf dem Schirm erschien, weiteten sich entsetzt seine Augen. »Heilige Sch ...« Aber er kam nicht mehr dazu, seinen Satz zu beenden.

Thorndyke sah nur die insgesamt drei Reihen roter Punkte auf dem Schirm und die *Dolfin,* die sich bereits über der ersten Reihe befand. Er fuhr herum, aber auch er kam nicht mehr dazu, einen Befehl zu brüllen.

Es gab einen Knall und zwei, drei gedämpfte Explosionen. Obwohl das Boot nicht durchgeschüttelt wurde, fiel sofort das Licht aus. Blitze zuckten aus einigen Apparaturen, vor allem aus Spencers Hauptkonsole, und ein stechender Ozongeruch breitete sich aus.

John Clarke spürte, wie das Boot abzusacken begann, und zog den Steuerknüppel so weit an sich heran wie möglich. Aber keiner der vielen Servomotoren reagierte mehr.

Achtern im Maschinenraum, der vom Rest des Bootes durch die Taucherschleuse getrennt war, flogen im wahrsten Sinne des Wortes Sicherungen heraus. Jack Collins, der Maschinist, ging in aller Eile hinter dem Dieselmotor in Deckung.

Vorn warf sich Spencer rückwärts, wurde aber von der Lehne seines Stuhls aufgehalten. Stromschläge zuckten durch seinen Körper, und er wand sich vor Schmerzen. Erst Augenblicke später, die ihm endlos erschienen, verlor er das Bewusstsein.

Von einem Augenblick zum anderen hatte sich die *Dolfin* in eine tote Hülle verwandelt, die zum Grund sackte, der schlammig und voller Schlingpflanzen, aber gar nicht so weit weg war. In etwa dreißig Fuß Tiefe setzte sie sanft auf und wirbelte eine Schlammwolke hoch, die sich bis zur Oberfläche hin ausbreitete. Aber das wusste keiner der sechs Männer an Bord der *Dolphin*.

Thorndyke wartete, bis das Boot zur Ruhe kam. Probeweise löste er seine Hände vom Sehrohrschacht. Gedanken rasten ihm durch den Kopf und trugen nur noch mehr zu seiner Verwirrung bei. Alles war dunkel, nur die selbstleuchtenden Markierungen, die eine notdürftige Orientierung erlaubten, waren zu erkennen. Irgendwo tropfte Wasser, wie in einer Tropfsteinhöhle.

Ein letzter einzelner Blitz schlug aus einem Sicherungskasten, und Thorndyke zuckte erschrocken zusammen. Dann leuchtete plötzlich eine Taschenlampe auf und riss die bleichen Gesichter abrupt aus der Dunkelheit. Aus aufgerissenen Augen sahen die Männer ihren Kommandanten an. Es war Zeit für ein Wunder.

6. Kapitel

> 14 : 50 Ortszeit, 05 : 50 Zulu –
> Irgendwo in der Nähe von Pjöngjang

Kim Chung-Hee erwachte und schaute sich einen Augenblick lang verständnislos um. Die Sonne schien durch ein hohes Fenster, sie sah Büsche und Sträucher und bunte Blumen und hörte den Gesang von Vögeln. *Ein Garten!* Sie strich über das weiße Bettlaken, während langsam die Erinnerung zurückkehrte. Sie richtete sich auf.

Sung Choang-Wo war nicht am Treffpunkt erschienen. Sie hatte eine Weile gewartet, aber keine große Limousine war aufgetaucht. Endlich hatte sie es aufgegeben und war in Richtung Stadt zurückgegangen. Noch immer spürte sie den bitteren Geschmack der Enttäuschung.

Dann hatte sie die Schritte gehört. Leise Schritte, die immer dann innehielten, wenn sie es auch tat. Ein Verfolger, der sich Mühe gab, unentdeckt zu bleiben. Aber sie war es gewohnt, intensiv auf ihre Umgebung zu achten. Egal bei was, ob beim Fischfang oder wenn es darum ging, dem Militär auszuweichen, es hatte sich als nützlich erwiesen.

Sung musste sie verraten haben, und nun war man hinter ihr her. Von Panik überwältigt, war sie losgerannt, durch enge Gassen, durch ein Viertel am Fluss.

Chung-Hee erinnerte sich daran, dass sie die Orientierung verloren hatte, an das Stechen in ihrer Lunge, den Geruch von gebratenem Fisch und Nudeln, tausend Geräusche. An fragende Augen, die hinter ihr hergestarrt hatten, bevor ihre Besitzer schnell in den engen Hausgängen verschwanden. Sie war über Müll gestolpert, über Dinge, die irgendwo herumlagen. Sie entsann sich des Schmerzes, als sie sich das Knie aufgeschlagen hatte. Unwillkürlich griff sie unter die Decke und tastete nach ihrem Knie. Ihre Finger stießen auf einen Verband.

Was war geschehen? Sie konnte sich nicht mehr genau erinnern. Nach einer Weile war sie stehen geblieben. Nicht weil sie glaubte, in Sicherheit zu sein, sondern weil ihr einfach die Luft ausgegangen war. Sie hatte gelauscht … und dann …? Chung-Hee tastete nach ihrem Oberarm. Eine kleine gerötete Stelle, leicht geschwollen, wie ein Moskitostich, aber es war keiner. Etwas hatte sie getroffen. Sie tastete über ihre nackte Haut, und ihr wurde bewusst, dass sie nur ihre Unterwäsche anhatte. Jemand musste sie ausgezogen haben. Ein weiteres Mal inspizierte sie ihre Umgebung. Unter der Zimmerdecke hing ein Kasten, der kühle Luft in den Raum blies, etwas, das ihr in dieser Form noch nie begegnet war. Danach, wie sie sich einen Verhörkeller der Geheimpolizei vorstellte, sah es hier jedenfalls nicht aus. Ihr Blick fiel auf den Schrank an der gegenüberliegenden Wand, und sie schlug entschlossen die Decke zur Seite. Es wurde Zeit, herauszufinden, wo sie eigentlich war. Für einen Augenblick lauschte sie in sich hinein. Sie spürte nichts, keine Furcht, keine Hoffnung. Es war der Moment, in dem Chung-Hee erkannte, dass jemand, der nichts mehr zu verlieren, aber alles zu gewinnen hatte, vor nichts zurückschrecken würde. Vielleicht gelang es ihr nicht, zu entkommen, aber sie würde es mit allen Mitteln versuchen.

15 : 30 Ortszeit, 06 : 30 Zulu –
irgendwo auf der Landstraße zwischen Seoul und der Küste

Der Dienstwagen hatte mit etwas Mühe die Außenbezirke erreicht. Seoul bildete zusammen mit seinen Satellitenstädten, darunter die Hafenstadt Inch'on, die drittgrößte Metropole der Welt mit über 23 Millionen Menschen, und die Bevölkerungsdichte lag sogar noch über der Tokios. Es gab keine ausgedehnten Viertel mit kleinen Einfamilienhäusern. Seoul war eine Wohnblockstadt, ein Eindruck, über den auch die verschiedentlich im Stadtzentrum gesetzten architektonischen Akzente nicht hinwegtäuschen konnten. Seoul war kompakt und dicht.
Und dem entsprach auch der Verkehr. Fahrräder, Rikschas, Autos und vor allem unüberschaubare Scharen von Mopeds und Mofas bildeten ein dichtes Gedränge. Unter lautem Hupen, Tröten und Fluchen schob sich die Masse vorwärts, aber nicht etwa nur in eine Richtung, das wäre für asiatische Verhältnisse zu einfach gewesen. Zwischen dem Stadtzentrum mit den großen Hotels, wie dem *Lotte*, dem *Royal* oder dem *Westin Chosun* und den Außenbezirken ähnelten die großen Straßen mehr einem System aus Flüssen, aus denen sich die Fahrzeuge in die größeren Ströme der Hauptverkehrsadern ergossen, während andere wiederum einfach abflossen. Sogar um das weitläufige Gelände des Deoksugung, einer der Hauptattraktionen Seouls, gab es keinen Stau, obwohl das Gelände des im 15. Jahrhundert erbauten Herrschersitzes hinter sei-

ner sehenswerten Ummauerung an einer der verkehrsreichsten Kreuzungen Seouls lag. Aber der Verkehr kam nicht zum Stillstand, wie er es beispielsweise in New York, Madison Ecke 5th Avenue, ständig tat.

Commander Keith Frazier spürte, wie er von der plötzlich einsetzenden Beschleunigung etwas tiefer in den Sitz gepresst wurde. Dabei kamen sie gar nicht so furchtbar schnell von der Stelle. Es war nur so, dass der koreanische Fahrer unter Einsatz aller Pferdestärken in jede erkennbare Lücke vorstieß, bevor er wieder genauso abrupt abbremste, weil eines der tausend Mopeds ohne Vorwarnung die Spur wechselte. Wie viele amerikanische Offiziere, so hatte auch er aus ganz einfachen Gründen einen koreanischen Fahrer: Westliche Nerven waren dem asiatischen Verkehr schlicht und einfach nicht gewachsen. Zumal bei etwaigen Unfällen ganz eigene Gesetze galten. Wenn ein Europäer oder ein Amerikaner einen armen Koreaner überfuhr, konnte es schnell geschehen, dass ihn ein Gericht zum Unterhalt für eine der nicht selten zwei Dutzend Köpfe zählenden Familien verurteilte. Wenn der Fahrer aber ein Einheimischer war, zuckten die Richter meist mit den Schultern und nannten es Schicksal.

Frazier hoffte, dass er nicht so verängstigt aussah, wie er sich fühlte. Selbst vom Rücksitz aus wirkte der Verkehr an diesem Tag noch verrückter, als er es normalerweise ohnehin schon war. Vielleicht war das Wetter daran schuld, das noch etwas heißer und feuchter als sonst war und die Leute noch etwas mehr *bacca* machte. Auf jeden Fall bereute er bereits die Anweisung an den Fahrer, ihn »so schnell wie möglich« zur Inchon Base zu bringen.

Erst als sie die Stadtgrenze erreichten, entspannte sich Frazier etwas. Nicht, dass der Verkehr wirklich weniger dicht gewesen wäre, aber andere Dinge lenkten ihn ab. Er musste dringend mit diesem Dewan sprechen. Natürlich kommandierten die Engländer ihre Leute selbst, aber es gab Absprachen. Es konnte nicht angehen, dass er einfach einen Einsatz auf eigene Faust anordnete. Zumal Dewan nicht von allem Kenntnis hatte, was für die Beurteilung der Lage erforderlich war. Er wusste nicht einmal, dass er nicht alles wusste. Zu viel war Vermutung oder beruhte auf Agentenberichten, die sich zu leicht nachverfolgen lassen würden.

Seit »Korean Rap« aufgeflogen war – und Frazier tappte immer noch im Dunkeln darüber, wie das hatte geschehen können –, gab es ohnehin so etwas wie einen blinden Fleck in der amerikanischen Aufklärung. Man konnte eben doch nicht alles mit Satelliten oder elektronischen Abhörmaßnahmen lösen, auch wenn *Keyhole* oder die Krypto-Genies der NSA in aller Munde waren. Nicht, dass Frazier seinen Kollegen ihre zweifelhafte Popularität geneidet hätte, aber sein Gebiet war HUMINT – Human Intelligence –, und auch wenn er derzeit als Navy Commander auftrat, waren die Uniform und sein Ausweis im Prinzip so echt wie eine Dreidollarnote. Ein Glück nur, dass die Navy mitspielte.

Er wandte sich wieder seinem aktuellen Problem zu. Frazier hatte eine Kopie von Dewans Personalakte gelesen, auch den Teil, der sich auf dessen Einsätze im Irak oder, noch präziser, auch im Iran bezog. Ein weiterer nicht erklärter Krieg, und genau wie die Iraner manchmal diskret im Irak politisch eingriffen, so gab es auch jenseits der Grenze immer wieder kleinere Späh- und Stroßtruppunternehmungen. Keine der Seiten verlor darüber ein Wort. Die Iraner konnten ja wohl auch schlecht zugeben, dass es paramilitärische Gruppen gab, die von ihrem Territorium aus die schiitischen Terrorgruppen unterstützten, und die Alliierten würden sich lieber die Zunge abbeißen, als öffentlich zu erklären, sie operierten bereits gelegentlich auf iranischem Gebiet. Und wer wusste schon, wo in der Wüste die Grenze wirklich lag?

Aber Dewan war etwas Besonderes. Frazier war sich auch nach dem Studium der Personalakte unschlüssig. Entweder war der Mann genial oder schlichtweg verrückt. Wobei nach Meinung Fraziers das eine das andere gerade bei einem Engländer nicht unbedingt ausschloss. Als Kämpfer konnten die Limeys so hart sein, dass einem Stein Tränen kamen. Aber sie waren auch stur und folgten bisweilen den seltsamsten Interpretationen ihrer ohnehin schon merkwürdigen Traditionen. Doch selbst wenn man das in Betracht zog, haftete Dewan immer noch etwas Ungewöhnliches an.

Ein Teil von Fraziers Unruhe bezog sich auf das bevorstehende Gespräch. Es gab manches, das Dewan einfach nicht wusste. Selbst Frazier, der das Gros der Fakten kannte, musste zugeben, dass einiges davon noch kein schlüssiges Bild ergab. Doch immerhin handelte es sich um Geheiminformationen. Er überlegte, wie viel davon er Dewan mitteilen konnte oder sollte. Zudem fragte er sich, wie zum Teufel Dewan es geschafft haben mochte, Mallory als Kommandanten der *Grayling* dazu zu bringen, seinen Teil zu dieser Operation beizutragen. Wenn er nicht durch Zufall mitbekommen hätte, dass die *Grayling* ausgelaufen war, dann hätte er, obwohl er der zuständige CIA-Agent war, nicht einmal etwas von dieser Geschichte erfahren.

Das Quietschen von Bremsen riss ihn aus seinen Überlegungen. Überrascht blickte er auf, während seine Hände unwillkürlich den braunen Aktenkoffer umklammerten. Ein Schatten fiel von der rechten Seite auf den Wagen, und Frazier realisierte, dass sein Fahrer dabei war, einen schweren Laster der südkoreanischen Streitkräfte zu überholen.

Frazier begriff erst, was vor sich ging, als eine Fanfare ertönte. Ein großes Horn, das plärrend auf sie zuraste. Das Letzte, was Commander Keith Frazier vor dem unvermeidlichen Aufprall sah, war ein überdimensionales, hämisch grinsendes Michelinmännchen. Doch der Gummifigur vorne auf dem Kühler folgte ein etwa vierzig Tonnen schwer beladener Scania-Truck. Dessen Fahrer blieb gar nichts anderes übrig, als die Bremsdruck wieder zu lockern, um zu verhindern, dass er von seinem eigenen ausbrechenden Sattelauflieger unkontrolliert von den Rädern gerissen wurde. Hunderte von Pferdestärken röhrten auf wie ein zorniges Ungeheuer, und eine dicke schwarze Wolke stieg aus den verchromten Auspuffrohren, die hinter dem Führerhaus in die Höhe ragten.

Der Aufprall war hart und gnadenlos. Der koreanische Fahrer hatte noch im letzten Augenblick versucht, den Wagen von der Straße zu reißen, aber es war bereits zu spät. Mit immer noch mehr als vierzig Meilen pro Stunde erwischte der mächtige Kühler des Lasters die Limousine vorn links und schleuderte sie einfach zur Seite. Fraziers Fahrer hauchte mit zahllosen Rippenbrüchen und bis zur Unkenntlichkeit zerschmetterten Beinen im bereits wieder erschlaffenden Airbag sein Leben aus, während der Wagen weiter über die Straße schlingerte.

Frazier selbst hatte ein schweres Schleudertrauma erlitten und kämpfte gegen die drohende Bewusstlosigkeit an. Er war ein harter Mann und dank regelmäßigen Trainings in guter Form. Trotz des schweren Aufpralls konnte er noch handeln. Verzweifelt zerrte er am

Türgriff, und wie durch ein Wunder sprang die verbeulte Tür auf. Noch immer schleuderte der Wagen, aber er war nicht mehr besonders schnell.

Frazier handelte instinktiv. Mit einem Fluch ließ er sich aus der offenen Wagentür fallen und versuchte, sich möglichst eng zusammenzurollen. Kopf schützen, Genick schützen. Alte Ausbildungsweisheiten.

Die Landung auf dem Asphalt war härter, als er gedacht hatte. Vielleicht war der Daewoo immer noch zu schnell gewesen. Der raue Straßenbelag schliff erst die Uniform und dann die Haut von seinem Körper ab wie grobes Schmirgelpapier. Aber er wurde langsamer. Der Aktenkoffer, durch eine Kette mit seinem Handgelenk verbunden, geriet unter ihn, und mit einem schmerzhaften Knacken brach ein Knochen. Die Zeit, die er über die Straße rutschte, erschien Frazier wie eine Ewigkeit, auch wenn es weniger als zwei Sekunden waren. Benommen richtete er sich auf. *Überlebt! Wieder einmal!* Frazier spürte das Adrenalin in seinem Körper.

Wieder ertönte ein Horn, und sein benebelter Verstand begriff, dass es anders klang. Er fuhr herum, aber es war bereits zu spät. Als der Armeelaster, den sein Fahrer als Letztes überholt hatte, endlich zum Stehen kam, war von Commander Keith Frazier nichts Menschenähnliches mehr übrig. Aus dem aufgerissenen Aktenkoffer wehte der Wind ein paar Papiere mit gelb-roten Streifen auf den zerquetschten Leichnam: »Top Secret – ACOMAL – FYEO«.

15 : 45 Ortszeit, 06 : 45 Zulu – Vor der Taedong-Mündung

Kapitän 2. Klasse Tran van Trogh sah sich in der engen Zentrale um. Es roch nach Diesel, abgestandener Luft, Körperschweiß und scharfen Gewürzen. Dabei waren sie noch gar nicht lange unterwegs. Aber Tran wusste, dass sie diesen Mief sowieso nie wieder aus dem Boot herausbekommen würden. Es gehörte einfach zur *Il Sung* mit dazu wie die Maschinen, die Enge oder das Sehrohr. Er kommandierte die *Il Sung* mittlerweile seit beinahe zwei Jahren, also länger; als seine Beförderung und damit die Kommandoübernahme über die Gruppe zurücklagen.

Van Trogh wusste vieles, und noch mehr konnte er sich denken. Obwohl er nach wie vor von den Grundlagen des Sozialismus überzeugt war, hegte er wenig Zweifel, dass die unter dem Namen »Juche« angepriesene nordkoreanische Ausprägung sicher nichts mit wahrem Kommunismus zu tun hatte. Allerdings würde er so etwas nie öffentlich äußern, schließlich hatte er Frau und Kinder. Und wie alle Menschen in Nordkorea waren auch er und seine Familie eingeteilt in eine Art Kastensystem. Während der klassische Marxismus-Leninismus die klassenlose Gesellschaft anstrebte, hatte die Juche-Ideologie lediglich eine »Freundschaft zwischen den Klassen« zum Ziel. Das System war in dieser Beziehung ziemlich einfach. »Genossen«, die als treue Gefolgsleute des Regimes Kim galten, litten nicht unter Lebensmittelmangel und wurden mit Ausbildungsmöglichkeiten und einem gewissen Lebensstandard belohnt. »Schwankende« waren Leute, deren politischer Gesinnung man sich nicht hundertprozentig sicher war. Dieser Personenkreis erhielt aber immer noch Nahrungsrationen zugeteilt. Schließlich gab es noch »feindlich Gesinnte«. Die mussten sehen, wo sie blieben, wenn man sie nicht gleich verhaftete.

Tran van Trogh war das alles bekannt und noch viel mehr. Da aber seine Familie vor dem Vietnamkrieg nach Korea geflohen war, gab es für ihn keine Möglichkeit mehr, das Land zu verlassen, genauso wenig wie für den Rest der Bevölkerung. Nordkorea war in dieser Hinsicht ein einziges großes Gefängnis.

Manches Mal träumte er insgeheim davon, dass das Regime zusammenbrechen und Platz machen würde für eine echte Herrschaft der arbeitenden Bevölkerung, denn im Gegensatz zu Nordkoreas Führung fühlte er sich wirklich als Kommunist. Schließlich gehörte zu den Dingen, die er wusste, auch, dass das westlich orientierte Südkorea weit davon entfernt war, das zu werden, was man beispielsweise in Amerika unter einer Demokratie verstand. Doch genauso, wie er selber seinen Pakt mit dem Teufel eingegangen war, so ging es wahrscheinlich auch den Amerikanern. Die Geheimdienstberichte, zu denen er Zugang hatte, verrieten ihm viel, viel mehr, als es seinen Vorgesetzten recht sein konnte. Aber er war ein Träumer, wie ihm seine Frau immer wieder sagte, und gleichzeitig ein scharfer Analytiker, was ihn in den Augen seiner Vorgesetzten auch nicht gerade sympathischer machte. Trotzdem würde er zu seinem Eid stehen, einfach weil er keine andere Möglichkeit hatte. Und seine Stellung im Militär bescherte seiner Familie die Zugehörigkeit zur ersten Klasse. Manchmal war einem das Hemd doch näher als die Jacke.

Er verdrängte die trüben Gedanken und konzentrierte sich wieder auf sein Boot. Das Wichtigste zuerst, so hatte sein Vater es ihn gelehrt. Er wandte sich an seinen Sonarspezialisten: »Leutnant Hang, was tut sich so?«

»Nur den übliche Schiffsverkehr nach Namp'o, ein paar Fischer und eines unserer Patrouillenboote, Genosse Kapitän! Es liegt vor Anker, aber ich höre seine Hilfsmaschinen.«

Van Trogh dachte nach. Sie standen nun nur noch rund zwei Meilen vor der Flussmündung. Weiter nach Süden gab es eigentlich nichts, was für die Amerikaner interessant sein könnte. Wenn also jemand aus Südkorea an dieser Küste herumkroch, dann hier oder etwas weiter im Norden. Eine innere Stimme warnte ihn, die Dinge auf die leichte Schulter zu nehmen, und er hatte bereits vor langer Zeit gelernt, seinen Instinkten zu vertrauen.

Entlang der Grenze standen rund achthunderttausend Mann, dazu nahezu elftausend Geschütze, und es war ein offenes Geheimnis, dass dafür Granaten mit chemischen und biologischen Kampfstoffen bereitlagen. Nordkorea war jederzeit für eine Invasion des Südens gewappnet, aber wenn es jemals dazu kommen sollte, würde Nordkorea gegen die USA stehen, die schon einmal einen Krieg um den Süden des geteilten Landes geführt hatten, auch wenn das inzwischen für viele vergessene Geschichte war. Die Lage war seit sechzig Jahren gespannt, entlang der Grenze gab es viel zu spionieren, aber wenig Neues. Nur diese und die Heereskräfte konnte man einfacher mit Satelliten im Auge behalten. Wozu dann also dieses amerikanische Atom-U-Boot?

»Genosse Hang, gibt es irgendwelche elektronischen Signaturen?«

Der Leutnant versteckte seine Nervosität hinter einem nichtssagenden asiatischen Lächeln. »Nichts, Genosse Kapitän, gar nichts.«

»Gut!« Van Troghs nächste Anweisung galt dem Rudergänger. »Unteroffizier, laufen Sie einen Kreis, so weit es hier geht. Drei Meilen. Wenn Leutnant Hang dann nicht fündig wird, können wir davon ausgehen, dass hier nichts ist.« Er zögerte kurz. »Dann werden wir ... Hang?«

»Es gibt da ein merkwürdiges Geräusch, Genosse Kapitän!«

»Geht es auch etwas präziser?« Die Stimme des Kapitäns klang plötzlich scharf.

»Ich weiß es nicht genau ... jetzt hab ich es noch einmal!« Hang wirkte hilflos.

»Auf Lautsprecher umschalten«, ordnete van Trogh an. »Sie haben eine Aufzeichnung?«

»Jawohl, Genosse Kapitän!« Der Leutnant drückte ein paar Tasten. Zuerst hörten sie nur die üblichen Geräusche des Meeres. Ferne Brandung, Frachter, das Klicken von Pistolenschrecken, einer kleinen Krabbe, die mitunter schussartige Geräusche produzieren konnte, sich aber zumeist mit einem leisen Klicken begnügte. Und dann, ganz plötzlich, hörten sie ein sattes »Plopp«.

Van Trogh blinzelte verblüfft. Dann machte es noch einmal »Plopp«. Laut und vernehmlich, als käme das Geräusch aus der Nähe.

»Plopp?« Der Kapitän wusste, dass er in diesem Augenblick nicht sehr geistreich aussah. »Was für eine Art von Maschine macht so ein Geräusch? Und dann nur zweimal, um anschließend wieder aufzuhören?«

Hang drehte sich um und sah seinen Kommandanten nachdenklich an. »Es hörte sich beinahe an wie ein Schuss aus einer Waffe mit Schalldämpfer, Genosse Kapitän! Aber die Computer haben nichts Vergleichbares in der Datenbank.«

Kapitän van Trogh bedachte den Leutnant mit einem giftigen Blick. »Wer soll hier unter Wasser schon herumschießen und dazu auch noch mit einem Schalldämpfer?« Er sah sich um. Die Gesichter seiner Männer waren wie üblich ausdruckslos. Aber sie warteten auf seine Entscheidung! »Also los, noch einen Suchkreis. Wer hier unten ploppt, der wird auch noch andere Spuren hinterlassen. Hang: Suchen Sie auch nach elektronischen Signaturen!«

15 : 47 Ortszeit, 06 : 47 Zulu –
900 Kilometer über der Erde, etwa zwischen 125° und 126° Ost

Misty-5 war ein zuverlässiges Mädchen. Sie war es immer schon gewesen, wie man im militärischen Teil der angeblich zivilen Raumfahrtbehörde NASA mit Sitz in Houston hätte bestätigen können. Nur hätte man dort auf Anfragen hin die Existenz von Misty-5 und ihren Schwestern wohl eher geleugnet. Denn die gute Misty war ein Spionagesatellit des *Keyhole*-Programms, genauer, ein Modell der Baureihe KH-13 mit der Typenbezeichnung 8X. Das Bestechende an ihr war der scharfe Blick, mit dem sie die Oberfläche der Erde überwachte. Und zuverlässig, wie sie war, tat sie genau das, was die Programmierer der NASA ihr nur knappe zehn Minuten zuvor übermittelt hatten: Sie änderte den Blickwinkel ihrer Kamera und schoss, während sie das Gebiet zwischen 125 und 126 Grad Ost in Höhe des 39. Breitengrades passierte, insgesamt etwas mehr als dreihundert digitale Bilder. Die Auflösung der Schnappschüsse aus neunhundert Kilometern über der Erde war immerhin gut genug, um die Rangabzeichen eines Offiziers auf einem nordkoreanischen Patrouillenboot zu erkennen. Das Boot lag vor der Tong-Ju-Untiefe an der Westküste Nordkoreas vor Anker, und der rauchende Offizier in der Brückennock war ein Kapitän 3. Ranges, was in der amerikanischen Navy einem Kapitänleutnant entsprach.

Die Bilder wurden im komplizierten elektronischen Innenleben von Misty-5 komprimiert und verschlüsselt. Elf Minuten später, wenn Misty die Nachtzone durchquerte, wurden die Daten wie üblich an die Funkstation der Edwards Base im Antelope Valley in Kalifornien übermittelt, um von dort aus an ihren endgültigen Bestimmungsort weitergeleitet zu werden: die Auswertungsabteilung im CIA-Hauptquartier in Langley. Roger Marsden und Jack Small erhielten die ersten Bilder um 07 : 05 Zulu, also um 02 : 05 Washingtoner Zeit. Kopien der Bilder wurden über Skynet, das strategische Netzwerk der US-Streitkräfte, nach Korea an den Stützpunkt Seoul weitergeleitet, aber sie erreichten Commander Keith Frazier nicht mehr, denn der war zu diesem Zeitpunkt bereits tot.

Skynet war das angeblich sicherste Netzwerk der Welt, aber die Erfahrung verrät, dass es trotz aller gegenteiligen Behauptungen keine Sicherheit in der Welt der Informationstechnologie gibt. Vor allem dann nicht, wenn es sich um ein weltumspannendes Netzwerk handelt. Bereits um 07 : 45 Zulu lagen die ersten Kopien der übermittelten Bilder auf Schreibtischen in Russland, China, dem Iran und einem Dutzend weiterer Länder. Um 08 : 00 Zulu, also 17 : 00 Ortszeit, legte eine Ordonnanz die neuesten Bilder auch auf den Schreibtisch von Kapitän van Trogh, der sich zu diesem Zeitpunkt allerdings noch mit seinem Boot auf dem Rückmarsch befand, nachdem er keine Spuren von Eindringlingen hatte finden können.

Auch die beiden anderen Boote seiner Gruppe hatten bereits per Funk berichtet, dass sie keine Spur des amerikanischen U-Bootes hatten entdecken können.

Nun liefen sie mit voller Kraft zur Basis zurück. Und Eile war wirklich geboten, denn von Westen her rückte ein Sturmtief mit ungewöhnlich hoher Geschwindigkeit heran. Schon rasten die ersten hohen Wellen über das Gelbe Meer und donnerten als mächtige Brecher an die Küsten Koreas. Die Menschen an Land verschlossen Fenster und Läden, Schiffe versuchten entweder rechtzeitig die Häfen zu erreichen oder sich aus Küstennähe zurückzuziehen, um weiter draußen den Sturm abzuwettern, Flugzeuge nach Seoul wurden umgeleitet. Es war kein besonders ungewöhnlicher Sturm, der da im Anzug war, nur wanderte er sehr schnell. Um acht Uhr abends schlugen die ersten Brecher über den Untiefen nördlich von Namp'o zusammen.

20 : 30 Ortszeit, 11 : 30 Zulu –
vier Meilen vor der Taedong-Mündung

Die Luft war abgestanden, es war dunkel, und außerdem schwankte die *Dolfin* schlimmer als ein Betrunkener. Da das manövrierunfähige Boot in nur dreißig Fuß Tiefe lag, war es kein Wunder, dass es samt seiner Besatzung mächtig durchgeschüttelt wurde. Ein Brecher von zwanzig Fuß Höhe war im freien Wasser bis weit über vierzig Fuß Tiefe spürbar.

Die *Dolfin* hatte sich nicht in Sicherheit bringen können, weder in einer sturmgeschütze Senke, noch hatte sie tieferes Wasser aufsuchen können. So wurde das Boot nun zum Spielball der Naturgewalten. Mehr und mehr schob der Rückstrom der Brecher das kleine U-Boot zurück in die Rinne zwischen der Chung-Ju- und der Tong-Ju-Untiefe. Das wäre prinzipiell auch gar nicht schlecht gewesen, aber bereits zweimal hatte sich das Boot überschlagen, und außerdem riss der Rückstrom nicht nur das U-Boot mit, sondern vor allem auch Unmengen von Sand. Die *Dolfin* war dabei, begraben zu werden, doch das ahnten die Männer im Inneren der engen Röhre noch nicht.

John Thorndyke versuchte den Arm noch etwas weiter auszustrecken und hatte das Gefühl, gleich würde seine Schulter sich ausrenken. Er unterdrückte einen Fluch. »Trevor, kannst du von oben mal reinleuchten?« Er versuchte, seiner Stimme einen ruhigen Klang zu geben, zuckte aber schmerzhaft zusammen, als das Boot erneut herumrollte und sein ganzes Körpergewicht auf seinen eingeklemmten Arm drückte.

Der Erste, der in einer ebenso grotesken Haltung eine Taschenlampe zwischen die Kabel hielt, versuchte den Lichtstrahl dorthin zu richten, wo Thorndyke nach einem der Stränge angelte. Welche technischen Genies auch immer sich das Boot ausgedacht haben mochten, sie hatten bei dessen Konstruktion offenbar nicht vorgesehen, dass die Besatzung einmal an der komplizierten Elektrik und den Schaltungen würde herumfummeln müssen.

Der Kommandant spähte in das Innere des Gewirrs aus Servomotoren, Kabeln und Platinen. »Verdammt, so ein Ding kostet schlappe achtzehn Millionen Pfund, da hätten einige wenige Pence für einfache Kabelbinder wohl auch noch drin sein können!«

Jack Collins, der Maschinist der *Dolfin*, beugte sich etwas vor, ohne jedoch Thorndykes Beine loszulassen. Sonst würde es den Kommandanten beim nächsten Brecher womöglich mitsamt Kabeln und Servomotoren auf die andere Seite des Bootes werfen. »Wie sieht es aus?«

»Übel! Etliche Kabel sind verschmort, und ein paar

von den Platinen sehen ebenfalls rabenschwarz aus.« Aus dem Loch heraus klang Thorndykes Stimme dumpf.

Collins bedauerte ein weiteres Mal, zu kurze Arme zu haben. Aber er kam einfach nicht ran. Die Konstrukteure des Bootes hatten diesem simplen Problem in ihrem Drang, immer mehr und noch kompliziertere Ausrüstung in den engen Rumpf zu quetschen, wohl keinerlei Aufmerksamkeit geschenkt. Also blieb ausgerechnet dem Bordtechniker nichts anderes übrig, als jemandem mit größerer Reichweite Anweisungen zu geben, was zu tun war – falls er selbst das herausbekommen würde.

»Wie sehen die Servos aus?«

Trevor James, der Erste, leuchtete herum. »Die Dinger sehen gut aus, jedenfalls von außen!«

»Aber die Platinen ...«

»Vergessen Sie die Platinen, Commander!« Collins warf einen kurzen Blick zu seinem Kumpel John Clarke, dem Rudergänger. »Was meinst du? Kannst du mit 'ner Knopfdrucksteuerung fahren?«

Clarke nickte bedächtig. »Wenn es was zu fahren gibt, dann fahre ich es auch!«

»Schön, Johnny, mehr kann ich dir nämlich nicht anbieten!« An die beiden Offiziere, die halb in der Höhlung verborgen waren, erging die Aufforderung: »Okay, Gentlemen, kommen Sie erst mal da raus. Wir müssen sehen, wie es hinter den anderen Abdeckungen weitergeht.«

»Pah! Du hast Stunden gebraucht, herauszubekommen, was hinter denen passiert ist, die wir schon offen haben!« Clarke sah Collins böse an. »Also, wie stehen die Chancen?«

Thorndyke robbte rückwärts aus dem Loch. Das

Stahldeck scheuerte an seiner Bordkombi. Als das Boot sich wieder auf die Seite legte, griff er automatisch nach einem Halt, aber Collins ließ ihn ohnehin nicht los. Der Commander atmete tief durch. »Es gibt immer zwei Möglichkeiten: das Boot sprengen und an Land schwimmen oder versuchen, es notdürftig zusammenzuflicken.«

»Schwimmen ist bei dem Wetter nicht drin, Commander! Nicht mit ihm!« Clarke deutete kurz zu Sublieutenant Spencer hinüber, der immer noch nicht wieder bei Bewusstsein war. So wie es aussah, hatte der Sub sich irgendwo den Kopf angeschlagen, als der Stromstoß ihn wild zappeln ließ – oder sonst wie Schaden genommen, aber sie hatten keinen Arzt, um das genauer herauszufinden.

Thorndykes Miene wurde härter. »Richtig, also nutzen wir die Zeit zu einem Reparaturversuch!« Er fixierte Clarke, dessen Gesicht im Schein der Taschenlampe bleich wirkte, als weile der Mann bereits nicht mehr unter den Lebenden. Thorndyke unterdrückte einen Schauder und konzentrierte sich wieder auf das Wesentliche. »Also, ran an die Abdeckungen! John, lass deine Muckis spielen!«

Für einen kurzen Augenblick starrten die beiden Männer einander an, während das Boot durch den Sturm wieder auf die andere Seite gedrückt wurde. Im Licht der Taschenlampen wirkten sie beide grau und erschöpft, aber es war der bullige Rudergänger, der den Blick zuerst senkte.

»Als Nächstes ist die Abdeckung hier achtern dran!« Collin Stimme klang heiser, als er Clarke zeigte, welche der Plastikverkleidungen er geöffnet haben wollte. Die Verkleidungen waren am oberen Ende mit Steckverbindungen befestigt, es erforderte also ohne das notwendige Spezialwerkzeug eine gehörige Portion Kraft, sie zu lösen. Aber die war noch nie John Clarkes Problem gewesen, befand Collins. Wenn schon, dann eher Grips.

Der Rudergänger, der von den Gedanken seines Kumpels nichts ahnte, langte fest hin. Es war beinahe lächerlich einfach, nachdem die Verkleidung daneben schon offen war. Ein kräftiger Ruck, und mit einem lauten »Plopp« riss er die Plastiksteckverbinder aus ihrer Halterung.

21 : 00 Ortszeit, 12 : 00 Zulu –
Irgendwo in der Nähe von Pjöngjang

Kim Chung-Hee blickte den Mann ihr gegenüber fragend an. »Ich verstehe nicht, Minister Sung.«

»Das ist auch nicht notwendig, Chung-Hee.« Der Minister für Kultur lächelte nachdenklich, aber seine Augen blieben weiter ernst auf die junge Frau gerichtet. »Soweit ich weiß, hat die Geheimpolizei alle Agenten in der Nähe von Namp'o aufgegriffen. Aber von meiner Existenz und der Gruppe hier in der Hauptstadt wusste nur Ihr Vater etwas.« Er verzog das Gesicht. »Dachte ich jedenfalls.«

»Mein Vater erzählte mir von Ihnen, Minister. Nur für den Fall ...«

Sung Choang-Wo seufzte. »Ihr Vater war ein tapferer Mann, Chung-Hee.« Er sah sie bedauernd an: »Nach allem, was ich in Erfahrung bringen konnte, ist er tot, aber er hat bis zuletzt eisern geschwiegen!«

Chung-Hee hatte es geahnt, aber die Bestätigung traf sie trotzdem. Einen Augenblick lang schwieg sie. *Wofür? Viele sahen einfach weg und kümmerten sich nur um ihr Überleben. Ihr Vater und etliche andere hatten ihr Leben für alle riskiert. War es das wert gewesen?* Sie konnte den bitteren Ton in ihrer Stimme nicht unterdrücken. »Bedeutet das, die Verbindung zu Ihnen, Minister, ist damit gekappt? Er hat Ihnen immerhin das Leben gerettet.«

»Vielleicht!« Sung klang abwesend. »Zumindest hat er es versucht. Wir wissen alle um die Risiken, die wir eingehen.«

Sie deutete auf die Einrichtung des Zimmers, in dem sie sich befanden. Das geschmackvoll eingerichtete Landhaus außerhalb der Hauptstadt war eine Oase des Friedens und des Luxus. »Aber sie gehen diese Risiken in einer erheblich angenehmeren Umgebung ein.«

»Sicherlich, Chung-Hee, sicherlich!« Er beugte sich vor. »Noch etwas Tee?«

Sie schüttelte abwehrend den Kopf. Stattdessen sah sie ihm in die Augen. »Was ist mit dem Rest meiner Familie?«

»Wir wissen es nicht. Meine Leute arbeiten daran. Aber es hat den Anschein, als hätte es eine undichte Stelle in Ihrer Zelle gegeben, Chung-Hee. Ihr Vater wurde verraten. Ich fürchte ...«

Sie nickte. Sie hatte es geahnt. Trotzdem fiel es ihr schwer, die Tränen zu unterdrücken. »Also gibt es nichts, was Sie tun können?«

Der Minister schüttelte bedauernd den Kopf: »Bisher gibt es keine Informationen, wo sie sind. Es steht zu vermuten, dass Ihre Familie irgendwo ins Sperrgebiet verbracht wurde. Die Geheimpolizei hat dort das absolute Sagen. Das Projekt ist wichtig und wird rigoros abgeschirmt. Außer von der Existenz der Anlage wissen selbst wir Kabinettsmitglieder nicht viel darüber. Offenbar hat man aus den Fehlern der Vergangenheit gelernt.«

Die junge Frau riss sich einmal mehr zusammen. »Und was geschieht mit mir?« Sie sah den Minister regungslos an. Beiden war bewusst, dass sie die einzige noch existierende Verbindung zwischen ihm, dem Netz in der Hauptstadt und der Gruppe von Namp'o war. Solange sie lebte, war er gefährdet. Sie sah sich um. Das Landhaus war beeindruckend. Ein Traum und für sie irgendwie surreal. Die Entscheidung, all das zu riskieren, und das lediglich für ein Fischermädchen aus Namp'o, würde dem Minister sicher nicht leicht fallen. Zumal es einfacher war, sie schlicht und ergreifend verschwinden zu lassen. Aber sie hatte keine andere Wahl, er war der Einzige …

Die Stimme des Ministers drang in ihre Gedanken. »Ich möchte, dass Sie sich in den nächsten zwei Tagen etwas erholen. Jemand wird sich um Kleidung kümmern und Ihnen ein paar … äh … Kniffe beibringen.« Der Minister zwinkerte. »Etwas mit Make-up, Frisuren und so.«

»Make-up?« Chung-Hee sah ihn nicht besonders geistreich an.

Aber der Minister nickte lächelnd. »Richtig. Lernen Sie schnell, denn in drei Tagen werden Sie Nordkorea hinter sich lassen. Ich weiß nicht, was danach geschieht, das liegt außerhalb meines Einflusses. Aber sie werden leben, Kim Chung-Hee.«

14 : 00 Ortszeit, 14 : 00 Zulu –
U-Boot-Basis Loch Ewe, Schottland

Lieutenant Janet Summers starrte auf den Marschbefehl. Er war keine Überraschung, schließlich hatte sie sich selbst um die Versetzung bemüht. Offiziere mit asiatischen Sprachkenntnissen gab es nur wenige. England war nicht Amerika, auch wenn man nach wie vor in den Kategorien eines Commonwealth dachte.

Ratlos drehte sie das Papier in den Händen und dachte dabei die ganze Zeit an den Abend vor Charles' Abreise. Er war der bisherige Tiefpunkt ihrer Ehe gewesen, auch wenn sie bereits zuvor schon so manchen Strauß miteinander ausgefochten hatten. Janet unterdrückte ein Seufzen.

Charles Summers hatte sie auf einer der Stützpunktpartys kennengelernt. Eigentlich hatte John Thorndyke sie eingeladen. Aber Summers ließ seinem Kameraden keine Chance. Thorndyke war ein eher ruhiger Typ, manchmal regelrecht maulfaul. Und er konnte im Umgang mit Frauen erstaunlich linkisch sein. Summers hingegen war ein Partylöwe. Selbstbewusst, amüsant, auch wenn sein Witz manchmal beißend war, und unglaublich charmant. Mit der anderen Seite seines Wesens hatte sie erst sehr viel später Bekanntschaft gemacht. Es war alles so schnell passiert. Der Antrag, die Verlobung, die Hochzeit. Die Flitterwochen in Italien waren ein Traum gewesen, aber als sie zurückkehrten ins tägliche Leben, hatten die Probleme begonnen.

Sie wusste, sie hatte John damals sehr verletzt, und was viel schlimmer war, der ganze Stützpunkt wusste es. Wenn sie damals geahnt hätte, was sie inzwischen begriffen hatte, dann hätte sie vielleicht anders entschieden. Sie zweifelte, dass sie Charles Summers jemals geliebt hatte. Sie war geblendet gewesen. Wie so viele andere von Charles Summers geblendet wurden. Es mochte sein, dass er der beste Mann bei seinen geliebten Mini-U-Booten war, aber der beste Ehemann war er jedenfalls nicht.

Das mit dem Versetzungsgesuch war vielleicht doch

nicht eine so glänzende Idee gewesen. Denn beide würden dort sein, Charles und auch John. Mit einem weiteren Seufzen erhob sie sich und ging zur alphabetischen Ablageregistratur. Der Scotch lag folgerichtig unter »S«.

7. Kapitel

22 : 30 Ortszeit, 13 : 30 Zulu – Inchon Base, Südkorea

Der Wind zerrte an den aufblasbaren Zelthallen, an den in aller Eile errichteten Baracken und auch an der Wellblechhütte, in der sich das befand, was man vollmundig den Offiziersclub genannt hatte. Schwere Regenböen verwandelten die Wege zwischen den einzelnen Gebäuden in Schlamm, und nur die einzige eilig asphaltierte Straße vom Haupttor zur großen mobilen Halle, in der Commander Dewans Büro, die Stabsräume und das Lagezimmer untergebracht waren, hielt bisher den heftigen Schauern stand. Nur wer unbedingt musste, bewegte sich zwischen den provisorischen Gebäuden, und dies nur tief gebückt und so schnell die Beine trugen. Noch bestand kein unmittelbarer Grund zur Sorge, die Verankerungen der Hallen hielten dem Sturm stand.

Die Bucht selbst war ein Chaos aus kochendem Wasser. Selbst die mächtige *Sibuyan* zerrte unruhig an ihren Ankertrossen, während die aufgepeitschten Wogen gegen ihren Rumpf schlugen. Die beiden verbliebenen Kleinst-U-Boote tanzten wie Korken, und die Arbeiten auf ihnen, die dennoch nicht eingestellt wurden, gerieten zu einem Balanceakt, der Unvorsichtigen schnell Beulen und blaue Flecke einbrachte.

Lieutenant Charles Summers rannte, was das Zeug hielt, um unter das Vordach zu kommen, aber es nutzte nichts. Seine Uniform war schon nach wenigen

Schritten durchnässt und die Hosenbeine mit Schlamm vollgespritzt. Zum Teufel mit Dewans Vorstellungen von Kleiderordnung!

Sublieutenant Thomas White betrachtete seinen Kommandanten forschend. »Hallo, Commander, gibt's was Neues von der *Dolfin*?«

Summers, der gerade aus dem Lagezimmer zurückgekommen war, schüttelte den Kopf. »Nein, bisher nicht. Aber es ist auch noch zu früh.« Er registrierte, wie die anderen Offiziere näher rückten. Wie immer, wenn eines ihrer Boote im Einsatz war, konnten die verbleibenden Kameraden nur warten. Es gab nichts, was sie sonst hätten tun können. Ein Zustand, der den Männern ganz besonders gegen den Strich ging.

Summers unterdrückte seine Besorgnis. Die *Dolfin* konnte längst zerstört und ihre gesamte Besatzung tot sein. Oder sie konnten irgendwo in einer Senke am Meeresgrund in aller Ruhe den Sturm ausreiten. Soweit es ihre Informationen hier betraf, hätte sich der Einsatz auch auf einem anderen Planeten abspielen können. Es war eine Nervenprobe.

Ron Baxter, der Kommandant der *Sailfish*, legte sein Gesicht in betrübte Falten. »Ich frage mich, wo die Amis stecken. Schließlich ist das hier eigentlich deren Baby.«

»Ich weiß nicht ...« Summers hielt inne. Unsicher sah er sich um, aber die Offiziere waren unter sich. »Ich war auf dem Weg hierher kurz bei Dewan, nachdem im Lagezimmer niemand etwas sagen wollte.«

»Und?« Sublieutenant Christian Walker, der Beobachter von Baxters Boot, sah ihn auffordernd an.

Summers zuckte mit den Schultern: »Nichts ›und‹! Ich habe Dewan gefragt, ob die Amis was wissen, aber er hat gemeint, ich soll mich gefälligst um meinen eigenen Kram kümmern. Dann hat er sich wieder in die Berichte von den letzten Übungen in Schottland vertieft, als sei nichts gewesen.«

White, *Stingrays* Erster, verzog das Gesicht. »Hoffentlich liest er nicht die technischen Protokolle. Buzz hat immer noch Probleme mit der Elektrik.«

Bernhard »Buzz« Miller, nicht verwandt oder verschwägert mit dem 1 A der Gruppe, war der Maschinist der *Stingray*. Er kämpfte derzeit mit der elektrischen Anlage des Bootes und kam selbst mit Hilfe des technischen Stabes nicht dahinter, was eigentlich die Ursache war. Aber irgendetwas erzeugte Spannungsschwankungen, und das war bei einem U-Boot voll komplizierter Elektronik natürlich ein Unding. Nicht auszudenken, was passieren mochte, wenn bei einem Einsatz das Sonar als Folge dieses Problems ausfiel, ganz zu schweigen von anderem lebenswichtigen Gerät.

Der Commander seufzte. »Wenn das so weitergeht, dann müssen wir alles noch mal von vorn durchmessen und notfalls auf Verdacht Teile austauschen. Hat Buzz ...«

»Drei Tage, Commander. Ich habe ihn schon gefragt.« White wusste wie jeder andere auch, dass es in der gegenwärtigen Situation einfach nicht möglich war, das Boot zur gründlichen Ursachenerforschung auseinanderzunehmen. Nicht bevor die *Dolfin* zurück war.

Ron Baxter dachte noch immer darüber nach, was Dewan zu Summers gesagt hatte. »Was bedeutet Dewans Äußerung eigentlich genau, Charles? Hat er den Einsatz quasi selbst beschlossen, ohne die Amis?«

Summers blickte ihm ernst in die Augen. »So hat er das nicht ausgedrückt, sondern mir nur zu verstehen gegeben, das ginge mich nichts an. Gegenfrage: Siehst du hier vielleicht irgendwelche Amis?«

»Was ist mit diesem Frazier?« Baxter sah Summers hilflos an. »Der hat uns das hier ja alles eingebrockt!«

»Ich meine«, sagte White nachdenklich und senkte unwillkürlich die Stimme, »es ist seine Entscheidung.«

»Richtig!« pflichtete Summers ihm bei. »Die Frage ist nur, ob ihm die Amis *alles* erzählt haben und was er davon an Thorndyke weitergegeben hat.«

23 : 15 Ortszeit, 14 : 15 Zulu –
Songun-Basis, Nordkorea

Die beiden anderen nordkoreanischen Kommandanten hatten entschieden, das Abflauen des Sturms draußen in tieferen Gewässern abzuwarten, wo er ihren U-Booten nichts anhaben konnte. Eine aus seemännischer Sicht weise Entscheidung.

Kapitän van Trogh hatte dies nicht getan. Er kannte sein Boot, er kannte die Gewässer, und er kannte alle Tricks. Auch wenn die Suchaktion wegen des Sturmes länger gedauert und er einen Umweg hatte in Kauf nehmen müssen, war es für ihn kein Problem gewesen, die geheime Basis nördlich von Namp'o zu erreichen. Kurz vor 23 Uhr Ortszeit machte die *Il Sung* an der Pier in einer großen Betonhalle fest, und Kapitän van Trogh eilte in sein Büro, um kurz nachzusehen, was sich während des Tages angesammelt hatte. Doch im Geiste war er bereits daheim bei seiner Frau. Die Tatsache, soeben ein seemännisches Bravourstück vollbracht zu haben, erfüllte ihn nicht sonderlich mit Stolz. Man hatte es eben oder man hatte es nicht! Allenfalls verspürte er nach wie vor eine gewisse Belustigung, wenn er an das besorgte Gesicht Leutnant Hangs dachte, als er das Boot von dem Sturm einfach in die Zufahrt zur Basis spülen ließ. Aber die Kraft der Maschinen hätte kaum ausgereicht, das Boot gegen den Rückstrom in den schmalen Kanal zu bringen, also hatte er es wie ein Surfer auf einer Welle hereinreiten lassen.

Sein Blick blieb an den Aufnahmen hängen, die ihm eine Ordonnanz auf den Schreibtisch gelegt hatte. Van Trogh starrte auf das Unfassbare und blinzelte. Einen Augenblick lang wirkte er wie erstarrt, doch dann machte sich widerwillig ein anerkennendes Lächeln auf seinem Gesicht breit. Er hatte ein Problem, sogar ein ziemlich großes, aber er konnte den Amerikanern einen gewissen Respekt nicht versagen.

Er wusste, dass alle Kommandeure diese Bilder erhielten. Zum Glück waren die meisten von ihnen Narren! Schwer ließ er sich in seinen Stuhl fallen und dachte nach. Es waren amerikanische Satellitenfotos, die auf wer weiß welchen Wegen in die Hände des Geheimdienstes gelangt waren. Die Auflösung war gut. Die Bilder zeigten genau, welche Schiffe Namp'o anliefen. Sogar einzelne Besatzungsmitglieder des vor Anker liegenden Patrouillenbootes waren auszumachen. Unverkennbar war vor allem auch der aufgewirbelte Schlamm südlich davon. Die Fischer mit ihren Schleppnetzen hatten den Grund weiträumig aufgewirbelt. Aber eine der großen gelbbraunen Schlammwolken, die auf den gestochen scharfen Bildern sichtbar war, konnte unmöglich von den Fischern stammen. Es sei denn, Schlamm könnte sich neuerdings gegen die Strömung bewegen.

Tran van Trogh dämmerte in diesem Moment, dass er überlistet worden war. Er wusste nicht wie und warum, aber die Tatsache war klar. Er war nicht der

Mann, der eine offensichtliche Erkenntnis ignorierte, nur weil sie ihn störte.

Gedanken rasten durch seinen Kopf. Die Chancen standen gut, dass keiner seiner Vorgesetzten die Bedeutung der einzelnen Schlammwolke erkannte. Kapitän Park hatte nie ein Schiff, geschweige denn ein U-Boot kommandiert. Seine Karriere verdankte er der Parteizugehörigkeit und Beziehungen. Park war nichts weiter als ein reiner Schreibtischhengst.

Einen Augenblick lang dachte van Trogh daran, noch einmal auszulaufen, aber er verwarf die Idee gleich wieder. Was immer die Schlammwolke aufgewirbelt hatte, es würde bestimmt nicht mehr vor Ort sein. Nachdenklich legte er einen Stechzirkel an und verglich die Ausdehnung der Wolke mit dem Patrouillenboot und den Trawlern. Es war schwer zu bestimmen, aber nach seiner groben Schätzung würde er sagen, was immer die Schlammwolke aufgewirbelt hatte, es musste erheblich größer als ein Taucher sein.

23 : 15 Ortszeit, 14 : 15 Zulu –
Vier Meilen vor der Taedong-Mündung

Die Windrichtung hatte offenbar gewechselt. Thorndyke blickte auf die Karte und versuchte sich das große Sturmsystem vorzustellen. Es war denkbar, dass es durch die Küste abgelenkt worden war und nun weiter im Norden in China an Land schlug. Der Leutnant hatte keine Möglichkeit, das festzustellen. Die Messinstrumente der *Dolfin* waren schrottreif. Das Einzige, was ihm geblieben war, war sein seemännischer Instinkt. Er spürte, dass die *Dolfin* nicht mehr permanent herumgeworfen wurde. Das Boot bewegte sich zwar immer noch unruhig, aber wenigstens rollte es nicht mehr von einer Seite auf die andere. Was entweder bedeuten konnte, dass sie bereits auf Land getragen worden waren oder dass die Wassertiefe über dem Boot wieder zugenommen hatte.

Entschlossen nickte er Trevor zu. »Also gut, ich schaue mir das mal mit dem Sehrohr an. Es dürfte wahrscheinlich stockfinster sein.«

»Wir können immer noch den Deckel aufmachen und schauen, ob Wasser reinkommt!«, scherzte Ian North etwas gekünstelt.

Clarke, der Rudergänger, zuckte bei der Bemerkung zusammen. Noch gingen die Nerven nicht mit ihm durch, aber es wurde Zeit, dass sie aus diesem Loch herauskamen. Die Angst, in diesem Boot zu verrecken, nahm ständig zu. Aber noch größer war die Sorge, dass sie sich unter Umständen über Land durchschlagen mussten. Weiße in Nordkorea! Und man wusste ja, was die Schlitzaugen machten, wenn sie einen in die Finger kriegten. Die Geschichte der *Pueblo* war schließlich zur Genüge bekannt. Die Nordkoreaner hatten das amerikanische Spionageschiff in internationalen Gewässern gekapert und die Mannschaft monatelang gefoltert und misshandelt, bevor sie über diskrete Kanäle auf dem Verhandlungswege wieder in die Heimat zurückgeholt werden konnte. Und die *Pueblo* wurde nach wie vor zur Schau gestellt, wie eine Trophäe. Vor seinem inneren Auge sah Clarke bereits die *Dolfin* neben ihr liegen. Was mit ihnen, der Besatzung, passieren würde, mochte er sich gar nicht ausmalen, allein der Gedanke an Stromschläge, Prügel oder kleine Messer ließ ihn in Schweiß ausbrechen.

Natürlich war niemand an Bord frei von Angst, alles andere wäre auch nicht normal gewesen. Ein jeder kämpfte damit auf seine Weise, nur war es verpönt, es sich anmerken zu lassen. Im Gegensatz zu Clarke verschwendete der Commander keinen Gedanken an ein eventuell drohendes Schicksal. Es gab Wichtigeres, und er versuchte, sich darauf zu konzentrieren. Die verbrauchte Luft verursachte Kopfschmerzen, und er fühlte, dass seine Kräfte allmählich nachließen. Alles tat ihm weh von dem stundenlangen Hantieren in verkrampfter Haltung und den Kraftakten auf engstem Raum. Kaum eine Stelle an seinem Körper schien frei von blauen Flecken zu sein, die er sich eingefangen hatte, während sie in dem wild rollenden Boot Kabel flickten, Platinen überbrückten und schwerere Geräte ausbauten. Bei manchen Fummelarbeiten waren sie sich vorgekommen, als hätten sie versucht, im Licht von Taschenlampen, auf einem Trampolin springend, einen Faden in ein Nadelöhr einzuführen. Es war fast zum Wahnsinnigwerden gewesen, aber irgendwie waren sie vorangekommen.

Das Ergebnis konnte sich sehen lassen. Sie hatten Strom und damit Licht. Pressluftbetriebene Systeme wie das Sehrohr funktionierten wieder, wenn auch ohne elektronische Unterstützung, und mit etwas Glück würden sie auch die wichtigsten elektrischen Systeme wieder funktionsfähig bekommen. Ihre Chancen standen jedenfalls viel besser als noch vor ein paar Stunden. Sie alle hatten bis zur Erschöpfung geschuftet, doch ausgestanden war die Geschichte damit noch nicht.

Das Sehrohr fuhr sehr langsam aus, weil Trevor die Pressluft manuell kontrollieren musste. Die Automatik war tot, wie so vieles andere auch. Thorndyke presste die Stirn gegen den Gummiwulst. Im ersten Moment erkannte er gar nichts. Alles war schwarz in schwarz. Langsam drehte er den Spargel im Kreis. Er konnte nicht einmal sagen, ob er einen stockdunklen Himmel sah oder ob sich das Sehrohr unter Wasser befand. »Was zeigt der Tiefenmesser an?«

Collins, der Maschinist, warf einen Blick auf den Papenberg. Die Wassersäule im Schauglas hüpfte unaufhörlich auf und ab. Er zuckte ungerührt mit den Schultern. »Irgendwo zwischen zwölf und fünfzig Fuß, Commander!« Das relativ simple Instrument war nach dem Ausfall der elektronischen Systeme ihre einzige Chance. Wenn es ihnen nicht sagte, wie tief sie waren, dann sagte es ihnen niemand.

Lieutenant Thorndyke versuchte sich die Situation vorzustellen. Zwölf Fuß bedeuteten, dass das Sehrohr bereits weit über das Wasser herausragen würde. Fünfzig hingegen, dass es unter Wasser war. Mit Verzögerung begriff er, dass Himmel und Wasser gleichermaßen finster waren. Sie lagen hier jetzt relativ geschützt, weil die Tong-Ju-Untiefe westlich von ihnen die meisten Wellenberge bereits brach. Er schwenkte das Periskop dorthin, wo er Westen vermutete. Plus/minus aller möglichen Missweisungen des einfachen Magnetkompasses.

Thorndyke sah den nächsten Wellenberg nicht einmal kommen. Er spürte nur, wie das Boot sich bewegte und dann ein eigentümliches Vibrieren der Handgriffe am Periskop. *Verdammt, der ganze Spargel vibrierte!* Dann, als die Welle über sie hinweggegangen war, sah er kurz einen breiten weißen Kamm in der Dunkelheit leuchten. Es dauerte nur Augenblicke, bis das Sehrohr wieder überspült war, doch die genügten Thorndyke. Er unterdrückte einen Fluch.

»Gut, Jungs, wie schwer sind wir eigentlich im Augenblick wirklich?« Fragend sah er Collins, den Maschinisten, an.

Der Petty Officer verzog das Gesicht. »Die Zellen dürften alle voll sein. Das gibt uns so etwa vier Tonnen Untertrieb.«

Obwohl das Boot also so schwer war, wie es nur irgend ging, bewegte es sich trotzdem noch mit den Wellen. Thorndyke schmeckte das absolut nicht. »Wenn mich nicht alles täuscht, liegen wir immer noch am Westrand der Chung-Ju-Bank. Zwischen den Brechern ist das Wasser nicht einmal tief genug, um uns getaucht hier rauskommen zu lassen.« Er spürte ohnmächtigen Zorn in sich aufsteigen, weil das Schicksal es offenbar alles andere als gut mit ihnen meinte.

»Verdammter Mist!« Trevor James sah ihn ratlos an. »Aufgetaucht schleudert uns der Seegang sofort auf die Sandbank, wenn wir die Maschinen nicht augenblicklich in Gang bekommen.«

Der Kommandant nickte. »So wie ich das sehe, gibt es zwei Möglichkeiten. Wir können warten, bis der Sturm abflaut. Der Wasserstand gleicht sich aus, und wir können verschwinden. Natürlich müssen wir immer wieder nach Leuchtfeuern und Tonnen Ausschau halten, weil unsere sonstigen Navigationsmittel uns nicht mehr zur Verfügung stehen.«

»Klingt nicht sehr verlockend«, erklärte der Erste. »Wenn das Sauwetter vorbei ist, dann herrscht hier wieder ziemlicher Verkehr. Da kannst du den Spargel nicht die ganze Zeit oben lassen, weil er mit ziemlicher Sicherheit entdeckt werden dürfte. Und was wäre die zweite Möglichkeit?«

Thorndyke verzog keine Miene. »Wir setzen darauf, dass die Maschine anspringt, beten, dass die Schraube nicht zu viel Dreck in den Wellentunnel zieht, und hoffen, es gelingt uns irgendwie, uns durch diesen Sturm davonzuschleichen.«

Die Männer schwiegen einen Augenblick. Dann grinste Collins. »Du willst es wirklich wissen, Commander!«

»Trevor?« Thorndyke sah seinen Ersten an. Sie konnten es nur zusammen schaffen.

»Komm zur Navy, haben sie gesagt, da erlebst du was! Na, denen werd' ich was erzählen ... aber ich bin dabei, Commander.«

»John?«

Clarke, der Rudergänger, nickte erleichtert. Alles war besser, als hier zu sitzen und auf die Schlitzaugen zu warten. »Bin zu allem bereit, wenn du es bist, Commander!«

»Ian?«

»Bring uns raus hier, Commander!«, erklärte der Angesprochene nach einem kurzen Seitenblick auf die immer noch bewusstlose Gestalt von Sublieutenant Spencer, um dann hinzuzusetzen. »Je eher, desto besser!« Für Ian Norths Verhältnisse, in der Unteroffiziersmesse als der »große Schweiger« bekannt, war das fast schon eine Ansprache.

John Thorndyke konnte sich ein Grinsen trotz des Ernstes der Lage nicht verkneifen. Ian North würde sich nie ändern – ein beruhigendes Gefühl. Dann begann er seinen Plan im Detail zu erklären. Es war wichtig, dass jeder wusste, was er zu tun hatte, denn wenn etwas schiefging, hatten sie nur Sekunden zum Handeln. Thorndyke war sich über die Gefahren voll im Klaren, aber es würde nichts bringen, sie eigens noch zu betonen. Gefragt war ein bisschen Optimismus, das, was sie alle brauchten ...

09 : 30 Ortszeit, 14 : 30 Zulu – Langley, Virginia, USA

Jack Small konnte sich nicht mehr daran erinnern, die wievielte Tasse Kaffee er trank. Es war auch gleichgültig, das Koffein half ihm ohnehin nicht mehr. Small kannte solche Situationen. Er hatte viele Jahre im Feldeinsatz zugebracht und bei einem der Besten gelernt. Irgendwann war sein Mentor aufgestiegen, und er selbst hatte ebenfalls mehr und mehr Verantwortung übernommen. Seit einem Jahr war er zurück in den Staaten und leitete einzelne Operationen auf der ganzen Welt, aber zu seinem Leidwesen nicht mehr persönlich.

Marsden beobachtete den Agenten über den Tisch hinweg. *Vermutlich seh ich auch so aus! Alt, verbraucht und einfach beschissen!* Er wusste, wie Small sich fühlte. Immerhin war der Mann einst sein bester Schüler gewesen. Sie hatten einiges erlebt, in den guten alten Tagen, als es für sie nur darum ging, nicht umgebracht zu werden oder in einem russischen Gefängnis zu landen. Es war manches anders gewesen als heute – weil die Welt damals eine andere war und die der Geheimdienste auch. Mittlerweile gab es keine klar definierten Blöcke und keine sicheren Feindbilder mehr. Terrorismus ließ sich nicht anhand von Nationalitäten festmachen, und sogar die Liste der »Schurkenstaaten« beinhaltete eigentlich nur Regime, deren Beteiligung an allerlei terroristischen Aktivitäten hinreichend bekannt war. Dennoch wurden die USA für diese Bezeichnung natürlich angefeindet, denn Antiamerikanismus war vielerorts »in«.

Lustlos blickte Marsden in die Akte, die vor ihm auf dem Konferenztisch lag. Das Gros der Fakten war ihm längst vertraut, aber die Analysten wiesen immer wieder erneut darauf hin, dass Nordkorea mit ziemlicher Sicherheit eine Atommacht war. Ein Land, in dem die Menschen hungerten, während ein Drittel des Staatshaushalts in das Militär floss. Ungeachtet der Tatsache, dass Zehntausende dort starben, weil es nichts zu essen gab und es an medizinischer Versorgung fehlte, entwickelte Nordkorea seine Raketen vom Typ Taepodong-II weiter, die eine Reichweite von bis zu sechstausend Kilometern hatten. Bereits deren Vorgänger, die Taepodong-I, war 1998 auf einer Bahn über Japan getestet worden. Noch deutlicher konnte eine Drohung wohl kaum ausfallen. Sechstausend Kilometer, das bedeutete, dass diese Flugkörper sogar US-Territorium erreichen konnten – mit Atomsprengköpfen.Und wenn auch nur die Hälfte der Geheimdienstberichte stimmte, dann machten sich die Nordkoreaner nicht einmal die Mühe, einen konventionellen Gefechtskopf für die Taepodong-II zu entwickeln. Auch wenn es noch eine Weile dauern mochte, bis die nordkoreanische Transkontinentalrakete voll einsatzfähig war, blieb die Bedrohung klar. Die ersten Tests hatten gezeigt, welche Ziele Pjöngjang im Auge hatte. Kein Wunder also, dass die UNO die USA zur Zurückhaltung aufrief, und nicht etwa Nordkorea, das ohnehin nicht zugehört hätte. Immerhin hatte es unter Kim Il Sung, dem Vater des jetzigen starken Mannes, mehrere Fälle staatlichen Terrorismus gegeben. Die Nordkoreaner hatten einen Jumbo aus Südkorea gesprengt, Kabinettsmitglieder des Südens waren in Kommandounternehmen getötet und Schiffe auf offener See überfallen worden. In den Augen Pjöngjangs durchaus keine illegitimen Mittel, woraus man im Übrigen auch nie einen Hehl gemacht hatte. Aber die Welt vergaß eben schnell. Und politisch war es eben nicht korrekt, solche Leute als »Schurken« zu bezeichnen.

Angewidert blickte Marsden auf. »Da haben Sie in einem hübschen Wespennest herumgestochert, Jack!«

»Vom Direktor abgesegnet, Boss!« Small stellte die leere Tasse beiseite. »Nur, wenn die Nummer nicht klappt, wird es natürlich nicht sein Kopf sein, der auf dem Block liegt.« Der Agent sprach ohne besondere Betonung, als stelle er eine simple Tatsache fest.

Marsden grinste. Wenn Zynismus eine Religion war, dann saßen im Außendienst der Firma ihre Hohen Priester. Es war ja nicht so, dass sie sich nicht schon ab und zu mal die Hände schmutzig gemacht hatten. Geheimdienstarbeit folgt nur selten ethischen Grundsätzen. Für Marsden gab es eine klare Trennung zwischen denen, die man als Vertreter der Firma im Fernsehen sah, und jenen, die sich um die eigentliche Arbeit kümmerten. Der Direktor und seine Stellvertreter waren Politiker, er selbst und Small hingegen zählten zu den Werktätigen, so einfach war das.

»Bisher ist noch nichts schiefgelaufen. Die Limeys haben eines ihrer Boote rausgeschickt. Wir wissen nicht, wohin und zu welchem Zweck. Die *Grayling* ist noch nicht zurück und hält Funkstille, Frazier ist irgendwo unterwegs, weshalb wir unseren Mann auch nicht befragen können.« Marsden rieb sich das Kinn.

»Frazier ist gut und versteht seinen Job. Aber er wollte erst den neuen Kommandeur kennen lernen, bevor er grünes Licht für einen ersten Einsatz gab. Das war auch beidseitig so verabredet worden.«

»Vielleicht hättet ihr das besser mit dem Tommy vor Ort absprechen sollen? Der Kerl ist gerade mal eine Woche da, und schon geht er auf eigene Faust auf die Jagd. Was glaubt der, wo er ist?« Marsden blätterte in den Unterlagen.

»Hinten, Boss!« Small nannte Marsden immer noch

so, obwohl er, strenggenommen, gar nicht mehr sein direkter Vorgesetzter war. Trotz unterschiedlichen Ranges in der Hierarchie der Firma taten sie im Grunde den gleichen Job. Nur dass Marsden eben derjenige war, der gerufen wurde, wenn die Kacke am Dampfen war.

Marsden knurrte etwas Unverständliches und knöpfte sich den hinteren Teil von Michael Dewans Dienstakte vor. Seine Augen überflogen die Eintragungen, wobei sein Gesicht zusehends länger wurde. »Ein verdammter Held?«

»Augenscheinlich jemand, der sich durch ungewöhnliche Tatkraft auszeichnet. Was es über seine Einsätze im Mittleren Osten zu lesen gibt, klingt wie der Bericht über einen Wirbelsturm.« Small zuckte mit den Schultern. »Ich habe keine Ahnung, wie die Engländer auf die Idee kamen, ausgerechnet ihn nach Korea zu schicken.«

Roger Marsden seufzte. »Jack, wie viele Operationen haben Sie derzeit laufen?«

»Zwei, Boss!« Small zuckte mit den Schultern. »›Korean Rap‹ und ›Shallow Waters‹. Frazier kümmert sich um ›Shallow Waters‹, ›Korean Rap‹ ist noch im Planungsstadium, und es gibt noch keinen Mann vor Ort. Der Direktor verlangt Wunder, am besten, ohne Geld auszugeben, und vor allem, ohne Peinlichkeiten auszulösen. Dabei verfüge ich nicht einmal über genügend Personal, um vernünftig weiterzukommen.«

Marsden nickte bedächtig. Einer der Vorteile seiner Position war, dass er die Feldaufklärung leitete. Leute hatte er genug, aber natürlich wollte er sie nicht unnötig exponieren. Allerdings konnte er Small schlecht hängen lassen. Er spürte, wie ihn ein ungutes Gefühl beschlich, und er war jemand, der gelernt hatte, auf seine Instinkte zu hören. »Wenn ich den Papierkram hier richtig verstehe, dann gibt es zumindest bereits Vermutungen, was es mit dieser neuen geheimen Basis der Nordkoreaner auf sich hat?«

»Die Analysten behaupten, dort würden die Atomsprengköpfe der nächsten Generation für die neuen Raketen gebaut. Klingt plausibel, wenn man berücksichtigt, dass wir keine Indizien für eine solche Entwicklung in den bekannten Anlagen entdecken konnten.«

»Analysten?« Marsden verzog das Gesicht, als hätte er in eine Zitrone gebissen. »Die meisten dieser Brüder, die ich kenne, finden nicht einmal ihren Kühlschrank, wenn das Licht nicht geht.« Sein Blick blieb an einer Eintragung in Dewans Akte hängen. »Okay, ich helfe Ihnen, Jack, so gut ich kann. Wir haben die Bilder von Misty, und ich habe bereits die Bildauswerter um Mithilfe gebeten. Aber die machen Dienst nach Vorschrift und haben erst um acht angefangen zu arbeiten. Ich werde einen alten Freund wegen der Sache konsultieren, vielleicht kann der weiterhelfen.« Er machte sich eine Notiz. »Außerdem werde ich jemanden bitten, uns ein bisschen mehr Informationen über diesen Dewan zu besorgen, Dinge, die nicht in seiner Akte stehen.« Er klopfte mit dem Kugelschreiber auf das dicke Konvolut. »Haben Sie den Eintrag über seinen Vater gelesen?«

»Nein, ist mir da was entgangen?«

»Er starb 1970 in Vietnam, ein Pilot der RAF, ebenfalls hochdekoriert. Aber als Ort des Todes ist Hanoi angegeben, und das lag meines Wissens im Norden.«

»Sie meinen, das hat etwas zu bedeuten, Boss?«

»Ja, aber ich frage mich nur, was. Dieser Dewan wird von irgendetwas getrieben.«

»Mag sein, doch im Moment sind wohl eher die

Nordkoreaner unser Problem. Niemand will einen größeren Konflikt heraufbeschwören, aber wenn die Burschen das englische Boot erwischen, kann es schnell so weit sein.«

Marsden blickte seinen ehemaligen Schützling ruhig an. Er erinnerte sich noch gut an Smalls ersten Einsatz. Ein unerfahrener College-Absolvent in einer Situation, die ihn überforderte. Von Ehrgeiz beseelt, mangelte es ihm an Erfahrung, um wirklich überzeugend zu lügen. Das kam erst später. Doch für den alten Fuchs Marsden war Small in diesem Punkt immer noch nicht gut genug. »Was verschweigen Sie mir, Jack? Warum sind Sie so verdammt sicher, dass die Schlitzaugen das Limey-Boot kriegen?«

8. Kapitel

> 00 : 00 Ortszeit, 15 : 00 Zulu –
> vier Meilen vor der Taedong-Mündung

Ein Zittern lief durch das Boot, als die Pressluft aus den Flaschen in die Tauchzellen strömte und das Wasser hinausdrückte. Die Männer in der Zentrale betrachteten gespannt den Papenberg, aber so, wie das Wasser in der Glasröhre hoch und runter schwappte, war es schwierig zu erkennen, ob die *Dolfin* tatsächlich aufstieg.

Thorndyke spürte unter seinen Füßen, wie das Boot immer noch schwer hin und her rollte und nicht die geringste Neigung zeigte zu stampfen. Die verbrauchte Luft machte ihnen mehr und mehr zu schaffen. Sie waren nun seit beinahe einemhalb Tagen getaucht, und er wusste, dass seine Crew körperlich ziemlich am Ende war. Schon hatten sie begonnen, Aufputschtabletten zu schlucken, aber bei zu wenig Sauerstoffgehalt und zu viel Kohlendioxid entfaltete selbst Pervitin nur eine schwache Wirkung. Sie mussten hoch, auf Biegen und Brechen! Erst wenn das Boot weit genug vom Grund abgehoben hatte, konnte Collins die Maschine anwerfen. Solange sie im Schlamm steckten, würde die Schraube den Dreck nur in den Wellentunnel saugen. Das wäre dann das endgültige Aus. In Thorndykes übermüdetem Kopf rasten die Gedanken, aber dann war er mit einem

Schlag hellwach. »Trevor, was für ein Ankergrund gibt die Karte an?«

»Nichts, was das angeht, aber die Untiefe ist als Sandbank gekennzeichnet.«

»Es war der Rückstrom!« Der Commander schlug sich wütend an die Stirn. »Verdammt!«

John Clarke hatte das Gefühl, als laufe etwas völlig aus dem Ruder. Hilflos starrte er seinen Kommandanten an.

»Der Rückstrom, das ist es!« Thorndyke begann zu strahlen, als hätte er das Lotterielos der Woche gezogen. »Sieht so aus, als hätten wir zur Abwechslung auch mal Glück. Erinnert ihr euch, dass wir ein paar Überschläge gemacht haben, als der Sturm losging?«

Trevor James rieb sich seine angeschlagene Schulter und sah Thorndyke an, als habe der sie nicht mehr alle. »War wohl schwer zu übersehen. Bloß was soll jetzt daran für uns so erfreulich gewesen sein?«

Thorndyke wurde wieder etwas ernster, aber das Funkeln in seinen Augen blieb. »Wir sind nicht vom Sturm auf die Sandbank gerollt worden, wie ich zuerst dachte, sondern vom Rückstrom von der Sandbank runtergeschoben worden. Die Brecher haben uns dann natürlich nach und nach herumgedreht, als die Windrichtung wechselte. Schauen Sie auf den Kompass, Trevor, unser Bug zeigt beinahe genau nach Ostnordost!«

Der Erste begriff. »Wir sind also weggespült worden von dem Zeug, das uns erwischt hat.« Sein ohnehin erschöpftes Gesicht wurde noch eine Spur blasser. »Ansonsten wären wir genau wieder an diese Dinger, vermutlich eine Art elektronischer Minen, geraten. Aber wieso kommt das Boot jetzt nicht hoch?«

»Weil Sand drauf liegt, Unmengen wahrscheinlich.

Der Rückstrom hat nicht nur uns nach Südwesten befördert, sondern auch einen Teil der Chung-Ju-Bank.« Thorndyke rieb sich die Hände.

Trevor James sah ihn vorsichtig an. »Haben Sie auch eine Idee, wie wir den Kram wieder loswerden, Commander?« Der Gedanke, dass das Boot bereits halb begraben sein mochte, löste bei ihm nicht die jungenhafte Begeisterung aus, die Thorndyke offensichtlich verspürte, auch wenn es zweifellos von Vorteil war, nicht mehr so unmittelbar in der Nähe dieser seltsamen Minen zu liegen, von denen eine sie erwischt hatte.

Thorndyke atmete tief durch. »Zuerst möchte ich ihn mal für unsere Zwecke benutzen. Unser Boot ist sechsundvierzig Fuß lang, also sehr viel mehr, als wir im Augenblick Wassertiefe zur Verfügung haben. Das Ganze wird also ein wenig kitzlig.« Er wandte sich zum Maschinisten um. »Jack?«

»Commander?« Der Maschinist sah ihn aufmerksam an.

»Sie haben vorhin instinktiv vorne angeblasen, um vorwärts aufzutauchen. Das ist ja auch das Übliche. Allerdings vermute ich, dass auf unserem Bug der meiste Dreck liegen dürfte. Folglich versuchen wir es andersrum. Ich will, dass Sie unser Heck zuerst anheben. Wenn wir so ungefähr zwanzig bis dreißig Grad mit dem Bug nach unten liegen, sollte die Schraube etwa zwanzig Fuß über dem Grund sein, und vor allem ist die Welle leicht nach oben gerichtet und weg von dem ganzen Schmodder. Du kannst also die Maschine volle Kraft rückwärts laufen lassen, und sowie der nächste Brecher kommt, zieht uns die Schraube mit dem Allerwertesten voran aus dem Sand. Theoretisch zumindest!«

Collins kratzte sich nachdenklich am Kinn. »Könnte funktionieren, aber für den Fall, dass es nicht klappt, habe ich die Hand am Schalter.« Er wandte sich zu John Clarke um. »Bereiten Sie sich darauf vor, das Boot etwas zu schütteln, falls wir zu tief eingebuddelt sein sollten.« Er schüttelte den Kopf, als könne er es nicht fassen. »Das ist so verrückt, das muss einfach hinhauen. Einmal mit dem Hintern zuerst auftauchen. Ich krieg mich gleich nicht mehr ein!«

Thorndyke rieb sich die Hände. »Also dann, wenn dann alle so weit sind!« Er angelte nach dem Sehrohrschacht und hielt sich daran fest. Zögernd suchten die anderen ebenfalls nach Halt. Der Kommandant nickte Collins zu, der an den Ventilen stand. »Anblasen achtern!«

Wieder zischte Pressluft in die Zellen, dieses Mal wie befohlen nur achtern. Thorndyke umklammerte den Periskopschacht so fest, dass seine Knöchel weiß hervortraten. »Weiter, Jack, volle Pulle!« Sie alle wussten, dass Collins die letzten Reste der kostbaren Pressluft in die Zellen drückte. Jetzt oder nie!

Ein Zittern durchlief die *Dolfin*. Als wollte es dieser würdelosen Behandlung Widerstand leisten, begann sich das Heck nur ganz langsam zu heben. Aber es reichte, um die Männer jubeln zu lassen.

»Hoch mit dir, Mädchen! Du schaffst es!« Trevor James klammerte sich mit einer Hand an den Kartentisch und schlug mit der anderen auf die Platte. »Auf geht's! Auf geht's!«

Auch Collins feuerte das Boot an, und sogar North trommelte einen kleinen Wirbel auf seinem Instrumentenpaneel.

Thorndykes Stimme übertönte den Lärm. »John, Hartruder, abwechselnd nach beiden Seiten! Schüttel etwas von dem Sand ab!« Er versuchte den Winkel abzuschätzen. Noch waren es keine dreißig Grad. Er zählte im Geist die Sekunden, aber die Natur nahm ihm die müßige Rechenarbeit auf die ihr eigene unnachahmliche Weise ab.

Das Heck der *Dolfin* kam an die Oberfläche, doch in den Wellentälern reichte die dann noch vorhandene Wassertiefe nicht mehr aus, um auch nur annähernd an den angestrebten Winkel von dreißig Grad zu kommen. Aber auch wenn der Bug noch feststeckte, das Heck schwamm, und damit wurde es zu einer Beute der wütenden See. Der nächste Brecher versuchte das aufschwimmende Heck mit sich zu reißen. Die E-Maschinen des U-Bootes verfügten über ein paar hundert Pferdestärken, doch verglichen mit der gewaltigen Kraft eines Brechers war das nur ein winziger Klacks. Die Woge riss einfach das Boot herum und damit den Bug aus seinem schlammigen Bett. Das Vorschiff, befreit von seiner Last, wippte geradezu nach oben, während die Männer im Inneren der Röhre wieder einmal wild fluchend durcheinandergeschleudert wurden.

»Jack, die Maschine! John, wir gehen auf zwo-einsfünfnef, tun Sie Ihr Bestes!« Thorndyke musste seine Befehle brüllen, um damit überhaupt durchzudringen. Irgendwo splitterte Glas, und das Licht flackerte, aber es wurde nicht endgültig dunkel.

Jack Collins kroch auf allen vieren in den engen Maschinenraum, während North sich zu den Ventilen hangelte. Lose Gegenstände flogen durch den Raum, als das Boot zum Spielball der Wellen wurde. Aber mit voll angeblasenen Zellen hatte es zu wenig Tiefgang, um an der Untiefe hängen zu bleiben, die unter der schwarzen See lauerte.

Die Schraube sprang an und begann, Wasser zu fassen. John Clarke brauchte keine weiteren Anweisungen. Vorsichtig drückte er den Steuerknüppel nach

Backbord. Er konnte die Tiefenruder oder die Steuerruder bedienen, aber nicht mehr beide gleichzeitig, da die Elektronik ausgefallen war, die für die notwendige Koordination sorgte. Außerdem konnte er nur nach Gefühl steuern und musste mal mehr, mal weniger Ruder geben. Direkt mit den Servomotoren verbunden, entfaltete die Steuerung ein beinahe höllisches Eigenleben.

Das Boot bockte und balancierte für Augenblicke auf einem Wellenkamm, bevor es herumkam und an der Rückseite des Wellenberges hinabrutschte. Hektisch steuerte Clarke dagegen. Zwo-eins-fünf! Wie ein angeschlagener Boxer taumelte die *Dolfin* umher, während der Sturm versuchte, das Boot auf die Untiefe zu werfen. Immer weiter richtete sich der stumpfe Bug in den Wind. Zwo-eins-fünf! Sie machten kaum Fahrt über Grund, was sich auch nicht wesentlich besserte, als es Collins endlich gelang, den Diesel in Gang zu bringen. Aber etwas Fahrt machten sie doch, mehr nach Yards zu rechnen als in Knoten. Ganz langsam kämpfte sich die *Dolfin* gegen die Wut des Sturmes hinaus auf See. Der Rudergänger spürte, wie ihm Tränen der Erleichterung über die Wangen liefen.

10 : 00 Ortszeit, 01 : 00 Zulu –
Grenzübergang Tanchou'pao, 38. Breitengrad

Jenseits alles Trennenden gab es etwas, das die beiden koreanischen Staaten miteinander verband: das Filmgeschäft. Im Laufe der letzten Jahre hatten koreanische Filme in Asien für viel Aufmerksamkeit gesorgt, und der Bekanntheitsgrad koreanischer Stars aus beiden Teilen des Landes reichte bis Japan hin. Obwohl die

Reisemöglichkeiten nordkoreanischer Schauspieler und Regisseure stark eingeengt waren, gab es trotzdem immer eine Anzahl grenzübergreifender Projekte. Natürlich wurde bei Dreharbeiten im Norden immer alles haarklein überwacht, und kritische Äußerungen hatten tunlichst zu unterbleiben. Basierend auf dem realitätsfremden Selbstbewusstsein, das Diktaturen häufig zu eigen ist, gab es sogar Drehgenehmigungen längs der Grenze, da derartige Filmaufnahmen die Möglichkeit boten, dem Süden ab und zu mal eine Artilleriestellung vorzuführen oder Truppen zu zeigen. Eine preiswerte Gelegenheit, die eigene Stärke zu demonstrieren, und glaubwürdig zudem, da es sich um südkoreanische Streifen handelte, die diese unmissverständliche Botschaft transportierten.

Natürlich war das Filmgeschäft auch ein Wirtschaftsfaktor, genau genommen der einzige, der Nordkorea dringend benötigte Devisen bescherte. So war es kein Wunder, dass Sung Choang-Wo, der Kulturminister, innerhalb des Kabinetts ein wichtiger Mann als Propagandist und Devisenbringer in einem war. Es wurde also nicht nur akzeptiert, sondern sogar stillschweigend erwartet, dass er beste Kontakte sowohl zur eigenen als auch zur Filmindustrie des Südens pflegte, eine Aufgabe, die er zur Zufriedenheit aller Beteiligten mit dem nötigen Fingerspitzengefühl erfüllte. Vorbei waren die Zeiten von 1978, als man den südkoreanischen Regisseur Shin Sang-Ok und seine Exfrau, die Schauspielerin Choi Eun-Hee, in den Norden entführte, in der naiven Vorstellung, sie zwingen zu können, in sozialistischen Filme getreu der Juche-Politik mitzuwirken. Heute hatten beide Staaten genügend Talente zu bieten, die auch im Norden, innerhalb der Grenzen, die das System steckte, gefördert wurden.

Genau wie die Oper war auch der Film nationale Pflicht- und Ehrensache.

Kim Chung-Hee bemühte sich, so zu wirken, als gehöre sie zu dem Gewimmel des südkoreanischen Filmteams. Eine nicht ganz einfache Aufgabe. Das ungewohnte Kostüm, das Make-up, das laute, exaltierte Verhalten dieser Leute, all das war ihr fremd.

»Steh nicht so am Rand herum, Mädchen!«, raunte die Stimme des staatlichen Aufpassers hinter ihr. Sie kannte seinen Namen nicht, wusste aber, dass er einer von Sungs Leuten war. Chung-Hee konnte seine Nervosität spüren. Auch er würde einige Fragen zu beantworten haben, sollte die Geheimpolizei oder das Militär sie festnehmen. Sie nickte unmerklich und schlenderte langsam vorwärts, den Schreibblock und einen Stift deutlich sichtbar in den Händen. Niemand nahm Notiz von ihr. Das Filmteam bestand aus Nordkoreanern und Südkoreanern. Sie kannten sich untereinander nur oberflächlich, denn das gemeinsame Projekt stand erst am Anfang. Bisher wurden mögliche Drehorte, auch entlang der Grenze, inspiziert. Die Südkoreaner würden anschließend wieder auf ihre Seite zurückkehren.

Chung-Hee spürte, dass sie bereits den ganzen Tag auf den Beinen war. Die ungewohnten Schuhe machten die Sache auch nicht besser. Bereits vor Tagesanbruch war sie aus Pjöngjang weggebracht worden, um in dieses Filmteam eingeschmuggelt zu werden. Im Prinzip war alles ganz einfach. Wenn der Bus kam, der die Südkoreaner zurückbrachte, würde sie einfach mit einsteigen. Der Busfahrer und der staatliche Aufpasser des Kulturministeriums waren Sungs Leute. Sie würden die Grenzübertrittspapiere für die Gruppe gesammelt vorlegen. Eigentlich sollte das Verfahren narrensicher sein, aber Chung-Hee spürte eine aufkeimende

Unsicherheit. Sie hatte zwar gefälschte Papiere erhalten, doch das Bild in ihrem Ausweis sah ihr nicht einmal annähernd ähnlich.

An ihrer Hüfte spürte sie das Gewicht der modischen Gürteltasche, wie sie auch viele der Filmleute trugen. Ihre barg allerdings unter anderem eine kleine russische Pistole. Sung würde wahrscheinlich vor Wut toben, wenn er feststellte, dass die Waffe aus seinem Schreibtisch im Landhaus verschwunden war. Aber Chung-Hree hatte sich geschworen, sich auf keinen Fall wehrlos gefangennehmen zu lassen, falls irgendwas schiefgehen sollte.

Der Bus kam, wie in einer sozialistischen Planwirtschaft nicht anders zu erwarten, später als angekündigt. Als sie sich dem Grenzübergang näherten, war es bereits Mittag. Die Grenzstation, bestehend aus einer kleinen Wachhütte und einem einsamen Schlagbaum, täuschte über das hinweg, was sich auf der nordkoreanischen Seite unterirdisch alles noch befand, Bunker, eine Kontrollzentrale zur Überwachung dieses Grenzabschnittes und Büros der Geheimpolizei. All das war zumindest oberflächlichen Blicken entzogen.

Einer der Wachposten hob lässig den Arm, und der Bus rollte langsam aus. Ein Leutnant und zwei Soldaten mit den unvermeidlichen AK-47 stiegen ein. Chung-Hee konnte von ihrem Platz aus nicht verstehen, was der Offizier mit dem Regisseur besprach. Der staatliche Begleiter stellte sich dazu und reichte dem Leutnant eine Mappe. Während im Bus abwartendes Schweigen herrschte, blätterte der noch junge Mann die Dokumente durch.

Kim Chung-Hee spürte ein paar neugierige Blicke, die auf sie gerichtet waren, was sie jedoch nicht weiter irritierte, da von dem Filmteam niemand sie kannte.

Koreaner neigen allgemein nicht dazu, mehr zu bemerken als unbedingt nötig. Auch die aus dem Süden nicht. Trotzdem angelte sie unauffällig nach ihrer Gürteltasche.

Der Leutnant kam ging den Mittelgang entlang, der Regisseur folgte ihm. Ab und zu blieb der Offizier stehen, erkundigte sich bei jemandem nach dessen Namen und kontrollierte den entsprechenden Eintrag in der Einreiseliste, manchmal fragte er auch einfach den Regisseur. Mit klopfendem Herzen wartete Chung-Hee darauf, dass die Reihe an sie kam. Ihre Linke verschwand in der Gürteltasche.

Der Leutnant ließ sich Zeit. Endlich kam er zu Chung-Hee. Schwarze Augen musterten sie neugierig. Innerlich verwünschte die junge Frau Frisur und Make-up, alles, was sie für den jungen Offizier offenbar interessant machte. Eine graue Maus zu sein, die von niemandem beachtet wurde, wäre ihr lieber gewesen, aber in der aufgedonnerten Filmgesellschaft wäre sie dadurch nur noch mehr aufgefallen.

»Wie ist Ihr Name?«

»Shin Shion-Ok, Herr Offizier!«

Der Leutnant nickte und blätterte kurz in seiner Liste. Die Frau war eingetragen. Er drehte sich kurz zum Regisseur um. »Was tut diese Frau in ihrem Film?«

Der Regisseur starrte sie durch seine goldgerandete Brille an und geriet ins Stottern. »Sie ... äh ...«

Der Leutnant zog verärgert seine Brauen zusammen. »Sie wissen es nicht?«

»Catering?«, tippte der Regisseur ins Blaue hinein.

Chung-Hee fühlte den Drang, in einem Mauseloch zu verschwinden, doch es blieb ihr nichts anderes übrig, als zu nicken. »Catering, so ist es.« Sie sprach das ungewohnte englische Wort langsam und gedehnt aus.

Der Leutnant musterte sie misstrauisch. »Und worin besteht Ihre Aufgabe genau, Frau Shin?«

»Ich besehe mir die Drehorte daraufhin, was wegen der Verpflegung unternommen werden muss.« Als sie das Unverständnis in den Augen des Offiziers sah, beschloss sie, den Stier bei den Hörnern zu packen. »Ein Filmteam hat viele Leute, Herr Offizier, und alle wollen irgendwann essen und trinken. So etwas will geplant sein, da alles, was was wir benötigen, mitgebracht und später zubereitet werden muss.«

Das Verpflegungsproblem schien dem Leutnant einzuleuchten. Zögernd wandte er sich ab und ließ den Blick über die nächsten Reihen gleiten. Dann jedoch drehte er sich abrupt um und sah ihr in die Augen. »Wenn Sie für das Catering verantwortlich sind, warum können Sie das Wort nicht einmal richtig aussprechen?« Mit der rechten Hand griff er nach seiner Dienstwaffe, aber Chung-Hee war schneller. Ihre Linke tauchte aus der Gürteltasche auf. In der Enge des überfüllten Busses erschien der Knall der kleinen Pistole überlaut.

12:00 Ortszeit, 03:00 Zulu –
Irgendwo vor der Taedong-Mündung

Die nächsten Stunden waren ein ständiger Kampf. Sie wussten nicht genau, wo sie waren und wie weit sie abgetrieben wurden. Es gab zwar immer wieder Leuchttonnen, die sie in ihrer Not mit dem Periskop peilten, um ihre Position zu bestimmen, aber nur selten konnten sie gleichzeitig mehr als eine sehen. Aber in dieser Situation galt die goldene Regel, niemals nur eine Tonne zu peilen, nicht mehr. Große Schiffe mit ihren hohen Brücken mochten in der Lage sein, Leuchtfeuer an Land zu erkennen, aber für das kleine flache U-Boot entfiel diese Möglichkeit. Sie mussten mit dem vorliebnehmen, was sich ihnen bot. Der Einsatz von Radar hätte alles sehr viel einfacher gemacht, auch wenn natürlich jede militärische Landstelle den Sender sofort hätte einpeilen können. Doch die Frage stellte sich nicht, denn die Radarausrüstung der *Dolfin* war genauso hinüber wie die restliche Elektronik auch.

Das Leben an Bord beschränkte sich auf Hoffen, Schätzen und Abwarten, was als Nächstes geschehen würde. Sie alle wurden grün und blau geschlagen, während das Boot seinen irren Tanz auf den Brechern aufführte. Aber peu à peu zeichnete sich ab, dass sie tieferes Wasser erreichten. Da auch das Sonargerät ausgefallen war, konnten sie zwar keine Messungen vornehmen, aber das veränderte Verhalten der Wellen verriet Thorndyke genug. Wenn er via Periskop den Seegang richtig einschätzte, dann betrug die Höhe der Wellen, die auf sie zurollten, mindestens dreißig Fuß. Wenn die sich jedoch nicht mehr brachen, dann musste das Wasser mindestens sechzig Fuß tief sein.

Thorndyke fühlte sich wie erschlagen, auch die Aufputschtabletten halfen nicht mehr. Er wusste, dass die Zeit ablief, doch er hatte andere Probleme zu lösen. Die *Dolfin* war schwer beschädigt. Fern der Küste konnten sie keine Positionsbestimmungen mehr vornehmen, denn alle gewohnten elektronischen Navigationsmittel waren ausgefallen, und mit so etwas Altmodischem wie einem Sextanten war das Boot natürlich nicht mehr ausgerüstet. Alles was ihm zur Verfügung stand, waren sein seemännisches Können und seine Erfahrung, die er in der Zeit als Wachoffizier und als Kommandant der *Dolfin* gesammelt hatte. Die elektronische Mine, von der sie erwischt worden waren, hatte ihre navigatorischen Möglichkeiten um mindestens sechzig Jahre zurückgeworfen. Nicht einmal die Empfänger für Sichtfunkpeilung und ältere Funknavigationsverfahren wie Decca oder Loran arbeiteten noch. Es bedurfte daher einer anderen Lösung, und bisher war ihm nur eine eingefallen: Die *Dolfin* würde per Anhalter fahren!

Am späten Nachmittag standen sie bereits weit von der Küste entfernt und warteten. Irgendwo in dieser Gegend führte der Dampferweg von den chinesischen Häfen nach Südkorea und hinaus aus der Bucht ins Gelbe Meer, und deshalb war mit viel Verkehr auf dieser Route zu rechnen. Häfen wie Qinhuangdao oder Yingkou waren zwar sicherlich weit davon entfernt, Welthäfen zu sein, aber mit dem wirtschaftlichen Boom in China war auch für sie das Schiffsaufkommen gestiegen. Nicht ohne Grund bauten die Chinesen solche Häfen mit enormem Aufwand aus. Es gab keinen geregelten Tiefwasserweg in internationalen Gewässern innerhalb der Koreabucht und im Gelben Meer, aber die Natur hatte dafür gesorgt, dass es trotzdem eine Art Verkehrsregelung gab. Einfach dadurch, dass ein breiter Bereich mit genügend Wassertiefe existierte, der sich bis zum Golf von Liaodong, jener Nebenbucht im Norden, an der die chinesischen Häfen lagen, hinzog.

Was sie brauchten, war ein kleiner rostiger Seelenverkäufer, der nicht zu schnell lief, sodass die *Dolfin* Anschluss halten konnte. Nicht gerade eine Seltenheit in diesem Teil der Welt, in dem Schiffe immer noch regelmäßig die Meere befuhren, die schon mehr als ein halbes Jahrhundert auf dem Buckel hatten. Während der Sturm jetzt langsam abflaute, war es nur eine Frage der Zeit, bis ein passender alter Frachter vorbeikommen würde. Sie mussten nur scharf aufpassen, denn durch die Beschränkung auf das Sehrohr betrug ihre Sichtweite nur ein paar traurige Meilen.

12 30 Ortszeit, 03 30 Zulu –
Entmilitarisierte Zone, 38. Breitengrad

Die Demilitarisierte Zone, wie ihre offizielle Bezeichnung lautete, war nur wenige Meilen breit. Es hatte lange als ein Gerücht gegolten, dass es darunter Tunnel gäbe, die das nordkoreanische Militär bis weit unter südkoreanisches Territorium getrieben hatte, um im Falle eines Angriffs im Rücken der südkoreanischen und amerikanischen Bodentruppen auftauchen zu können. Mittlerweile war daraus Gewissheit geworden, nachdem man mehrere davon entdeckt hatte.

Oberflächlich betrachtet war die Pufferzone ein zumeist staubiger Streifen Land voller Gestrüpp. Doch der Eindruck täuschte. Beide Seiten hatten im Laufe der Jahre gezielt Sensorsysteme installiert und Minenfelder angelegt, die sich auf beiden Seiten bis weit über die Grenzen der Sperrzone hinzogen. Und natürlich war die Demilitarisierte Zone faktisch nie eine solche gewesen. Im Gegenteil, seit dem Ende des Koreakrieges herrschte hier lebhafte Patrouillentätigkeit, und es war manches Mal zu Zusammenstößen gekommen, über deren Opfer beide Seiten offiziell nie auch nur ein Wörtchen verlauten ließen.

Der Schuss aus Chung-Hees kleiner Pistole traf den Leutnant in die Brust und warf ihn herum, wobei er ein schreckliches Gurgeln von sich gab. Die Frau auf dem Nachbarsitz hatte entsetzt losgekreischt, wurde aber von Chung-Hee ignoriert. Sie hatte andere Probleme. Vorn beim Fahrer standen noch immer die beiden Soldaten. Einer beschloss, dass Vorsicht der bessere Teil der Tapferkeit war, und sprang zur offenen Tür hinaus. Der andere reagierte pflichtbewusst und hob die Waffe. Aber schreiende Menschen sprangen auf und blockierten sein Schussfeld. Wütend brüllte er irgendwas, aber seine Worte gingen im allgemeinen Tumult unter.

Chung-Hee jagte zwei Kugeln durch das Fenster zu ihrer Linken, direkt am Gesicht ihrer erschrockenen Sitznachbarin vorbei. Glas splitterte, und die junge Frau warf sich mit aller Kraft gegen die durchlöcherte Scheibe und stürzte, begleitet von einem Splitterregen, hinaus auf die Betonplatten der primitiven Piste. Schmerz zuckte durch ihre Schulter, aber sie hatte bereits Schlimmeres ertragen. Einmal mehr rappelte sie sich auf und rannte um den Bus herum. Auch wenn sie ihre Gegner nicht sehen konnte, es würde nur Augenblicke dauern, bis die Soldaten sich von ihrer Überraschung erholt hatten und anfangen würden, sie zu jagen.

Chung-Hee verspürte keinerlei Panik. Über diesen Punkt war sie bereits seit Tagen hinaus. Die Gedanken in ihrem Kopf reihten sich beinahe ohne ihr bewusstes Zutun zu einer logischen Abfolge. Beim Bus konnte sie nicht bleiben, denn dort würden die Soldaten sie sofort erwischen. Ihre einzige Chance war die Flucht in die Demilitarisierte Zone. Sie hatte, wie jeder, von den Minenfeldern gehört, aber die waren in ihrer augenblicklichen Lage einer späteren Behandlung in den Verhörkellern allemal vorzuziehen. Beinahe automatisch rannte sie auf das Wachhaus zu. Eine Gestalt trat aus der Tür, verzog sich aber sofort wieder, als Chung-Hee eine Kugel auf die Reise schickte. Sie hatte keine Ahnung, wo das Geschoss eingeschlagen sein mochte, da sie die

Waffe nur in die ungefähre Richtung gehalten hatte. das hatte aber dennoch ausgereicht, den Mann in Deckung gehen zu lassen. Allerdings würde er wohl nun aus sicherer Position heraus versuchen, sie ... Die Erleuchtung kam ihr gerade noch rechtzeitig, und sie begann, auf dem heißen Beton Haken zu schlagen wie ein Hase. Kugeln ließen kleine Staubfontänen hinter ihr aufspritzen, aber sie erreichte die Ecke des Gebäudes und verschwand im toten Winkel.

Das Herz schlug ihr bis zum Halse, und sie rang schwer nach Luft. Es würde noch wenige Augenblicke dauern, bis die Soldaten gezielt gegen sie vorgingen. Irgendwo hallten weitere Schüsse. Langsam schlich sie weiter an der Wand entlang. *Suche dir drei Koreaner, und du hast ein Moped gefunden! Suche dir einen jugendlichen Nordkoreaner, und du hast jemanden gefunden, der ein Moped stehlen kann!* Beinahe hätte sie trotz der Situation gelächelt. Das Zweirad war zu ihrer Überraschung nicht einmal abgeschlossen, und so dauerte es nur Sekunden, bis sie die Maschine gestartet hatte und mit Vollgas über die Betonbahn in Richtung Sperrzone losrasen konnte. Wieder ratterten hinter ihr Schüsse aus automatischen Waffen, und sie duckte sich tiefer über den Lenker, während sie einen wüsten Zickzackkurs einschlug.

Als die erste Mine explodierte, wäre Chung-Hee vor Schreck beinahe mit dem Moped gestürzt. Es krachte fürchterlich, und Splitter sausten mit einem unheimlichen Pfeifen durch die Luft. Für Augenblicke stand eine schwarze Sprengwolke über der Straße. *Minen? Mitten auf der Straße?* Eine irrwitzige Vorstellung, aber alles, was sich gerade abspielte, erschien ihr ohnehin der schiere Wahnsinn zu sein. Entschlossen lenkte sie die Maschine von der Betonstrecke ins Gelände.

Das Moped schlingerte auf dem unebenen Boden, und Chung-Hee wurde gehörig durchgeschüttelt. Ein Vorteil, denn während sie weiter über die Geländebuckel jagte und die Maschine wild hin und her hüpfte, bot sie bei der sich zugleich vergrößernder Entfernung den Soldaten ein kaum noch zu treffendes Ziel. Die ballerten zwar weiterhin auf gut Glück ihre Magazine leer, hatten aber damit keinen Erfolg. Während hinter ihr die letzten Schüsse verstummten, drang Chung-Hee immer tiefer in die Sperrzone ein. *Catering! Pah! Das hatte ja gar nicht klappen können!*

Eine knappe Stunde später versteckte sie das Moped irgendwo in einer Senke. Sie hatte nicht die geringste Ahnung, wo sie sich befand, aber etwaige Verfolger schien sie abgehängt zu haben.

17 : 00 Ortszeit, 22 : 00 Zulu – Langley, Virginia, USA

Die Nachricht von Fraziers Tod erreichte Jack Small in Langley erst am Abend. Noch Minuten nach dem Gespräch mit dem Stabsoffizier in Seoul starrte er ratlos auf das Telefon. Er fühlte sich wie erschlagen. So wie es aussah, hatte er nun auch noch jegliche Kontrolle über »Shallow Waters« verloren, nachdem »Korean Rap« bereits zu einem Desaster geworden war.

Was jetzt nottat, war ein guter Mann vor Ort. Am besten würde es sein, er selbst flog nach Korea. Nachdenklich tippte er ein paar Anfragen in seinen Rechner ein und überprüfte die Resultate. Mit einem unterwegs in der Luft aufgetankten Militärjet konnte er in vierzehn Stunden in Seoul sein. Allerdings würde zuvor noch etliche Zeit verstreichen, bis das Auftankmanöver organisiert war. Als Alternative bot sich am nächsten Morgen um halb neun ein Linienflug ab Dulles Airport nach San Francisco an, von wo aus er es einen direkten Anschluss nach Seoul gab. Aufsehen, dem Jack Small sich gern entzog, wurde dadurch vermieden.

Er erinnerte sich an das Gespräch vom Vortag mit seinem alten Mentor Roger Marsden. Es tat gut, wieder mit dem alten Fuchs zusammenzuarbeiten. In der Zwischenzeit hatte auch der Direktor sein Plazet gegeben, dass Marsden ihn unterstützte.

Der Agent lächelte schmal. Wahrscheinlich würde Marsden mal wieder hemmungslos die Kontrolle an sich reißen, aber das machte ihm nichts aus. Er hatte so oft die Laufarbeit für seinen ehemaligen Boss erledigt, dass er sich nicht einmal mehr an all die Meilen erinnern konnte. Aber er war immer gut dabei gefahren. *Allerdings hat auch Marsden noch nie etwas übernehmen müssen, das so verbockt war wie seine koreanischen Projekte!*

Small öffnete ein neues Fenster auf seinem Rechner und tippte eine Nachricht für Marsden als interne E-Mail ein, so ziemlich das Höchste an Sicherheit, was man innerhalb der modernen IT-Welt haben konnte, da allenfalls NSA und Homeland Security würden mitlesen können. Er berichtete kurz, dass Frazier tot war und er sich auf den Weg nach Seoul machen werde. Nachdem er den Flug für den nächsten Tag gebucht hatte, verließ Small sein Büro. Er musste schließlich noch packen.

9. Kapitel

08 : 00 Ortszeit, 23 : 00 Zulu – Inchon-Base, Südkorea

Die Stimmung im Lageraum war gedrückt. Die Zeit für *Dolfin* lief ab – eigentlich war die Meldung, dass sie zur *Grayling* zurückgekehrt sei, schon längst überfällig.

Commander Michael Dewan hatte etwas von seiner Selbstsicherheit verloren, aber nicht viel. Zum wohl tausendsten Male studierte er die große farbige Seekarte der Bucht an einer der Wände, die ihm aber logischerweise kaum eine Antwort auf die Frage geben konnte, wo das Boot steckte.

»Wenn sie von dem Sturm an der Küste erwischt wurde ...« Summers, der neben Dewan getreten war, vollendete den Satz nicht und deutete stattdessen auf die Sandbänke. Das südkoreanische Küstengebiet sah erheblich gefährlicher aus, aber im Süden konnte man wenigstens um Hilfe rufen, wenn etwas schiefging. *Oder auch nicht, wenn es einem ging wie der* Mackerel! Summers verzog das Gesicht bei dem Gedanken. In der Bucht von Namp'o gab es außerhalb des Fahrwassers nur wenige Stellen, die wirklich tief waren.

Dewan sah ihn schräg von der Seite an. »Was wollen Sie damit zum Ausdruck bringen, Summers?«

»Das Boot könnte beschädigt sein und auf Grund liegen, Sir!«

»Sie wissen genau, dass der *Dolfin* der Luftvorrat in Bälde ausgehen dürfte, Lieutenant!«

»Genau deshalb möchte ich Sie um Erlaubnis bitten, auslaufen und nach der *Dolfin* suchen zu dürfen, Sir.« Summers deutete auf die Karte. »Wenn es Thorndyke irgendwo erwischt haben sollte, dann in diesem Bereich.« Sein Finger zeigte auf das südliche Ende der Tong-Ju-Untiefe. »Wenn ich so lange wie möglich mit voller Fahrt laufe, kann ich in zehn Stunden an den Bänken stehen.«

Dewan zeigte sich völlig unbeeindruckt. »Für die *Dolfin* wäre das ohnehin zu spät. Unter diesen Umständen riskiere ich kein zweites Boot. Außerdem, äh …«, er sah Summers prüfend an, »… gibt es, soweit ich weiß, Probleme auf der *Stingray*. Nicht, dass Sie mir Ihre *Stingray* als nicht einsatzbereit gemeldet hätten, Lieutenant Summers, aber ich nehme Ihnen nicht ab, dass dies auch hundertprozentig der Fall ist. Baxters Boot hingegen ist technisch so klar, wie es nur sein kann, aber dessen Crew mangelt es noch an Erfahrung.«

Lieutenant Summers blickte seinem Vorgesetzten in die Augen. Sollte irgendein Gefühl in dessen Blick durchschimmern, dann bekam Summers jedenfalls nichts davon mit. »Baxter ist gut, Sir!«

Dewan schüttelte den Kopf. »Überlassen Sie das besser meiner Beurteilung, Lieutenant. Sehen Sie lieber zu, dass Ihre *Stingray* in Ordnung kommt. Nur für den Fall, dass ich sie bald brauchen sollte.«

Du eiskalter Hund! Summers starrte den Commander an, als könne er nicht fassen, was er gerade gehört hatte. Konnte es wirklich sein, dass Dewan schon den nächsten Einsatz plante? *Wo zum Teufel steckten die Amerikaner? Irgendjemand musste doch wissen, was wirklich vor sich ging!*

08 : 00 Ortszeit, 23 : 00 Zulu –
Entmilitarisierte Zone, 38. Breitengrad

Chung-Hee hatte eine turbulente Nacht hinter sich und war die meiste Zeit umhergeirrt, in der Hoffnung, auf eine Patrouille der Südkoreaner oder besser noch der Amerikaner zu stoßen. Eigentlich sollte es hier keine Soldaten geben, aber jeder kannte die Gerüchte. Sie rieb sich die Hüfte und verzog mehr verärgert das Gesicht. Ihre Landsleute, die sich trotz des Sturms irgendwo hier herumtrieben, hätten sie fast erwischt. Es musste gegen Mitternacht gewesen sein, als sie beinahe einer Patrouille in die Arme gelaufen wäre und eine wüste Schießerei im Dunkeln einsetzte. Es war ihr zwar ein Leichtes gewesen, sich in die Büsche zu schlagen und zu verschwinden, während die Soldaten fleißig in der Gegend herumballerten. Bis ein Glückstreffer, allerdings nur ein leichter Streifschuss, sie erwischte.

Sie betrachtete die rote Färbung auf ihre Hand, dann inspizierte sie ihre Hüfte. Die Wunde sah nicht allzu schlimm aus, und verbluten würde sie deshalb bestimmt nicht. Dafür drohte eine schreckliche Müdigkeit sie zu überwältigen, und der Gedanke, sich einfach fallen zu lassen und in der kleinen, mit Büschen gesäumten Senke liegen zu bleiben, in der sie Zuflucht gesucht hatte, war nur zu verführerisch.

Doch das durfte nicht sein. Sie rappelte sich auf und blinzelte in die Morgensonne. Sie musste eigentlich weiter, weiter nach Süden, wo die Freiheit lag. Taumelnd machte sie sich auf den Weg.

12 : 00 Ortszeit, 03 : 00 Zulu –
Nordwestlich von Inchon, Südkorea

Lieutenant Trevor James warf einen kurzen Blick auf die stille Gestalt seines Kommandanten, der, auf dem Platz des Funkers sitzend, seinen Kopf auf die verschränkten Arme gelegt hatte und schlief. Alle hatten der Reihe nach ein kurzes Nickerchen halten können, nur Thorndyke bisher nicht.

Nun, da sie hinter einem alten Frachter herdackelten, konnte kaum noch etwas schiefgehen. Das Boot hielt sich gut, wenn man die Schäden bedachte. Sie hatten so etwas wie einen stabilen instabilen Zustand erreicht. Was in der Praxis bedeutete, alles, was kaputtgehen konnte, war hinüber, und der Rest würde jetzt bis nach Hause durchhalten.

Routinemäßig warf James einen Blick durch das Sehrohr. Der alte Zossen tuckerte immer noch vor ihnen her. Aus seinem Schornstein quoll eine dicke schwarze Rauchfahne. Mochte der Teufel wissen, was die als Brennstoff benutzten. Dabei kroch der Pott sowieso nur mit gerade einmal vier bis fünf Knoten dahin! Er schwenkte das Periskop im Kreis. Nachdem der Sturm abgezogen war, zeigten sich das Gelbe Meer und speziell die Koreabucht wieder von ihrer besten Seite. Die Bewegungen der *Dolfin* waren kaum zu spüren, und durch das Sehrohr sah das Wasser beinahe spiegelglatt aus. Die Sonne zauberte tausend Reflexionen auf die winzigen Wellen. Noch immer lief eine Dünung, aber sie war nicht hoch und wirkte mehr wie das Atmen eines Riesen unter dieser Oberfläche, die wie geschmolzenes Silber aussah. Über allem hing die Sonne wie ein strahlender Ball an einem unglaublich blauen Himmel. Es gab beinahe keine Wolken mehr zu sehen, und die wenigen, die er erkennen konnte, waren von der Gattung Cirrocumulus, gemeinhin Schäfchenwolke genannt. Nichts, was also auf eine weitere Schlechtwetterfront hingewiesen hätte.

Er richtete das Periskop wieder nach vorn, wo das Schraubenwasser des Frachters die Silberfläche störte. Dann wandte er sich um. Schon seit Stunden fuhren sie an der Oberfläche, mit geöffnetem Luk. Das Sehrohr benutzten sie nur, weil sie sonst so gut wie keine Augenhöhe gehabt hätten. Wer höher stand, konnte weiter sehen. Mit dem Spargel ließ sich der Nachteil ausgleichen.

»Glaubst du, die werden uns entdecken?«

Der Erste spähte am Sehrohr vorbei zum Platz des Beobachters. Charles Spencer war wieder bei Bewusstsein. Gelegentlich durchliefen ihn noch leichte Zuckungen, doch ansonsten ging es ihm den Umständen entsprechend gut. »Kaum! So hoch, wie die auf ihrer Brücke stehen, haben sie nur einen Weitblick über das Wasser. In Anbetracht der starken Sonnenspiegelung auf der See wäre es ein Wunder. Und wenn doch, was sollen sie schon groß tun?«

Spencer drückte ein paar Schalter, aber nichts tat sich. Er wandte sich wieder dem Ersten zu. »Sieht so aus, als kommen wir ohne weitere Probleme heim! Ich wünschte nur, ich könnte wenigstens etwas hören.«

Der Lieutenant zögerte. »Es war ganz schön eng dieses Mal, und gelegentlich dachte ich …«

»Es war mein Fehler … Ich hätte das Muster früher erkennen müssen.« Der Sub traf seine Feststellung scheinbar ohne nennenswerte Gefühlsregung. Fakten, an denen es nichts zu rütteln gab.

Aber James wusste, dass der Junge sich Gedanken machte. Er winkte ab. »Mach dir keine Sorgen, Charley. Das hätte jedem passieren können.«

»Ist es aber nicht!« Spencer versetzte der toten Konsole einen Schlag und starrte auf die schwarzen Monitore. »Vielleicht war ich mit den Gedanken nicht ganz bei der Sache. Ich weiß es nicht.«

Achtern hallten ein paar laute Schläge und erinnerten sie daran, dass Collins und Clarke im engen Maschinenraum arbeiteten. »Den Lärm hört man bis Peking!«, meinte Ian North, der das Ruder übernommen hatte. »Charley, sieh es so: Du hast einen Bock geschossen! Na und? Jedem von uns kann das mal passieren. Der Commander hätte dich nach der Geschichte mit der *Mackerel* ja auch austauschen und in einen längeren Urlaub schicken können. Aber er wollte dich dabeihaben.«

Spencer sah den Unteroffizier unsicher an. »Und jetzt, nach der Geschichte?«

»Na ja, wir hoffen alle, dass du dir die Position von den Mistdingern gemerkt hast. Ansonsten vergiss es. Der Commander hat nicht ein Wort über die Geschichte verloren.«

»Das wird mir jedenfalls unter Garantie nicht noch einmal unterlaufen!« Spencers Stimme verriet eine seltsame Mischung aus Scham und Entschlossenheit.

John Thorndyke lächelte, hielt aber den Kopf weiter gesenkt. Er konnte nicht schlafen, aber wenigstens vertrieb die frische Luft, die durch das offene Luk kam, seine Kopfschmerzen. Aber sich schlafend zu stellen war die einzige Möglichkeit, für eine kurze Zeit der ständigen Beobachtung durch seine Männer zu entgehen. An Bord gab es keinen Raum, in den er sich kurz hätte zurückziehen können, um mit seinen Gedanken alleine zu sein. *Es war mein Fehler ... Ich hätte das Muster früher erkennen müssen.* Fetzen des Gespräches hallten wie Echos in seinem Kopf wider. Er erinnerte sich an die Dunkelheit, an die Bewegungen der engen Röhre. *Nicht nur du, Trevor. Ein paar Mal habe auch ich gedacht, es sei vorbei. Und nicht nur du hättest früher die Falle erkennen müssen, Charles. Wir waren zu sorglos. Nun wissen wir es besser.* Er legte sich etwas bequemer auf seinen Armen zurecht. Es würde natürlich eine gewisse Zeit dauern, bis die *Dolfin* wieder einsatzbereit war. Aber sie würden wiederkommen, und dann würden sie den Job erledigen.

Einige Stunden später wurde das Boot vom Aktivsonar eines südkoreanischen Patrouillenbootes erfasst. Die anfängliche Aufregung von dessen Besatzung darüber, ein nordkoreanisches U-Boot erwischt zu haben, legte sich schnell wieder, als die *Dolfin* statt mit Schüssen mit Morsezeichen auf die Aufforderung zu stoppen reagierte. Gegen Abend schleppte das Patrouillenboot das angeschlagene Mini-U-Boot zurück in seine Basis.

14 : 00 Ortszeit, 05 : 00 Zulu –
Demilitarisierte Zone, 38. Breitengrad

Lieutenant Christian Brown schwenkte das Fernglas langsam über den unwirtlichen Streifen Landes voller Gestrüpp. In dieser gottverlassenen Gegend erschien die Vorstellung unwirklich, dass sich nur ein paar Meilen weiter südlich einer der größten Ballungsräume der Welt ausdehnte. Hier draußen bestand das Leben aus Staub, Dreck, Tretminen sowie bisweilen Stacheldraht und Fallen … und unerwarteten Begegnungen.

»Weiter links, Sir. Neben den höheren Sträuchern!« Die Stimme seines Unteroffiziers klang drängend.

Der Lieutenant richtete sein Glas auf die angegebene

Stelle. Zuerst sah er gar nichts, dann lediglich eine leichte Bewegung der Büsche. Das war alles.

Es war nicht Browns erste Patrouille, aber er war deswegen noch lange kein erfahrener Offizier, was er auch vor sich selber zugab. Er spürte den fragenden Blick des Sergeants. *Er wartet darauf, dass ich eine Entscheidung treffe! Mein Gott, der Kerl hat mehr Patrouillen hinter sich als ich warme Mahlzeiten!* Er senkte das Glas. Der Rest seiner Männer wartete in der Senke. Marines! Hart und bestens ausgebildet. Nur würde der Major ihm den Kopf abreißen, wenn er hier Ärger mit den Nordkoreanern vom Zaun brach. Es konnten ja wohl nur Nordkoreaner sein, die da drüben herumkrochen. Eine Patrouille, wie sie selber. *Nur, um die Dinge etwas im Auge zu behalten!* Er lächelte schmal. »Was glauben Sie, was das ist?«

Der Sergeant zögerte nur einen winzigen Augenblick. »Ein Tier jedenfalls nicht, Sir! Aber auch kein Streiftrupp!«

»Keine Patrouille?«

»Nein, höchstens eine oder zwei Personen, Sir.« Der Sergeant spähte hinüber. Brown ließ ihm Zeit, denn er war auf das Urteil des altgedienten Unteroffiziers angewiesen. Nach einer geraumen Weile senkte der das Glas und sah seinen Lieutenant an. Der Offizier war jung genug, um sein Sohn zu sein, aber wenigstens so vernünftig, auf ihn zu hören, ganz im Gegensatz zu seinem Filius. Der Sergeant grinste träge bei dem Gedanken. »Ich schätze, wir haben es mit einem Flüchtling zu tun. Wer auch immer dieser Schlaukopf ist, er hockt wahrscheinlich genau zwischen ein paar Minen! Irgendwie schafft es immer wieder mal einer, in die Zone zu gelangen, doch dann verlieren die Leute meistens die Orientierung. Sie brauchen Wasser, Sir. Also haben die Nordkoreaner die wenigen Quellen vermint.« Der Sergeant spuckte in den Staub. »In der Regel sind es alte russische Schmetterlingsminen mit Druckzünder, da die halt nichts Moderneres haben.«

Stimmt, der Major hat das bei der Einweisung erwähnt. Brown nickte. »Verstehe! Haben wir jemanden, der wenigstens etwas Koreanisch spricht?«

»Nein, nicht dass ich wüsste, Sir.«

Brown biss sich auf die Lippen. Was sollte er tun? Die Sache einfach auf sich beruhen zu lassen kam keinesfalls in Frage. »Sergeant, ich will mich etwas schlauer machen. Sie und die Männer geben mir Deckung.«

Der Lieutenant sandte ein letztes Stoßgebet zum Himmel. Wenn das hier eine Falle war, würde es gleich ein Feuerwerk geben. Vorsichtig hob er den Kopf, spähte zu den Büschen und holte tief Luft. »Hallo, ist da jemand?« Es erfolgte keinerlei Reaktion, und er versuchte es erneut.

Wieder herrschte einen Augenblick lang Stille, doch dann rief eine Frauenstimme in gebrochenem Englisch: »Wer Sie sind? Amerikaner?«

Er zögerte. Sie sollten eigentlich nicht hier sein – und auch sonst niemand. Das gab den Ausschlag. »Lieutenant Christian Brown, US Marine Corps!«

In die Sträucher kam Bewegung, und eine zierliche Gestalt trat aus der Deckung.

»Bleiben Sie, wo Sie sind! Minen!«

Sie nickte und deutete nach links. »Minen da! Bei Wasser! Nicht hier!« Langsam ging sie weiter.

Brown wartete jeden Augenblick auf eine Detonation. Aus weit aufgerissenen Augen starrte er auf die schwankende Gestalt.

Die junge Frau trug die Reste eines teuren westlichen Kostüms, an ihrer Hüfte, den Rock hinunter, sah er eingetrocknetes Blut. Mit einem Fluch sprang er auf und rannte zu ihr hinüber. Bevor sie stürzte, fasste er sie und warf sie sich einfach auf die Schulter, was ihr ein erschrockenes Quietschen entlockte. Doch er achtete nicht darauf, sondern rannte mit langen Schritten zurück zu seiner Deckung. Schwer atmend ließ er sie zu Boden gleiten.

Große schwarze Augen beobachteten ihn fragend. »Amerikaner?«

Er deutete auf die kleine Flagge auf seinem Ärmel. Sie seufzte, und ihre Hand kam aus der Gürteltasche ... leer. »Ich Kim Chung-Hee. Müssen zu Seoul, US-Botschaft. Coh-maan-deer Free-zi-er!«

16 : 45 Ortszeit, 07 : 45 Zulu – Inchon Seoul International

Die Linienmaschine, mit der neben den zivilen Passagieren auch insgesamt knapp zwanzig dem britischen Stützpunktstab zugeordnete Personen geflogen waren, landete pünktlich in Seoul. Nur wenige Minuten später hatte das militärische Personal einen bereitstehenden Bus bestiegen und verließ das Flughafengelände unter Umgehung jeglicher Zoll- und Einreisekontrollen. Die Amerikaner waren Freunde der Südkoreaner, und die Briten waren Freunde der Amerikaner, so einfach war das.

Lieutenant Janet Summers sah der Ankunft auf dem Stützpunkt mit gemischten Gefühlen entgegen. Sie hatte sich während des langen Fluges oft genug ausgemalt, wie überrascht er sein würde, wenn sie sich plötzlich in der gleichen Einheit wiederfanden.

Unruhig strich sie sich eine Strähne blonden Haares aus der Stirn. Charles hasste Überraschungen! Es würde also zuerst sicherlich einen Streit geben. Wieder einmal. Aber sie hatte ihre Vorstellungen, wie sie ihn überzeugen konnte. Es würde einfach sein. Weit mehr beunruhigte sie das kommende Wiedersehen mit John Thorndyke. Sie hatte ihn verletzt, aber immer noch hegte sie Gefühle für ihn. Genau wie für Charles. Als Frau zwischen zwei solche Männer zu geraten war einfach irgendwie unfair.

Sie starrte aus dem Fenster des Busses, ohne etwas von der Umgebung wahrzunehmen. Was sollte sie tun? Versuchen, die Ehe mit Charles zu kitten? Einen Neuanfang mit John wagen? Sie war Frau genug, um sich für beide Varianten Chancen auszurechnen. Auch wenn das bedeuten würde, einen der beiden Männer erneut zu verletzen. Ihr Gesicht wurde hart. Sie war nicht gefühllos, aber wie viele Frauen war sie sich ihrer Macht über Männer bewusst. Am Ende würde sie entscheiden, was passierte, und nicht Charles Summers. Vielleicht war es am Ende doch eine gute Idee gewesen, sich hierher versetzen zu lassen.

17 : 45 Ortszeit, 08 : 45 Zulu – Inchon Seoul International

Jack Small erreichte Korea nur eine Stunde später. Auf ihn wartete bereits ein Fahrer, den die Botschaft geschickt hatte, denn schließlich war der stellvertretende Handelsattaché zugleich auch der lokale Vertreter der CIA in Seoul.

Als Small das Gesicht des jungen Mannes sah, schwante ihm sogleich, dass er kaum Gelegenheit bekommen würde, sich erst einmal in ein klimatisiertes Hotelzimmer zurückzuziehen und vom Jetlag zu erholen. »Es gibt Neuigkeiten?«

»Funkspruch von einem der Außenposten an der demilitarisierten Zone, Sir!«

Jack seufzte. »Schön! Verraten Sie mir vielleicht auch, was er beinhaltete?«

»Verzeihung, Sir! Eine Patrouille hat einen Flüchtling in der DMZ aufgelesen, eine junge Frau, die unbedingt jemanden von der CIA sprechen will, vorzugsweise Commander Frazier.« Er hielt einen Augenblick inne, während er die Spur wechselte, um dann fortzufahren, als sei nichts geschehen: »Sie weiß noch nicht, dass er tot ist.«

Small richtete sich auf. »Kennen wir ihren Namen?«

»Kim Chung-Hee! Aktenmäßig haben wir allerdings nichts über sie.«

»Wie dem auch sein mag«, erklärte Small, »sorgen Sie dafür, dass ich so schnell wie möglich mit ihr sprechen kann. Und anschließend dürfen Sie beten, dass es eventuell doch noch so etwas wie Wunder gibt.«

10. Kapitel

08 : 45 Ortszeit, 23 : 45 Zulu – Inchon Base, Südkorea

Die Offiziersbesprechung fand später als üblich statt. Aber die Rückkehr der *Dolfin* hatte alles etwas durcheinandergewirbelt. Charles Spencer, der Beobachter, war zur Sicherheit in das kleine mobile Lazarett gebracht worden, wo er nun selber unter Beobachtung stand. Wie die Ärzte Thorndyke mitgeteilt hatten, ging es ihm gut. Aus dem schweren Stromschlag, den er erlitten hatte, resultierte an einer Hand eine Eintrittsverbrennung, und sein linker Fuß wies eine Austrittsverbrennung auf, aber beide waren nicht kritisch. Aller Wahrscheinlichkeit nach würden die Mediziner den jungen Mann also demnächst wieder aus ihrer Obhut entlassen.

John Thorndyke sah nach einigen Stunden Schlaf besser aus. Er hatte einen kurzen Bericht geschrieben und sich dann aufs Ohr gelegt. Nun wirkte er wieder einigermaßen frisch, was man von seinem Boot nicht behaupten konnte.

»Es wird mindestens acht Tage dauern, bis die *Dolfin* wieder einsatzbereit ist.« Dewan klopfte mit seinem Stift auf das Pult. »Da auch die *Stingray* noch technische Probleme hat, ist im Augenblick nur die *Sailfish* einsetzbar.«

Charles Summers richtete sich auf seinem Stuhl etwas auf. »Sie meinen, es wird innerhalb der nächsten Tage mit einem neuen Einsatz zu rechnen sein?«

»Ich habe mich mit den Amerikanern in Verbindung gesetzt. Aber egal, was die uns sagen, Gentlemen – wir sind hier, um eine Aufgabe zu erfüllen.« Dewans Gesicht wirkte hart und entschlossen. »Wir werden herausfinden, was die Schlitzaugen im Schilde führen. Mit ihren letzten Raketentests haben sie die Welt ganz schön aufgewirbelt, und niemand will abwarten, bis sie tatsächlich fähig sind, Atomwaffen auf Hawaii abzufeuern.«

»Natürlich, Sir.« Summers richtete den Blick auf Dewan wie auf ein Ziel auf der Schießtabelle. »Nur frage ich mich, was wir mit dem letzten Alleingang erreicht haben.«

Dewan verzog gequält das Gesicht. »Also das ist es, was Ihre Seele belastet? Wir hätten den großen Bruder um Erlaubnis fragen sollen?«

Was zum Teufel war los mit den beiden? Thorndyke meldete sich zu Wort. »Was sagen eigentlich die Amerikaner zu der Geschichte? Haben Sie mit Frazier gesprochen, Sir?«

Commander Dewan wurde ernst. »Die Amis stecken im Augenblick in gewissen Schwierigkeiten, da Commander Frazier vor drei Tagen Opfer eines Autounfalls wurde. Er hat es nicht bis hierher geschafft.«

Einen Augenblick lang wurde es still. »Ich verstehe, Sir, sagte Thorndyke. »Dann ist also demnächst mit einem neuen Mann zu rechnen?«

»Gestern traf jedenfalls jemand ein, der nunmehr zuständig sein soll. Stammt von der CIA! Eigentlich sollte er heute Morgen schon da sein, aber er wurde in Seoul aufgehalten.« Dewan blickte auf seine Notizen. »Also müssen wir allein weitermachen, bis der Typ geruht, uns mit seiner Anwesenheit zu beehren.« Er grinste plötzlich wieder. »Was uns zu Ihrem Bericht bringt, Lieutenant Thorndyke! Sie schreiben darin, Sie seien in eine nicht erkannte Minensperre gelaufen und von einem ...«, er runzelte die Stirn, »... elektronischen Impuls getroffen worden?«

»So ist es. Es gab keine herkömmliche Explosion, nur alle elektronischen Geräte brannten schlagartig durch. Ich hoffe, die Experten können mit den aufgezeichneten Daten noch etwas anfangen. Nicht, dass es die Aufzeichnungen auch erwischt hat.«

Dewan nickte sorgenvoll. »Die Boote sind total abhängig von ihren Computern, in jeder Hinsicht. Trotzdem sind Ihre persönlichen Erkenntnisse auch wertvoll. Elektronik hin oder her, immerhin wissen wir nun, wo dieses Minenfeld liegt. Was mir allerdings Sorgen bereitet, Gentlemen, ist, dass ein solcher Typ von Waffe eher dazu geeignet ist, sich eines Kleinst-U-Bootes zu bemächtigen, als es zu zerstören.«

Lieutenant Summers zuckte mit den Schultern. »Ein Zusatzrisiko, Sir, nicht mehr und nicht weniger!«

Thorndyke betrachtete seinen Kameraden und fragte sich erneut, was los war. Er hatte erst beim Frühstück erfahren, dass Janet angekommen war, und sie noch nicht getroffen. Aber ganz offensichtlich schien Summers die Anwesenheit seiner Frau nicht gutzutun. Er wirkte übernächtigt, irgendwie zerknautscht. *Aber verdammt, wir sehen alle nicht mehr aus wie neu!* Doch trotz des energischen Versuches, den Gedanken an Janet zur Seite zu schieben, grübelte er weiter nach. Was würde geschehen, wenn er ihr begegnete? Auf so einem kleinen Stützpunkt war das unausweichlich. Er wusste nicht einmal, ob er noch etwas für sie empfand.

Durch die Ablenkung seiner Gedanken wären ihm beinahe Dewans weitere Ausführungen entgangen. »… wir müssen wissen, ob es solche Minensperren auch weiter im Norden gibt. Ich hoffe nicht, denn sonst müssen wir uns etwas einfallen lassen, wie wir da durchkommen. Lieutenant Baxter, Sie melden sich nach dem Lunch bei mir. Da die *Dolfin* und die *Stingray* bis auf Weiteres ausfallen, werden Sie sich auf den Einsatz vorbereiten. Näheres später.«

Baxter hatte so was geahnt. Wenn er besorgt war, dann zeigte er es nicht. »Wie Sie befehlen, Sir!« Es gab keine Alternative, es hatte nie eine gegeben.

10 : 45 Ortszeit, 01 : 45 Zulu – Inchon Base, Südkorea

Jack Small fühlte sich wie gerädert. Chronischen Schlafmangel kannte er zwar seit seinen Anfängen bei der Firma zur Genüge, aber je älter er wurde, desto mehr setzte der ihm zu.

Aus den Augenwinkeln beobachtete er die junge Frau neben sich, die ganz verträumt mit einem kleinen MP3-Player herumspielte. Für jemanden wie Kim Chung-Hee stellte so ein Gerät etwas völlig Neues und ein bisher ungekanntes Vergnügen dar.

Chung-Hee spürte, dass der große Amerikaner sie beobachtete, aber es störte sie nicht. Unterstützt von einem Dolmetscher, hatten sie fast die ganze Nacht miteinander geredet. Mr. Small hatte versprochen, sie nach Amerika zu bringen, sofern sie ihm zuvor noch half.

Der Wagen hielt vor dem Tor eines Militärstützpunkts. Small hatte der jungen Frau gesagt, dass sie zu einer britischen Basis fahren würden. Trotzdem schlug Chung-Hees Herz beim Anblick der bewaffneten Wachposten schneller als normal, wie immer, wenn sie Uniformen sah.

Small lächelte ihr beruhigend zu: »Keine Bange, Chung-Hee, niemand tut ihnen was!«

Ein Soldat trat an den Wagen, und der Fahrer ließ die Scheibe hinunter. Die Stimme des Mannes klang höflich, ganz anders als das Bellen, das sie von den nordkoreanischen Militärs kannte: »Könnte ich bitte Ihre Ausweise sehen?«

Der Fahrer und Small zeigten ihre Kennkarten vor, die einer gründlichen Musterung unterzogen wurden. »Und was ist mit der Dame?«

Small beugte sich vor. »Die gehört zu uns und war nie hier, okay?«

»Sir, ich habe meine Anweisungen!«

»Dann rufen Sie eben Commander Dewan an und sagen ihm, wer ich bin.«

Einen Augenblick lang zögerte der Soldat, bevor er sich an den Fahrer wandte. »Parken Sie den Wagen erst mal dort an der Seite!«

Sie warteten einige Minuten, während ein großer Lastwagen kontrolliert und eingelassen wurde. Dann kehrte der Soldat zurück. »Commander Dewan erwartet Sie, Sir! Mit der Dame. Fahren sie einfach die Straße entlang, bis sie am Wasser sind, und dann rechts!«

Die Schranke hob sich, und der Wagen rollte langsam los. Ein paar Minuten später betraten sie Commander Dewans Büro.

Chung-Hee sah sich neugierig um. Abgesehen von den Seekarten an der Wand war der Raum einfach und schmucklos eingerichtet. Der Mann hinter dem schlichten Metallschreibtisch war offenbar der Chef hier. Ihm gegenüber saß ein weiterer Offizier. Beide Engländer waren etwas kleiner als der Amerikaner, doch in den weißen Uniformen wirkten sie irgendwie würdevoll, ganz anders als Small in seinem bunten, kurzärmeligen Hemd. Sie spürte die Unsicherheit zurückkehren.

Small reichte dem Mann hinter dem Schreibtisch zuerst die Hand. »Commander Dewan? Jack Small!«

»Angenehm, Sie kennenzulernen, Mr. Small, Auch wenn ich wünschte, unser Treffen würde unter angenehmeren Umständen stattfinden.«

Die Koreanerin verfolgte interessiert die kleine Szene. Dewan hatte Augen wie Eis. Sie kam zu dem Schluss, dass sie ihn nicht mochte. Langsam wandte sie den Kopf, und ihr Blick traf auf zwei blaugraue Augen, die sie leicht belustigt musterten. Dann erhob sich der zweite Offizier von seinem Stuhl und deutete eine Verbeugung an. »John Thorndyke, Miss ...«

Die Antwort kam von Small. »Kim Chung-Hee.«

Thorndyke stutzte kurz. »Ich nehme an, Kim ist der Familienname?«

»Kim.« Sie erwiderte sein Lächeln.

Commander Dewan kam um den Schreibtisch herum und reichte ihr die Hand. »Miss Kim, verzeihen Sie meine Manieren, bin wohl zu lange Soldat.« Er blickte zu Thorndyke. »Lieutenant! Vielleicht kümmern Sie sich um unseren Gast, während ich mich mit Mr. Small unterhalte?«

»Mit dem größten Vergnügen, Sir!«

»Sie sollten ihr vielleicht ein paar Seekarten zeigen, Lieutenant Thorndyke«, regte Small an. »Miss Kim ist als Fischerin aufgewachsen und kennt die Gewässer, um die es geht, seit frühester Jugend.« Small grinste nachdenklich.

Thorndyke machte kein besonders geistreiches Gesicht, riss sich dann aber zusammen. »Also gut, Seekarten.« Er öffnete die Tür und ließ ihr den Vortritt.

Hinter ihnen ließ sich Small auf einen Stuhl fallen. »Verdammtes Korea!« Mit Kummermiene sah er Commander Dewan an. »Wir haben uns etwas Sorgen gemacht, als wir von dem Einsatz hörten!«
Der britische Kommandeur öffnete wortlos ein Schreibtischfach und brachte eine Flasche Scotch und zwei Gläser zum Vorschein. Langsam schenkte er ein. »Mit Eis kann ich leider nicht dienen, Mr. Small.«
»Es wird auch so gehen, Sir.«
Dewan reichte ihm ein Glas. »Wie ich die Dinge sehe, ist das hier ein britisches Kommando. Wir helfen Ihnen aus, aber wir bestimmen selbst, wie wir unsere Aufgabe erfüllen. In meiner Eigenschaft als Kommandeur hielt ich einen ersten Aufklärungseinsatz für durchaus angebracht.« Seine Stimme wurde eine Spur schärfer. »Zum Glück, würde ich sagen, auch wenn wir durch eine neuartige Form von Minensperre beinahe ein Boot verloren hätten. Ihre Geheimdienstunterlagen enthielten darüber bedauerlicherweise nicht den geringsten Hinweis, obwohl ich annehmen möchte, dass Ihrer Satellitenaufklärung das Auslegen nicht verborgen geblieben sein dürfte.«
Small nahm einen Schluck von dem lauwarmen Whisky »Mein Gott, es gibt immer irgendwelche Aktivitäten. Wir wollten deswegen mehr darüber herausfinden, aber Sie mussten ja unbedingt vorpreschen.«
»Wie auch immer!« Commander Dewans Gesicht verriet nicht, ob er sich von dem Vorwurf getroffen fühlte. »Wenigstens wissen wir jetzt, woran wir sind. Ich beabsichtige daher, ein Boot nach Norden zu schicken und zu eruieren, ob wir von dort aus an die Küste herkommen können.« Er drehte nachdenklich sein Glas zwischen den Fingern: »Oder existieren im Norden

auch etwaige Hinderungsgründe, von denen ich besser vorher wissen sollte?«

Small wog die Risiken und Chancen ab. »Sagen wir es einmal so«, meinte er bedächtig, »wir wissen, dass dort in dem Gebiet verschiedentlich Fregatten U-Boot-Bekämpfung geübt haben.«

»Die Nordkoreaner unterhalten aber auch eine Reihe von Basen an der Westküste, wobei die meisten Einheiten aus Landungsbooten und kleinen Patrouillenbooten bestehen. Die liegen meist in den vorgelagerten Stützpunkten. Cho-do und Namp'o, richtig?«

»Das deckt sich mit unseren Erkenntnissen.«

Dewan rieb sich die Nase. »Dennoch kann da was nicht stimmen. Die *Dolfin* hat während ihres Einsatzes gerade mal ein einziges müdes Patrouillenboot gesichtet. Wenn die Unterlagen stimmen, müsste das Gebiet vor Namp'o eigentlich ein Wespennest sein.«

Small entspannte sich etwas. »Wenn ich Sie richtig verstehe, sind Ihre Leute aber nicht mit den Koreanern ins Gehege gekommen?« Seine Stimme klang erleichtert. Eine Konfrontation konnte er zumindest jetzt noch nicht gebrauchen.

Der britische Kommandeur lehnte sich etwas zurück, ließ aber den amerikanischen Agenten nicht aus den Augen. »Die Probleme, die es bei unserem Einsatz gab, resultierten aus der offenbar völlig neuen Minensperre. Unsere Techniker sprechen von EMP als theoretischer Möglichkeit.«

»Am besten«, sagte Small, »Sie erzählen mir alles von Anfang an.

Draußen in der Bucht kroch HMS *Sailfish* nur ein paar Fuß vom Grund entfernt durch das Flachwasser. Schalter klickten gelegentlich, und das Summen der

Elektromotoren war in der engen Hülle allgegenwärtig. Ron Baxter blickte auf die Uhr. Sie hatten noch etwas Zeit. Er war an sich zufrieden, mochte das aber seinen Männern nicht zeigen. Stattdessen zog er ein mürrisches Gesicht und wandte sich an Sublieutenant Christian Walker, seinen Ersten. »Das muss schneller gehen, Chris! Auf ein Neues, du übernimmst!«

Walker unterdrückte ein Stöhnen. »Das ist der vierte Anlauf auf einen Haufen alter Dosen, Ron!«

Baxter grinste. »Na und? Beim nächsten Mal sind es vielleicht Minen. Du hast gehört, was der *Dolfin* passiert ist. Wir sind die nächsten dort draußen! Also noch mal, Übung macht den Meister! Nur kein Moos ansetzen!«

»Also schön! Für das Logbuch, Erster Offizier fährt weiter! Neuer Kurs wird null-null-fünnef!«

In einem weiten Bogen entfernte sich die *Sailfish* von der Stelle, an der sie alte Dosen und sonstigen Abfall entdeckt hatten, den vor langer Zeit mal jemand ins Wasser gekippt hatte. Unappetitlich, aber für ihre Übungen ein hervorragendes Ziel. Die Männer wussten, dass dies erst der Anfang war. Bis sie zum Einsatz ausliefen, würde Baxter sie alle vorstellbaren Situationen durchexerzieren lassen und noch etliche andere dazu. Was dem jungen Kommandanten an Erfahrung fehlen mochte, trachtete er jedenfalls durch sorgfältige Vorbereitung wieder wettzumachen. So hofften sie wenigstens.

John Thorndyke hatte Kim Chung-Hee ins Lagezimmer gelotst und ihr ein paar Seekarten vorgelegt. Gebracht hatte es aber nichts. Völlig ratlos hatte sie auf die bunten Darstellungen mit den vielen Markierungen und Schraffierungen gestarrt. Thorndyke war darüber keineswegs verwundert gewesen, da er ohnehin nicht angenommen hatte, dass die Küstenfischer, wenn sie auf Fang fuhren, dergleichen überhaupt benötigten. Sie kannten ihr Revier vermutlich auch so, und vermutlich würde Chung-Hee, die einen großen Teil ihrer Jugend dort verbracht hatte, vor Ort mit traumwandlerischer Sicherheit den Weg zwischen den Sandbänken hindurch finden.

»Geben wir es auf, Miss Kim«, meinte Thorndyke schließlich begütigend. »Ich schlage vor, wir lassen einen Dolmetscher kommen, und Sie erzählen mir dann einfach freiweg, was Ihnen zu diesen Gewässern einfällt. Ich versuche dann, die Orte auf der Karte zu finden.«

Sie quittierte den Vorschlag, auch wenn sie ihn nur ansatzweise verstanden haben mochte, mit einem dankbaren Lächeln.

»Bis es so weit ist, sollten wir vielleicht einen Happen essen. Ich nehme an, ein bisschen Hunger werden Sie schon haben.

Bei den Worten »essen« und »Hunger« lächelte Chung-Hee erneut und signalisierte auf ihre zurückhaltende Art ihre Zustimmung.

Janet Summers wartete vor der Offiziersmesse auf ihren Mann. Seit es am Morgen wieder einmal zum Streit zwischen ihnen gekommen war, hatte sie ihn nicht mehr gesehen. Doch die Form musste gewahrt werden, denn was zwischen ihnen vorging, war keine Sache, die im Stützpunkt breitgetreten gehörte. Nicht, wenn sie es verhindern konnte.

Plötzlich stockte Janet der Atem. Ein Offizier, gefolgt von einer jungen Frau, die sie noch nie gesehen hatte, kam den Gang entlang. *John!* Im ersten Augenblick wollte sie weglaufen und sich verstecken, aber ihre Beine versagten ihr den Dienst.

John Thorndyke entdeckte Janet erst mit Verspätung. Er zögerte kurz, bevor er auf sie zusteuerte und ihr die Hand entgegenstreckte. »Janet! Ich habe schon gehört, dass du im Lande bist, nachdem wir gestern zurückgekommen sind.«

Sie holte tief Luft und ergriff seine Hand. »Die Männer waren in Sorge um euch, John.«

Er winkte ab. »Halb so wild. Du wartest auf Charles?«

»Ich nehme an, du musst dich um deine Begleitung kümmern«, erklärte Janet etwas gezwungen und wandte sich Chung-Hee zu. Die Koreanerin bedachte sie mit einem Lächeln und reichte ihr stumm die Hand.

Die beiden Frauen maßen einander mit Blicken, bis Janet sich schließlich herbeiließ, sich vorzustellen. »Lieutenant Summers, und Sie sind …?«

Chung-Hees Lächeln veränderte sich nicht um ein Jota. »Kim Chung-Hee.«

»Oh! Bleiben Sie lange?«

Jack Small, der mit Commander Dewan ebenfalls auf dem Weg zur Offiziersmesse war, hatte die kurze Szene mitbekommen und machte sich seinen Reim darauf. Die beiden Frauen waren so unterschiedlich, wie sie es nur sein konnten. Der Agent hatte sein Leben unter anderem auch damit verbracht, andere einzuschätzen, Menschen, die er entweder beschützt oder gezielt manipuliert hatte, Leute, die er unter Umständen sogar hatte töten müssen. Small kannte sich aus mit Menschen, und er konnte trotz der Distanz die Spannung zwischen den beiden Frauen förmlich spüren. Ganz im Gegensatz zu dem Lieutenant, der neben ihnen stand und einen etwas ratlosen Eindruck machte.

12 : 30 Ortszeit, 03 : 30 Zulu –
30 Meilen nordwestlich von Namp'o

Ruhig glitt die *Il Sung* unter der Oberfläche dahin. Die Wassertiefe betrug mehr als siebzig Meter, was gemessen an den sonstigen Verhältnissen der Koreabucht relativ viel war. Auch ohne Horchgerät wäre das Mahlen der Schrauben zu hören gewesen, von chinesischen Frachtern, die ruhig ihre Bahn auf dem betonnten Tiefwasserweg zogen, der sie von China aus hinaus ins Gelbe Meer und weiter führte.

»Leutnant Hang? Haben Sie die Fregatte schon zu fassen bekommen?«

»Bisher nicht, Genosse Kapitän!« Hang schien fast in sein Sonargerät hineinkriechen zu wollen.

»Sie wird in der Nähe der Wasserstraße mit abgeschalteten Maschinen liegen und lauschen.« Im Geiste ging Kapitän van Trogh den Übungsablauf noch einmal durch, der einfach und übersichtlich angelegt war ... und sehr unrealistisch! Sie sollten sich auf Schussentfernung anschleichen und einen simulierten Angriff auf die Frachter durchführen. Um dies zu verhindern, trieb sich hier irgendwo eine ihrer eigenen Fregatten der Sohon-Klasse herum.

Verglichen mit seinem Boot, war die Fregatte ein Riese. Aber wenn es einmal im Ernstfall zum großen Knall kam, dann würden ihre Gegner keine Frachter und veralteten Fregatten mehr sein. Dann würden sie es mit kampfstarken Zerstörern der US Navy zu tun bekommen, ausgestattet mit den neuesten und besten Sonargeräten der Welt. Die bildeten eine ganz andere Liga.

Tran van Trogh lächelte amüsiert. Das, was sie hier veranstalteten, war reine Zeitverschwendung. Er wäre lieber im Süden unterwegs gewesen, nur für den Fall, dass wieder ein ungebetener Besucher seinen Weg nach Namp'o fand. Je mehr er darüber nachdachte, desto mehr war er überzeugt, dass es sich um ein Kleinst-U-Boot wie seine *Il Sung* gehandelt haben musste. Auszuspionieren gab es dort einiges. Namp'o war nicht nur ein großer Hafen, sondern auch Marinestützpunkt. Außerdem befand sich dort noch ihre eigene Geheimbasis.

»Ich glaube, ich habe ihn, Genosse Kapitän!« Leutnant Hangs Stimme unterbrach seine Gedankengänge. »An Steuerbord null-drei-null, Abstand etwa sechs Meilen. Ich höre zumindest einen Generator.«

Ein Generator, ohne die gleichzeitigen Geräusche einer Antriebsmaschine, das deutete in der Tat auf ein gestoppt liegendes Schiff hin. Sechs Meilen waren kein sonderlich großer Abstand. Die *Il Sung* würde trotzdem etwa eine Stunde brauchen, um diese Entfernung zurückzulegen, während die Fregatte umgekehrt die Strecke in nur fünfzehn Minuten schaffen konnte. Van Trogh schnitt eine Grimasse. Ein amerikanischer Zerstörer würde dafür allenfalls zehn Minuten brauchen, doch diese Mühe hatte er gar nicht nötig, denn sechs Meilen wären für ihn ohnehin schon Gefechtsreichweite.

»Schleichfahrt! Auf Sehrohrtiefe, ich werfe mal einen Blick auf den Kameraden!«

Langsam glitt das Boot nach oben. Der Kapitän fuhr das Periskop aus und umfasste die Handgriffe. Steuerbord null-drei-null. Er musste nicht lange suchen. Die grelle Mittagssonne verzerrte die Silhouette etwas, aber der flache Rumpf und der trutzige eckige Brückenaufbau waren nicht zu verkennen. Er rekapitulierte, was er über das Schiff wusste. Rund achtzig Meter lang, ein einzelnes 10-cm-Geschütz, diverse kleinere Flakwaffen, vier Torpedorohre, aus denen auch U-Abwehrtorpedos abgefeuert werden konnten, dazu natürlich die üblichen Wabowerfer. Der größte Teil des Arsenals war gegen das Kleinst-U-Boot so wirksam wie ein Briefbeschwerer, wenn es sich nicht gerade an der Oberfläche erwischen ließ.

Er fuhr das Sehrohr wieder ein und dachte kurz nach. Sein Befehl lautete, irgendein Schiff entlang des Verkehrsweges simuliert anzugreifen. Die Fregatte lag viel näher an der Schifffahrtsroute, als er angenommen hatte, was sie seinen Befehlen gemäß als Ziel qualifizierte. Ein bösartiges Grinsen erschien auf seinem Gesicht. Kapitän Park würde ihm das zwar nie verzeihen – aber der war sowieso sein Intimfeind, also würde es ohnehin egal sein.

Er wandte sich seinen Männern zu. »Es ist unsere Fregatte, sie fühlt sich offenbar sicher, so dicht bei den Frachtern.« Er durchdachte seinen Plan in Windeseile noch einmal. Nichts war daran auszusetzen. »Dann wollen wir uns mal den Genossen schnappen!«

11. Kapitel

12 : 45 Ortszeit, 03 : 45 Zulu – Inchon Base, Südkorea

Tage vergingen. Während äußerlich das Leben auf dem Stützpunkt in seinen geordneten Bahnen verlief, gingen hinter den Kulissen die Vorbereitungen für den Einsatz von HMS *Sailfish* mit Hochdruck weiter.

Nach dem, was der *Dolfin* zugestoßen war, wollte niemand noch einmal ein derartiges Missgeschick riskieren. Die Einsatzvorstellungen blieben allerdings zunächst noch vage. Es war nicht zuletzt Jack Small zu verdanken, dass sie sich allmählich dann doch noch etwas konkretisierten. Der Amerikaner spielte alle Möglichkeiten der CIA aus, um Dinge zu beschleunigen. Wasserproben, die von der *Dolfin* genommen worden waren, wurden per Militärjet zu einem Speziallabor in der Nähe von Norfolk, Virginia, gebracht und dort analysiert. Festplatten aus dem beschädigten U-Boot wurden von Experten des Herstellers in der Nähe von Tokio unter Reinstraumbedingungen untersucht. In Seattle, Philadelphia und Richmond kümmerten sich Fachleute intensiv um die ausgebrannten Platinen. Waffensystemexperten der US Navy nahmen sämtliche Teile des Empfängersystems der *Dolfin* unter die Lupe. Aber keiner der extern Beteiligten, wirklich niemand erfuhr, woher diese Materialien stammten.

Nach Abschluss der Tests wurden die Proben wieder eingesammelt, und es wurde penibel darauf geachtet, dass nicht ein Stück Papier, nicht die geringste Notiz darüber zurückblieb. Die Untersuchungen hatte es nie gegeben.

Natürlich war das nicht allein Jack Smalls Werk, denn ohne das Wissen der Engländer zog im Hintergrund Roger Marsden die Fäden. Nordkorea war ein heißes Thema und rechtfertigte es, notfalls Geld wie Wasser fließen zu lassen. Die Kosten für diese Operation würden ohnehin nie in jenen Abrechnungen auftauchen, die dem Kongress zur Prüfung vorgelegt werden mussten. Die Zeiten, da einzelne Politiker diesen Geheimdienstsumpf zugunsten der eigenen Profilierung austrocknen wollten, waren seit Jahren vorbei. Die amerikanischen Geheimdienste waren längst zum Staat in den Staaten geworden und besaßen mehr Macht denn je. Selbst gelegentliche undichte Stellen und Presseberichte über interne Vorgänge vermochten diesen Sachverhalt nicht nachhaltig zu beeinträchtigen. Und Marsden war ein Mann, der diese Macht zu nutzen verstand.

Das Bild, das sich ergab, war allerdings wenig erfreulich. Die Experten hatten zwar recht viel über die Wirkungsweise der Mine herausgefunden, von der die *Dolfin* erwischt worden war, aber das genaue Bauprinzip und vor allem, welchen Zündmechanismus die Nordkoreaner verwendet hatten, blieb unklar. Die tödliche Gefahr, die von derartigen Minen ausging, bestand folglich auch für Baxters Boot weiterhin, da niemand wusste, ob die Nordkoreaner auch im Norden solche Sperren ausgelegt hatten. Dagegen schützen konnte sich die *Sailfish* nur durch allerhöchste Wachsamkeit. Sie musste misstrauischer sein, als es *Dolfin* gewesen war, noch vorsichtiger, noch langsamer. Aber damit würde der Zeitrahmen des Einsatzes an seine technisch bedingten Grenzen stoßen, da die Ressourcen des Bootes keine längere Dauer erlaubten.

Noch mehr Anlass zur Sorge bereiteten die Ergebnisse der Wasserproben. Leider waren die Temperaturdaten und Positionen, an denen sie genommen worden waren, nicht mehr verifizierbar, weswegen alle Folgerungen auf einer etwas unsicheren Rekonstruktion beruhten. Klar war lediglich, dass etwas nicht stimmte. Die Analysen wiesen eine hohe Belastung mit Schwermetallen auf, bis hin zu Spuren von Uran. Auch andere radioaktive Isotope wurden in geringen Mengen in den Proben nachgewiesen. Trotzdem zweifelten die Experten daran, dass es sich um Rückstände aus einer Urananreicherungsanlage handelte. Zu den Reaktortypen, die Nordkorea entwickelt hatte, passte die Mischung allerdings ebenso wenig.

Die logische Konsequenz war, dass auch die *Sailfish* einen Doppelauftrag erhalten würde. Zum einen galt es für Baxter, festzustellen, ob man im Norden an die Küste gelangen konnte, und zum anderen musste auch die *Sailfish* wiederum Wasserproben einsammeln. Eine Aufgabe mehr, die den engen Zeitrahmen zusätzlich belastete.

Ein weiteres Problem erschwerte den Einsatz zusätzlich. Brauchbare Karten des nördlichen Küstenbereiches existierten, wenn man einmal von großformatigen Überseglern absah, praktisch nicht. Baxter versuchte im Verein mit Chung-Hee auf der Basis von deren Erinnerungen so etwas wie eine Behelfsskizze zusammenzustellen, aber viele Details blieben unklar. Die Fischer unterschieden beispielsweise Wassertiefen nicht in Fuß oder Metern. Für sie gab es »tief«, »zu tief für Fisch«,

»nicht tief genug«, eine Klassifizierung, die einem U-Boot, das sich blind durch feindliche Gewässer tasten musste, wenig nützen würde.

Thorndyke, der während der Reparaturarbeiten an seinem Boot offiziell wenig zu tun hatte, gesellte sich immer wieder zu Baxter und der jungen Koreanerin, auch wenn er konkret nicht viel beisteuern konnte. Für Chung-Hee allerdings, die sich das Gehirn zermarterte, war seine ruhige Art, die Dinge zu sehen, eine willkommene Unterstützung.

Janet und Charles Summers hörten mittlerweile gar nicht mehr auf, sich zu streiten. Auch wenn der Lieutenant am Morgen stets einigermaßen frisch aussah, fiel es ihm immer schwerer, das Übermaß an Alkohol, dem er nach Dienstschluss frönte, zu verheimlichen. Dass er mehr oder weniger in einem Dauerclinch mit Commander Dewan lag, trug auch nicht gerade zur Beruhigung der Lage bei. Während einer Besprechung hatte Dewan ihn einen »übervorsichtigen Hasenfuß« genannt, nachdem Summers seinen Commander mehrfach wegen des Risikos, das mit dem Einsatz verbunden war, kritisiert hatte. Da aber die *Stingray* nach wie vor nicht klar war und Probleme machte, hatte Dewan allerdings gar keine andere Wahl, als Baxter loszuschicken.

Janet bekam allabendlich in einem der kleinen Bungalows, die als Offiziersquartiere dienten, den angestauten Ärger ihres Mannes über den Einsatz, die Situation und eigentlich die ganze Welt, insbesondere aber Commander Dewan zu hören. Sie wusste nicht, ob sie ihn noch liebte, war sich nicht einmal sicher, ob sie das jemals wirklich getan hatte. Aber eines war ihr klar: Wenn sie sein Alkoholproblem meldete, würde es für Charles keinen weiteren Einsatz geben. Allerdings würde er ihr niemals verzeihen, seine Chancen auf Beförderung zunichte gemacht zu haben, und der Himmel mochte wissen, was er dann tun würde. Zum ersten Mal, seit sie ihn kannte, begriff sie, dass sie sich vor ihrem Mann fürchtete.

»Gentlemen, unsere Zeit läuft ab!« Commander Dewan sah sich am großen Tisch im Lagezimmer um. Anwesend waren die Kommandanten, deren 1As sowie Jack Small. Dewan deutete auf den Kalender an der Wand. »Wie Sie sehen, haben wir in sechs Tagen Neumond. Die dunkle Nacht wird wichtig für die *Sailfish* werden, denn wir wissen nicht genügend über die navigatorischen Verhältnisse, unter denen das Boot operieren muss.« Er zögerte und warf Small einen Blick zu. »Natürlich kommt der Einsatz des Aktivsonars zur Bestimmung der Wassertiefe nur im äußersten Notfall in Frage.«

Worauf will Dewan hinaus? Thorndykes Gesichtsausdruck veränderte sich nicht, aber insgeheim fragte er sich, was diese Besprechung sollte. Sie hatten das Unternehmen so gründlich geplant, wie es nur irgend ging. Nicht, dass die Sache narrensicher gewesen wäre, aber das war solch ein Einsatz nie. Dewan musste das wissen, warum also betete er die Selbstverständlichkeiten wieder und wieder herunter? War er nervös?

Charles Summers hatte eine Frage an Dewan: »Welche Erkenntnisse liegen bisher darüber vor, ob im Norden ebenfalls Minensperren vorhanden sind?« Sorgfältig vermied er es, seinen Blick zu Small abschweifen zu lassen. Erst als der Amerikaner sich erhob und neben Dewan an die Karte trat, richteten sich alle Augen auf ihn.

Smalls Finger kreiste um ein Gebiet im Norden der

koreanischen Bucht, etwa fünf bis sechs Meilen südlich der Mündung des Ammak-gang. »In diesem Bereich wurden seit längerer Zeit diverse Übungen abgehalten, wobei einige auch als Tarnung für die Auslegung eines Minenfeldes gedient haben könnten.« Er zuckte mit den Schultern. »Um ehrlich zu sein, Genaueres wissen wir nicht, obwohl wir natürlich in der Vergangenheit unser Augenmerk auf eventuelle Netze und Netzleger hin beobachtet hatten. Aus der Satellitenaufklärung haben sich jedenfalls keine Hinweise ergeben. Nun, nachdem die *Dolfin* auf eine EMP-Mine gelaufen ist, sind wir natürlich schlauer, aber leider etwas spät.«

Lieutenant Baxter räusperte sich. »Das bedeutet, wir sollten davon ausgehen, dass dort ebenfalls Minen liegen. Das wird noch mehr Zeit kosten.«

»Wir wissen, dass der Zeitplan sehr eng ist. Sie müssen von der Position, an der sie die *Grayling* absetzt, bis an die Nordküste gelangen, sich durch ein eventuelles Minenfeld schleichen und dann mindestens zweimal vor der Küste auf und ab laufen, um Wasserproben zu nehmen.« Dewan deutete auf die jeweiligen Küstenabschnitte. »Sie werden nach Lage der Dinge selbst entscheiden müssen, wie weit sie gehen können. Die Anlage dürfte vermutlich irgendwo an diesem Küstenabschnitt liegen.«

Wie üblich meldete sich Summers zuerst zu Wort: »Vom Prinzip her könnte die Sache klappen, Sir. Allerdings wissen wir nichts darüber, in welchem Umfang die nordkoreanische Luftwaffe dort Aufklärung betreibt.«

»Mindestens zweimal am Tag«, erklärte Small. »Nach unseren Beobachtungen handelte es sich dabei aber immer nur um Überflüge.«

Thorndyke schüttelte den Kopf. »Es wäre trotzdem

besser, die *Sailfish* könnte sich in den Mündungsgebieten des Ammak- und des Taedong-gang verstecken. Die beiden Flüsse begrenzen das Operationsgebiet nach Norden und Süden, und sie transportieren viel schlammiges Süßwasser in die See.«

Baxter nickte. »Klingt einleuchtend, und so werde ich es auch machen. Kann mich die *Grayling* eventuell etwas früher als geplant absetzen?«

»Das sollte kein Problem sein.« Dewan lächelte, als habe er Baxter soeben ein großzügiges Weihnachtsgeschenk gemacht. »Wir sollten den Zeitplan dann noch einmal durchkoppeln. In etwa könnte der Ablauf so aussehen: Die erste Nacht dient der Durchquerung des Minenfelds, und danach verstecken Sie sich. In der nächsten Nacht können Sie unter Umständen sogar aufgetaucht an der Küste entlanglaufen und Proben nehmen. Das bringt Sie bis zum Taedong, wo Sie erneut in Deckung gehen. In der dritten Nacht geht's zurück nach Süden und raus aus dem Sack. Einverstanden, Lieutenant?«

Baxter schaute nachdenklich auf die Karte. »Drei Nächte, zwei Tage, das könnte hinhauen, Sir, zumal mir ein Tag Spielraum verbleibt, falls es unvorhergesehene Probleme geben sollte.«

»Gut, dann ist es so beschlossen.« Dewan blickte sie der Reihe nach noch einmal an. »Wichtig ist wie üblich strikte Geheimhaltung. Was auch geschieht, das Boot darf auf keinen Fall aufgebracht werden. Ich denke, wir haben uns verstanden.«

14 : 20 Ortszeit, 19 : 20 Zulu – Langley, Virginia, USA

Roger Marsden lauschte der Stimme Smalls aus dem fernen Südkorea. Das Gespräch lief über ein Dutzend Zerhacker, angeblich abhörsichere Leitungen und Satelliten-Richtstrecken. Kommunikation war immer die verwundbarste Stelle eines jeden geheimdienstlichen Projekts, aber in diesem Fall hatten sie alles getan, was technisch möglich war, um das Risiko zu minimieren.

»›Shallow Waters‹ läuft, Boss.«

»Freut mich zu hören, Jack. Wann?«

»In sechs Tagen. Bei Neumond.«

Marsden machte sich eine Notiz. »Was brauchen Sie?«

»Alles, an Informationen, was die Satelliten nur liefern können, ,damit ich die Geschichte so weit wie möglich unter Beobachtung halten kann.«

»Klingt nach einer guten Idee, Jack. Allerdings steht Ihnen vor Ort kein Operationszentrum zur Verfügung, und sechs Tage sind verdammt knapp, um …«

»Ich weiß!« Small unterbrach Marsden. »Es dürfte aber ausreichen, wenn das über Langley läuft. Ich werde hier rund um die Uhr erreichbar sein, falls es Probleme gibt, was aber nicht heißt, dass ich dann sonderlich viel tun könnte.«

»Ich kümmere mich selbst darum, Jack! Sie haben volle Unterstützung.« Marsden seufzte. »Mein Gott, wie konnten Sie nur so ein Ding ohne ausreichend Leute anleiern?«

»Das ist nun mal nicht zu ändern. Es konnte ja auch keiner ahnen, dass ›Shallow Waters‹ so ausufern würde, Boss.«

Marsden in seinem Büro in Virginia zögerte kurz, bevor er fragte: »Weiß dieser Dewan eigentlich über Korean Rap Bescheid?«

»Nein, aber ich bin mir nicht sicher, ob er nicht doch etwas ahnt. Er scheint cleverer zu sein, als wir dachten. Ein sehr ehrgeiziger Bursche, hart, aber gewissenlos. Wir sollten ihn anwerben. Haben Sie in der Zwischenzeit mehr über ihn herausfinden können?«

Marsden dachte an die Akte, die er in seinem Schreibtisch liegen hatte. Wie immer hatten seine Feldagenten gute Arbeit geleistet. »Seien Sie auf der Hut. Der Mann war bei einer Aufklärungseinheit im Irak und dürfte nur mit Vorsicht zu genießen sein.«

»Aua, die Tommys hatten da auch die Finger drin?«

»Auf jeden Fall.« Marsden fischte das Dossier aus seinem Schreibtisch hervor und schlug die entsprechenden Seiten auf. »Dewan wurde für seinen Irakeinsatz mit dem DSC dekoriert. Aber hinter den Kulissen gab es Gerede. Er hat dort sieben Mann verloren, sein ganzes Team. Soweit unsere Gewährsleute berichten, diente der hohe Orden quasi dazu, ihn aus dem Irak wegzuloben. Er gilt als persönlich tapfer, aber er steht nicht in dem Ruf, Rücksicht auf seine Männer zu nehmen, dezent ausgedrückt.«

»Der große Held, der als Einziger allein aus der Schlacht zurückkehrte?«

»Das, oder er hat seine Leute einfach im Stich gelassen. Wir wissen es nicht, suchen Sie sich was aus, Jack.«

»Ich habe keine Ahnung, auf was ich setzen soll, Boss. Glauben Sie, es macht einen Unterschied? Er sitzt hier an einem Schreibtisch, draußen vor Ort tun andere Männer den Job.«

Marsden dachte darüber nach: »Passen Sie dennoch höllisch auf, Jack, solche Dinge werden immer einen Unterschied ausmachen.«

21 : 20 Ortszeit, 12 : 20 Zulu –
Inchon Base, Südkorea, einen Tag später

Aufgrund der verhängten Ausgangssperre war es nicht mehr möglich, den Stützpunkt zu verlassen, was sich aber leicht verschmerzen ließ, weil sich wegen der abgeschiedenen Lage außerhalb nur wenig unternehmen ließ. Zudem wurde meistens sowieso sehr lange gearbeitet. Die *Sailfish* wurde für den Einsatz konfiguriert, die Reparaturen an der *Dolphin* schritten voran, und sogar bei der *Stingray* schien man endlich die technischen Probleme in den Griff zu bekommen. Nach Feierabend konzentrierte sich dann das Leben auf die nach Dienstgraden getrennten Messen.

Im Offiziersclub war Summers gerade dabei, seiner spöttischen Ader freien Lauf zu lassen. »Die *Stingray* war schon immer ein Montagsboot! Mit einem gewissen Charme, zweifelsohne. Wie eine schöne Frau, bezaubernd, aber nicht ungefährlich.«

Gelächter der anderen Offiziere quittierte seine Bemerkung, nur Thorndyke warf den beiden Summers' einen prüfenden Blick zu. Offensichtlich hatte Charles bereits einiges intus, was ihn aber nicht daran hinderte, beim Steward einen neuen Drink zu ordern. Janet stand an seiner Seite. Da Frauen weit in der Unterzahl waren, konnte sie sich einer gewissen Aufmerksamkeit bewusst sein, aber für John sah es nicht so aus, als würde sie das genießen. Bei dem lockeren Ausspruch ihres Mannes schien es, als zucke sie leicht zusammen, aber dann hatte sie sich wieder unter Kontrolle.

John Thorndyke, der sich in eine ruhigere Ecke zurückgezogen hatte, nippte an einem Horseneck. *Was war bloß los mit Charles?*

Ein paar Schritte von ihm entfernt unterhielt sich

Spencer mit einem weiblichen Sub der kleinen Krankenstation. Falls er irgendetwas von dem schweren Stromschlag zurückbehalten haben sollte, sah man es ihm zumindest nicht mehr an. Sollte sich überhaupt etwas an dem Jungen verändert haben, dann höchstens dahingehend, dass er eine Spur ruhiger geworden war, erwachsener. Und wenn er so weitermachte, würde er heute Abend wohl noch Glück haben, den großen Augen der jungen Frau nach zu urteilen, die zu ihm aufsah.

Nachdenklich wandte er sich an Baxter, der die Ecke mit ihm teilte. »Na, Ron? In ein paar Tagen geht es los!«

»Gott sei Dank. Wenn ich zu noch mehr Übungen durch die Bucht kriechen muss, dann fangen meine Männer am Ende noch an zu meutern.« Sein Blick folgte dem Thorndykes. »Er hat während deines Ausfluges ein paarmal ziemlich in die Flasche geschaut. Natürlich glaubt er, keiner habe was gemerkt.«

John sah den jüngeren Kameraden verdutzt an. Wenn Baxter solch eine Bemerkung machte, musste Summers es ziemlich wild getrieben haben.

Der Lieutenant hatte inzwischen seinen nächsten Drink erhalten. Gierig, als sei er am Verdursten, kippte er ihn sofort zur Hälfte runter. Thorndyke sah zu Janet hin, die seinem Blick auswich. Einen Augenblick lang fühlte er die Unsicherheit. Charles hatte auf den unvermeidlichen Partys schon immer gut zugelangt. Vielleicht hatte er es deshalb nicht bemerkt. *Oder nicht sehen wollen!* Schließlich waren sie dicke Freunde gewesen, bis Janet auftauchte. Oder waren es noch immer, irgendwie. Er würde ein Auge auf Charles haben müssen.

Als sei es um nichts Wichtiges gegangen, deutete

Baxter mit einem Lächeln zur Tür: »Da kommt unser Gast. Sie sitzt zu viel in ihrem Quartier!«

Geleitet von einem überaus höflichen Trevor James, betrat Miss Kim den Raum. Ein etwas ungleiches Paar, denn der lange Engländer überragte die kleine Koreanerin wie ein Turm. Trevor winkte den Messesteward herbei, bestellte und zeichnete die Messebons ab. Trotz der bestehenden Sprachbarrieren schienen die beiden sich glänzend zu unterhalten.

Thorndyke betrachtete den Auftritt mit nicht geringer Verblüffung und hatte dann das Gefühl, dass es allmählich Zeit für ihn wurde zu gehen. Als er sich aus dem Sessel hochgerappelt, seine Mütze vom Haken genommen hatte und sich gerade verdrücken wollte, hielt ihn Baxters Erster auf. »Verzeihung, Sir!«

Thorndyke sah Sublieutenant Walker an. »Was gibt's?«

»Wir wollen morgen noch einmal die *Sailfish* mit der neuen Konfiguration testen, Sir. Vielleicht interessiert Sie das ja auch?«

Der Lieutenant zögerte und überlegte, ob es am nächsten Tag für ihn im Einsatzstab irgenwas Wichtiges zu erledigen gab. »Ach was, sagen Sie Baxter, ich bin dabei.«

»Wenn wir uns zusammenquetschen, können wir auch Ihren Ersten noch mitnehmen. Morgen, Punkt sieben Uhr!«

»Alles klar, Sub!«

Walker nickte kurz und verschwand wieder im Gewimmel der Messe. Thorndyke sah sich um. Es waren viele Leute da, die sonst nie im Offiziersclub herumhingen, und die Wellblechhütte war brechend voll. Irgendwo in dem Gedränge mussten Trevor und Chung-Hee stecken.

»Hallo, Commander, so einsam und verlassen?«

Die Stimme gehörte Trevor, der mit Chung-Hee auf ihn zukam. »Ich wollte gerade die Kurve kratzen, doch eben hat mich Walker noch zu den Konfigurationstests mit der *Sailfish* eingeladen. Und dich übrigens auch, Trevor. Morgen Punkt sieben-null-null!« Er konnte sich ein perfides Grinsen nicht ganz verkneifen, als er sah, wie Lieutenant James, der auch nicht mehr ganz nüchtern war, erblasste.

»Verdammt, John, das ist kurz vor dem Aufstehen!«

»Tja, komm zur Navy, da erlebst du was!« Thorndyke zitierte mal wieder den Anwerbungsslogan.

22 : 30 Ortszeit, 13 : 30 Zulu – Pjöngjang, das Landhaus

Es war schon spät, aber noch immer hielt sich Sung Choang-Wo in seinem privaten Arbeitszimmer auf. Der Raum war gewissermaßen sein persönliches Heiligtum. Antike geschnitzte Figuren schienen im Halbdunkel auf ihn zu starren. Der Schreibtisch hatte einst einem Prinzen gehört. Vor langer Zeit. Einzig der Stuhl, auf dem er saß, war ein modernes Möbelstück, aber die Firma, die ihn hergestellt hatte, hatte sich große Mühe gegeben, ihn geschmackvoll an den Raum anzupassen. Eines der vielen kleinen Geschenke zur Erhaltung der Freundschaft.

Fünf Tage noch bis Neumond! Sung überlegte, welche Chancen er hatte. Über die Risiken seines Handelns dachte er schon lange nicht mehr nach. Einmal mehr betrachtete er die Relikte einer großen Vergangenheit. Er liebte schöne Dinge, aber sie bedeuteten für ihn mehr als nur ästhetischen Genuss. Nordkorea war ein sterbendes Land, und auch Südkorea verlor immer mehr die eigene Identität. Vielleicht brachte das die Zeit mit sich. Viele vertraten die Meinung, der Süden und der Norden seien bereits so lange voneinander getrennt, dass eine Wiedervereinigung des Landes gänzlich unmöglich war. Sung dachte anders darüber. Das, was ihn hier umgab, verkörperte Korea, nicht der Kommunismus und nicht der westliche Kapitalismus, das hier, das war die Wurzel Koreas.

Fünf Tage noch bis Neumond! Seit er die Nachricht erhalten hatte, war ihm klar, dass der Gang der Dinge unaufhaltsam geworden war. Wenn er einfach nichts unternahm, würde niemand ihm später einen Vorwurf machen können.

Nachdenklich holte der Kulturminister einen kleinen Computer aus seiner Schreibtischschublade. Als er ihn hochfuhr, musste er zunächst der Reihe nach drei verschiedene Passwörter eingeben. Nachdenklich starrte er auf eine Datei. Die Amerikaner hatten einen seltsamen Sinn für Humor. »Korean Rap«! Na hoffentlich nicht!

Er drückte einen versteckten Knopf an der Unterseite des Tisches. Einen Augenblick später öffnete sich die Tür, und ein relativ hochgewachsener Koreaner trat ein. »Sie haben geläutet, Sung Choang-Wo?«

»Ja, Jong Sang-Ok!« Er sparte sich die langen Vorreden, denn seit zwanzig Jahren war der Mann sein Vertrauter, seine rechte Hand und sein Schatten. »Die Engländer treten bei Neumond auf den Plan.«

»Was ist zu tun?« Die Stimme des Mannes klang ruhig, obwohl er wusste, dass, was immer er tat, ihn in die Verhörkeller der Geheimpolizei bringen konnte.

Sung sah ihn an. »Falls alles nach Plan läuft, sind wir außen vor. Wenn nicht, müssen wir versuchen, die Engländer in Sicherheit zu bringen.«

»Ich verstehe.« Er dachte kurz nach. »Darf ich fragen, ob das weise ist?«

Der Minister nickte. »Du darfst, aber ich kann dir leider keine Antwort geben. Falls unsere Hilfe gebraucht wird, würden unsere Freunde im Westen eine Dankesschuld abzutragen haben.«

»Dann ist es weise.« Der Mann verneigte sich leicht. »Wenn Sie mich hier nicht mehr benötigen, reise ich am frühen Morgen, Sung Choang-Wo. Wo werden Sie in dieser Zeit sein?«

Sung zuckte mit keiner Miene. »Es gibt Beratungen. Ich werde die meiste Zeit im Regierungspalast sein. Unser geliebter Führer will die nächsten Schritte entscheiden, nachdem er die ganze Welt mit den letzten Raketentests alarmiert hat. Natürlich wird er sich wie immer von der Armee und noch mehr von der Geheimpolizei lenken lassen.«

»Es ist eine Schlangengrube. Hüten Sie sich vor General Kim, ehrenwerter Sung.«

Der Kulturminister schüttelte den Kopf. »Es ist jetzt nicht die Zeit für übertriebene Vorsicht. Wenn die Amerikaner erfolgreich sind, dann wird General Kim tief fallen. Das ist ein Risiko wert.« Er lächelte. Hoffentlich behielt er recht.

12. Kapitel

22 : 00 Ortszeit, 13 : 00 Zulu – Inchon Base, Südkorea

HMS *Sailfish* verließ die Basis im Schlepp der *Grayling* kurz nach Einbruch der Dunkelheit. Trotz der späten Stunde gab es viele, die zusahen, als das mächtige U-Boot die im Vergleich dazu winzige *Sailfish* mühelos hinaus auf See schleppte.

Auch für die *Grayling* war der Einsatz nicht ohne Risiko. Die Küstengewässer in der Bucht von Korea waren allgemein flach, und das große Boot konnte sich nicht überall frei bewegen. Brian Mallory, der Kommandant der *Grayling*, hatte, wie schon beim Einsatz der *Dolfin*, seine eigenen Probleme zu lösen, nur dass dieses Mal das Wasser an der Absetzposition noch etwas flacher war. Rund zweihundert Fuß, sehr viel für ein Kleinst-U-Boot, aber fast gar nichts für ein Atom-U-Boot, das sich normalerweise eher in sechshundert Fuß Tiefe oder mehr versteckt.

Kein Wunder also, dass Mallory die Karten mehr oder weniger trübsinnig betrachtet hatte. Dennoch, er würde den Einsatz durchziehen, soweit es ihn betraf. Immerhin lief sein Boot knappe neun Knoten mehr als der schnellste nordkoreanische U-Boot-Jäger. Da machte auch die Masse der *Sailfish* nichts mehr aus, die er im Schlepp hatte. Immer vorausgesetzt, er hörte einen Angreifer rechtzeitig kommen und steckte nicht gerade zwischen irgendwelchen Untiefen.

Im Stützpunkt begann das große Warten. Im Lageraum brannte rund um die Uhr das Licht, und man gewöhnte sich daran, dass Small und Dewan nur zum Schlafen verschwanden. Satellitenbilder hatten Hochkonjunktur, obwohl jedem klar war, dass man die *Sailfish* darauf nicht würde sehen können. Unter Wasser war sie für die Objektive der Spionagesatelliten einfach nicht zu erfassen, und selbst über Wasser, was ja nur bei Nacht der Fall sein konnte, würde dies ein unglaublicher Glücksfall sein.

Acht Stunden nach Beginn der Aktion meldete Mallory per kodiertem Funkspruch, dass die *Sailfish* unterwegs sei. Alles schien seinen geplanten Verlauf zu nehmen, aber mehr man wusste man nicht. Selbst wenn alles glatt verlief, konnte die *Sailfish* das nicht signalisieren, da das Risiko einer Einpeilung zu groß war.

Am meisten machte die Ungewissheit den Besatzungen der Schwesterboote zu schaffen. Den Männern fielen in solchen Situationen tausend Dinge ein, die passieren konnten. Spekulationen aller Art machten die Runde. Thorndyke und Summers drängten die Techniker, die Arbeiten so schnell wie möglich abzuschließen. Und wirklich gelang es den Mechanikern, die *Stingray* wieder zu Wasser zu bringen, noch bevor die *Sailfish* einen ganzen Tag weg war. Schon am nächsten Morgen begann Summers, die *Stingray* auf Herz und Nieren zu prüfen.

18 : 00 Ortszeit, 23 : 00 Zulu – Langley, Virginia, USA

Auch in den USA wartete man. Wann immer einer der Satelliten das Gebiet überflog und Bilder schoss, wurden diese sofort nach ihrem Eintreffen in Langley ausgewertet und das Material an Marsdens Einsatzzentrale geschickt.

Misty-5 und ihre Schwestern lieferten pro Stunde etliche hundert Bilder. Es konnte also nicht ausbleiben, dass es einige Zeit dauerte, diese Bilder einzeln Pixel für Pixel unter die Lupe zu nehmen. Üblicherweise geschah dies nur bei jedem zehnten Bild sofort. Denn die Analyse von Satellitenbildern ist eine ziemlich anstrengende und zudem langweilige Tätigkeit, die aber trotzdem nicht von Computern erledigt werden konnte. Wie auch hätten die Rechner verstehen sollen, was auf den Bildern zu sehen war, wenn selbst geschulte Fachleute es oft genug nicht als das erkannten, was es war? Es gehörten viel Wissen und eine Menge Intuition dazu, aus den Fotos schlau zu werden. War eine große rechteckige Struktur ein Gebäude oder nur ein Parkplatz? Ein Lastwagen war einfach zu erkennen, aber was hatte er geladen?

Noch schwieriger wurden die Dinge auf See, vor allem wenn die Suche einem U-Boot galt, das dazu gebaut war, nicht entdeckt zu werden, weder mit Hilfe normaler optischer Systeme noch mit der von Infrarotkameras. Die einzige Möglichkeit, in diesem Zusammenhang Erkenntnisse zu gewinnen, bestand darin, die Aktivitäten der nordkoreanischen Überwassereinheiten zu beobachten. Für die Bildauswerter bedeutete das eine vertrackte Situation. Die Volksmarine war nahezu allgegenwärtig. Es wurde patrouilliert, es wurde geübt, und manchmal war einfach nicht zu erkennen, was eine bestimmte Einheit bezweckte. So waren sie gezwungen, sich auch jedes noch so kleine Patrouillenboot einzeln vorzuknöpfen. Und bei den Nachtaufnahmen war es natürlich noch schwieriger, zu erkennen, was die Nordkoreaner trieben. Bis zum zweiten Morgen des Einsatzes waren die Auswerter bereits mit mehreren tausend Bildern in Rückstand geraten, und noch war kein Ende in Sicht. Was aber viel schlimmer war: Es existierten zu diesem Zeitpunkt bereits etwa sechzig Bilder, die etwas beinhalteten, das eventuell ungewöhnlich sein *konnte*, angefangen von einer seltsamen Lichtreflexion auf dem Wasser oder möglicherweise unter dessen Oberfläche bis hin zu zwei Patrouillenbooten, die eine Gruppe Fischerboote aus einem bestimmten Gebiet vertrieben, in dem sie bisher immer gefischt hatten. Hieß das, die Nordkoreaner jagten dort nach der *Sailfish*, oder bedeutete es etwas ganz anderes? Fest stand nur, dass auch die *Sailfish* nicht überall gleichzeitig sein konnte.

08 : 00 Ortszeit, 23 : 00 Zulu –
Mündungsgebiet des Ammak-gang, Nordkorea

Ron Baxter öffnete die Lippen und versuchte zu sprechen, aber er brachte nur ein Krächzen hervor. Mühsam rappelte er sich auf und versuchte, etwas Speichel im Mund zu sammeln, doch der war völlig ausgedörrt. Wo befand er sich eigentlich? Erst langsam kam die Erinnerung teilweise zurück. Der Schrecken wurde wieder gegenwärtig.

Er stieß eine schlafende Gestalt neben sich im Gestrüpp an. »Dex, aufwachen!« Unruhig spähte er umher. ein leichter Modergeruch hing in der Luft. Sie mussten sich irgendwo im Flussdelta befinden. Mit jeder Minute kehrte er mehr in die Wirklichkeit zurück. *Wo waren die anderen? Hatten sie es nicht geschafft?* Er spürte die nagende Verzweiflung.

Petty Officer Dexter Jackson, der Rudergänger der

Sailfish, schlug die Augen auf. »Was zum Teufel ... Verzeihung, Sir!« Er blickte seinen Kommandanten prüfend an. »Sie haben uns etwas Sorgen gemacht, Commander!«

»Was ist passiert?«

Jacksons Gesicht nahm einen betrübten Ausdruck an. »Trinken Sie erst mal einen Schluck Wasser ... langsam, Sir!« Er reichte Baxter einen der Plastikschläuche aus den Notrationen. Gierig nahm der Lieutenant einen Schluck ... und noch einen ... und noch einen, dann entriss ihm Dexter den Schlauch mit einem kräftigen Handgriff. Der Rudergänger schien die Sache viel besser überstanden zu haben als er. Ihn schmerzte jeder Knochen in Leib.

Er blinzelte zur Sonne, die noch nicht sehr hoch stand. Als er jedoch auf seine Armbanduhr blickte, stellte er fest, dass sie stehengeblieben war. Das Glas hatte einen Sprung, und Wasser war in das Gehäuse eingedrungen.

Dexter Jackson beobachtete seinen Kommandanten. »Als wir ausgestiegen sind, wollten Sie das Boot sprengen, erinnern Sie sich?«

»Dunkel!« Er schüttelte den Kopf und bereute die Bewegung sofort, als ein Specht energisch anfing, im Inneren seines Schädels seiner üblichen Beschäftigung nachzugehen. »Was ist geschehen?«

»Das Boot sackte weg, und das war's dann!« Der Petty Officer zuckte mit den Schultern. »Harry und Chris sind zurück und haben Sie gefunden.«

Der Maschinist und sein Erster! »Stecken die beiden hier auch irgendwo?«

»Der Erste ist mit Greg Miller unterwegs. Sie sehen sich mal etwas in der Gegend um, denn wir brauchen Wasser!«

Baxter versuchte sich zu konzentrieren. »Du, der Erste, Greg und ich. Wo sind Harry und Pete?«

»Keine Ahnung, sorry, Sir. Als der Erste und Harry mit Ihnen auftauchten, kreuzte ein kleines Patrouillenboot auf. Wir haben zugesehen, dass wir wegkamen, bevor sie uns mit dem Scheinwerfer erwischten. Dann flog unsere *Sailfish* in die Luft und hat die Burschen abgelenkt. Sie waren verdammt dicht dran. In der Dunkelheit haben wir uns später verloren. Greg und ich haben Sie hierher gebracht, wo uns der Erste dann aufgespürt hat.« Er zuckte mit den Schultern. »Was mit den beiden andern ist? Ich weiß es nicht. Vielleicht haben sie es auch geschafft, und Chris findet sie.«

Baxter versuchte sich zu erinnern. Sie waren aufgetaucht gelaufen, weil sie die Wassertiefe nicht kannten. Plötzlich traf sie das Pling eines Sonarstrahls, und dann musste auch schon ein Torpedo im Wasser gewesen sein. Alles war so schnell gegangen, dass er kaum noch Zeit fand zu reagieren. Das Boot kippte ab. *Hatte er den Befehl gegeben?* Baxter wusste es nicht mehr. Sie hatten sich über einer der vielen Sandbänke befunden. Der verdammte Aal rammte sich zwar nur in den Dreck und krepierte dort, aber die *Sailfish* saß fest und begann vollzulaufen. Die Druckwelle musste den Rumpf beschädigt haben, und sie hatten keine Zeit mehr.

Der junge Lieutenant hustete plötzlich, und ein stechender Schmerz fuhr durch seine Brust. Auf seiner Zunge breitete sich der Geschmack von Blut aus. Er spuckte es ins Gras.

In seiner Erinnerung war noch immer die erstaunliche Kälte des Wassers präsent, das seine Beine bereits über Kniehöhe umspülte, als er den Befehl zum Aussteigen gab. *Den Schlitzaugen darf das Boot nicht in die Hände fallen!* Er hatte geschluchzt, als er den Zeitzünder einstellte. Die Sprengladungen nebst den beiden Torpedos sollten ausreichen, nichts Verwertbares von seiner geliebten *Sailfish* übrig zu lassen. Ihm wurde klar, dass er diese letzten Momente an Bord noch einmal durchlebte. Eine Situation, mit der sie immer rechnen mussten, aber ein Schicksal, das sonst immer nur andere ereilte.

Doch nun hatte es ausgerechnet ihn erwischt. Verzweiflung ergriff ihn; er hätte wieder heulen können wie ein kleiner Junge. Aber auch ohne Boot war und blieb er der Kommandant. Drei von seinen Leuten lebten zumindest noch, vielleicht auch die beiden anderen. Er ließ sich wieder auf den Rücken sinken und starrte in den blauen Himmel. Ein Plan musste her. Erneut hustete er. Und zwar schnell.

Sublieutenant Christian Walker spähte vorsichtig nach unten in die Senke. Es war mühevoll gewesen, den Hügel zu erklimmen, aber es hatte sich gelohnt. Die Aussicht über die Koreabucht war atemberaubend. Aber nicht deswegen war er hier heraufgeklettert. Nachdenklich musterte er das kleine Dorf. Fischer. Sie mussten nördlich des Sperrgebiets sein, wie weit, konnte er nicht sagen, aber sie waren außerhalb. Immerhin schon mal was.

»Die Nordkoreaner werden eine Suchaktion nach uns starten!«

Walker blickte Gregory Miller, den Taucher, an. Sie trugen immer noch die Bordkombis, fettig, salzig, versifft und zerrissen. Jeder würde sie sofort erkennen, aber als Weiße fielen sie in diesem Land sowieso auf. »Zuvor werden sie aber ein paar Stunden Tageslicht brauchen, um die Reste zu finden, die von der *Sailfish* übrig geblieben sind. Wenn sie keine Leichenteile finden, wird ihnen natürlich klar sein, dass wir aus dem Boot noch rausgekommen sind.«

»Also was nun?«, fragte Greg, über dessen Gesicht der Schweiß lief, obwohl es noch gar nicht so warm war.

»Wir müssen eine Spur von Harry und Pete finden.«

»Schön und gut, Chris, aber was, wenn sie es nicht geschafft haben? Wir können schließlich nicht ewig hier rumhängen. Sonst geht es uns allen an den Kragen.«

Walker ging darauf nicht ein. Einen Augenblick lang wünschte er sich, er hätte Dex mitgenommen, aber vermutlich war es besser, dass er sich für Greg entschieden hatte, der einer Panik nahe war. So konnte er ihn besser im Auge behalten. »Wir werden sehen, was der Commander sagt.«

»Glaubst du, der wird wieder?« Miller sah seinen Vorgesetzten zweifelnd an. »Wir sind auf uns gestellt.«

Walker schüttelte den Kopf und wandte seine Aufmerksamkeit wieder dem Dorf zu. Unten stand ein Schützenpanzer, und ein paar Soldaten standen rauchend um das Fahrzeug herum. Interessanter waren für ihn jedoch die Fischerboote, kleine Schleppnetzkutter, die in dieser flachen Bucht überall hinkonnten. Wahrscheinlich würden die Motoren auseinanderfallen, wenn sie volle Fahrt aufnahmen, aber alles war besser, als in diesem Land sonstwie zu verrecken. Walker war Seemann und das glitzernde Wasser für ihn der beste aller denkbaren Fluchtwege. Aber zuerst mussten sie ihre Kameraden finden. Der Commander würde sie nie aufgeben.

08 : 15 Ortszeit, 23 : 15 Zulu –
Nördlich von Namp'o, Songun-Basis, Nordkorea

Kapitän van Trogh fühlte sich müde. Kein Wunder, er war erst seit einer halben Stunde zurück in der Basis. Die ganze Nacht hatten sie gesucht, nicht nach eventuell Überlebenden des von ihm versenkten britischen Bootes, das war Aufgabe anderer. Aber sie mussten sichergehen, dass sich nicht noch ein weiteres Boot zwischen den Untiefen herumdrückte.

Erschöpft starrte er in die Teetasse, als fände er dort eine Antwort auf seine Fragen. Trotzdem verriet der grüne Mate, eine Seltenheit in Nordkorea, die sich nur die Reichen leisten konnten, oder eben das Militär, ihm nicht, was er am dringendsten wissen musste. Hatte er keine Spur eines zweiten Bootes gefunden, weil es keines gegeben hatte oder weil dessen Kommandant besser gewesen war als er? Unterschätze nie deine Gegner, hatte schon Sunzi gewarnt. *Vor allem nicht einen Gegner, der dich schon einmal überlistet hat!* Seine Lippen verzogen sich zu einem spöttischen Lächeln. Immerhin hatte er aufgeholt.

Kapitän Park sowie Hauptmann Park, einer seiner vielen Neffen, der für die Geheimpolizei arbeitete, Leutnant Hang, sein Erster, und Major Hoang, der die Armee in diesem Abschnitt vertrat, registrierten das Lächeln sehr wohl. Kapitän van Trogh, der das britische Spionage-U-Boot mit einem Torpedo erledigt hatte, war der Held des Tages. Das Boot war zwar bei einer nachfolgenden Explosion komplett zerstört worden, und es gab wenig Hoffnung, grundlegend Neues darüber herauszufinden, aber immerhin, es war ein Sieg, und der war ohne Zweifel van Trogh zu verdanken.

Kapitän Park, sein Vorgesetzter, machte den Eindruck, als würde bei ihm gleich ein Magengeschwür durchbrechen. Wenn die Dinge so weitergingen, musste er seinen verhassten Untergebenen auch noch zur Beförderung vorschlagen. »Sie lächeln, Kapitän?«

»Ich glaube, ich habe gerade ein Rätsel gelöst, Kapitän Park.« Van Trogh blickte auf. »Es geht um den Zeitfaktor.« Er sah seinen Ersten an. »Was denken Sie, wie groß der Abstand zwischen der Explosion des Torpedos und den Folgedetonationen war?«

»Vielleicht fünf Minuten, Genosse Kapitän. Bestimmt nicht mehr!« Der Leutnant schaute fragend drein, da er bei seinem Kommandanten nie genau wusste, worauf der hinauswollte.

Der Kapitän nickte. »Aber auch nicht weniger, allenfalls ganz geringfügig.« Er sah sich um. »Es könnte also sein, dass es Überlebende gab. Das Patrouillenboot, das kurz nach dem Gefecht eintraf, hat zwar niemanden finden können, aber es war Nacht, und Neumond ist gerade vorbei.«

Hauptmann Park beugte sich vor. »Überlebende, von denen Sie annehmen, sie könnten an Land geschwommen sein?« In seiner Stimme klangen Zweifel an.

»Warum nicht, Genosse Hauptmann. Es sind vielleicht tausend Meter, und es gab kaum Seegang. Es wäre möglich.« Van Trogh sah Park nachdenklich an. »Wir sollten nicht warten, bis sich unter Umständen herausstellt, dass es keine Spur von Leichen in den Trümmern gibt. Lassen Sie jetzt die Suche beginnen. Sollte sich das Gegenteil erweisen, können wir die Geschichte immer noch abbrechen.« Er wusste genau, dass Park, trotz des niedrigeren Ranges, als Angehöriger der Geheimpolizei mehr zu sagen hatte als der Armeemajor. Und er würde daher den Ausschlag geben.

Major Hoang dachte nach. »Mal angenommen, Ihre Annahme trifft zu, dann werden die Briten versuchen, die Bahnlinie nach Namp'o zu erreichen. Dort verkehren viele Güterzüge! Sie könnten probieren, auf einen aufzuspringen. Es sind Weiße, die überall auffallen! Also müssen sie sich versteckt halten.«

»Sie werden nie und nimmer die Eisenbahnstrecke in Erwägung ziehen!« Die Stimme von Kapitän van Trogh klang kalt. Er hielt den Major für einen Narren und machte daraus keinen Hehl. »Es sind Seeleute! Leutnant Hang, was würden Sie tun?«

Hang blickte ihn verdutzt an: »Ich würde alles daransetzen, mir ein Boot unter den Nagel zu reißen, aber ...«

»Kein Aber! Genau das nämlich werden die Briten probieren.« Er sah den Hauptmann an. »Folglich wird eines der Fischerdörfer ihr Ziel sein, und davon gibt es nicht viele im Norden.«

Die beiden Parks wechselten einen Blick, dann nickte der Hauptmann. »Ich werde sofort dafür sorgen, dass meine Leute ausschwärmen. Entschuldigen Sie mich, Genossen!«

»Selbstverständlich wird die Armee auch ein paar Streifen losschicken. Mehr Augen sehen mehr.« Major Hoang lächelte dienstbeflissen. »Wenn es diese Überlebenden gibt, dann werden wir sie finden!«

»Genossen, bitte denken Sie daran, wir brauchen die Männer lebend!«

23 : 15 Ortszeit, 14 : 15 Zulu –
22 Meilen vor dem Mündungsgebiet des Ammak

An Bord der *Grayling* starrte Lieutenant Commander Brian Mallory auf das Mikrofon in seiner Hand, als sei das Gerät schuld an allem. Er versuchte seine Gedanken zu ordnen. Die Männer in der Zentrale sahen ihn an, warteten auf eine Entscheidung.

Sein Erster, der Executive Officer, sah auf die Uhr. »Wir sind fünfundvierzig Minuten über die Zeit, Sir!«

Mallory warf ihm einen säuerlichen Blick zu. »Ich weiß!« Er drückte auf den Knopf. »Sonar! Tut sich was Neues?«

»Leider nein. Ein paar alte Frachter sind weiterhin auf dem Tiefwasserweg, keine Kriegsschiffe in der näheren Umgebung. Im Flachwasser Patrouillenboote, aber auch nichts in unmittelbarer Nähe.«

»Danke, Sonar!« Der amerikanische Kommandant hängte das Mikro wieder in die dafür vorgesehene Halterung. »Erster, wir drehen noch eine Runde. Ich will der *Sailfish* jede Chance geben.« Auch ohne dass er es aussprach, wussten alle um ihn herum, was er meinte. Punkt Hotel war der letzte in der Reihe der vereinbarten Treffpunkte, sowohl was dessen Position betraf, denn er lag so dicht an der Küste wie zuvor keiner der anderen, als auch was die Abholzeit anging. Wenn die *Sailfish* nicht innerhalb der nächsten Minuten erschien, hatten sie ihren Befehlen gemäß davon auszugehen, dass die Engländer nicht mehr kamen.

Mit kleinster Fahrt beschrieb USS *Grayling* einen weiten Kreis. Die Sonarspezialisten im Bugcompartment lauschten mit Hilfe ihrer elektronisch verstärkten Sinne hinaus in die dunkle See. Es gab viele Geräusche, aber sie entdeckten nichts, was auf ein Kleinst-U-Boot hingewiesen hätte. Täuschend friedlich ging das Leben in der Koreabucht seinen gewohnten Gang.

Um Mitternacht nahm das große U-Boot Fahrt auf und entfernte sich von der Küste. Zwanzig Minuten später reckte es eine Antenne durch die Wasseroberfläche und setzte ein verschlüsseltes Kurzsignal ab: »Blueboy: Hotel no fish!«

Der kurze Funkspruch wurde von den Satelliten empfangen und via Norfolk nach Langley weitergeleitet. Die Funkstation der Inchon Base die nicht einmal hundert Meilen entfernt war, bekam ihn direkt mit, ebenso wie verschiedene andere nord- und südkoreanische Stationen. Auch wenn sie nicht in der Lage waren, das Signal zu entschlüsseln, so war dessen Bedeutung doch zumindest den Nordkoreanern klar: Das Mutterschiff meldete, dass das Kleinst-U-Boot nicht am Treffpunkt aufgetaucht war. Ab diesem Zeitpunkt galt die *Sailfish* offiziell als vermisst.

00 : 15 Ortszeit, 15 : 15 Zulu – Inchon Base, Südkorea

Im Lagerraum der Inchon Base hatte sich, nachdem die *Sailfish* am ersten Treffpunkt nicht erschienen war, eine gewisse nervöse Anspannung breitgemacht. Als aber Baxters Boot an den vereinbarten beiden weiteren Treffs auch nicht auftauchte, war die Unruhe in Sorge umgeschlagen, aus der mittlerweile Gewissheit geworden war. Die *Sailfish* war verlorengegangen. Niemand wusste, was er sagen sollte. Commander Dewan, der am großen Kartentisch stand, wirkte wie erschlagen. Summers hantierte mit einem Stechzirkel und nahm sinnlose Entfernungen. Hätte, wäre, wenn – darum kreisten die Gedanken der Männer unentwegt.

Trevor James warf seinem Commander, der irgendwie geistesabwesend wirkte, einen Blick zu, aber er kannte Thorndyke gut genug, um zu wissen, dass auch er die Eventualitäten durchging. Es ging nicht nur um die *Sailfish*, sondern um sie alle, und um die Frage, die jetzt noch niemand auszusprechen wagte, die aber durch ihrer aller Köpfe geisterte: *War die Sailfish vernichtet worden? Oder war das Boot in die Hände der Nordkoreaner gefallen?* Wenn die Schlitzaugen erst einmal die technischen Möglichkeiten der Boote kannten, konnten sie sich sicherlich noch erheblich besser gegen sie schützen. James hatte nicht den Eindruck, dass sich die Nordkoreaner hatten überraschen lassen.

Etwas abseits stand Chung-Hee. Ihr Gesicht zeigte wenig Regung, aber aus ihrer ganzen Körperhaltung sprach Trauer. Als Nordkoreanerin wuuste sie, was die Besatzung des vermissten U-Boots erwarten würde, falls sie den Untergang der *Sailfish* überlebt haben sollte. Es wäre besser für die Männer, wenn dies nicht der Fall war. Es gab Dinge, die schlimmer waren, als zu sterben.

Janet Summers hatte es schon längst aufgegeben, ergründen zu wollen, was Baxter, Spencer und all die anderen Kommandanten, die sie gekannt hatte, letztlich immer wieder aufs Neue veranlasste, in engen Stahlröhren vor feindlichen Küsten herumzuhängen und ihren Hals zu riskieren. Sie sprachen nie vom Tod. Es erwischte einen eben, oder man schaffte es nicht, wie bei einem Spiel. Janet war nahe daran zu schreien, doch in Anbetracht des herrschenden Schweigens unterdrückte sie diese Anwandlung. In dem Raum roch es nach Schweiß, Tee, Smalls Kaffee, kaltem Zigarettenrauch. Wie nach einer Party, und so ähnlich war auch die Katerstimmung.

Jack Small hatte sich in Dewans Arbeitszimmer zurückgezogen und telefonierte, wie schon so oft in den vergangenen Tagen, mit Marsden in Langley.

Im Lagezimmer kam Bewegung in Thorndykes Gestalt. Er blinzelte kurz, als müsse er sich erst in der Realität wieder zurechtfinden. Dann brach er die Stille, indem er sich an Dewan wandte. »Es war eine verdammte Falle, Sir, nur haben wir es nicht begriffen und sind hineingetappt!«

»Was soll das heißen?« Der Commander sah ihn verständnislos an.

»Wie wir mittlerweile aus eigener Erfahrung wissen, sind diese elektronischen Minen eher dazu geeignet, ein Boot zu fangen und außer Gefecht zu setzen, als es zu zerstören. Nachdem der erste Anlauf mit der *Dolfin* wegen der Minensperre nicht geklappt hatte, versuchten wir es eben von der anderen, nicht verminten Seite – und gingen dabei dennoch der *Sailfish* verlustig. Baxter muss bereits erwartet worden sein.«

Dewan sah ihn scharf an. »Das würde bedeuten, jemand ...«

»Genau!«

Charles Summers wunderte sich insgeheim über die direkte Art und Weise, in der John ihren direkten Vorgesetzten anging, wobei ihm aber zugleich aufging, was sein alter Laufbahngefährte in der Navy sich ausgedacht hatte. Und das wollte er sich auf keinen Fall entgehen lassen! Er wandte sich deshalb an Dewan: »Ich bitte um Erlaubnis, auslaufen und von Süden her in das Operationsgebiet eindringen zu dürfen, Sir! Wir müssen herausfinden, was mit der *Sailfish* tatsächlich geschehen ist!«

»Aber in Anbetracht des Minenfelds wäre das doch der helle Wahnsinn!« Der Commander starrte seine zwei noch verbliebenen Kommandanten an, als seien sie unwirkliche Gespenster.

Thorndyke räusperte sich. »Das Ganze mag unlogisch klingen, ist aber deshalb beileibe nicht verrückt, weil die Nordkoreaner damit keinesfalls such nur im Entferntesten rechnen dürften. Beide Boote, mit einem gewissen Abstand. Das gibt uns die besten Chancen, die *Sailfish* zu finden.«

13. Kapitel

09:30 Ortszeit, 00:30 Zulu –
Mündungsgebiet des Ammak, Nordkorea

Sie hatten eine unruhige Nacht hinter sich, und die Jagd auf sie hatte vermutlich längst begonnen. Ron Baxter fühlte sich elend. Das Atmen fiel ihm immer schwerer, aber er bemühte sich, so gut es nur irgend ging, seinen Zustand zu verbergen. Es reichte schon, dass er ohne die Hilfe der anderen drei Männer kaum einen Schritt gehen konnte.

Christian Walker sah ihn besorgt an. »Schöner Mist, Commander, was nun? Du kommst so nicht mehr weit, ich sehe es dir an! Wir müssen hier weg und dich zu einem Arzt bringen.«

»Klasse, Chris, wie willst du das machen?«, meinte Greg Miller sarkastisch. »In ein Krankenhaus gehen und die Ärzte mit vorgehaltener Waffe zwingen, ihn zu behandeln?«

»Mal langsam, Greg!«, wandte Dexter Jackson ein. »Dergleichen hat Chris mit keiner Silbe erwähnt.«

Der Taucher sah den anderen Unteroffizier säuerlich an. »Wegen seiner letzten blöden Idee sind wir gestern stundenlang am Strand rumgerannt. Es grenzt beinahe schon an ein Wunder, dass die Koreaner unsere Spuren nicht entdeckt haben. Immer die Herren Offiziere, getreu nach Vorschrift.«

Dexter spürte Zorn in sich aufsteigen. »Wir haben unsere beiden Kameraden nicht gefunden! Okay, du hast damit recht behalten. Aber wir haben es wenigstens versucht.«

»Wir haben zwei Möglichkeiten«, eröffnete der Commander seinen Männern. »Entweder wir versuchen, ins Hinterland zu kommen und von dort aus die Grenze zu erreichen, oder wir bleiben hier und verstecken uns für ein paar Tage, bis sich der ganze Wirbel gelegt hat.«

»Das ist beides Mist, Commander, und du weißt das«, meinte Walker trocken. Erstens hältst du nicht mehr lange ohne Hilfe durch, und zweitens werden auch unsere Leute vermutlich was unternehmen, um uns zu finden, und dabei genauso ins Messer laufen wie wir.«

Baxter sah seinen Ersten ruhig an. »Ihr werdet euch ohne mich in die Büsche schlagen müssen. Ich werde versuchen, die Unseren zu warnen.«

Die Augen des Sublieutenants weiteten sich. »Wie soll denn das gehen?«

»Ich werde ihnen ein Foto zukommen lassen.« Der junge Lieutenant blickte nach oben. Sein Gesicht war bleich, aber entschlossen. »Die Genauigkeit von Satellitenfotos reicht doch angeblich bis hin zur Größe von Autokennzeichen, richtig?«

10 : 30 Ortszeit, 01 : 30 Zulu – Vor der Ammak-Mündung

Der erste Tauchgang hatte sich als schwierig entpuppt. Der Fluss transportierte eine Menge Schwebstoffe sowie Dreck in die See. Die Strömung war zwar stark genug, die Taucher zu behindern, aber nicht ausreichend, um eine großflächige Wasserklärung zu bewirken.

Hauptmann Park bot einem der Taucher eine Zigarette an, die aber dankend abgelehnt wurde. Trotzdem steckte er sich selbst eine an. »Dann berichten Sie mal, Genosse!«

»Es hat den Anschein, als hätten sie das Boot ganz massiv und gründlich gesprengt. Lediglich Fetzen sind noch davon übrig. Um die Trümmerstücke einzusammeln, dürften etwas größere Eimer völlig reichen.«

»Gibt es Spuren von der Besatzung?«

»Bisher haben wir keine Toten gefunden, aber das ist nicht weiter verwunderlich, denn im gesamten Suchgebiet wimmelt es nur so von Fischen.«

Der Hauptmann sah ihn verständnislos an.

»Fische, Krebse, alles Mögliche eben!« Der Taucher war ein erfahrener Mann, der sich keine falschen Vorstellungen mehr machte. »Wenn sie derart massiv in diesen Schlammwolken auftreten, obwohl sie das normalerweise nicht tun, dann kann das nur eines bedeuten: Es gibt Futter!«

»Sie denken dabei an Leichen oder Teile davon?«

»Was meinen Sie, was für Futter es sonst dort geben könnte?«

09 : 15 Ortszeit, 14 : 15 Zulu – Langley, Virginia, USA

Marsden betrachtete die Sammlung großformatiger Bilder, die an einer Pinnwand hingen, während er weiter telefonierte. »Jack, ich weiß um die Dringlichkeit, aber die Engländer werden sich trotzdem noch etwas gedulden müssen.«

Jack Small im fernen Korea gab sich mit diesem Bescheid nicht zufrieden. »Es muss doch einen Weg geben, die Möglichkeiten einzugrenzen, Boss! Hier tobt das Chaos! Die britischen U-Boot-Kommandanten wollen partout auslaufen, und insbesondere dieser Summers scheint gewillt, keiner noch so großen Konfrontation aus dem Weg zu gehen. Dewan ist merkwürdig still, ich habe keine Ahnung, was der gerade wieder ausbrütet. Und der Rest macht einen auf Trauer wegen der Crew der *Sailfish*. Also, wenn ihr in Langley was Neues habt, dann bitte umgehend her damit.«

»Wir haben mittlerweile auch noch strategische Analysten hinzugezogen, vielleicht bringt uns das weiter.«

»Immerhin schulden Captain DiAngelos und sein Haufen uns noch was, seit der Sache mit der *Tuscaloosa*!«[*]

»Sie hängen sich rein, aber die Materialfülle ist einfach zu groß! Bisher konnten neunundvierzig Fälle herausgefiltert werden, die irgendetwas mit dem Boot zu tun haben können. Aber auch DiAngelo meint, es sei kein Foto dabei, aus dem sich direkt Rückschlüsse auf eine Versenkung ziehen ließen. Also machen wir weiter mit der Ochsentour der Bildauswertung.«

»Fein, und ich bin ja dankbar für alles, was ihr da für mich tut, Boss, aber mir steht hier mittlerweile das Wasser bis zum Hals, zumal Thorndyke, einer der Kommandanten, da so eine Bemerkung gemacht hat.«

Marsden schnappte nach dem Köder. »Raus mit der Sprache, Jack!«

»Er scheint zu glauben, die Nordkoreaner spielen eine Art Schach mit uns, Zug um Zug, als hätten sie die *Sailfish* bereits erwartet. Dewan nimmt jetzt an, es gäbe möglicherweise einen Spion.«

---

[*] Siehe Peter Brendt: Crashdrive

»Thorndyke, war das nicht der, der beim ersten Einsatz in die Falle gelaufen ist?«

»Genau der. Aber er ist trotzdem ein sehr guter Mann.«

»Nur kommt er der Wahrheit ziemlich nahe, Jack. Was werden Sie tun, wenn er die Zusammenhänge begreift?«

»Ich weiß es nicht, Boss.« Die Stimme des Agenten klang unsicher. »Es wird von ihm abhängen.«

23 : 45 Ortszeit, 14 : 45 Zulu –
In einem Fischerdorf nahe der Ammak-Mündung

Sublieutenant Peter Jennings beobachtete den Mann in der Armeeuniform aus halb geschlossenen Augen. Nun, nachdem er etwas gegessen und getrunken hatte, fühlte er sich schon erheblich besser. Abgesehen von ein paar kleineren Blessuren, die weiter nicht der Rede wert waren, hatte er die Flucht über Land einigermaßen glimpflich überstanden, auch wenn der stetige Mangel an Trinkwasser ihm ziemlich zugesetzt hatte.

Aus für ihn unerfindlichen Gründen war er bisher nicht gefesselt worden. Von daher erschien es ihm angeraten, auch weiterhin den völligen Erschöpfungszustand vorzutäuschen. Er produzierte ein leises Stöhnen. Sofort trat der Mann, der immerhin ein paar Brocken Englisch konnte, zu ihm hin und betrachtete ihn fragend. »Schmerzen?«

»Durst!«

Der Unteroffizier nahm die Feldflasche von seinem Gürtel und reichte sie ihm. Das Wasser war klar und überraschend kühl. Er schluckte es gierig in sich hinein, bis der Soldat sie ihm behutsam entzog. »Langsam, langsam.«

Offenkundig war die nordkoreanische Armee besser als ihr Ruf, denn eigentlich hatte er angenommen, dass man versuchen würde, mit allen Mitteln aus ihm herauszuquetschen, wo seine Kameraden waren. Nicht, dass er es hätte sagen können, er hatte selbst keine Ahnung.

Der Koreaner fühlte kurz seine Stirn und nickte dann: »Gut, schlaf jetzt!«

Jennings nickte nur kurz und rollte sich auf dem Strohlager zusammen. Bis zur nächsten Nacht wollte er wieder bei Kräften sein, denn vielleicht würde sich ja eine Chance zur Flucht ergeben.

Jong Sang-Ok, der Vertraute des Kulturministers, fühlte sich in seiner Uniform ausgesprochen unwohl. Denn sollte es zu einem Kontakt mit regulären Armeeangehörigen kommen, würde es Probleme geben, obwohl er die richtigen Papiere bei sich hatte und im Notfall auch auf die Rückendeckung durch Major Hoang zählen konnte, jedenfalls soweit es möglich war. Trotzdem klang seine Stimme ruhig, als er seine Anweisungen erteilte. »Leutnant Siong, ich möchte, dass Sie sich ein paar Ihrer Leute schnappen und die Hügel dort drüben durchsuchen.«

Der Mann, dessen Name nicht Siong und der auch kein Leutnant war, grüßte militärisch und begann, ein paar Befehle zu bellen. Vier Soldaten, die genauso wenig echt wie er selbst waren, traten an, und gemeinsam trotteten sie los in die Dunkelheit. Wenn überhaupt, würden sich die flüchtenden Engländer nur im Schutz der Nacht bewegen.

Jong zündete sich eine Zigarette an. Ein paar Meter

weiter standen noch zwei angebliche Soldaten, die ebenfalls rauchten. Sollte tatsächlich eine echte Patrouille in das Fischerdorf kommen, dann war zumindest der äußere Anschein gewahrt.

Trotz allem stand Jong vor einem Problem. Die Fischer glaubten, er halte den Engländer in dem kleinen Netzschuppen gefangen, doch in Wirklichkeit war der verhörende Offizier ein Arzt aus der Hauptstadt, der sich in erster Linie darum bemühte, den Flüssigkeitsverlust des total dehydrierten Mannes so rasch wie möglich zu kompensieren. Der Sublieutenant war ziemlich am Ende gewesen, als sie ihn in der Nähe des Dorfes aufgegabelt hatten. Was die Sache für Jong auch nicht gerade erleichterte, war der Umstand, dass dieser Jennings anscheinend wirklich nicht wusste, wo seine Kameraden verblieben waren, oder – was auch eine Möglichkeit war – er traute ihnen nicht.

Einen weiteren Engländer hatten sie tot am Strand gefunden, der allem Anschein nach ertrunken war. Sie hatten ihn liegenlassen, aber seine Erkennungsmarke mitgenommen. Blieben drei oder vier andere. Jong wusste nicht genau, wie viele Männer an Bord so eines Bootes waren, aber fest stand, er würde hier nicht mehr lange bleiben können. Die Suchaktionen der Armee begannen langsam in koordinierten Bahnen zu verlaufen, nachdem anfänglich ein ziemliches Durcheinander geherrscht hatte.

Mit halbem Ohr lauschte Jong den abgehackten Sprüchen aus dem Funkgerät des Panzerwagens. Wenigstens das Fahrzeug war echt. Die Funker der einzelnen Streifen meldeten der Zentrale, wo sie waren. Bisher schien keiner der Suchtrupps besorgniserregend nahe zu sein. Natürlich gab es Spuren, aber wer wollte schon entscheiden, ob die Fußstapfen am Strand englischer oder koreanischer Herkunft waren? Den Soldaten würde also nichts anderes übrigbleiben, als jedem verdächtigen Anhaltspunkt einzeln nachzugehen.

Jong grinste. Nachdem die Soldaten den ganzen Tag auf den Beinen gewesen waren, würde die Suche nun während der Nacht zwangsläufig weniger sorgfältig vorangehen. Die Männer würden die eine oder andere Ruhepause einlegen oder sich verdrücken, um irgendwo ein Nickerchen zu machen. Keiner würde sich mehr voll auf die Jagd konzentrieren.

Aber mit jeder Stunde, die er noch länger hier verweilte, setzte er nicht nur das Leben seiner Männer, die ihm vertrauten, aufs Spiel, sondern auch das weiterer Menschen. Sie alle miteinander riskierten einiges, aber sie waren froh, überhaupt etwas tun zu können, und wenn es noch so wenig war. Viele schuldeten Sung einen Gefallen, manche verdankten ihm ihre Freiheit und einige sogar ihr Leben. Wie zum Beispiel Major Hoang von der Geheimpolizei, der ihn rechtzeitig informiert hatte und versuchte, ihm seine eigenen Streifen vom Hals zu halten. Was Jong jetzt nur noch fehlte, waren die restlichen Engländer.

14 : 30 Ortszeit, 19 : 30 Zulu – Langley, Virginia, USA

»Wir haben etwas für euch, Jack!« Roger Marsdens Stimme am Telefon klang trotz der Nachtstunde immer noch konzentriert. Schlaftrunken blickte Small auf den Wecker: Halb fünf Uhr morgens, schlief der Mann eigentlich nie? Es dauerte einen Augenblick, bis er begriff, dass der Osten der USA vierzehn Stunden in der Zeit zurücklag, es dort also erst früher Nachmittag des Vortages war.

Mit einem Schlag war der Agent hellwach. »Was gibt's denn?« Seine Stimme klang eine Spur schärfer als beabsichtigt.

»Die Schlitzaugen durchkämmen die Küstenregion. In allen Dörfern von Namp'o bis weit in den Norden wimmelt es plötzlich nur so von Soldaten.«

»Was hat euch dazu gebracht, euer Augenmerk auf die Dörfer zu richten, ich dachte, ihr halten Ausschau nach dem U-Boot, Boss?«

»Jemand hat eine an sich naheliegende Überlegung angestellt. Wenn wir schon nicht wissen, was passiert ist, dann wissen vielleicht wenigstens die Nordkoreaner, was los ist. Auf jeden Fall entwickeln sie an der ganzen Küste eine ungewöhnliche Menge an Aktivitäten.«

»Heißt das, die Engländer befinden sich noch auf freiem Fuß, haben aber ihr Boot verloren?«

»Zunächst einmal bedeutet dies, dass die Koreaner irgendetwas intensiv suchen. Was, wissen wir nicht. Es können die Tommys sein, aber das ist bisher nur eine Vermutung.«

»Besser als nichts, Boss. Bloß, was sage ich den Engländern?« Die Frage war mehr als berechtigt, denn wenn er die Geschichte den Limeys ungeschminkt erzählte, würden die sofort losbrausen wollen, um ihre Leute auf Teufel komm raus zu retten. Und das war so ziemlich das Letzte, was er gegenwärtig brauchen konnte.

Marsden dachte in ähnlichen Bahnen. »Sie sollen die Füße stillhalten, jedenfalls, bis wir mehr wissen. Und Sie, Jack, sollten ›Korean Rap‹ aktivieren und sich dieses Durcheinander zunutze machen.«

»Schon geschehen, Boss!« Small schloss für einen Moment die Augen und versuchte sich zu konzentrieren. Er war übermüdet und frustriert. »Was meinen Sie, könnte da ein Verräter sein Unwesen treiben?«

»Es kann immer einen geben, das wissen Sie so gut wie ich. Aber in diesem Fall hat es nicht den Anschein. Ich habe mich darüber auch mit unseren Experten unterhalten.«

»Und was sagen die?«

»Es gibt unterschiedliche Meinungen, wie immer, wenn man mit denen redet. Ein paar glauben, die Nordkoreaner hätten einfach nur Glück gehabt, andere wiederum ziehen neue, noch nicht erkannte Sonarbojen und Ortungssysteme in Erwägung. Nachdem diese EMP-Mine aufgetaucht ist, stellt sich natürlich die Frage, was die Kerle sonst noch in petto haben.«

»Immerhin ist es dennoch ein Fortschritt, dass damit zumindest das Thema Verrat vom Tisch ist, denn das bringt die Paranoia hier wieder auf ein normales Maß zurück. Ich überlege mir dann mal, wie ich das Commander Dewan verkaufe. Er würde am liebsten alle Roten fressen und hat zudem mächtig Schiss, dass den Nordkoreanern das Boot mehr oder weniger intakt in die Hände gefallen sein könnte.«

»Kann man ihm kaum verdenken. Wir tun jedenfalls unser Möglichstes, Jack. Vielleicht warten ja noch ein paar gute Nachrichten auf ihre Entdeckung.«

Small gab einen unwilligen Laut von sich. »Gute Nachrichten, Boss? Dafür haben wir den falschen Job.«

»Stimmt auch wieder. Machen wir uns dennoch erneut ans Werk, auch wenn andere Geschichte schreiben und wir nur die Putzkolonne im Hintergrund sind.«

04 : 30 Ortszeit, 19 : 30 Zulu – Inchon Base, Südkorea

John Thorndyke saß abseits der Pier am Rande des Stützpunktes im Sand und blickte hinaus auf die Bucht. Hinter ihm ging langsam die Sonne auf und bedeckte das Wasser mit einem orangefarbenen Schein, während sich die Helligkeit weiter nach Westen ausbreitete. Vor den Augen des Engländers schienen die kleinen Inseln aus dem Wasser zu wachsen. In ein paar Minuten würde die Sonne hoch genug am Himmel stehen, um alles dem harten Tageslicht auszusetzen, aber für einige wenige Minuten verharrte die See zwischen Tag und Nacht in einem empfindlichen Gleichgewicht.

Der Lieutenant drehte sich nicht um, als er Schritte hinter sich hörte und Janets Stimme vernahm: »Ich dachte mir, dass ich dich am Meer finde!«

»Du kannst nicht schlafen?«

»Zu viel geht mir im Kopf herum, John«, sagte sie fast entschuldigend und setzte sich zu ihm in den Sand.

Er sah ihr ins Gesicht. »Du solltest besser bei deinem Mann sein, Janet.«

»Charles!« Sie spie den Namen geradezu verächtlich aus. »Er hat sich gestern wieder abgefüllt.«

Einen Moment lang dachte er daran, aufzustehen und zu gehen. Der kurze Friede, den er hier gefunden hatte, war vorbei. Aber er blieb sitzen. »Er trinkt viel, und anderen ist dies natürlich auch schon aufgefallen. Er sollte Schluss damit machen, solange es noch geht.«

»Es sind der Ehrgeiz und dieses verdammte Kommando, die ihn kaputtmachen. Dadurch ist er nicht mehr der Mann, der er noch vor drei Jahren war. Immer will er der Beste sein, und wenn es ihm nicht gelingt, dann verzweifelt er an sich selbst.«

»Er *ist* der Beste«, sagte John Thorndyke, als stelle er eine nüchterne Tatsache fest.

»Nicht jeder ist dieser Meinung. Ich sollte nicht darüber sprechen, aber Dewan hat eine weitere Stelle für einen Lieutenant Commander genehmigt bekommen. Flottillenstatus, du weißt, wie diese Dinge gehandhabt werden. Dewan hat dich vorgeschlagen, nicht ihn.«

Für einen Augenblick schwieg Thorndyke und versuchte, die Neuigkeit zu verdauen. Derlei gab es bei kleineren Einheiten, die in Flottillen operierten und einen entsprechenden Chef besaßen. Aber für Kleinst-U-Boote, von denen sie nur noch über zwei verfügten, ergab eine derartige zusätzliche Befehlshierarchie keinen Sinn. Doch sich darüber einen Kopf zu machen brachte nichts. Denn wenn eines Tages die Navy bis auf die *Victory* in Portsmouth zusammengestrichen werden sollte, dann würde in Whitehall vermutlich immer noch das volle Kontingent an Admiralen weiterhin in Amt und Würden bleiben. Es war einfach unglaublich. »Weiß Charles schon davon?«

Janet schüttelte den Kopf »Ich habe es ihm nicht gesagt, aber er wird es natürlich erfahren, spätestens wenn deine Beförderung durch ist.« Sie zögerte. »Ich weiß nicht, ob ich dir gratulieren soll, John. Charles wird dich dafür hassen.«

Thorndyke schüttelte ungläubig den Kopf. »Nein, er wird sauer sein, und wenn er das überwunden hat, wird er alles daransetzen, es ebenfalls zum Flottillenchef zu bringen.« Er blickte hinaus aufs Meer. »Die Zeiten, in denen Boote wie die unseren absolute Geheimwaffen waren, sind passé. Es gibt heute bereits Dutzende ziviler Bootstypen in dieser Größe. Kleinst-U-Boote werden zu einem normalen Bestandteil der Marinen werden. Auch die Royal Navy wird mehr davon in Dienst stellen. Die Strategien für einen potentiellen Seekrieg ändern sich stetig, wie sie es schon immer getan haben. An Chancen für Charles wird es daher nicht fehlen.« Er seufzte. »Wir müssen nur wieder lernen, das auch einzusetzen, was uns zur Verfügung steht. Wenn uns die Volksmarine Nordkoreas so in die Mangel nehmen kann, dann haben wir zu lange gepennt.«

Janet sah ihn fassungslos an. »Habt ihr denn überhaupt nichts begriffen? Eure Chancen bei den Einsätzen bestehen darin, hopszugehen! Ron Baxters Boot ist versenkt worden. Mein Gott, erst vor ein paar Wochen ist die *Mackerel* untergegangen. Das hier ist kein Spiel, John!«

»Als Dewan ankam, redete er daher, als würden wir bereits in den Krieg ziehen. Damals habe ich gelächelt. In der Zwischenzeit wurde ein Boot versenkt und eines schwer beschädigt. Du hast recht, und Dewan hatte recht. Es ist kein Spiel, es ist Krieg, auch wenn ihn keiner erklärt hat.« Seine Stimme wurde härter. »Ich habe das zu spät begriffen, genau wie die meisten von uns. Aber das lässt sich jetzt auch nicht mehr ändern.«

Sie sah ihn an. »Warum tust du es überhaupt?«

»Weil ...«, er dachte nach, »... weil ich mich für meine Männer verantwortlich fühle, weil andere sich auf mich verlassen ... vielleicht, weil man manchmal zu dem stehen muss, was man angefangen hat.« Er lächelte: »Genauer in Worte zu fassen vermag ich das auch nicht, Janet, aber das ist unwichtig. Ich habe keine andere Wahl.«

»Du weißt, dass Charles Dewan immer noch wegen eines weiteren Einsatzes in den Ohren liegt?«

Er nickte. »Allerdings haben die Amerikaner, die uns schlecht was befehlen können, darum gebeten, vorerst von Eigeninitiativen Abstand zu nehmen, bis sie mehr wissen.« Nachdenklich blickte er erneut auf die See. »Trotzdem bin ich mit Charles einer Meinung. Wir sollten sichergehen, dass die Nordkoreaner keine Chance erhalten, die *Sailfish* womöglich zu bergen.«

Sie starrte ihn an: »Seid ihr denn komplett verrückt?«

07 : 15 Ortszeit, 22 : 15 Zulu – Inchon Base, Südkorea

»Es ist an der Zeit, einmal Klartext zu reden«, eröffnete Commander Dewan seinen beiden Kommandanten. »Unsere amerikanischen Freunde haben zu viele eigene Probleme, um sich auch noch um unsere Sorgen kümmern zu können.«

»Das bedeutet, Sir?«, fragte Charles Summers.

»Ich habe zunächst zwei zusätzliche Boote angefordert. Ob und wann die eintreffen, weiß der liebe Gott. Eine der Besatzungen hat ihren Schlitten vor Argentinien ramponiert, und bis der wieder instand gesetzt ist, dürften noch ein paar Wochen vergehen.« Dewans Blick richtete sich auf Thorndyke. »Für Sie habe ich eine gute und eine schlechte Nachricht, Lieutenant!«

»Sir?«

»Sie werden zum Lieutenant Commander befördert. Der entsprechende Funkspruch ist am heutigen Morgen eingetroffen. Herzlichen Glückwunsch!«

»Ich weiß gar nicht, was ich sagen soll, Sir, ich …«

Dewan winkte ab. »Dann schweigen Sie besser still. Sie werden in Zukunft die Flottille in See befehlen. Wir haben zwar im Moment nur zwei Boote, aber wie gesagt, ich hoffe auf zwei weitere.«

Etwas verlegen wandte sich Thorndyke an Summers. »Charles, also damit habe ich wirklich nicht gerechnet.«

Der jedoch lächelte zu seiner Überraschung mit geradezu milder Abgeklärtheit. »Du nicht, ich schon! – Erlauben Sie, Sir«, wandte er sich an Dewan, »dass ich Commander Thorndyke die Lage erkläre?«

Dewan nickte. »Tun Sie das, Summers. Es war immerhin Ihre Entscheidung.«

Thorndyke sah Summers irritiert an. »Charles, ich glaube, ich verstehe im Moment nur Bahnhof.«

»Macht fast gar nichts. Commander Dewan hat mir den Job angeboten, aber ich habe darauf verzichtet.« Seine Stimme wurde etwas leiser. »Ich habe zugegebenermaßen ein paar Fehler begangen, die sich jetzt, während unseres Einsatzes, auch nicht mehr korrigieren lassen. Aber wenn das hier hinter uns liegt, werde ich mich wohl ein bisschen mehr um mein Privatleben kümmern müssen.«

Nach einer bedauernden »Was soll's?«-Geste mit ausgebreiteten Armen fuhr er fort: »Es hat mich ein wenig genervt, dass alle Leute um mich herum versuchen, sich gegenseitig die Aufgabe zuzuschanzen, mir zu bedeuten, ich trinke zu viel. Noch habe ich die Dinge unter Kontrolle und kann selbst etwas tun. Also habe ich mit Commander Dewan über das Problem gesprochen.«

Die persönlichen Dinge dürften damit wohl abgehandelt sein«, erklärte Dewan. »Ich wäre Ihnen daher dankbar, meine Herren, wenn wir uns jetzt wieder unseren dienstlichen Belangen zuwenden könnten.«

»Aye, aye, Sir!«

»Also gut. Bis die Lage hier wieder unter Kontrolle ist, kommt eine Ablösung von Lieutenant Summers nicht in Frage. Erst nach unserer Rückkehr nach England wird es daher gelten, einen neuen Kommandanten für die *Stingray* zu bestimmen. Ich denke dabei an Lieutenant James. Er hat die Laufbahnvoraussetzungen und die nötige Erfahrung.«

»Er ist ein guter Mann, und ich denke, er wird es schaffen, Sir«, pflichtete Thorndyke ihm bei, auch wenn er seinen Ersten gern noch länger behalten hätte. Aber ein eigenes Kommando war natürlich das, was jeder Seeoffizier anstrebte. Und Trevor James hatte es sich redlich verdient.

Dewan machte sich eine kurze Notiz. »Bis dies offiziell wird, dürften noch ein paar Wochen ins Land gehen, aber ich überlasse es Ihnen, ihm bereits jetzt davon zu erzählen.« Er runzelte die Stirn. »Damit bliebe noch eine Sache. Die Amerikaner sind gegen einen neuen Einsatz unsererseits, aber London überlässt die letztendliche Entscheidung mir.« Als Summers dazu etwas sagen wollte, hob er abwehrend die Hand. »Warten Sie, Lieutenant! Ich denke darüber nach, aber noch bin ich mir nicht ganz schlüssig. Mir ist daran gelegen, dass Sie unnötige Risiken vermeiden. Priorität hat aus übergeordneten Gründen allerdings nicht die Rettung der Besatzung, sosehr die mir und uns allen auch am Herzen liegen mag, aber in diesem Fall gilt es, die *Sailfish* zu vernichten, falls sie noch irgendwo auf Grund liegen sollte.«

Für einen Augenblick herrschte Schweigen. Commander Dewan wirkte älter, als er den Jahren nach war. Älter und frustrierter. Aber Thorndyke begriff, dass die Entscheidung richtig war. Wenn zu viel über ihre Boote bekannt wurde, würde das nicht nur eine Besatzung kosten, sondern langfristig sogar mehrere. So viel war sicher. Aber es konnte nicht einfach angehen, sechs Männer einfach abzuschreiben. »Sir, ich...«

Dewan winkte ab. »Sagen Sie jetzt nichts. Überlegen Sie sich lieber einen Plan, wie Sie die *Sailfish* in die Luft jagen können, falls Baxter das nicht schon selbst erledigt haben sollte.«

14. Kapitel

> 08 : 00 Ortszeit, 23 : 00 Zulu –
> Mündungsgebiet des Ammak, Nordkorea

Wenn das alles nicht in einem Desaster enden sollte, dann wurde es für Jong und seine Männer höchste Zeit, sich abzusetzen. Dass die Armee und auch die Geheimpolizei noch keinen der Engländer gefunden hatten, tröstete den hochgewachsenen Koreaner kein bisschen.

Zunächst aber galt es, noch einiges zu erledigen. Der Panzerspähwagen etwa musste zurück zu Major Hoang zurückgebracht werden, dem sonst unangenehme Fragen drohten.

»Leutnant Siong!«

Der Mann, der nur bei diesem Einsatz so hieß, richtete sich stramm auf. »Genosse Hauptmann?«

»Sie werden sich um den Gefangenen kümmern. Der Doktor wird Ihnen helfen!«

»Sein Zustand ist nicht gut, Genosse Hauptmann. Der Doktor geht davon aus, dass er innere Verletzungen haben dürfte. Wir sollten ihn daher möglichst vorsichtig transportieren. Wie lange werden wir brauchen?«

Jong zuckte mit den Schultern. »Der Weg ist zwar nicht weit, aber wie lange wir dafür brauchen werden, hängt von der Armee ab.« Nach den Funksprüchen, die Tag und Nacht aus dem Empfänger des Spähwagens quollen, schien sich die Suche etwas nach Süden verlagert zu haben. Das konnte sich als Vorteil erweisen.

In Leutnant Siongs Augen trat eine Art nachdenklicher Belustigung. »Eigentlich fehlt jetzt nur noch, dass die anderen Engländer eine Streife überfallen, um sich mit Waffen zu versorgen.«

Jong sah ihn überrascht an. »Wie kommen Sie denn darauf?«

»Es wäre der nächste logische Schritt. Sie haben sich gut versteckt, da nicht nur wir sie nicht gefunden haben. Aber bald werden sie sich bewegen müssen. Sie sind Seeleute und Soldaten, und ich frage mich, was überwiegen wird.«

Der Vertraute des Kulturministers ließ sich den Gedanken durch den Kopf gehen. »Sie meinen, dass sie versuchen könnten, sich eines Bootes zu bemächtigen.«

Siong nickte. »Ich an deren Stelle würde vermutlich so vorgehen und dann versuchen, in internationale Gewässer zu gelangen. Aber dazu brauchen sie Waffen.«

»Die Überlegung hat etwas für sich, Leutnant. Hoffen wir nur, dass sie clever genug sind, es dennoch seinzulassen, denn dadurch würden sie die Jagdmeute wieder auf ihre Fährte bringen.«

»Hoffen wir das Beste, Genosse Hauptmann. Ich werde mich jetzt erst mal mit dem Doktor um unseren Krankentransport kümmern.«

Jong sah ihm nach. Siong schien sich insgeheim über ihn lustig zu machen, was so ganz überraschend auch wieder nicht war. Unter den Regimegegnern gab es viele Meinungen darüber, wie die Zukunft gestaltet werden sollte. Manche, wie der Kulturminister Sung, befürworteten einen eigenen koreanischen Weg. Andere wollten die Wiedervereinigung mit dem Süden und einen westlichen Kurs. Und es gab Leute wie Siong, die fest an einen echten Kommunismus glaubten, der nichts mit dem zu tun hatte, was die Familie Kim als Juche predigte. Derartige Idealisten konnten die erbittertsten Kämpfer werden, denn in ihren Augen hatte Kim Il-Sung den Kommunismus verraten. Die Allianz derer, die das Regime in Pjöngjang zu Fall bringen wollten, hätte unterschiedlicher nicht zusammengesetzt sein können.

Sublieutenant Peter Jennings fühlte sich so wohl in seiner Haut, wie dies nach Lage der Dinge nur sein konnte. Er hatte noch zweimal Essen bekommen, und er brauchte nur nach der Wasserflasche zu schielen, um etwas zu trinken zu bekommen. Der Unteroffizier, den er für einen Sanitäter hielt, schien die ganze Zeit nur für ihn da zu sein und kontrollierte immer wieder, ob er nicht etwa Fieber bekam. Selbst die kleine Risswunde am Bein, die er sich zugezogen hatte, ohne es selbst zu bemerken, war sorgsam untersucht, desinfiziert und verpflastert worden. Er musste ein ganz privilegierter Patient sein.

Dabei simulierte er nur. Er war schon in seiner Schulzeit gut darin gewesen. Sinn für Details, das war seine Stärke. Und da er ohnehin die ganze Zeit nur herumlag und von einem Schläfchen zum nächsten dämmerte, hatte es auch überhaupt keine Mühe gemacht, während der Nacht einen Alptraum vorzutäuschen. Er brauchte ja nur halbe Wortfetzen zu rufen und sich etwas herumzuwerfen. Aber es hatte Jennings' ganze Selbstbeherrschung gekostet, nicht laut loszulachen, als er die besorgten Gesichter der Koreaner sah, die in die Hütte gestürzt kamen. Der Sanitäter hatte sogar leise und beruhigend auf ihn eingesprochen. Beinahe wie eine Mutter, die ihr erschrecktes Kind beruhigen will. Es war wirklich zu komisch gewesen.

Jennings grinste bei der Erinnerung. Er konnte sich diesen Luxus leisten, denn er war für ein paar wenige kostbare Minuten allein. So lange brauchte der Unteroffizier, um die Wasserflasche wieder aufzufüllen. Er hätte sogar aufstehen und herumlaufen können, denn die Koreaner hatten ihn nicht einmal gefesselt, vermutlich weil sie dies auf Grund seiner scheinbaren Schwäche für überflüssig hielten.

Der Sublieutenant wurde wieder ernst. Er konnte nicht endlos den Todkranken mimen, ohne dass irgendwann Misstrauen aufkam. Es wurde Zeit, sich zu verabschieden, bevor die Soldaten ihn an die Geheimpolizei überstellten, denn deren Angehörige würden wahrscheinlich nicht so zimperlich mit ihm umgehen.

Jennings hatte das Für und Wider erwogen und sich dann doch für eine Flucht am Tage entschieden. Seine Bewacher waren in der Überzahl, und sie kannten im Gegensatz zu ihm das Gelände, was ihnen im Dunkel der Nacht einen zusätzlichen Vorteil verschafft hätte.

Er ging seinen Plan noch einmal durch. Plan? Es war ein verzweifeltes, hirnverbranntes Wahnsinnsmanöver, aber Alternativen hatte er ja nicht. Noch eine Stunde, dann würde die Sonne höher stehen. Die Fischer würden hinaus aufs Meer gefahren sein, aber ein paar kleinere Boote lagen sicherlich immer noch am Ufer.

Sublieutenant Christian Walker verspürte beim Gedanken an seinen Kommandanten eine traurige Leere. Als er von dem Foto gesprochen hatte, das er per Satellit auf den Weg bringen wollte, war ihm klar gewesen, was der Commander damit meinte. Er würde die weitere Flucht nicht mehr schaffen. Bexters Hustenanfälle waren immer schlimmer geworden, und jedes Mal war Blut dabei. Eine Rippe war offensichtlich in seine Lunge eingedrungen, was hier draußen einem Todesurteil gleichkam, und Baxter hatte dies akzeptiert. Walker spürte Trauer und Entsetzen.

Dabei war das Ganze zuvor einfach gewesen, so schrecklich einfach. Die Nordkoreaner suchten überall nach ihnen. Alles, was er und Dex zu tun hatten, war, einen kleinen Trupp zu finden, der nicht mehr als zwei, drei Mann stark war. Sie hatten die Dunkelheit genutzt. Nie hätten sie sich träumen lassen, einmal die Kenntnisse aus ihrer Einzelkämpferausbildung anwenden zu müssen. Sie alle hatten diese Ausbildung mitgemacht, die sie dazu befähigen sollte, sich auf eigene Faust im Feindesland durchzuschlagen.

Nur für den Fall, dass Sie mal Ihr Boot verlieren und sich auf eigene Faust durchschlagen müssen! Der Gedanke war genauso bitter wie die Erkenntnis, dass es in der Praxis tatsächlich ganz einfach war, Menschen zu töten. Noch immer hörte er das Knacken der Halswirbel. Es war ihm während der Nacht erschreckend laut vorgekommen, aber die allgegenwärtigen Geräusche der Natur hatten es übertönt. Danach hatten sie nichts weiter tun müssen, als all ihre Gefühle zurückzudrängen und den Leichen Waffen und Munition abzunehmen. Durch diesen Coup hatte sich ihre Situation deutlich verbessert. Aber er selbst, für den der Feind bislang nur aus Zahlen auf seinen Monitoren bestanden hatte, würde nie mehr der Mensch sein können, der er zuvor gewesen war. Von nun an würde er sich jedes Mal an den Schweiß des Mannes, sein letztes verzweifeltes Zucken und an den Geruch des Urins erinnern, als der Sterbende sich in höchster Angst in die Hose machte. Von dergleichen hatten ihre Ausbilder ihnen nichts erzählt.

»Wie sieht es aus?«

Walker drehte sich zu Dexter Jackson um und fragte sich, ob dieser ähnliche Empfindungen hegte. Aber Dex machte nicht den Eindruck, als würde er sich groß mit Gefühlen belasten. Alles was das Gesicht des Rudergängers zeigte, war gespannte Neugier. Walker reichte ihm das Fernglas. »Sieh selbst!«

»Die Fischer sind weg, aber drei kleine Boote liegen noch am Strand. Was mich allerdings stutzig macht, ist die kleine Hütte, vor der die zwei Posten stehen.« Der Petty Officer gab das Glas an den Ersten zurück.

»Du meinst, die haben da unten im Dorf Pete und Harry eingebunkert?«

»Es könnte auch die Köderanordnung für eine Falle sein!« Dex' Stimme klang gedehnt. »Warum sollten die hier sonst noch rumhängen?«

»Ein Dutzend Soldaten, ein Spähwagen und ein kleiner Laster. Sie haben keine Wachen aufgestellt«, rekapitulierte Walker. »Die scheinen sich sehr sicher zu fühlen.« Er bemühte sich, seiner Stimme einen festen Klang zu geben. »Wenn, dann muss alles sehr schnell gehen, sonst machen die uns fertig.«

Dexter tätschelte die russische Maschinenpistole, eine PP-19, die er während der Nacht erbeutet hatte, beinahe liebevoll. »Es wird ruck, zuck gehen, verlass dich drauf, Chris.«

08 : 15 Ortszeit, 23 : 15 Zulu – Inchon Base, Südkorea

In der großen Wellblechhalle herrschte ein geschäftiges Durcheinander. Was Beine hatte, um hier herumzulaufen, schien anwesend zu sein. Selbst Jack Small, der immer noch mächtig angefressen wirkte.

Dewan schlug ihm auf die Schulter. »Nun kommen Sie mal wieder von ihrem hohen Thron runter, Small.«

»Ist Ihnen überhaupt bewusst, Dewan, worauf sie sich da einlassen wollen? Dieser Einsatz ist, verdammt noch mal, nicht einmal anständig vorbereitet. Sie improvisieren doch nur!«

Die Augen des Commanders funkelten. »Halten Sie sich besser mal eine Spur zurück, Small. Ich vertraue Thorndyke und Summers. Sie sind die Besten auf ihrem Gebiet, die man nur haben kann, und wenn jemand eine Chance hat, die *Sailfish* zu finden, dann sind es diese beiden.« Er zögerte einen kurzen Moment. »Ich habe mir so ein paar Gedanken gemacht. Hatten Sie bei der CIA wirklich keine Informationen darüber, dass die Nordkoreaner hier ebenfalls mit Kleinst-U-Booten operieren? Offen bleibt auch die Frage, wieso die Schlitzaugen anscheinend wussten, dass die *Sailfish* kommen würde? Sie sehen, es gibt ein paar Dinge, mit denen wir uns auseinandersetzen müssen.« Seine Stimme wurde härter. »Dieses Mal jedenfalls wird es keine Zeit für die Gegenseite geben, ein Empfangskomitee vorzubereiten. Schnell rein, schnell raus!«

Small schüttelte den Kopf. »Ich habe Langley kontaktiert, und nichts deutet darauf hin, dass Verrat im Spiel sein könnte. Die Operationen waren eben nur zu vorhersehbar. Und was die nordkoreanischen Kleinst-U-Boote angeht, so ist das eine Vermutung. Es gibt keinen echten Hinweis darauf, Commander!«

»Dann umso besser!« Commander Dewan rieb sich die Hände. Er wirkte übernächtigt, bleich, aber alles in allem sehr zufrieden. »Eine Vorhersehbarkeit wird es dieses Mal nicht geben. Und wenn die beiden Crews sich vor möglicherweise theoretisch vorhandenen nordkoreanischen Mini-U-Booten in Acht nehmen, dann kann ja gar nichts passieren!«

»Sie wollen nicht verstehen, Dewan! An der Küste ist die Hölle los. Dutzende Patrouillenboote sind zwischen den Untiefen unterwegs, und Sie wollen Ihre Männer in ein derartiges Risikogebiet schicken!« Schwer atmend versuchte Small, seine Empörung darüber wieder unter Kontrolle zu bekommen. Das war alles komplett verrückt. Die Tommys würden gar nicht bis zur *Sailfish* durchkommen. Er wusste es schließlich am besten.

Dewan sah ihn kaltschnäuzig an. »Klingt interessant. Suchen die Patrouillenboote überhaupt noch nach der *Sailfish*, oder haben die Nordkoreaner das Boot längst gefunden?«

Er wandte den Blick nicht von dem CIA-Mann ab. »Verdammt, rücken Sie doch endlich mal mit der ganzen Wahrheit raus!«

Small dachte nach, während sein Blick durch die Halle irrte. Die Rümpfe der *Dolphin* und der *Stingray* wirkten hier auf dem Trockenen wie zwei gestrandete Kleinwale. Mit dem Unterschied, dass jede Menge Kabel aus Schlitzen in der glatten Außenhaut heraushingen, und Techniker mit Laptops irgendwelche Diagnosen durchführten.

Der Blick des Agenten fiel auf die aufgereihten acht Container, die an die Boote montiert werden sollten und aus denen jeweils die Spitze eines Sting Ray Mk.II. herausragte. Auch wenn es sich dabei »nur« um Leichttorpedos handelte, so wirkten sie dennoch im grellen Licht der Lampen bedrohlich genug.

Small deutete auf das Waffenarsenal. »Sie wissen hoffentlich, Dewan, dass im Falle einer Konfrontation keinerlei Spuren zurückbleiben dürfen. Die Welt würde uns kreuzigen, wenn wir in nordkoreanischen Gewässern ein Schiff von deren Volksmarine auch nur ankratzen.«

»Gefecht! Das Wort lautet *Gefecht*! Genug mit den Wortklaubereien. Wenn es zu einer Ihrer ›Konfrontationen‹ kommt, werden die Schlitzaugen keinen Augenblick zögern zu schießen. Und dann will ich, dass meine Männer das Feuer erwidern können, und ich will, dass sie ihr Gefecht gewinnen. Entschuldigen können wir uns auch später noch. Sehen Sie es so, Agent Small: Die nordkoreanischen Hoheitsgewässer reichen nach internationalem Recht lediglich drei Meilen weit, und was darüber hinausgeht, ist ein einseitiger Anspruch, der nie anerkannt wurde. Falls die Schlitzaugen dort draußen eines unserer Boote angreifen sollten, dann haben wir alles Recht der Welt, uns nachdrücklich dagegen zu wehren.«

»Und Ihre Boote werden die Drei-Meilen-Zone nicht unterlaufen?« Small blieb misstrauisch.

»Navigationsfehler können vorkommen. So was passiert alle Tage.« Dewan zuckte ungerührt mit den Schultern. »Natürlich, wenn Sie mir erzählen, was Sie wirklich wissen, würde dies unsere Chancen erhöhen, alles völlig lautlos über die Bühne zu bringen.«

Small sah den Engländer wütend an, von dem er regelrecht erpresst wurde. Der verdammte Limey schien nicht zu begreifen, dass es der falsche Zeitpunkt war, um einen möglichen Konflikt vom Zaun zu brechen. *Was für ein verdammter Idiot!* Seine Stimme klang heiser, als er schließlich sagte: »Also gut, Commander. In Ihrem Büro!« Es war eine Kapitulation, und beide Männer wussten das. Die *Dolfin* und die *Stingray* würden am späten Abend auslaufen, egal, was er tat oder sagte, denn daran zumindest würde sich nichts ändern. Small gab den Gedanken auf, den Einsatz der *Grayling* als Schlepp-U-Boot zu verhindern. Die verrückten Limeys würden das notfalls auch anders durchziehen, und er fürchtete sich, die Frage zu stellen, wie.

08 : 45 Ortszeit, 23 : 45 Zulu –
Mündungsgebiet des Ammak, Nordkorea, am Strand

Ruhig schaute Ron Baxter hinaus auf die See. Als jemand, der in Falmouth, an der Südseite von Cornwall, aufgewachsen war, hatte er das Meer immer geliebt. Baxter lächelte in leiser Trauer. Die heimatliche Küste würde er nie wiedersehen. Aber in diesem Augenblick, in dem er mit sich und der Welt im Reinen war, erschien ihm das ganz in Ordnung so. Langsam, aber unaufhaltsam ging sein Leben zu Ende. Er spürte es. Wenn nur diese verdammten Hustenkrämpfe nicht gewesen wären und der stechende Schmerz, der sie begleitete!

Der Blick des Lieutenants glitt über den Strand. Die großen Buchstaben im nassen Sand, die er mit bloßen Händen gemalt hatte, waren nach einer Stunde immer noch teilweise erkennbar. Er hatte geschafft, was er sich vorgenommen hatte. Die Satelliten würden sie längst fotografiert haben, daher machte es auch nichts mehr aus, dass die beiden Soldaten, die mit vorgehaltener Waffe vorsichtig den Strand entlang auf ihn zukamen, geradewegs über sie hinwegtrampelten.

Ein erneuter Hustenanfall schüttelte Baxter durch. Blutfäden liefen über sein Kinn, aber er machte sich nicht die Mühe, sie abzuwischen. Die Sicherungssplinte der beiden Handgranaten, die er in den Händen hielt, hatte er bereits gezogen, als er sich gegen diesen Felsen gelehnt hatte. Nur für den Fall, dass er ohnmächtig wurde.

Die Koreaner kamen noch näher und schnatterten irgendwas. Baxter blickte an ihnen vorbei auf die See. Wie frisch und sauber sie aussah! Mit einem Lächeln sah er die beiden Männer an, die ihn mit ihren Gewehren bedrohten. Dann öffnete er die Hände. Das doppelte scharfe Schnappen der Sicherungshebel machte ihnen klar, dass nichts mehr von Wichtigkeit war. Drei Sekunden des Begreifens blieben ihnen noch, bevor die Granaten krepierten. Splitter zerfetzten die Körper schneller, als die Nerven brauchten, den plötzlichen Schmerz zum Gehirn zu transportieren.

20 : 55 Ortszeit, 01 : 55 Zulu – Langley, Virginia, USA

Ohne viel Federlesens stürmte Osborne an der düpierten Sekretärin vorbei in Marsdens Büro, ohne auch nur anzuklopfen.

»Wir haben sie, Sir!«, rief er aufgeregt und knallte die Bilder auf den Schreibtisch.

Marsden, der in seinem Ledersessel vor sich hin gedöst hatte, weil er hatte in letzter Zeit nicht viel Schlaf bekommen hatte, war schlagartig wieder hellwach.

»Sehen Sie hier, am Strand! ›SA 4 Überlebende, Boot zerstört‹.«

Marsdens Blick blieb an der einsamen Gestalt hängen, die nicht weit von der in den Sand gemalten Schrift entfernt an einem Felsen lehnte. »Osborne, kriegen Sie das Gesicht des Mannes noch eine Spur deutlicher?«

»Kein Problem, Sir. Geben Sie uns fünf Minuten!«

»Sie haben vier, los!« Marsdens Stimme war mehr ein Knurren. Er angelte bereits nach dem Telefon. In Korea musste es jetzt Vormittag sein. Jack Small würde sich freuen. Auch wenn nicht auszuschließen war, dass es sich um eine Finte der Roten handelte, um ihnen zu suggerieren, das Boot sei zerstört, blieb dennoch die Tatsache bestehen, dass jemand von der Crew der *Sailfish* überlebt hatte. Alles, was er tun musste, war, die Bilder zu Jack zu schicken und darauf zu hoffen, dass der den Mann erkannte.

Als Marsden allerdings begriff, was die Satellitenaufnahmen unter Umständen bei den Tommys bewirken konnten, ließ er für einen Augenblick die Hand mit dem Hörer wieder sinken. »Verdammte Scheiße!«

09 : 00 Ortszeit, 00 : 00 Zulu – Mündungsgebiet des Ammak

Dexter Jackson sprintete los und feuerte im Laufen eine erste Garbe ab. Eine Gestalt vor ihm zuckte ein paarmal heftig, bevor sie als blutiges Bündel zu Boden sackte. Die anderen Koreaner sprangen hektisch in Deckung.

Jackson spürte den Schweiß, der ihm über die Stirn in die Augen rann. Es wurde Zeit, die Blitzaktion wieder zu beenden, denn ein paar von den Soldaten hatten altmodische Karabiner, und diese Mistdinger trugen weiter als seine PP-19. Instinktiv schlug er Haken, als die ersten Kugeln um ihn herum einschlugen. Dann rutschte er in einer Staubwolke hinter den verwaisten

Lastwagen der Soldaten. Es würde nur eine Frage von Minuten sein, bis ihm die Koreaner massiv auf den Pelz rückten. Eine befehlsgewohnte Stimme erteilte auf Koreanisch ein paar kurze Befehle, und zu seiner Verwunderung wurde das Feuer auf ihn eingestellt.

Jennings' Augen weiteten sich, als der Unteroffizier, von dem er betreut wurde, nicht allein in die Hütte zurückkehrte. Leutnant Siong war bei ihm, und die beiden Männer unterhielten sich auf Koreanisch. Er musste innerhalb von Sekundenbruchteilen eine Entscheidung treffen. Mit einem gezielten Handkantenschlag streckte er den Unteroffizier zu Boden, wirbelte sofort wieder herum, um den Leutnant ebenfalls außer Gefecht zu setzen. Doch der ließ ihn mit einem geschickten Schritt zur Seite ins Leere laufen.

»Sie machen einen schweren Fehler, Sublieutenant.«

Das Englisch des Mannes war beinahe akzentfrei. Jennings wandte den Blick nicht von den dunklen Augen des Mannes, die ihm aber nicht verrieten, was der Mann dachte. Wütend stürmte er auf ihn los, täuschte mit der Linken und versuchte mit der Rechten einen mächtigen Aufwärtshaken zu landen. Zu spät begriff er, dass er zu langsam sein würde, schaffte es gerade noch, den Kopf wenigstens etwas zur Seite zu drehen, konnte aber den Schlag, der ihn hinter dem Ohr streifte und die Haut aufplatzen ließ, nicht ganz vermeiden. Er schrie vor Schmerz auf.

Außerhalb der Hütte fielen Schüsse, und Siong war einen winzigen Moment abgelenkt. Jennings nutzte diese unverhoffte Chance, um sich mit einem Hechtsprung der Waffe des leblos am Boden liegenden Unteroffiziers zu bemächtigen.

Sublieutenant Christian Walker rannte vorwärts und hoffte, dass Greg Miller ihm folgen würde. Zeit, sich umzudrehen, hatte er nicht. Als ihm die ersten Kugeln entgegenschlugen, erwiderte er das Feuer auf die beiden Posten an der Hütte. Einer der Koreaner sank an deren Wand zusammen, während der andere versuchte, hinter dem Bau Deckung zu finden. Auch links von ihm, wo Dex war, fand ein heftiger Schusswechsel statt.

Walker lief noch ein paar Schritte weiter, bevor er merkte, dass etwas nicht stimmte, und ins Stolpern geriet. Er blickte auf sein Bein, die Hose war bereits komplett blutgetränkt.

Greg Miller stürmte an ihm vorbei, die MP im Anschlag. Sein Mund war zu einem urmenschlichen Gebrüll geöffnet, in seinen Augen loderte der beginnende Wahnsinn wie ein alles verzehrendes Feuer. Planlos feuerte er sein Magazin leer.

15. Kapitel

09 : 10 Ortszeit, 00 : 10 Zulu – Mündungsgebiet des Ammak

Jennings hatte sich die Pistolen des toten Unteroffiziers gegriffen, als plötzlich Blut auf seine Hand spritzte. Verwundert blickte er auf und sah Leutnant Siong mit mehreren Einschüssen in der Brust vorwärts taumeln. Seine Versuche, die Kontrolle über seine Beine wiederzugewinnen, scheiterten, und er sackte langsam auf die Knie, die Hand zu einer flehenden Geste ausgestreckt. »Das ... ist ... ein ... Irrtum!«, brachte er noch mit gurgelnder Stimme hervor. Dann fiel er wie in Zeitlupe auf sein Gesicht.

Wie ein Stier in die Arena kam Greg Miller in die enge Hütte gestürmt, die Maschinenpistole im Anschlag. Suchend sah er sich um. Er blickte Jennings an, ohne ihn zu erkennen. Der Sub sah das irre Glitzern und hob die Hände. »Langsam, Greg!«, sagte er beruhigend, »du hast den Kerl schon erledigt!«

Zögernd, fast widerwillig senkte der Rudergänger die MP. Seine Stimme klang heiser. »Pete! Was machst du hier?«

»Wo sind die anderen?«

»Ich weiß es nicht!« Verwundert drehte sich Greg zu Tür um. »Chris war eben noch bei mir!« Er blinzelte unsicher.

Peter Jennings zögerte. Greg konnte er vergessen. Aber draußen fielen immer noch gelegentliche Schüsse. Er musste trotzdem die Lage peilen, es ging nicht anders. »Greg, wir gehen jetzt raus und sehen nach den Kameraden. Aber sei vorsichtig.« Nachdenklich blickte er an Miller vorbei auf den koreanischen Offizier, der im Tod noch viel kleiner wirkte. Was mochte er damit gemeint haben, dass alles ein Irrtum sei?

21 : 15 Ortszeit, 02 : 15 Zulu – Langley, Virginia, USA

Roger Marsden trommelte einen nervösen Wirbel auf der Platte seines Schreibtisches. Zum x-ten Mal versuchte er bereits, in Dewans Büro anzurufen, um Small irgendwie zu erwischen. Jack würde zwar nichts direkt vor Ort unternehmen können, aber er musste wenigstens über den Stand der Dinge Bescheid wissen.

Er wollte schon wieder auflegen, als sich endlich jemand meldete: »Dewan.«

»Commander Dewan! Marsden, ich bin ein Kollege von Jack Small und auf der Suche nach ihm!«

»Da haben Sie Glück, er ist gerade hier. Ich reiche Sie mal weiter, Mr. Marsden!«

Marsden hörte ein paar gemurmelte Worte und dann Schritte, die sich offenbar entfernten.

Einen Augenblick später vernahm er die vertraute Stimme von Jack Small. »So, Boss, hier bin ich. Der Mistkerl hat sich bereits wieder zu seinen verdammten U-Booten davongemacht und mir sein Büro überlassen. Ich kann also frei reden«

»Jack, wir haben eure Leute gefunden!«

»Wo?«

»Im Mündungsgebiet. Das nächstgelegene Dorf

heißt Ammak Pi'u, jedenfalls auf unseren Karten. Ein Mann in einer britischen Borduniform, der verletzt zu sein scheint, hat eine Nachricht in großen Buchstaben in den Sand geschrieben. ›SA, 4 Überlebende, Boot zerstört‹. Sagt Ihnen das was?«

»SA ist der Morsecode für die vermisste *Sailfish*. Wie sicher sind wir, dass die Nummer keine Finte ist? So eine Nachricht zu fabrizieren und einen Mann dazuzusetzen ist kein Kunststück.«

Marsden brummte zustimmend: »Richtig! Wir werden Ihnen daher umgehend eine Aufnahme überspielen, auf der das Gesicht des Mannes zu erkennen ist. Aber selbst wenn es ein Besatzungsmitglied sein sollte, so beweist dies auch nicht unbedingt viel. Der Brite kann den Roten in die Hände gefallen sein. Im Dorf selbst hängt seit mindestens zwei Tagen eine Patrouille herum.«

»Von wann stammt das Bild?«

Marsden blickte auf den aufgedruckten Zeitstempel: »00 : 05 Zulu, es ist also etwas mehr als eine Stunde alt. Bei uns hat jemand richtig schnell reagiert, als er das Ding sah.«

Small dachte einen Augenblick nach. »Wann findet der nächste Überflug statt?«

»Das dauert noch ein paar Minuten, aber es wird eine weitere Stunde vergehen, bis wir die neuen Bilder hier haben.«

»Ich habe ein komisches Gefühl bei der Sache. Sollte der Bursche beim nächsten Fotoshooting immer noch da hocken, dann reduziert das zumindest die Wahrscheinlichkeit, dass es ein Fake ist. Aber das wird nicht reichen, auch Dewan zu überzeugen.«

Marsden horchte auf. »Gibt es Probleme mit ihm?«

»London hat ihm und seinen Leuten die Entscheidung überlassen, und er gedenkt, diese Befugnis in vollem Umfang auszunutzen!«

»Mein Gott, Jack, Sie sprechen fast schon wie ein Limey! Was soll das konkret bedeuten?«

»Die beiden anderen Boote laufen heute Abend nach Einbruch der Dunkelheit aus. Sie sollen die *Sailfish* ausfindig machen und gegebenenfalls zerstören. Natürlich spricht niemand darüber, aber alle hoffen, dass sie auch ein Lebenszeichen von der Besatzung entdecken. Sie wollen auf alle Fälle Gewissheit haben!«

»Nicht sehr clever, aber irgendwie verständlich!« Marsden zögerte. »Mal angenommen, die Szene auf dem Satellitenfoto ist nicht gestellt ... Ammak Pi'u liegt von der Stelle keine zwei Meilen entfernt!«

Small schwante, worauf sein Boss hinauswollte. »Dafür würde die Weltöffentlichkeit uns ans Kreuz nageln!«

»Nicht zwangsläufig. Wenn irgendwelche Menschen sich ein Fischerboot schnappen, um aus Nordkorea zu entkommen, ist es eher naheliegend, an einheimische Flüchtlinge zu glauben, was durchaus auch plausibel wäre.«

»Sie wissen, dass die Sache einen Haken hat?«

»Und ob! Falls auch nur einer der Männer tot oder lebendig in die Hände der Roten fällt, dann dürften die es sich nicht nehmen lassen, die Geschichte propagandistisch nach Kräften auszuschlachten. Und uns beide wird man dann wahrscheinlich nach Alaska strafversetzen.«

»Darüber zerbreche ich mir jetzt noch nicht den Kopf. Bloß, was mache ich mit Dewan? Ich hatte mir schon überlegt, der *Grayling* zu verbieten, als Schlepper zu fungieren, aber dann würden die beiden Boote trotzdem aus eigener Kraft auslaufen, was das Risiko nur noch erhöhen würde.«

»Jack, ich glaube, nichts, was sie Dewan sagen, wird ihn davon überzeugen, dass dieser Einsatz an Wahnsinn grenzt. Also lassen Sie ihn machen, wobei Sie allerdings seinen Leuten alle Informationen geben sollten, damit wir hinterher wenigstens nicht als Sündenböcke dastehen, wenn das Unternehmen in die Binsen gehen sollte.« Marsdens Stimme klang resigniert. »Sie wissen doch, Amerika ist immer an allem schuld!«

09 : 20 Ortszeit, 00 : 20 Zulu – Mündungsgebiet des Ammak

In dem seltsamen Gefecht mit den Koreanern war auf deren Seite bestimmt schon seit zehn Minuten kein Schuss mehr gefallen. Christian Walker, der Erste, hatte eine Kugel in seinem Bein stecken, und Laufen war für ihn so gut wie unmöglich. Greg Miller und Peter Jennings versuchten, eines der Fischerboote in Gang zu bringen. Beim ersten der drei Kähne war der Außenborder hinüber, in den beiden anderen war kein Sprit. Also mussten sie den Treibstoff aus dem Tank des beschädigten Motors mit herumliegenden Blechdosen irgendwie umfüllen.

Dexter Jackson, der mit seiner Waffe die Sicherung übernommen hatte, wunderte sich über die Soldaten, die sich noch immer hinter dem Spähwagen versteckten. An deren Stelle hätte er einfach das Panzerfahrzeug gegen sie eingesetzt, gegen das sie keine Chance gehabt hätten. Und das wär's dann gewesen.

Einmal mehr äugte er misstrauisch zu den Koreanern hinüber. Rund dreißig Schritte betrug der Abstand, nicht mehr. Entweder, die waren nicht halb so gut, wie alle Welt glaubte, oder sie führten etwas ganz Gemeines im Schilde.

Abgesehen von dem Geschnatter hinter dem Spähpanzer, herrschte Stille. Die Fischer des Dorfes waren draußen auf dem Meer, und die restlichen Bewohner hielten sich irgendwo versteckt. Das Beste, was sie tun konnten. Wenn niemand versuchte, den Helden zu spielen, würden sie in Bälde weg sein. Wie lange brauchte man mit so einem Boot bis zum Tiefwasserweg? Eine halbe Stunde, eine ganze? Es konnte viel passieren in dieser Zeit, aber es war jedenfalls einen Versuch wert.

Dex blickte erneut zum Panzerspähwagen und dachte, seinen Augen nicht trauen zu können. Hinter dem Fahrzeug wurde an einem langen Stab etwas geschwenkt, das wie ein altes weißes Unterhemd aussah. Noch während er darüber nachdachte, ob das nicht eine hinterhältige List sein könnte, rief eine Stimme auf Englisch: »Wir ergeben uns! Nicht schießen!«

Verblüfft registrierte er, wie Gewehre und Pistolen in hohem Bogen hinter dem Panzerwagen hervorgeflogen kamen und seitlich von der Deckung in den Dreck fielen. Sogar eine Panzerfaust war dabei. Verdammt, was zum Teufel veranstalteten die Schlitzaugen da? Die konnten sich doch nicht einfach so mir nichts, dir nichts ergeben!

23 : 30 Ortszeit, 14 : 30 Zulu – 20 Meilen westlich von Namp'o

Alles verlief schnell und präzise. Die beiden Kleinst-U-Boote waren von der *Grayling* bis an den Absetzpunkt geschleppt worden. Erst im Nachhinein wurde allen klar, dass sie die erste Klippe, an der ihr Einsatz hätte scheitern können, ohne das geringste Problem umschifft hatten, denn bisher hatte noch nie jemand ausprobiert, ob es funktionieren würde, zwei Boote hintereinander und unter Wasser zu schleppen. Aber es hatte geklappt, und vielleicht war das ja ein gutes Omen.

Überführungscrews hatte es diesmal nicht gegeben, weil es ja keine weiteren Besatzungen mehr gab, die dafür hätten eingesetzt werden können. Daher hatte die *Grayling* nur kurz auftauchen müssen, damit die Männer die Leinen loswerfen konnten. Insgesamt dauerte es keine drei Minuten, bis die Boote wieder unter Wasser verschwanden.

»Die *Grayling* dreht ab, *Stingray* nimmt Position an Backbord achteraus ein, Commander!«

Thorndyke nickte Spencer kurz zu. Da die Nordkoreaner, falls sie mit ihrem Kommen rechneten, vor der Bucht warten würden, dort, wo auch die *Sailfish* in ihre Gewässer eingedrungen war, hielten sie sich dieses Mal *innerhalb* des Patrouillenrings. Er lächelte. Es war einen Versuch wert. »Umdrehungen für drei Knoten, Kurs wird null-drei-Null! Trevor, kontrolliere das laufend nach, Charles, auf Muster achten. Wir gehen dem erkannten Minenfeld aus dem Weg, aber vielleicht gibt es irgendwo noch mehr von dem Zeug. Sag, wenn wir zu schnell sind!«

Langsam drehte das Boot nach Nordnordost ein. Die *Stingray* folgte ihnen wie ein unsichtbarer Schatten. Knappe fünfzig Seemeilen lagen vor ihnen, was normalerweise eine Fahrtzeit von rund sechzehn Stunden bedeutete. Aber es würde vermutlich nicht bei dieser Geschwindigkeit bleiben, denn sie mussten einfach damit rechnen, dass sie streckenweise nur Schleichfahrt würden laufen können. Theoretisch konnten sie am Nachmittag im eigentlichen Suchgebiet stehen, aber viel wahrscheinlicher würde dies erst am Abend der Fall sein.

Nach ein paar Stunden drehten sie beinahe nach Norden und folgten der schmalen Tong-Ju-Untiefe, immer penibel darauf bedacht, Chung-Ju, der anderen Untiefe, nicht zu nahe zu kommen, über der neuerdings auf der Seekarte ein kleiner handschriftlicher Vermerk eingetragen war: EMP-Minen.

Charles Summers stand in der Zentrale seiner *Stingray*. Aufmerksam folgten seine Augen jeder Bewegung. Vielleicht weil es das letzte Mal war, dass er mit diesem Boot in den Einsatz fuhr, nahm er alles besonders intensiv wahr. White, sein Erster, war nervös wie immer. Buzz, der Maschinist, zeigte wie üblich keine Regung, und die anderen versteckten sich hinter ruhiger Professionalität. Für einen Augenblick genoss Summers den Nervenkitzel. Janet würde das nie verstehen. Er grinste breit. »Dann wollen wir mal, Gentlemen!« Er wandte sich an den Beobachter. »Mike, wo steht die *Dolfin*?«

»Null-zwo-null, eine Meile, Commander. Thorndyke will sich den zusätzlichen Streifen wohl mit aller Macht verdienen, Sir!«

Summers knurrte etwas ungnädig, aber seine Antwort erfolgte ruhig. »Sub, John Thorndyke hatte sich den Streifen schon verdient, als du noch nicht wusstest, wie man Kleinst-U-Boot schreibt. Und wenn heute was schiefgeht, dann garantiert nicht, weil er da vorne es verbockt hat, sondern weil wir uns dämlich angestellt haben. Also, etwas mehr Konzentration bitte!«

04 : 30 Ortszeit, 19 : 30 Zulu – Tong-Ju-Untiefe, Nordkorea

Oben, an der Oberfläche, stieg die Sonne auf wie ein leuchtender Feuerball und färbte das Meer leuchtend rot. Für eine kurze Zeit schien die Nacht zu zögern, bevor sie dem anbrechenden Tag Platz machte. Die Schiffe im Tiefwasserweg nach Namp'o sahen aus, als würden ihre Aufbauten brennen, aber sie setzten ihre Fahrt ruhig und gelassen fort. Frachter brachten Güter in die Hafenstadt, andere trugen Güter nach China. Selbst wenn die Außenhandelsbilanz Nordkoreas schlecht aussah, es gab immer noch reichlich Verkehr, denn Namp'o war der einzige größere Hafen an der Westküste.

Etwas abseits vom Schiffsverkehr lagen mehrere Patrouillenboote und beobachteten jede Kleinigkeit. Die Männer auf den Brücken der kleinen Schiffe waren müde, obwohl sie gerade erst die Wache angetreten hatten. Sie würde noch, wie bei allen Marinen der Welt, bis acht Uhr dauern, aber wer die Morgenwache hatte, der kam erfahrungsgemäß nur selten frisch auf die Brücke.

Auch auf der *Sohon*, einer Fregatte der gleichnamigen Klasse, obgleich es sich in Wirklichkeit um ein altes russisches Schiff handelte, das von der Volksmarine immer und immer wieder umgebaut und aufgerüstet worden war, gähnten Männer verstohlen. Mit rund fünf Knoten glitt das Schiff langsam durch die ruhige See und hielt sich entlang der Dreißig-Meter-Tiefenlinie.

Wie üblich qualmte das alte Schiff etwas stärker als ihre modernen Schwestern, aber trotzdem ... im Augenblick, solange die Amerikaner die Bucht von Korea mieden, um Zwischenfällen aus dem Wege zu gehen, war die *Sohon* das größte und kampfstärkste Schiff in diesen Gewässern. Und auch wenn der etwas altmodische Brückenaufbau und der – gemessen an modernen westlichen Schiffen – etwas hagere Gefechtsmast dem Fachmann ihr Alter verriet, so reichte der Anblick der Geschütze und der gefährlich aussehenden Torpedorohre doch aus, die Seemacht Nordkoreas in zufriedenstellender Weise zu dokumentieren.

Auf nicht wenigen der im Sonnenaufgang gemütlich dahingleitenden Frachter beobachteten Seeleute die Fregatte durch Ferngläser. Was äußerlich nach einer ganz gewöhnlichen Patrouillenfahrt aussah, war jedoch alles andere als die übliche Routine. In der Operationszentrale im Rumpf des Kriegsschiffes herrschte angespannte Konzentration. Alle Systeme waren aktiv. Auch wenn die Sonargeräte schon lange nicht mehr auf dem neuesten Stand waren, so reichten sie doch aus, die *Sohon* mit einem Netz aus Ortungsimpulsen zu umgeben, denen kaum ein normales U-Boot würde entrinnen können. An Deck lagen in Abwurfschienen konventionelle Wasserbomben bereit, und in den Torpedorohren warteten zwei russische U-Boot-Abwehrtorpedos auf ihre Zieldaten. Das Schiff befand sich im Kriegsmarschverschlusszustand.

Das Gleiche galt, wenn man von den Unterschieden bei den technischen Möglichkeiten absah, auch für die Patrouillenboote entlang der Tiefwasserwege nach Namp'o und in den Gewässern im Norden, sechzig Meilen weiter. Auch die Luftwaffe Nordkoreas flog regelmäßig über die Küstengewässer und hielt Ausschau. Die Situation hatte sich seit dem ersten Vorfall mit dem britischen Boot geändert. Aus der notorischen Überwachungsmanie war ein echter Alarmzustand geworden. Die Volksmarine wartete, und dieses Mal wusste sie, worauf.

Bisher war die Fahrt eher ruhig verlaufen. doch damit war es vorbei, seitdem sie versuchten, sich aus dem Tiefwasserweg hinaus nach Norden abzusetzen. Immer wieder hörten sie das scharfe Ping von Aktivsonars, und manches Mal waren die Schraubengeräusche auch ohne ihr eigenes Equipment deutlich zu hören.

»Nummer Zwei in null-fünf-null, Abstand dreitausend Yards! Läuft zwo-sechs-null, etwa sechs Knoten!« Spencers Gesicht verzog sich, als erneut ein Sonarimpuls die Hülle der *Dolphin* traf, denn in seinem Kopfhörer war der Ton schmerzhaft laut.

Thorndyke klang unbeeindruckt. »Was macht Nummer eins?«

»Läuft jetzt in zwei-acht-null auf eins-acht-null, hat beinahe gestoppt. Abstand viertausend Yards. Er treibt, aber ich höre seine Hilfsaggregate. Jetzt noch drei Knoten!«

»Trevor, hast du das alles?«

»Ja, Commander«, bestätigte der Lieutenant vom Kartentisch aus. »Nummer eins kommt eventuell auf dreitausend an die *Stingray* heran!«

»Mach dir deshalb keine Gedanken, Charles weiß, was er zu tun hat«, erklärte Thorndyke und befasste sich dann damit, die gemeldeten Zahlen zu einem Bild zusammenzusetzen. Ein Patrouillenboot von Steuerbord, das auf konvergierendem Kurs lief und fleißig sein Aktivsonar einsetzte, und ein weiteres, das bereits an Backbord stand und sie passierte.

Die Nordkoreaner stellten sich recht clever an. Der Befehlshaber des Bootes an Steuerbord musste wissen, dass seine Chancen, ein kleines U-Boot in diesen Gewässern mit Aktivsonar zu orten, schlecht waren. Es gab Dutzende von Reflexionen, so dass sein U-Jagdoffizier nicht einmal bei einem Echo sicher hätte sagen können, ob er ein Mini-U-Boot erwischt hatte oder nur einen Marmeladeneimer. Dazu kamen die Strömungen und die unterschiedlichen Wassertemperaturen, und selbst der Salzgehalt schwankte von Meile zu Meile. All diese Faktoren veränderten die Laufgeschwindigkeit der Sonarimpulse. Eine präzise Messung war unter diesen Umständen unmöglich, und der Kommandant des kleinen Patrouillenbootes wusste das. Trotzdem würde er weitermachen. Wie zur Bestätigung erklang ein weiteres Ping.

»Der Kerl will uns Bange machen!«

Petty Officer Clarke sah seinen Commander fragend an. »Wie das?«

»Er will uns vor sich hertreiben. Der andere an Backbord übernimmt das Lauschen.«

»Wissen die denn, dass wir hier sind?«

»Nein, aber sie rechnen mit unserem Kommen, egal, wann und wo das sein wird. Wahrscheinlich treiben sie daher dieses Spiel schon seit zwei Tagen immer und immer wieder neu.« Thorndyke wirkte amüsiert. »Es muss ziemlich langweilig sein!« Er dachte kurz nach. »John, bring uns mal auf null-sieben-null! Ganz gemütlich, wir wollen nicht übertreiben!«

Langsam drehte das Boot nach Steuerbord und bot dadurch dem suchenden Patrouillenboot eine immer schmalere Silhouette. Hinter ihnen folgte die *Stingray* dem Manöver beinahe ohne Verzögerung. Summers schien bereits darauf gewartet zu haben.

Die Abstände der Sonarimpulse waren alles andere als regelmäßig, wobei Thorndyke das Gefühl hatte, dazwischen ab und an einen etwas anderen Klang zu hören. »Charles, was hat es mit den Unterschieden bei den Pings für eine Bewandtnis?«

»Reflexionen, Commander. In der Gegend liegt ein

Haufen Müll rum. Die Impulse haben zuerst was anderes getroffen.« Er blickte auf seine Monitore, die ihm eine grafische Darstellung gaben. Ständig blitzten helle Punkte auf und verschwanden wieder. Er schüttelte den Kopf. »Das Wasser ist voller diffuser Reflexionen. Hier muss man ja schon aufpassen, dass man eine gescheite Wassertiefe messen kann.«

»Wie lange bleiben wir noch auf null-sieben-null?«, erkundigte sich Trevor James. »Wir nähern uns allmählich der Chung-Ju-Untiefe. Abstand noch etwa dreißig Minuten.«

»Das dürfte reichen. Ich rechne damit, dass der Bursche in etwa zehn Minuten an uns vorbei sein wird. Danach drehen wir und huschen hinter ihm durch.« Thorndyke machte sich nichts vor. Es gab tausend Dinge, die bei einem solchen Manöver schiefgehen konnten. Sie konnten die Schrauben des Patrouillenbootes bereits mit bloßem Ohr hören. Ein beständiges Witsch-Witsch-Witsch, das sich bereits deutlich von dem dumpfen Dröhnen der großen Frachterschrauben auf dem Tiefwasserweg abhob. Wo sie sich befanden, lag die Wassertiefe nur noch bei achtzig bis hundert Fuß, und die *Dolfin* kroch bereits mehr oder weniger über den Grund. Über den Daumen gepeilt, würde der Abstand zwischen ihrem Sehrohrschutz und dem Kiel des koreanischen Bootes gerade einmal fünfzig Fuß betragen. Keine sehr angenehme Vorstellung, besser, man dachte darüber nicht erst groß nach.

Weiter draußen auf See, in der Operationszentrale der *Sohon*, trug der zuständige Offizier die neuesten Meldungen auf dem Plot ein. »Null-vier-drei-null. Kein Kontakt von der *Shanguoan*.«

Der Kommandant, ein Vizeadmiral, blickte kurz auf

die großformatige Karte. Die *Shanguoan* war ein Patrouillenboot der Shanghai-Klasse, die seine besten Flachwassereinheiten bildete. »Wo steht das Boot?«
»Zufahrt von Namp'o, Genosse Admiral!«
Er nickte langsam. »Die Engländer werden kommen, ich spüre es. Wenn nicht heute, dann morgen!«

16. Kapitel

07 : 30 Ortszeit, 22 : 30 Zulu –
Irgendwo im Hinterland der Ammak-Mündung

Christian Walker öffnete langsam die Augen und starrte verwirrt auf die dunkelgrüne Plane über sich. Alles um ihn herum schien sich zu bewegen, und es dauerte eine Weile, bis er begriff, dass er auf der Ladefläche eines LKWs lag. Jeder Gedanke schien sich unendlich langsam durch einen Nebel kämpfen zu müssen. Vermutlich hatte man ihm irgendeine Droge verabreicht. Einen Moment lang kämpfte er mit dem Impuls, einfach weiterzuschlafen. Aber dieses große bärtige Gesicht, das sich über ihn beugte, hinderte ihn daran.

Dexter Jackson starrte seinen Ersten besorgt an. Der Petty Officer war beinahe vierzig Jahre alt, und oft fühlte er sich gegenüber den jungen Offizieren wie Methusalem persönlich. Besonders in einer solchen Situation. »Sie haben uns etwas Sorgen gemacht, Sir.«

Der Sublieutenant dachte nach, und ganz allmählich kehrte die Erinnerung zurück. Sie hatten die *Sailfish* verloren und waren an Land geschwommen. Die Flucht, dann der Überfall auf die erste Streife, um Waffen zu bekommen. Der verzweifelte Plan, ein Fischerboot zu stehlen. Schüsse waren gefallen. Als er sich des Gesichts von Miller entsann, schauderte er unwillkürlich. »Was ist passiert?«

»Sie waren eine Weile weggetreten, Sub!« Dex lächelte ihm beruhigend zu. Es würde nichts bringen, dem Subbie zu erzählen, dass dieser Zustand beinahe vierundzwanzig Stunden angedauert hatte.

»Ich weiß, ich bin verwundet worden.« Unwillkürlich tastete seine Hand hinunter zu seinem linken Bein, aber alles, was er fühlte, waren dicke Verbände. Immerhin war es noch dran. Walker drehte den Kopf. Die Ladefläche war gestopft voll mit Soldaten. Einer trug einen Arm in der Schlinge, ein anderer hatte einen Kopfverband. Aber alle waren bewaffnet! Der Sublieutenant erschrak. »Haben Sie uns erwischt?«

Jackson schüttelte den Kopf: »Nein, so kann man das nicht sagen. Erwischt wäre der falsche Ausdruck.« Er stotterte etwas herum. »Eigentlich sind das ja gar keine richtigen Soldaten, na ja, jedenfalls die meisten nicht!«

»Ich verstehe kein Wort, Dex! Was ist passiert?«

»Die Leute gehören zu einer nordkoreanischen Widerstandsgruppe, Sir. Woher die ihre Informationen über die *Sailfish* und uns haben, weiß ich nicht. Hauptmann Jong hat jedenfalls erklärt, ihr Auftrag laute, uns hier rauszuholen. Zuvor hat es jedoch die Ballerei gegeben, bei der wir vier von ihnen erschossen und ein paar andere verletzt haben.«

Misstrauen glomm in Walkers Augen auf, verschwand aber wieder, als der Laster heftig über eine Bodenunebenheit schaukelte. Sein Gesicht verzog sich schmerzhaft. Für kurze Zeit war er vollauf damit beschäftigt, nach Luft zu ringen. »Und wie ging's dann weiter?«

»Sie haben sich ergeben! Das war ihre einzige Möglichkeit, mit uns zu reden!«

»Eine schöne Scheiße!« Walker zögerte. »Und nun? Die müssen ja verdammt sauer auf uns sein.«

»Begeistert sind sie nicht, aber sie werden trotzdem

versuchen, uns in Sicherheit zu bringen. Es wird nur leider etwas komplizierter, als sie geplant haben.«

»Wie geht es den anderen?«, wollte der Subbie als Nächstes wissen:

»Peter Jennings ist wieder bei uns. Harry Colton hat es nicht geschafft, er ist ertrunken, nachdem wir aus dem Boot raus waren.«

»Der Commander?«

Walker schüttelte stumm und traurig den Kopf. Er war zurückgegangen, als alles vorbei war, aber es war bereits zu spät gewesen. Baxter hatte zwei Soldaten mit sich in die Luft gesprengt. Der ganze Sand war voller Blut und Fliegen gewesen. Er würde den Anblick so schnell nicht vergessen.

08 : 30 Ortszeit, 23 : 30 Zulu –
Etwa 12 Meilen vor der Küste, zwischen den Untiefen

»Ich habe nicht die geringste Ahnung, Commander!« Trevor James zuckte mit den Schultern. »Brauchbares Kartenmaterial von diesem Gebiet haben wir nicht und können uns allenfalls an den Erinnerungen der geschätzten Miss Kim orientieren!«

»Und was besagen die?«

»Tief genug für Fisch!«

»Oh!« Thorndyke dachte nach. »Eigentlich sind wir vom Prinzip her ja auch so etwas wie ein naher Verwandter. Lassen wir es also drauf ankommen. Es sei denn, jemand hat eine bessere Idee!«

»Ich kann eventuell eine Tiefenmessung einschmuggeln«, schlug Spencer vor.

Der Commander wusste, dass er im Augenblick ein besonders geistreiches Gesicht machte. Immer noch trieben sie sich zwischen den Sandbänken herum. Der

Verkehr hatte etwas nachgelassen, aber nach wie vor kreisten oben Patrouillenboote und suchten nach U-Booten, die versuchten, sich einzuschleichen. Die Impulse verschiedener Sonargeräte hatten sie nie ganz hinter sich gelassen, bevor das nächste Boot vor ihnen auftauchte. Schon seit vier Stunden liefen sie nach Norden, immer sorgfältig die Untiefen im Osten vermeidend und die Deckung der westlichen Sandbank ausnutzend. Wenn sie die langgestreckten Untiefen für kurze Zeit verlassen mussten, gingen die Boote mit der Fahrt hoch. Wie gejagtes Wild, das versuchte, eine offene Lichtung möglichst schnell zu überqueren. Trotzdem, die Patrouillenboote waren nicht so gefährlich, wie sie sich anhörten. Das Wasser war flach, und es gab dauernd irgendwelche Reflexionen. »Was meinst du mit einschmuggeln?«, fragte Thorndyke seinen Beobachter.

»Ich könnte den Impuls des Aktivsonars so modulieren, dass er sich für die Brüder wie eine Reflexion anhört. Die Chance, dass sie uns das abkaufen, ist nicht mal schlecht. Wenn es jedoch nicht klappt ...« Er ließ den Rest offen.

»Das sollten wir uns das lieber als Option offenhalten für den Fall, dass wir wirklich die Übersicht verlieren«, befand Thorndyke. »Trevor, ich nehme an, du weißt noch, wo wir sind?«

Der Erste grinste amüsiert. »Nordkorea, aber das ist nur eine Schätzung, Commander!«

Thorndyke unterdrückte ein lautes Lachen, denn es galt ja, unnötige Geräusche zu vermeiden. Aber bisher war alles gut abgelaufen, und dementsprechend war die Stimmung der Männer. Auch er spürte die Erleichterung. Selbst jetzt, in einer Situation wie dieser, in der die Nordkoreaner vorgewarnt waren, hatten sie nahezu keine Chance, die Kleinst-U-Boote zu finden.

Eine Lampe über dem Pult von Ian North begann hektisch zu blinken. Verblüfft starrte der Funker das Licht an. »Telefon, Commander!«

Der Anruf konnte nur von der *Stingray* kommen. Doch ein Unterwassertelefon war verdammt leicht zu peilen. Dass Summers in einer Lage wie der jetzigen es dennoch benutzte und dieses hohe Risiko einging, war eigentlich nur denkbar, wenn eine akute Gefahrensituation bestand.

Thorndyke spürte einen eiskalten Schauer über seinen Rücken laufen. »Ian, geh ran! Mach's aber so kurz wie möglich!«, wies er den Funker an.

North griff zum Hörer. »*Dolfin*.«

»*Stingray*! Kontakt in grün eins-vier-null, drei Knoten. Unklares Schraubengeräusch!«

»Danke, *Stingray*!« North wiederholte die Meldung für Thorndyke.

»Sie sollen die Augen offen halten!«

»Der Commander meint, die Augen offen halten!« Der Funker wartete noch die Antwort seines Kollegen Brian Smythe von der *Stingray* ab, dann ließ er den Hörer wieder in die Halterung gleiten. »Er meint, jemand könnte an ihnen dranhängen!«

»Charles!« Thorndykes Stimme klang scharf.

»Ich habe nichts Konkretes«, erklärte der Beobachter, »aber der Kontakt ist auch von uns aus genau im Hecksektor und noch hinter der *Stingray*.«

Der Kommandant biss sich kurz auf die Lippen. Jedes U-Boot war im Hecksektor mehr oder weniger taub. Die Geräusche der eigenen Schrauben störten das Passivsonar. Gedanken rasten ihm durch den Kopf. Wer einem U-Boot folgen wollte, tat dies am besten im Hecksektor, wobei diese Weisheit allerdings eher für U-Boote galt. Aber vielleicht hatte sich ein schlauer

Kommandant an der Oberfläche diese Erkenntnis trotzdem zu eigen gemacht.

Trevor hob den Kopf. »Er befindet sich nun in unserem Hecksektor.«

»Willst du damit sagen, er klebt an uns?« Thorndyke spürte die Verunsicherung seiner Männer. »Warum greift er dann nicht an? Worauf wartet er, wenn er uns erfasst hat?«

Der Erste warf einen Blick auf die Karte. »Wir hängen genau in der einzigen tiefen Rinne zwischen zwei Sandbänken. Um wen auch immer es sich handeln mag, wenn er nach Norden will, muss er praktisch hinter uns herlaufen.«

»Um wen auch immer es sich handeln mag ...« Nachdenklich wiederholte Thorndyke halblaut die Worte, bevor er seine Entscheidung traf. »Kurs und Geschwindigkeit beibehalten. John, bring uns auf Sehrohrtiefe! Ich schau mir den Burschen mal an.«

Kapitän van Trogh unterdrückte den Impuls, Leutnant Hang gehörig den Kopf zu waschen. Das musste bis später warten. »Maschinen stopp!« Er sah seinen Sonaroffizier kurz an: »Wo steckt der andere?«

»Ich suche ihn noch, Genosse Kapitän!« Die Erwiderung klang beinahe trotzig.

»Dann suchen Sie gefälligst an Backbord von querab bis rechts voraus!« Er nahm sich einen Augenblick Zeit. An Steuerbord konnte der zweite Engländer kaum sein. Die neuen elektronischen Minen, die dort nur auf Opfer warteten, hätten dies überdeutlich angezeigt. Direkt vor ihnen, mitten in der tiefen Rinne zwischen den Untiefen, lief der eine. Der andere musste folglich an Backbord stecken! Irgendwo da. Tran van Trogh begriff, welchen entscheidenden und völlig blödsinnigen Fehler sein Sonaroffizier sich geleistet hatte! Wie ein hypnotisiertes Kaninchen hatte sich der Mann auf das Boot fixiert, das sie bereits erfasst hatten. Wenn der zweite Tommy nicht sein Unterwassertelefon benutzt hätte, würden sie noch immer nichts von seiner Anwesenheit ahnen.

Sein Erster, ein ruhiger Mann, der gewöhnlich wenig sprach, wandte sich überraschenderweise mit einem Vorschlag an ihn: »Wir können doch einen Torpedo auf den vor uns feuern und dann abdrehen, Genosse Kapitän!«

»Das wäre Unfug, Leutnant!« Van Trogh fing einen kurzen warnenden Blick von Hang auf, den er sofort verstand. Es konnte nie schaden, seine Handlungsweise zu begründen, vor allem aber, wenn man es mit einem Spitzel der Geheimpolizei zu tun hatte. »Wir stehen knapp viertausend Yards hinter dem Engländer. Wenn wir einen Torpedo auf die Reise schicken, wird er in diesen engen Gewässern eher in eine Sandbank laufen als das Boot treffen. Wir haben dann kein Überraschungsmoment mehr.«

»Wir könnten aber immerhin ablaufen, Genosse Kapitän.« Der Erste hatte offenbar den nicht explizit ausgesprochenen Teil der Erklärung van Troghs kapiert, der sich auf das zweite englische Boot bezog, von dem sie noch nicht wussten, wo es steckte.

Van Trogh schüttelte den Kopf: »Auch das geht nicht.« Er lächelte schmal. »Wenn wir das tun, folgert er doch sofort, dass wir wissen, dass sie sich ebenfalls hier rumtreiben.« Er wandte sich um. »Hang! Haben Sie den anderen Tommy jetzt endlich gefunden?«

»Tut mir leid, Genosse Kapitän! Ich kann machen, was ich will, es gibt keine Spur von ihm.« Mit wachsender Verzweiflung starrte er seine Instrumente an. Er wusste, der Engländer musste irgendwo in der Nähe sein.

Der Kommandant begann zur Überraschung von Hang zu grinsen. »Was schließen Sie daraus, Genosse Leutnant?«

»Ich muss besser werden, Herr Kapitän?« Der Sonarmann sah seinen Kommandanten beinahe treuherzig an.

Van Trogh seufzte: »Selbst wenn Sie sich Fledermausohren zulegten, würden Sie ihn nicht hören, weil er fast zeitgleich in dem Moment gestoppt hat, als auch wir das getan haben!«

Charles Summers dachte einen Augenblick nach. Er war sich noch nicht klar darüber, ob er es mit einem neugierigen Patrouillenboot an der Oberfläche zu tun hatte, mit einem Fischer, der gerade sein Netz einholte, oder eventuell sogar, und das war die unangenehmste denkbare Möglichkeit, mit einem nordkoreanischen Kleinst-U-Boot. Dewan hatte bei ihrer letzten Einsatzbesprechung auf leichten Druck von Small darauf hingewiesen, dass es sich bei der angeblichen Existenz von Kleinst-U-Booten der Nordkoreaner allenfalls um eine Vermutung handelte, für die konkrete Anhaltspunkte bisher fehlten. Small konnte natürlich recht haben, nur fehlte Summers der rechte Glaube an Geheimdienstanalysen.

»Es ist zu einfach!«

Das laute Statement des Commanders ließ die Köpfe herumfahren. Sublieutenant White, der Erste, blickte ihn erstaunt an. »Wieso das? Wir haben den Burschen verloren.«

»Nicht die Bohne. Wir hören ihn nur nicht mehr. Er liegt genau wie wir gestoppt im Wasser und lauscht.

Wir können jederzeit mit dem Aktivsonar eine Peilung nehmen und ihm einen Aal rüberschicken. Bei der Entfernung und mit der Sandbank an seiner Steuerbordseite ist er so gut wie geliefert.«

»Aber?«

»Wir sind nicht hier, um einen Krieg anzuzetteln.« Summers fuhr sich mit der Hand durch die Haare. »Wir müssen noch einen Anruf tätigen, so leid es mir tut!«

Die *Dolphin* glitt zur Wasseroberfläche empor. Thorndyke wusste, dass er sich mächtig beeilen musste. Oben war heller Tag, und ein aufmerksamer Beobachter konnte das Sehrohr leicht entdecken. Mit einer Handbewegung fuhr er den Spargel aus und nahm einen schnellen Rundblick. In einiger Entfernung entdeckte er ein paar dünne Rauchfahnen. Egal, ob sie von Kriegsschiffen oder Fischerbooten oder was auch immer stammten, alle waren zu weit entfernt, um ihnen Probleme bescheren zu können.

Er runzelte die Stirn. In ihrem Kielwasser war nichts zu erkennen, absolut nichts. »Spencer?«

»Es gibt keine signifikanten Geräusche, Commander. Entweder haben die sich auf der *Stingray* getäuscht, oder er hat gestoppt.«

Thorndyke schwang das Sehrohr nochmals herum. »Trevor: Taedoh-Do in drei-fünf-zwo, Osok-San in eins-zwo-acht!« Den Berg und die Insel sollte Trevor auf seiner Karte finden können. Er ließ das Periskop zurück in den Schacht gleiten.

Trevor James, der die Peilungen eingetragen hatte, nickte zufrieden. »Sieht so aus, als stünden wir genau da, wo wir vermutet haben. Was glaubst du, Commander? Jagt Charles eine Geistererscheinung, oder hat die

Stingray tatsächlich einen Kollegen mit 'ner anderen Feldpostnummer am Wickel?«

Thorndyke dachte einen Augenblick nach. »Vom Anschein her deutet manches auf ein Gespenst hin. Sollte es sich nämlich wirklich um ein nordkoreanisches Mini-U-Boot handeln, dann müsste sich dessen Kommandant mittlerweile darüber klar sein, dass er entdeckt worden ist. Folglich stünde zu erwarten, dass er sich Patrouillenboote herbeordert, statt einfach hinter uns herzudackeln.« Er grinste unverschämt. »Doch genau so würde ich es machen, wenn ich in seinen Schuhen steckte, damit die blöden Engländer glauben, sie jagten ein Phantom.«

»Also, du kannst einem wirklich den Tag versüßen, Commander. Und wie verhalten wir uns nun?«

»Gute Frage! Die Entscheidung liegt bei Charles Summers. Wir können nicht mehr tun, als weiterhin Kurs und Geschwindigkeit zu halten. Sollte es tatsächlich dieses koreanische Boot geben, dann hat es gestoppt, und je weiter wir uns von ihm entfernen, desto mehr wächst der Druck auf dessen Kommandanten, uns zu folgen. Doch sobald er seine Maschinen anwirft, kann Charles ihn sich vorknöpfen, ihn ablenken oder auch zu den Fischen schicken. Das weiß natürlich auch sein Gegenspieler. Also hängt jetzt alles davon ab, was die *Stingray* unternimmt.«

»Klingt nach einer Partie Unterwasserschach, nur dass der Koreaner einfach das Brett umkippen kann, indem er seine Aale in Marsch setzt, sofern er denn welche hat.«

Wie aufs Stichwort blinkte das Lämpchen des Unterwassertelefons erneut auf. Thorndyke bedeutete dem Funker ranzugehen, und North hob ab.

»*Dolfin*.« Er hörte lediglich zu und legte dann mit

den Worten »Viel Glück!« wieder auf. »Die *Stingray* will versuchen, den Koreaner von unserer Fährte abzubringen, Commander! Summers will, dass wir wie geplant weitermachen!« Norths Stimme klang erschreckend leise und tonlos.

Thorndyke hatte geahnt, dass Charles eine derartige Entscheidung treffen würde. Für einen Augenblick spürte er den Impuls, der *Stingray* eine gegenteilige Anweisung zu geben. »*Abbrechen, wenn die Boote entdeckt werden*«, hatte Dewans Order an sie gelautet, und demnach hätten sie sich jetzt sofort auf den Weg zurück zur Basis machen müssen. Doch genau wie Summers wusste er, dass in Anbetracht der Situation Einsatzbefehle, Hierarchien und Vorschriften gerade eben ihre Gültigkeit verloren hatten.

12 : 30 Ortszeit, 03 : 30 Zulu –
Mündungsgebiet des Ammak, irgendwo im Hinterland

Das Glück verließ sie kurz nach Mittag. Den Panzerwagen hatten die Nordkoreaner an einem vereinbarten Treff gegen einen zweiten LKW eingetauscht.

Peter Jennings saß meist in der Nähe von Dexter Jackson, der sich seinerseits um den verwundeten Ersten kümmerte. So blieb für den Sublieutenant nur die Rolle des Beobachters übrig. Hinter ihnen rumpelte der zweite Militärlaster aus russischer Produktion über den schlammigen Pfad. Zum Glück hatten die Dinger Allradantrieb, denn sonst hätte es schon ein paarmal kein Durchkommen mehr gegeben. Es hatte am späten Vormittag mächtig geschüttet, und die wenigen Wege hatten sich in Morast verwandelt. Und noch immer war der Himmel, der am Morgen blau gestrahlt hatte, voller dicker grauer Wolken. Mit weiteren Regengüssen war zu rechnen.

Plötzlich bremste der Laster und kam abrupt zum Stillstand. Jennings verlor den Halt. »Was zum ...«

Stimmen wurden laut. Die Soldaten, die mit ihnen auf der Ladefläche kauerten, hoben die Köpfe. Von einem Augenblick zum anderen wirkten die vorher so müden Gesichter hart und kantig.

Die Waffen der Engländer verschwanden blitzschnell unter der niedrigen Sitzbank, während ein paar Koreaner näher an das Ende der Ladefläche rückten. *Keine Sekunde zu früh!* Männer kamen um den Wagen herum und spähten neugierig durch die offene Plane. Bewegungen in dem angrenzenden Buschwerk verrieten dem Sub, dass dort weitere Leute postiert waren. Die Straßensperre war wohl mehr wie ein Hinterhalt aufgebaut.

Peter Jennings spürte sein Herz bis in den Hals hoch schlagen. Wenn er nur verstehen würde, was die Männer sprachen!

Ruhig ließ der fremde Hauptmann den Blick über die Ladefläche und die Soldaten gleiten. Beunruhigend war allerdings sein kaltes Lächeln, das so etwas wie Vorfreude zu verraten schien.

Hauptmann Jong kam hinzu und machte ein paar Bemerkungen, über die der andere Offizier lachte und dann ein paar Befehle gab. Jong trat einen Schritt zurück, bevor er militärisch grüßte. Die Erwiderung erfolgte etwas legerer.

Weiter vorn wurden Befehle gebrüllt und mehrere Motoren angelassen. Ein donnerndes Grollen erfüllte plötzlich die Luft. Unvermittelt setzte sich der Laster wieder in Bewegung. Ein schwerer Kampfpanzer und ein Spähwagen, die auf die Seite rollten, rückten ins

Blickfeld. Keiner der Männer auf der Pritsche sprach ein Wort. Dem Engländer wurde klar, dass sie im Falle eines Kampfes keinerlei Chance gehabt hätten: Der Panzer allein hätte gereicht, sie mit seiner Kanone wegzuputzen. Dieser Hauptmann Jong, der jetzt wieder vorn im Fahrerhaus saß, musste Nerven wie Drahtseile haben.

Minuten vergingen. Dann öffnete Jong das Schiebefenster und blickte nach hinten. Zuerst gab er ein paar Erklärungen auf Koreanisch, dann wechselte er zu Englisch über. »Der Hauptmann war von der Geheimpolizei. Er hat mir befohlen, Sie im Stützpunkt zum Verhör abzuliefern.«

Jennings blickte zu Walker. Der Erste renkte sich fast den Hals aus, um Jong sehen zu können. »Was haben Sie vor?«

In Jongs Gesicht zuckte kein Muskel. »In spätestens einer Stunde wissen sie, dass wir nicht die sind, die wir vorgegeben haben zu sein. Dann werden sie uns mit Hubschraubern jagen. Wir werden uns trennen müssen.«

»Sind wir noch im Sperrgebiet?«

»Ja, und wir schaffen es auch nicht herauszukommen.«

»Aber wieso hat die Geheimpolizei eine Straßensperre mitten im Sperrgebiet errichtet? Das ergibt doch eigentlich keinen Sinn?«

»Und ob, Subleutenant! Aber um den zu begreifen, müssten Sie unser Land kennen. Die Geheimpolizei vertraut der Armee nicht und hat deshalb Spitzel eingeschleust.« Er grinste plötzlich. »Wegen der Armeeuniform, die ich im Moment anhabe, musste ich den Eindruck erwecken, in Wahrheit zur Geheimpolizei zu gehören.«

»Ihre Papiere müssen gut sein, Hauptmann.«
»Oh ja! Die Papiere sind sogar echt und halten einer Überprüfung, die er bestimmt vornehmen wird, stand. Kritisch wird es allerdings, wenn er dies auch bei den Befehlen tut. Wie gesagt, wir haben eine Stunde.«

Jennings spürte, wie seine Knie weich wurden. »Sie gehören also wirklich der Geheimpolizei an?«

»Es gibt überall Leute, die unzufrieden mit den Zuständen sind. Warum nicht auch bei der Geheimpolizei?«

»Und wie geht es jetzt weiter?«

»Wir müssen die Klamotten wechseln und dann improvisieren.«

12 : 30 Ortszeit, 03 : 30 Zulu –
Etwa 12 Meilen vor der Küste, zwischen den Untiefen

»Aufkommen! Mike, was macht er?«

Der Beobachter wandte den Blick nicht von den Monitoren. »Er geht mit den Schrauben rückwärts! Ich höre ihn kavitieren!«

Summers fluchte. »Was für ein gerissener Hund!« Seit fast vier Stunden spielten sie Katz und Maus, wobei die Rollenverteilung immer wieder mal wechselte. In der Zwischenzeit bestand nicht mehr der geringste Zweifel daran, dass sie es mit einem nordkoreanischen Kleinst-U-Boot zu tun hatten. Doch was dessen Kommandant im Schilde führte, war Summers lange unklar geblieben. Zu lange!

»Er will uns auf die Untiefe treiben, wo diese verdammten Minen liegen!« Er überlegte kurz. »Okay, er nimmt die Fahrt aus dem Boot, bevor er selbst den Dingern zu nahe kommt. Den Spaß versalzen wir ihm! Hart Backbord! Hoch auf vierzig Fuß, kleine Fahrt!«

Die *Stingray* hob sich etwas und begann zu drehen. White, der Erste, wandte sich kurz um. »Er wird gleich rückwärts laufen, und aus dem Winkel hört er uns nicht!« Sein Gesicht wirkte bleich. »Du willst ihn rammen, Commander?«

Summers angelte nach Halt und nickte. »Festhalten! Wir touchieren ihn etwas.« Er grinste wild. »Wir sind unten am Kiel verstärkt, damit wir auch auf Felsboden liegen können. Aber er hat an der Oberseite mindestens ein Luk! Also rum mit unserem alten Mädchen.«

Er musste es mit einem Verrückten zu tun haben. »Runter! Runter in den Schlamm! Voll voraus!«, brüllte Kapitän van Trogh.

Entsetzensschreie ertönten, als die Männer begriffen, was der Engländer vorhatte. Der Bug der *Il Jung* senkte sich steil nach unten, während die beiden Schrauben versuchten, das fahrtlose Boot wieder in Bewegung zu bringen. Es war zu spät!

Stahl schrie gequält auf, und das Boot begann, sich auf die Seite zu legen. Eine Schweißnaht platzte, und Wasser drang als scharfer Strahl in die Röhre. Bei nur fünfzig Fuß Wassertiefe stufte van Trogh diesen Schaden als nicht allzu gravierend ein. Der Bug der *Il Sung* bohrte sich in den Schlamm am Grund. Im Inneren der Röhre fühlte sich dies an, als wären sie in einen Berg mit Wackelpudding gefahren.

Dann herrschte schlagartig Stille.

»So ein verdammter Mistkerl!« Der Kapitän schluckte hart. Vier Stunden, und er hatte ihn immer noch nicht zu fassen gekriegt. Stattdessen hatte er sich überraschen lassen. »Hoch, vierzig Fuß, hart Backbord, halbe Fahrt!« Er sah dem Mechaniker zu, der begann, eine Leckabstützung zu bauen. Beiläufig registrierte er das hohe Summen der Pumpe, die sich bemühte, das eingedrungene Wasser wieder außenbords zu schaffen. Klar, der Tommy würde jetzt keine Mühe mehr haben, ihn zu hören. Zehn Minuten, zehn verdammte Minuten, das war alles, was er brauchte, um das Boot wieder klar zu kriegen! »Hang! Schadensmeldungen!«

»Sonar steckt noch im Schlamm, alles andere scheint zu funktionieren, Genosse Kapitän!« Die Stimme des Leutnants klang hart. »Torpedos?«

Van Trogh verzog das Gesicht. Eigentlich hatte er den Tommy unbeschädigt in die Hand bekommen wollen, aber wenn es nicht anders ging? Er nickte. »Feuerleitlösung errechnen und eingeben!«

17. Kapitel

14 : 30 Ortszeit, 05 : 30 Zulu –
Südlich der Ammak-Mündung, irgendwo im Hinterland

Peter Jennings hastete hinter Jong her, ein dritter Mann folgte ihm. Sie hatten sich getrennt und versuchten sich nun in kleinen Gruppen durchzuschlagen. Als der Subbie das Schlagen von Rotorblättern vernahm, blickte er unwillkürlich nach oben.

Aber die Bäume boten ihnen Deckung, auch wenn man den dichten Wald, in dem sie sich befanden, nicht unbedingt als Dschungel bezeichnen konnte. Da immer mal Schauer fielen, die angenehm kühl waren, klebte seine nasse Kleidung an ihm. Es war ein komisches Gefühl gewesen, die Reste der Borduniform abzustreifen und sich in die zu enge nordkoreanische Uniform zu zwängen. Wenn ihn die Nordkoreaner jetzt erwischten, dann könnte er es ihnen nicht einmal verdenken, wenn sie ihn als Spion erschießen oder hängen würden, was auch immer. Wäre er in seiner feinsten Ausgehuniform unterwegs, dann würde das wahrscheinlich auch keinen Unterschied machen. Er verdrängte den Gedanken.

16 : 30 Ortszeit, 07 : 30 Zulu – etwa 12 Meilen vor der Küste, 23 Meilen südlich der Ammak-Mündung, zwischen den Untiefen

Die *Dolfin* war weiter ihrem Kurs nach Norden gefolgt und hatte dabei ihre Geschwindigkeit erhöht, nur um immer wieder zurück auf Schleichfahrt zu gehen, wenn eines der nordkoreanischen Patrouillenboote ihnen näher kam, die überall zu sein schienen. Aber das Sonargerät verriet ihnen, dass dieser Eindruck täuschte. Öfters hatten sie Lücken in den Sandbänken passiert oder auch Senken in den langgestreckten Buckeln, die vom Meeresgrund emporragten.

Wenn der Abstand zu den natürlichen Deckungen nach Westen hin für ein paar Minuten etwas größer war, konnten sie bis weit ins freie Wasser hinaus, auf der anderen Seite der Untiefen, lauschen. Dann hörten sie das Mahlen der Schrauben und das schrillere Pfeifen der Turbinenantriebe. Die Masse der Jäger war dort draußen versammelt, im tieferen Wasser, wo es keine Verstecke für U-Boote mehr gab. Sie hatten mindestens ein halbes Dutzend Schnellboote ausgemacht, dazu eine Fregatte sowie ein Schiff, das Charles Spencer möglicherweise für eine Korvette hielt.

Trevor James sah sich unauffällig um. In der Röhre herrschte Schweigen, unterbrochen nur vom Summen der Elektromotoren, dem gelegentlichen leisen Piepen, mit dem die Computer um etwas Aufmerksamkeit seitens des Bedieners heischten, und einem leisen Schnarchen.

Der Erste lächelte flüchtig. Der Commander hatte es sich – den Kopf auf den Armen – am Platz des Funkers bequem gemacht und hielt ein Nickerchen. James wusste, sollte es hektisch werden, würde John Thorndyke in Sekundenschnelle wieder voll da sein. Doch solange alles ruhig blieb, konnte er genauso gut die Stellung halten.

Spencer hatte sich hinten im Maschinenraum zusammengerollt, um ebenfalls eine Mütze voll Schlaf zu nehmen. Wie beinahe jeder Seemann konnte er überall und in jeder Lage schlafen, schließlich wusste man nie, wann sich wieder einmal eine Gelegenheit dazu ergab. Doch auch er würde bei einem Alarm in Windeseile wieder seinen Platz als Beobachter übernehmen, den zurzeit Ian North ausfüllte.

Das leise Klappern von Teebechern erinnerte James an den Rudergänger. Er hatte seinen Posten an den Maschinisten abgegeben und sich um den Nachschub an Tee gekümmert, auch wenn das Gebräu schon längst keinen mehr wach machte. Aber abwarten und Tee trinken war nun einmal fester Bestandteil ihres Jobs.

»Ian? Wie sieht es aus?«

Der Funker und Taucher der *Dolfin* starrte kurz auf den Schirm vor sich. »Gähnende Leere! Ansonsten liegt knapp zehn Meilen steuerbord voraus ein Boot vor Anker. Könnte ein Patrouillenboot sein. Im Süden, aber mindestens acht Meilen entfernt, schient einer mit Aktivsonar herumzustochern.«

»Eigentlich komisch!« Der Erste rieb sich das Kinn. »Die ganze Zeit machen die so einen Wirbel, und nun, wo wir in der Gegend sind, wo die *Sailfish* liegen müsste, ist keiner da?«

»So ganz sicher bin ich mir nicht, Trevor!«, erklärte North, der über seinen Kopfhörer das ferne Rattern eines Generators von dem vor Anker liegenden Patrouillenschiff vernahm. Das Geräusch konnte unter Umständen aber auch von einem Kompressor stammen Der Taucher begann zu grinsen: »Die Wassertiefe liegt hier überall bei nicht einmal neunzig Fuß, und weiter zur Küste hin wird's sogar noch viel flacher.«

»Worauf willst du hinaus?«

Ian North nahm die Peilung aus der Anzeige. »Was meinst du, zehn Meilen in null-sechs-fünnef, wie tief mag da das Wasser sein?«

Der stumpfe Bug der *Dolfin*, die im Moment Schleichfahrt lief, zeigte ziemlich genau nach Norden. Lieutenant James beugte sich über die Karte und maß die zehn Meilen ab. Dann zuckte er mit den Schultern. »Vielleicht dreißig Fuß? Vielleicht etwas weniger oder etwas mehr? Die Position liegt schon im Bereich der Ammak-Mündung. Aber von Miss Kim habe ich mir gemerkt, dass es dort wegen der Strömung zu viel aufgewirbelten Schlamm gibt, um Fische zu fangen.«

North schmunzelte amüsiert. »Die gute Miss Kim! Aber wenn du mich fragst, dann würde ich sagen, die Nordkoreaner haben die *Sailfish* schon gefunden. Genau an der Stelle, wo das Boot vor Anker liegt. Und ich wette, die haben Taucher im Wasser und können deshalb kein Aktivsonar einsetzen, weil es denen das Hirn wegblasen würde.«

»Dann sollten wir den Skipper wecken und uns etwas bewegen, bevor die das Boot aus dem Wasser haben.«

Ian North verzog das Gesicht. »Nur keine unnötige Aufregung! Ich glaube, wir sind sowieso umsonst gekommen! Ein Bergungsversuch würde den Einsatz eines Krans oder von Winden bedeuten, und das wäre meilenweit zu hören, was aber nicht der Fall ist. Folglich ist eher anzunehmen, dass Baxter es tatsächlich geschafft hat, das Boot zu sprengen, und die Schlitzaugen lassen die Taucher die Krümel am Grund einsammeln.«

Trevor James überlegte kurz. »Sag jetzt bloß nicht, du willst da eben mal vorbeischwimmen, um dir letzte Gewissheit über die *Sailfish* zu verschaffen.«

»Nicht gerade über die gesamten zehn Meilen, aber vielleicht, wenn ihr mich näher heranbringen würdet ...«

16 : 45 Ortszeit, 07 : 45 Zulu – Mündungsgebiet des Ammak

In den weitläufigen Sperrgebieten, die es im ganzen Land gab, existierten Dörfer und andere Ansiedlungen, die nur mit einer Sondergenehmigung zu erreichen waren. Die Einwohner waren zumeist Fischer oder Reisbauern, die sich oft zusätzlich noch ein paar Stück Vieh hielten.

Be ihrer Ankunft in einem dieser Dörfer hatte sich Dexter Jackson etwas umgesehen. In den Hütten, die aus ein oder zwei Räumen bestanden, lebten Familien, die oft acht oder zehn Köpfe zählten. Die Hütte, zu der ihre koreanischen Begleiter sie gebracht hatten, verfügte zusätzlich über einen unterirdischen Keller mit gut getarntem Zugang, in dem sie sich momentan versteckten.

Walker fieberte, und der Rudergänger der *Sailfish* hatte keine Ahnung, was er dagegen tun sollte. Der Aufenthalt in diesem feuchten Erdloch war sicher nicht gut für den Ersten, aber einem Folterkeller der Geheimpolizei allemal vorzuziehen.

»Ich friere!«, zwei Worte, die Walker nur noch flüstern konnte.

Dex beugte sich über ihn. »Du musst durchhalten, Chris. Peter kommt nach Pjöngjang durch und von da in den Süden. Er schafft es. Dann holen uns die anderen ab.«

»Mir ist so kalt!«

Jackson legte ihm die Hand auf die Stirn. Der Sublieutenant schien förmlich zu glühen. Der Petty Officer sah sich ratlos um. Die Koreaner, von denen er nicht einmal wusste, wie sie hießen, hatten jede seiner Bewegungen genau verfolgt. »Er braucht einen heißen Tee!«

Die Männer sahen ihn verständnislos an. »Te-e!« Dex zog das Wort in die Länge und vollführte eine Geste, als würde er eine Tasse zum Mund führen und trinken.

Die Augen eines der jüngeren Soldaten leuchteten auf, und er sagte etwas auf Koreanisch zu seinen Kameraden, bevor er die Leiter nach oben kletterte.

Der Petty Officer verfluchte innerlich die ihm aufgezwungene Untätigkeit. Alles was er tun konnte, war zu versuchen, Walker irgendwie am Leben zu erhalten, doch das war leichter gesagt als getan.

Als der junge Soldat mit einem Teekessel und ein paar irdenen Bechern wieder zurückkehrte, strahlte er über das ganze Gesicht. »Te-e!«

18 : 00 Ortszeit, 09 : 00 Zulu – etwa 5 Meilen vor der Küste, 10 Meilen südlich der Ammak-Mündung, zwischen den Untiefen

Die Wassertiefe wurde langsam kritisch, aber es blieb keine andere Wahl. Thorndyke umklammerte die Handgriffe des Sehrohrs und spähte auf die See. Ein schwerer Schwell ging von See her und ließ das U-Boot dicht unter der Oberfläche leicht stampfen.

»Ich kann den Burschen bei dem Regen kaum sehen! Entfernung etwa dreitausend Yards! Charles, was hast du zu bieten?«

»Auch so ungefähr dreitausend, Commander!«, erklärte sein Beobachter

John Thorndyke blickte kurz über die Schulter zu Ian North. Der Petty Officer trug bereits den leichten Neoprenanzug, und Jack Collins stand bereit, ihm die Weste mit der Flasche auf den Rücken zu heben. »Ian, dreitausend Yards?«

Der Taucher dachte kurz nach. Eineinhalb Seemeilen waren unter Wasser ein weiter Weg, zumal er ihn zweimal würde zurücklegen müssen. Alles in allem waren dafür drei Stunden zu veranschlagen. Selbst mit Rebreather war das zu lange. Er würde also einen Teil der Strecke schnorcheln müssen. »Wie ist die Sicht?«

»Lausig bis saumäßig!«

»Dann könnte es klappen! Ich muss nur zusehen, dass ich dicht an der Oberfläche bleibe. Der Stickstoff!«

Thorndyke warf erneut einen Blick durch das Sehrohr. Der Regen fiel nach wie vor wie ein dichter Vorhang. »Also gut, Ian, wir pirschen uns noch etwas näher ran.«

»Das nenn ich doch glatt einen echten Service, Commander. Zweitausend sollte klappen!« Noch einmal ging er alles im Kopf durch. Die Flasche beinhaltete fünfzehn Liter Nitrox bei fast vierhundert Bar Druck, auch wenn eigentlich nur dreihundert erlaubt waren. Der Rebreather würde dafür sorgen, dass er diese mit Sauerstoff angereicherte Luft bis zum Umfallen nutzen konnte. Das verlängerte die Zeit, die er unten bleiben konnte, bevor er in Dekompressionsschwierigkeiten geriet. Aus diesem Vorteil konnten allerdings auch ein paar heftige Probleme resultieren, wenn er gezwungen sein sollte, tiefer zu gehen, denn das Risiko eines Tiefenrausches nahm durch den höheren Sauerstoffanteil zu. Doch was sollte es! Er sah Thorndyke an: »Abgemacht, Commander, zweitausend sind okay!«

18 : 15 Ortszeit, 09 : 15 Zulu – Mündungsgebiet des Ammak

Greg Miller schleppte sich durch den Regen. Alles war grau in grau, und er fühlte sich einfach hundeelend. Den Schlitzaugen schien das alles nichts auszumachen. Schweigend zogen sie durch die Büsche, immer weiter nach Osten. Er konnte sich nicht mit ihnen verständigen, aber er hätte auch nicht viel mit ihnen zu bereden gehabt. Hauptsache, sie brachten ihn hier raus, alles andere war ihm egal. Ob Kommunist oder Widerständler, er traute ohnehin keinem von ihnen. Aber im Augenblick hatte er keine andere Wahl, als hinter ihnen herzustolpern. Unwillkürlich fasste seine Hand nach dem Kolben der Maschinenpistole. Die Brüder sollten nur nicht auf die Idee verfallen, ihn verschaukeln zu wollen.

18 : 00 Ortszeit, 09 : 00 Zulu – etwa 5 Meilen vor der Küste, 10 Meilen südlich der Ammak-Mündung, zwischen den Untiefen

Ian North hockte in der engen Schleuse. Es war immer ein bisschen seltsam, auf der Toilette zu sitzen und zuzusehen, wie das Wasser um einen herum stieg.

Als die letzten Luftblasen verschwunden waren, richtete er sich auf und formte mit Daumen und Zeigefinger ein O in Richtung des dicken Sichtfesters. Jack Collins grinste ihm durch die Scheibe zu und wiederholte die Geste.

Das Rad an der Schleusentür war wie immer etwas

schwergängig, aber North kannte den entsprechenden Kniff längst. Man musste sich nur irgendwo abstützen. Andernfalls würde man nicht das Handrad, sondern nur sich selbst drehen. In der Welt des Tauchers existierte der Begriff »Gewicht« nur noch als etwas Abstraktes. Die Ventile des Kreislaufgeräts zischten ein wenig bei jedem Atemzug, aber kein Blasenschwall hinderte seine Sicht. Was er ausatmete, würde wieder zurück ins System kommen, erneut mit Sauerstoff angereichert und wieder eingeatmet werden.

Er schloss die Schleuse und schwebte vorsichtig in die Höhe. Unter sich konnte er die *Dolfin* erkennen. Das Boot lag fest auf dem Sandboden, halb verborgen zwischen Tang und Schlingpflanzen. So weit er sehen konnte, zog sich am Grund der Bucht ein Dickicht aus Wasserpflanzen dahin. Grün und Braun beherrschten die Szene. Hier gab es keine farbenprächtigen Korallen, keine bunten Riffstöcke.

Als er langsam höher stieg und sich entfernte, verwischten sich die Konturen. Schlammpartikel trübten das Wasser, und die Sichtweite betrug vielleicht zehn Yards. Er würde höllisch aufpassen müssen.

North blickte auf seinen Kompass. Mit gleichmäßigen Schlägen begann er, vorwärts zu schwimmen, Kurs Nordost. Der Schwell schaukelte ihn hin und her. Wenn er in zwanzig Fuß Tiefe die Wellen schon derart spürte, dann musste es weiter oben mittlerweile recht ungemütlich geworden sein. Gleichmäßig zu schwimmen war das Wichtigste. Seinem Tauchcomputer gönnte er nur ab und zu einen Blick, und wenn, dann interessierte ihn mehr, ob er die Tiefe hielt, als die Uhrzeit. Ansonsten konnte er sich nur auf den fluoreszierenden Kompass verlassen. Zweitausend Yards, das waren ungefähr zweitausend Flossenschläge, die er im Geiste mitzählte: Tausendsiebenhundertdrei ... Tausendsiebenhundertvier ... Tausendsiebenhundertfünf ...

Er hielt abrupt inne, als er einen schwachen Lichtschein wahrnahm, dessen Quelle er aber nicht ausmachen konnte. Klar war ihm aber sofort, dass die Nordkoreaner im Moment auch Taucher im Wasser hatten. Bis zum Grund konnte es nicht weit sein, obwohl er ihn in der Dunkelheit nicht sah. Langsam ließ er sich nach unten sinken. Der Druckausgleich war reine Routine, etwas, das er völlig automatisch erledigte, ohne groß darüber nachzudenken. Bei sechsunddreißig Fuß verschwand er zwischen den Schlingpflanzen. Vorsichtig glitt er weiter, immer dem Lichtschein entgegen. Seine Waden schmerzten, und er begriff, dass er gegen die Strömung des Ammak anpaddelte. Dafür würde wenigstens der Rückweg einfacher werden.

Ian North erstarrte zur Bewegungslosigkeit. Da war etwas, ganz am Rande seines Blickfeldes. Ein etwas schwärzerer Schatten in der Dunkelheit, der jedoch gleich wieder verschwand. Er spähte umher. Zu dem ersten Lichtschein hatte sich ein zweiter gesellt. Die Koreaner suchten den Meeresgrund nach Trümmern ab. Allerdings hatte einer von ihnen, der schwarze Schattenmann, seine Lampe nicht eingeschaltet. Was suchte er im Dunkeln? Hatte er ihn entdeckt? Er war nur noch ein paar Yards entfernt. Nur noch ein paar müde Yards. North konnte den Burschen selbst nicht sehen, aber ab und zu schimmerten Luftblasen silbrig auf.

Als Ian North sein Bein anzog und nach dem Griff des Tauchermessers tastete, fühlten sich seine Finger eiskalt an. Wenn der andere noch näher käme, würde er ihn erledigen müssen. Der Koreaner hatte sich zu weit von seinen Kameraden entfernt.

18. Kapitel

20 : 15 Ortszeit, 11 : 15 Zulu – Mündungsgebiet des Ammak

Der Regen fiel immer noch in dicken, schweren Tropfen. Greg Miller fühlte sich elend. Was war er, ein verdammter Stoppelhopser? Wütend sah er die Nordkoreaner an, die schweigend um ein kleines rauchendes Feuer herumsaßen und versuchten, aus den Resten des wenigen Proviants, den sie hatten mitnehmen können, in einem verbeulten Topf eine Art Suppe zu kochen.

Miller verspürte nagenden Hunger. Unterwegs hatten sie keine Zeit gehabt, einen Happen zu essen, denn sie wussten ja nicht, ob ihnen bereits ein Trupp Soldaten auf den Fersen war oder nicht. Also waren sie weitergehastet, immer auf der Flucht. Für Stunden hatte Adrenalin den Hunger zurückgedrängt, doch mittlerweile war er gewachsen und fast unerträglich geworden. Miller spürte die Schwäche, noch so einen Tag würde er nicht durchhalten.

Auch die Gesichter der Koreaner wirkten müde und im Schein des Feuers eigentümlich graubraun. Für Miller war es eine Beruhigung, dass es ihnen nicht besser ging als ihm. So widersinnig es sein mochte, es ließ ihn die eigene Schwäche leichter ertragen.

Die regnerische Nacht umfing sie mit ihren eigenen Geräuschen. Nachtvögel gingen trotz des Regens auf die Jagd, und in den Büschen knackte und knisterte es ständig. Was auch immer da herumrascheln mochte, Miller war es egal. Den ganzen Tag vor jedem Hubschrauber blitzartig in Deckung gehen zu müssen, über die Spuren der Streifen zu stolpern, all das war mehr als genug gewesen. Er brauchte dringend Schlaf, aber er fürchtete die Hilflosigkeit, die damit einherging. Wenn er die Augen schloss, würde er den verdammten Schlitzaugen ausgeliefert sein.

Rund drei Kilometer hatte Hauptmann Park mit seinem starken Nachtfernglas den schwachen Widerschein des kleinen Feuers entdeckt. Er war sich sicher, dass dort die Burschen hockten, deren Spuren sie so lange gefolgt waren, wie es das Tageslicht zugelassen hatte.

Hinter ihm sprach einer der Soldaten in ein Funkgerät. Park hörte mit halbem Ohr zu: »Verstanden, Leutnant Shong!« Die Meldung erfolgte umgehend. »Leutnant Shongs Männer stehen an der Straße, Genosse Hauptmann.«

»Danke, Soldat!« Er leuchtete mit einer kleinen Lampe auf seine Karte. Shong befand sich demnach einige Kilometer vor den Flüchtenden, er drei dahinter. Dieses Mal würden sie ihm nicht wieder durch die Finger schlüpfen. Und dann würde er auch herausbekommen, wer den Engländern zu Hilfe gekommen war. Es würde ihm ein inneres Fest sein, die Aussagen dieser Verräter aufzunehmen, und reden würden sie, daran konnte kein Zweifel bestehen.

20 : 45 Ortszeit, 11 : 45 Zulu – etwa 5 Meilen vor der Küste,
10 Meilen südlich der Ammak-Mündung, zwischen den Untiefen

Ian North drückte sich, so tief es ging, zwischen die Schlingpflanzen. Seine Hand umklammerte das Tauchermesser. Aber innerlich flehte er darum, der andere Taucher möge abdrehen, wegschwimmen, irgendwo anders hin, nur eben nicht zu der Stelle, an der er sich befand. Es schien, als würden seine Gebete erhört. Nur wenige Meter vor ihm drehte der dunkle Schatten, der nur gegen das Licht der Lampen seiner beiden Kollegen sichtbar geworden war, ab und verschwand wieder in der Finsternis.

North entspannte sich etwas. Wenn es doch so etwas wie einen Gott gab, dann hatte dieser eben das Leben des Koreaners gerettet und in der Folge auch seines. Denn natürlich wäre den Koreanern irgendwann das Fehlen eines ihrer Taucher aufgefallen.

Minuten vergingen, und die beiden Lichtkegel vor ihm schwenkten immer noch geschäftig hin und her. Es wurde Zeit, dass er etwas unternahm. Er konnte nicht ewig hier herumhängen und Luft verbrauchen. Vorsichtig ließ er sich etwas in die Höhe schweben und paddelte mit kleinen Schlägen vorwärts. Nur nicht zu schnell. Bewegung zog Aufmerksamkeit auf sich.

Eine Hand zuckte an seinem Blickfeld vorbei, er sah das Glänzen von Stahl, und eine plötzliche Last drückte ihn nach unten. Instinktiv riss er seine Arme hoch. Gerade noch rechtzeitig. Der Schnitt über seinen Unterarm brannte wie Feuer. Scharf zog er die Luft ein.

Mit dem Schmerz kam die Wut. Er versuchte sich herumzuwälzen, aber der andere Taucher hing an ihm wie eine Klette. Blasen hüllten ihn ein, und erst im letzten Moment sah er das Messer wieder aus dem Schwall auftauchen. Sein Kopf zuckte zur Seite und traf gegen etwas Hartes, aber das Messer schlitzte nur seine Halsmanschette auf. Blindwütig stach er unter seinem Arm hindurch nach hinten. Die Klinge traf auf Widerstand, und er spürte, wie der andere Taucher hektisch auswich.

Der Lichtschein der Lampen vor ihm schien plötzlich von einem roten Schleier verdeckt zu werden. North keuchte, der Automat schien ihm nicht genügend Luft zu liefern, vielleicht weil der andere sich hinten an seinem Ventil zu schaffen gemacht hatte. Er schwang das Messer in weitem Bogen vor sich, und die beiden Klingen prallten aufeinander. In tödlichem Schweigen versuchten sie gegenseitig, die Klinge des anderen wegzudrücken. North spürte, dass der Koreaner auf jeden Fall der Stärkere von ihnen war.

Seine zitternden Finger fanden den Schnellauslass. Ein weiterer Blasenschwall schoss empor, dieses Mal aus seiner Tarierweste. Langsam wie fallende Blätter sackten die beiden ineinander verschlungenen Gestalten in den Sand unter ihnen.

Der Koreaner zappelte. Unter seinem Gegner im Sand zu liegen nahm ihm die Bewegungsfreiheit. Er brauchte seine ganze Kraft, den Engländer festzuhalten und mit der anderen Hand das Messer wegzudrücken.

North sah die Klinge immer näher kommen. Sie war das Einzige, was er sah, außer einem dichten Blasenschwall, der selbst hier in der Dunkelheit silbrig zu leuchten schien. Den Körper seines Gegners musste er mehr erahnen. Er schlug, so stark es ging, mit den Flossen aus. Der plötzliche Vorwärtsschub erwischte den Koreaner völlig unvorbereitet. Schmerzhaft schlug das Flaschenventil gegen dessen Kinn. Norths Manöver zeitigte zwar nicht die Wirkung, die ein guter Punch im

Boxring hat, aber ein Blasenschwall quittierte den Treffer.

Der Griff des Koreaners lockerte sich, und North stach mit aller Kraft, die er noch aufbringen konnte, zu. Unter der Maske war das Gesicht seines Gegners nur ein heller Fleck, weit aufgerissene Augen starrten ihn an. Ein Anblick, der fast unerträglich war, doch North wusste, er musste diese Sache zu Ende bringen. Er rammte das Messer wieder in den zuckenden Körper des Koreaners, während er sich gleichzeitig in den Automaten übergab, dessen großes Ventil alles aus dem System hinausbeförderte. Als alles schließlich vorüber war, spürte North nur noch eine entsetzliche Leere in sich.

Trotzdem, etwas musste noch erledigt werden ...

10 : 15 Ortszeit, 15 : 15 Zulu – Langley, Virginia, USA

»Jack, es tut sich was!« Marsden hörte, wie der andere Agent scharf Luft holte.

»Bei den U-Booten?«

»Von denen haben wir keine Spur, aber dafür ein paar interessante Wärmebildaufnahmen. Die vermitteln den Eindruck, als wäre da ein halbes Dutzend kleiner Grüppchen im Sperrgebiet auf der Flucht. Für ein paar sieht es ganz gut aus, andere hingegen werden langsam umzingelt. Scheint ein ziemliches Durcheinander da unten zu sein.«

Small gab einen erstickten Laut von sich.

Marsdens Stimme klang etwas gereizt. »Auf jeden Fall handelt es sich um weit mehr Leute, als die englische U-Boot-Crew umfasste. Zwanzig werden es mindestens sein.«

»Zwanzig!« Jack Small hörte sich an, als werde er gleich in Tränen ausbrechen.

»Es wäre wirklich an der Zeit, dass Sie mir reinen Wein einschenken. Und erzählen Sie mir nichts von einem zufälligen Zusammentreffen! Haben Sie eine Rettungsorganisation organisiert, von der Sie keinem was gesagt haben?«

»Nein«, sagte Small. »Ich ganz bestimmt nicht. Aber es gibt jemanden, der gewarnt war, dass etwas passieren würde.«

»›Korean Rap‹, nicht wahr?« Marsden zögerte. »Vertrauen Sie dem Mann? Nicht nur, was seine Integrität angeht, sondern vor allem, was seine Professionalität betrifft?«

»Ja und nein! Er ist gut, und seine Leute sind gut! Aber er handelt manchmal nach Maximen, die sich von den unseren unterscheiden.«

»Wollen Sie mir weismachen, Ihr Topspion in Nordkorea folge einer Art Ehrenkodex?«

»Natürlich nicht nur, Boss, aber irgendwie schon. Das ist der Grund, warum er mit uns zusammenarbeitet.«

»Sie glauben also, dass dieser Mann seine eigene Haut riskieren würde, um unsere Leute herauszupauken? Der Ehre wegen?«

»Ja, weil er davon ausgeht, dass wir ihm dadurch später verpflichtet sein werden.«

»Und Sie haben natürlich eine Vorstellung davon, was er dafür von uns als Gegenleistung haben will?«

»Konkrete Vereinbarungen wurden noch nicht getroffen, Boss.« Small dachte an all die Dinge, die nicht in der Computerakte standen. Wenn das jemals rauskommen sollte, dann würde es eine regelrechte Säuberungswelle innerhalb der CIA geben. »Sollte das Regime Kim aus irgendeinem Grund das Zeitliche segnen, dann braucht er außenpolitische Unterstützung für sein Land, obwohl er gleichzeitig keine völlige Westorientierung anstrebt.«

Marsden lehnte sich in seinem Ledersessel zurück. »Das haben Sie sich doch nie und nimmer alleine ausgedacht?«

»Nein ... das nun gerade nicht«, druckste Small etwas herum. »Es gibt eine Zusatzakte mit einer Art Szenario.«

»Und wer hat das entworfen? Die NSA? Eine Gruppe in der Firma? Das Pentagon oder vielleicht der Präsident?«

Jack Small schwieg, und Marsden wurde etwas bleicher um die Nase. Es war in Geheimdienstkreisen ein offenes Geheimnis, dass manche Berater des Präsidenten regelrechte Braintrusts beschäftigten, die teilweise die unglaublichsten Studien erstellten.

Marsden blickte zum Fenster hinaus, wo sich Langley vor seinen Augen erstreckte, ein geheimnisumwitterter Ort, über den unzählige Gerüchte kursierten. Marsden wusste zwar aus ziemlich sicherer Quelle, dass die Ermordung Kennedys nicht in diesen Mauern geplant worden war, aber es blieben noch genügend andere Geschichten übrig, um ihm eine heillose Angst einzujagen. *Mitgegangen, mitgefangen, mitgehangen!* Er spürte die Bitterkeit all der Dienstjahre in sich aufsteigen. Dann also so. »Okay, Jack, dann rücken Sie jetzt gefälligst mal raus mit der Sprache!«

23 : 45 Ortszeit, 15 : 45 Zulu – etwa 5 Meilen vor der Küste,
10 Meilen südlich der Ammak-Mündung, zwischen den Untiefen

Das rhythmische Klopfen an der Bootshülle bereitete der stumpfsinnigen Warterei ein Ende. Kurz-Kurz-Lang-Kurz. IN für Ian North. Der Taucher benutzte die Pausen als Morsezeichen, weil er ja nicht lang und kurz klopfen konnte. Ein einfacher Code, der im Inneren des Bootes anzeigen sollte, wer quasi gleich zur »Tür« hereinkam, denn das U-Boot hatte ja keine Bullaugen. Da die Schleuse auch als Toilette und als Durchgang zum Maschinenraum diente, mussten jedoch zunächst die entsprechenden Stahlschotte geschlossen werden, weil sonst die Kontrollelektronik die Schleusentür blockiert hätte.

Jack Collins, der Maschinist, schlug die beiden Schotte zu, und die Schleuse konnte für den Einstieg geflutet werden. Gurgelnd stieg das Wasser. North musste draußen den Druckausgleich abwarten. Gegen den Wasserdruck hätte er die Schleusentür ohne eine Sprengladung ohnehin nicht aufgekriegt.

Endlich war der Raum bis zur Decke geflutet, und das Handrad ließ sich bewegen. Das Licht in der Schleuse ging automatisch aus, und als North das äußere Luk verschlossen hatte, auch von selbst wieder an. Durch die Panzerglasscheibe sah Collins, wie sich rote Schwaden im Wasser ausbreiteten, als North sich irgendwie ungelenk auf die Toilette sinken ließ.

Den Schalter für die Pumpe fand Collins blind: »Schnell her mit dem Verbandskasten! Ian ist verletzt.«

Die Zeit, die die starke Pumpe brauchte, um das Wasser wieder loszuwerden, erschien ihnen wie eine Ewigkeit. Thorndyke und James blickten sich kurz an.

Wenn der Taucher in einen Kampf verwickelt worden war, dann bedeutete dies, sie waren entdeckt. Höchste Zeit, hier zu verschwinden.

Thorndykes Kopf ruckte herum. »Jack, kümmere dich um Ian! Trevor, ich brauche den Kurs zu diesem Strandabschnitt, an dem Baxter fotografiert wurde. John, Schleichfahrt, dreißig Fuß! Charles, halte ein scharfes Auge auf die Gegend!«

In die Männer kam Bewegung. Trevor sah seinen Kommandanten fragend an: »Du willst da wirklich hin?«

»Die Richtung, die keiner vermutet, oder?«

»Das schon, nur, was hoffst du dort zu finden, Commander? Der Zeitpunkt der Satellitenaufnahme liegt schließlich schon ein Weilchen zurück.«

Thorndyke zuckte mit den Schultern. »Keine Ahnung. Eine Spur, einen Hinweis – oder auch nicht.«

Das Summen der Pumpe verstummte, und Jack Collins schlug das Schott zur Schleuse auf. Ian North streifte sich mit einer müden Bewegung die Maske vom Kopf. Seine Stimme klang flach. »Baxter hat die *Sailfish* gesprengt. Da sind nur noch Fetzen übrig.« Er atmete tief durch. »Ich habe den Koreanern aber trotzdem ein paar Nettigkeiten in Form von Sprengladungen dagelassen.«

Die Männer spürten, wie sich das Boot unter ihren Füßen hob und langsam herumschwang. North beugte sich vor. »Hilf mir beim Striptease, Jack!«

Collins hob vorsichtig die schwere Weste mitsamt Flasche und Automat an, damit North den Arm herausziehen konnte. »Verdammt, tut das weh!« Der Taucher stöhnte auf.

»Was ist passiert?«

Norths Gesicht wirkte grau und leblos. »Einer von den koreanischen Tauchern ist mir in die Quere gekommen. Es kann nicht mehr lange dauern, bis die Brüder merken, dass sie einer weniger sind.«

»Dann wird hier wohl bald die Hölle los sein!«

»Mag sein, Jack.« Jan ließ sich nach hinten gegen die kalte Metallwand sacken und schloss für einen Augenblick die Augen. Collins betrachtete den Kameraden besorgt. North war ein harter Mann, härter, als man ihm dies auf den ersten Blick ansah. Er musste das Schlitzauge mit dem Messer erledigt haben. Collins schauderte. Dann gab er sich einen Ruck. »Nun lass dich mal erst aus dem Anzug holen, dann sehen wir uns die Bescherung an.«

»Und was Heißes wäre nicht schlecht. Mir ist nämlich scheißkalt!«

00 : 15 Ortszeit, 15 : 15 Zulu – Mündungsgebiet des Ammak

Die Garbe aus einer Maschinenpistole schreckte Greg Miller aus dem unruhigen Schlaf hoch. Auf der anderen Seite der kleinen Lichtung rannte einer der Koreaner in einem seltsamen Zickzack davon, aber die nächste Salve erwischte ihn trotzdem. Miller konnte es nicht genau sehen, denn obwohl die Wolkendecke aufgebrochen war, spendete der Halbmond nur wenig Licht.

Greg richtete sich auf. Gestalten in Uniform sprangen aus den Büschen und liefen auf ihn zu. Sein erster Impuls war, die MP hochzureißen, doch die Vielzahl der Waffen, deren Mündungen auf ihn gerichtet waren, sprach eine deutliche Sprache. Die Angst vor dem Hagel aus Stahlmantelgeschossen, der ihn auf der Stelle zerfetzen würde, lähmte ihn, und die MP entfiel seiner plötzlich kraftlosen Hand. Als sein Schließmuskel nachgab, lief er rot an.

02 : 45 Ortszeit, 17 : 45 Zulu – etwa eine Meile vor der Küste, 12 Meilen südlich der Ammak-Mündung, zwischen den Untiefen

HMS *Dolfin* kam langsam zum Stillstand und sackte in den hier wieder etwas schlammigeren Meeresboden. Es waren ohnehin nur ein paar Fuß bis zum Grund.

»Maschinen stopp!« Thorndykes Stimme klang abwesend, als würde er bereits die nächsten Schritte durchgehen. Zum Teil war es auch so. Ihr Taucher war verletzt und immer noch erschöpft. Was er dort draußen erlebt hatte, musste ihn ziemlich mitgenommen haben, aber Ian North wäre nicht Ian North gewesen, wenn er darüber groß gesprochen hätte.

Dennoch, die Nordkoreaner würden seinen Besuch nicht so schnell vergessen. Schon im Ablaufen war eine dumpfe Unterwasserexplosion zu vernehmen gewesen. Der Taucher hatte nur mit den Schultern gezuckt. Aber Thorndyke konnte sich den Rest auch so denken. Die Koreaner hatten offensichtlich ihren vermissten Taucher gefunden, mitsamt der Sprengfalle, die North an der Leiche zurückgelassen hatte. Ein cleverer Schachzug, denn die Explosion würde alle Spuren verwischen und nichts mehr auf die Anwesenheit eines fremden Tauchers hinweisen. Selbst die Sprengladungen in den Überresten der *Sailfish* konnten zuvor installierte Booby Traps sein. Diese Art der Vorgehensweise verriet auch einiges darüber, wie North dachte.

»Trevor, du übernimmst das Kommando!«

Der Erste sah ihn an. »Ich könnte doch auch gehen, Commander!«

Thorndyke schüttelte den Kopf: »Nein, ich will mir schon selbst ein Bild von der Lage machen. Wenn etwas schiefgeht ...«

»Dann kommen wir und holen dich!«

»Nein!« Die Stimme des Lieutenants klang scharf. »Genau das wirst du bleibenlassen, Trevor! Du wartest drei Stunden. Nicht länger. Dann verschwindet ihr hier! Sollte es vorher Ärger geben, dann haut ihr natürlich sofort ab. Das ist ein Befehl!« Er wandte sich zu dem wartenden Maschinisten um. »Hilf mir in den Anzug, Jack.«

»Wir haben nur noch Pressluft im Angebot, Commander!«

»Das reicht! Schließlich bin mehr See- als Froschmann!«

Collins erwiderte den kleinen Scherz mit einem breiten Grinsen. Sie waren alle gute Schwimmer, und Tauchkurse hatten natürlich mit zu ihrer Ausbildung gehört, auch wenn sie nicht mit ihrem Spezialisten Ian North mithalten konnten, sobald es etwa um die komplizierten Atemgase für größere Tiefen ging. Dass Thorndyke dennoch den Strand erreichen würde, war keine Frage, was er dort vorfand, jedoch eine ganz andere.

Thorndyke griff an seine Füße und löste die Flossen. Das Wasser war mittlerweile nicht mehr tief genug zum Schwimmen, und dabei waren es bestimmt noch fünfzig Schritte bis an Land. Behutsam richtete er sich auf. Am Ufer war nichts zu entdecken, was ungewöhnlich gewesen wäre und nicht dorthin gehörte.

Vorsichtig schlich er an den Strand, immer noch mit einer unliebsamen Überraschung rechnend. Aber nichts geschah. Alles blieb ruhig, abgesehen von ein paar Nachtinsekten, die ihn umschwirrten.

Thorndyke sah sich um. Zu seiner Linken befand sich der Fels, an den sich Baxter auf dem Bild gelehnt hatte. Als er näher heranging, sah er die dunklen Flecken im Sand, obwohl die Natur bereits am Werk gewesen war, sie zu beseitigen. Es kostete ihn einige Überwindung, sich hinzuknien und im Sand herumzusuchen. Als seine tastenden Hände mehrfach auf kleine weiche Teile stießen, versuchte er gar nicht erst hinzusehen, sondern stopfte sie in den wasserdichten Beutel mit der Pistole. Die Experten im Stützpunkt würden die Funde ohnehin genauer untersuchen. Thorndyke wusste bereits mehr als genug. Sein Tastsinn hatte ihm verraten, dass auf dem Finger, den er eingesammelt hatte, noch der Ring steckte.

Thorndyke konnte sich noch gut an die Verlobungsparty des jungen Lieutenants erinnern. War das alles, was von einem Mann blieb?

Ein letztes Mal noch sah er sich um. Was für ein verdammter Platz zum Sterben. Doch wenn es so weit war, dann spielte der Ort wohl ohnehin keine entscheidende Rolle mehr. Schritt für Schritt verschwand er wieder im Wasser.

Trevor James blickte auf die Uhr. Wieder war eine halbe Stunde vergangen. Er sah nach vorn: »Charles? Was macht unser Freund?«

Der junge Beobachter verzog das Gesicht. »Er schnüffelt immer noch herum. Abstand vier Meilen, läuft jetzt vier Knoten in eins-eins-null!«

Die Rechnung war einfach. In einer Stunde würde er hier sein. Und die *Dolfin* steckte in so flachem Wasser, dass er das Periskop ausfahren und sich umsehen konnte, ohne das Boot überhaupt vom Grund zu lösen.

»Wenn er noch näher kommt, müssen wir hier weg!«

Die Männer sahen ihn an, und der Erste wusste nur zu genau, was sie dachten. Aber er konnte das Boot nicht einfach wie eine brütende Ente auf die Nordkoreaner warten lassen.

»Was ist mit dem Commander?« Es war Charles Spencer, der ihre Besorgnis in Worte fasste.

Lieutenant James zuckte mit den Schultern. »Wenn es eng wird, dann muss er eben auf die Abholung warten, bis wir den Bastard fertiggemacht haben. Oder hat etwa einer von euch nur im Entferntesten geglaubt, wir würden Thorndyke im Stich lassen? Zu seinem Erstaunen senkte der junge Subbie bei diesen Worten betreten den Blick.

Thorndyke hörte das Schlagen der starken Schrauben unter Wasser. Es klang nicht besonders hochtourig, sondern eher geruhsam. Er tauchte auf, reckte den Kopf und spähte in die Dunkelheit. Über Wasser wirkte das Patrouillenboot, das mit starken Scheinwerfern die Oberfläche absuchte, noch weit entfernt. Die Bugwelle war nicht hoch und zeigte an, dass die Koreaner sich Zeit ließen. Thorndyke war heilfroh, dass sie im Moment nicht ihr Aktivsonar einsetzten, das einem Taucher schwere Schäden zufügen konnte. Nicht mehr zu wissen, wo oben und unten war, war noch das Harmloseste. Er tauchte wieder unter. Trotz der beginnenden Wadenkrämpfe schwamm er weiter, so schnell es ging.

19. Kapitel

03 : 00 Ortszeit, 18 : 00 Zulu –
Nördlich von Namp'o, Songun-Basis, Nordkorea

Hauptmann Park und Unteroffizier Chieng knöpften sich den Gefangenen noch während der Nacht vor, nachdem diesem alle Kleidungsstücke abgenommen worden waren, und ein paar Soldaten ihn mit eiskaltem Wasser abgespült hatten.

Park sah, wie die aufgerissenen Augen des Gefangenen jeder seiner Bewegungen folgten, und lächelte träge. »Ich werde Ihnen jetzt ein paar Fragen stellen.« Er machte eine Kunstpause. »Natürlich werden Sie zuerst den großen, starken Helden mimen.« Park zuckte ungerührt mit den Schultern. »Alle tun das hier! Aber nicht lange. Bevor wir also anfangen, erkläre ich Ihnen, was geschehen wird, wenn Sie wirklich den harten Mann spielen wollen. Sehen Sie die Instrumente, die mein Verhörspezialist in den Händen hält?«

Miller starrte ihn nur wortlos an. Park packte seine Haare und riss seinen Kopf empor. Schmerzhaft streckten sich seine ausgestreckten Arme in den Fesseln. Entsetzt blickte er die großen Krokodilklemmen an, die der Unteroffizier aneinanderhielt. Ein paar Funken sprühten, bevor Chieng die Kontakte schnell wieder trennte.

»Er wird sie an Ihren Genitalien befestigen und dann

Strom hindurchjagen. Ich habe mir von jemandem, der es wissen muss, versichern lassen, dass es sehr schmerzhaft ist.« Er grinste boshaft. »Manche Typen haben bis zu einem Dutzend Anwendungen gebraucht, bevor sie überzeugt waren, dass es besser sei, doch auszupacken. Aber soviel ich weiß, war keiner mehr nach der dritten ein Mann. Denken Sie darüber nach, bevor Sie hier den eisernen Engländer markieren.«

Über Millers Gesicht rannen Schweißströme, obwohl der Raum auf der untersten Sohle dieser Anlage eigentlich recht kühl war. Park konnte seine Furcht riechen. Der Mann war reif!

03 : 30 Ortszeit, 18 : 30 Zulu – etwa 1 Meile vor der Küste, 12 Meilen südlich der Ammak-Mündung, zwischen den Untiefen

John Thorndyke schwamm mit einem letzten Flossenschlag in die bereits geflutete und offene Schleuse und zog das Luk hinter sich zu. Licht flammte auf, und das Wasser begann zu sinken. Wütend zerrte er an seinen Flossen. Wegen seiner peinigenden Wadenkrämpfe hätte er am liebsten laut geflucht, aber dazu hätte er den Atemregler aus dem Mund nehmen müssen.

Als das Kabuff endlich leergepumpt war und wieder Normaldruck herrschte, schwang das Schott zur Zentrale auf, und Collins stieg über das Süll. »Dachte schon, du willst überhaupt nicht mehr wiederkommen, Commander!«

Thorndyke spuckte das Mundstück aus. »Ein Patrouillenboot ist nur ein paar Meilen südlich von uns unterwegs!«

»Der Erste will sich deshalb ja auch sofort wegschleichen, wenn du keine anderen Befehle hast, Commander.«

Thorndyke streifte die Weste mit der Pressluftflasche ab. »Nein, nichts wie weg hier und ab nach Hause! Hilf mir mal, den Kram loszuwerden.«

Der Maschinist packte an und stellte die Ausrüstung zur Seite. Dann machte er sich daran, die Taschen der Tarierweste zu leeren und die Pistole wieder einzusammeln. Als er realisierte, was der Beutel sonst noch enthielt, ließ er ihn fallen, als habe er eine glühende Kohle angefasst, und schluckte mehrmals trocken. »Baxter.«

»Könnte man so sagen.« Thorndykes Stimme klang rau. »Bleibt höchstens als Trost, dass ihm eine Gefangennahme durch die Nordkoreaner erspart geblieben ist.« Doch was zählte, war die Gegenwart. »Sag dem Ersten, er soll schon mal das Boot vom Grund lösen. Nur ein paar Fuß. Wir steuern in die Gräben zwischen den Sandbänken, da haben wir etwas mehr Bewegungsfreiheit.«

Collins gab die Anweisung sofort weiter. Pressluft zischte in Ballasttanks, und das Boot hob sich leicht vom Grund. Achtern lief der Elektromotor an, die Schraube drehte rückwärts, und langsam kam Bewegung in die fahrtlose *Dolfin*.

Nachdem er den Neoprenanzug wieder gegen seine verschwitzte Bordkombi eingetauscht hatte, stieg Thorndyke durch das Süll in die Zentrale. Etwas tapsig stakste er zum Sehrohr, an dem er Halt suchte. Trevor streifte ihn mit einem besorgten Blick, aber er winkte ab. »Wadenkrämpfe! Ich bin eben nichts Gutes mehr gewohnt. Also, was haben wir?«

»Ein kleines Patrouillenboot in null-sieben-drei! Es läuft mit wechselnden Kursen an der Küste entlang auf uns zu. Immer so etwa vier Knoten«, erklärte Spencer. »Außerdem habe ich gerade noch ein zweites Boot reinbekommen. Zwo-fünf-null, Abstand sieben Meilen. Läuft mit Südkurs, ebenfalls vier Knoten.«

»Danke, Charles.« Beinahe automatisch setzte sein Gehirn die Daten, die ihm der Beobachter mitgeteilt hatte, in ein Bild der Situation um. Zwei kleine Boote, die mit mäßiger Fahrt auf einen Punkt vor der Küste zuliefen, in dessen Nähe die *Dolfin* über den Grund schlich. Aber irgendwas war befremdlich. Und plötzlich fiel es Thorndyke wie Schuppen von den Augen: Das Schraubengeräusch des Patrouillenbootes, das er unter Wasser vernommen hatte ... es hatte irgendwie stark geklungen, laut, aber verhalten. In seinem Kopf schrillte eine Alarmglocke.

»Trevor! Rum mit dem Boot! Raus ins tiefere Wasser. AK!«

Trevor wollte etwas sagen, unterließ es aber, als er den Blick des Kommandanten sah. »Hart Steuerbord! Maschine AK voraus!«

»Jack, Maschinenstatus!«

»Batterien bei sechzig Prozent!«, meldete Collins.

Thorndyke überlegte kurz. Der Wert war gut für einen weiteren Tag mit Schleichfahrt, oder eben mal zwei Stunden bei AK! Das ließ ihm nicht viele Reserven. Er spürte, wie *Dolfin* Fahrt aufnahm.

»Aufkommen, John!«, ordnete der Erste an. »Neuer Kurs wird zwo-sieben-null! Genau westlich befindet sich eine Lücke zwischen den Sandbänken.«

»Trevor, wie weit ist die weg?«

»Dreieinhalb Meilen, Commander!«

Das bedeutete knappe dreißig Minuten bei AK. Nur hatten sie die nicht mehr. Er spürte Resignation in sich aufsteigen.

Spencers Stimme klang heiser. »Nummer eins nimmt Fahrt auf, dreht auf uns zu! Zehn Knoten, steigend!«

Er lauschte kurz in die andere Richtung. »Nummer zwei nimmt ebenfalls Fahrt auf. Er läuft jetzt beinahe genau Südkurs. Zwölf Knoten, steigend!«

Trevor sah ihn irritiert an. »Mit was für Dingern haben wir es da eigentlich zu tun?«

»Keine U-Boot-Jäger, Schnellboote.«

Der Erste nickte nachdenklich. »Sie dürften trotzdem Wasserbomben an Bord haben, keine großen Knaller zwar, aber unsere *Dolfin* ist ja auch nicht gerade ein Bootsriese.«

Spencer blickte von einem zum anderen. »Wieso Wasserbomben?«

»Ein alter Schnellboottrick, der noch aus dem Weltkrieg stammt. Die Boote sind zu schnell und wendig für Raketen. Die passieren einander auf ein paar Yards Entfernung mit voller Fahrt, und schon hat man das eigene Geschoss wieder am Hals. Aber wenn die Beteiligten bei so dichten Manövern Wasserbomben mit flacher Einstellung regnen lassen, zerreißt es das Jagdopfer.« Thorndykes Stimme klang belegt.

»Verstehe, Commander!«

Thorndyke unterdrückte den Impuls zu lachen, denn wahrscheinlich würde er nicht mehr damit aufhören können, wenn er erst einmal anfing. Er hatte die *Dolfin* in eine beinahe aussichtslose Lage gebracht. Um sie herum war überall nur flaches Wasser, und die Schnellboote würden ihrer Bezeichnung entsprechend laufen. Wenn der Subbie wirklich verstanden hatte, dann wurde er langsam ein Mann. Denn verstehen hieß, das Unvermeidliche zu akzeptieren.

An der Oberfläche kamen die beiden nordkoreanischen Schnellboote auf volle Fahrt. Die flachen Gleitrümpfe hoben sich mit spielerischer Leichtigkeit aus dem Wasser, bis beinahe die vordere Hälfte der Boote in der Luft zu hängen schien, während das Heck sich immer tiefer ins Wasser grub. Signale wurden gewechselt, mit denen die beiden Kommandanten ihr weiteres Vorgehen koordinierten. Breite Wasserschleier nach beiden Seiten werfend, drehten die Boote ein. Ihre Aktivsonare durchforschten das flache Wasser nach dem Feind, eine nicht allzu schwierige Aufgabe. Sie wussten ja, wo er hinmusste, kannten das Mauseloch zwischen den Sandbänken, durch das er entwischen wollte. Selbst wenn also nur ganz schwache Echos zurückkamen, sie reichten völlig.

In der Zentrale hörten sie das Ping des Aktivsonars kaum. Der Lärm, den die rasenden Schrauben an der Oberfläche verursachten, übertönte alles. Wenn ein großes Kriegsschiff über ein U-Boot hinwegrauschte, dann klang das so, als wäre oben drüber ein Expresszug unterwegs. Die Schnellboote hingegen weckten Assoziationen, die eher was mit einem Kettensägenmassaker zu tun hatten.

Verglichen mit ihren Jägern, bewegte sich die *Dolfin* ziemlich langsam. AK, das bedeutete acht Knoten, nicht mehr. Für ein konventionelles U-Boot im getauchten Zustand keine schlechte Geschwindigkeit, aber in Anbetracht der rund sechsunddreißig Knoten, die die Schnellboote im Moment liefen, war das gar nichts. Das erste Schnellboot würde sie in etwa acht Minuten erreichen, wobei die *Dolfin* bis dahin noch nicht einmal ein Viertel der Strecke zurückgelegt haben würde, die zu der Lücke zwischen den Sandbänken führte.

Acht Minuten! Acht Minuten können eine sehr kurze Zeit sein, wenn man auf einem Schnellboot ist und ein unsichtbares Ziel jagt. Alles wird auf einmal hektisch, der rasende Fahrtwind scheint den Männern auf der Brücke den Atem zu nehmen.

Acht Minuten können verdammt lang sein, wenn man in einem U-Boot hockt und über den Grund schleicht. Wenn das eigene Leben an einem vorbeizieht, wenn man mit der eigenen Verzweiflung kämpft. Sie können aber auch sehr kurz sein, wenn man nach einem Ausweg sucht, dem Unvermeidlichen doch noch zu entkommen. Für John Thorndyke reichte die Zeitspanne, um zu einer Entscheidung zu kommen.

Das Rasen der Schrauben über ihnen wurde immer lauter. Spencer musste schreien, um seine Meldungen zu Gehör zu bringen. »Vierhundert Yards ... Dreihundert ...« Das Ping der Ortungsgeräte wurde ungleichmäßig. Beide Boote hatten sie erfasst, aber fürs Erste wurde das Echo immer undeutlicher, je näher es kam.

»Hart Backbord!« Thorndyke brüllte, ohne die Bestätigung abzuwarten, nach vorn zu Spencer: »Aktivsonar! Ich brauche die genauen Tiefen!«

Die ersten beiden koreanischen Wabos klatschten ins Wasser. Wegen der flachen Einstellung krepierten die Ladungen dicht über dem Grund. Die rasenden Schrauben hatten das Schnellboot längst einige Dutzend Yards weitergetrieben, als zwei hohe Säulen aus Wasser, Schlamm, zerfetzten Fischen und Wasserpflanzen hinter ihm in die Höhe schossen. Die Druckwellen schüttelten das Schnellboot, aber es war bereits zu weit entfernt, um Schaden zu nehmen.

Unter Wasser wurde die *Dolfin* gebeutelt wie eine Ratte im Maul eines Terriers. Glas splitterte, Licht flackerte, das Rollen des Donners verwandelte das Innere des Bootes in ein Inferno. Lampen fielen aus, aber nach einem kurzen Flackern stabilisierten sich die Monitore vor dem Beobachter wieder.

John Thorndyke verlor den Halt und prallte hart gegen den Rudergänger. Für einen Augenblick schlingerte das Boot noch mehr. Die Navigationsinstrumente auf Trevor James' Kartentisch machten sich selbständig, als das Boot bockte wie ein scheuendes Pferd.

Dann, ganz plötzlich, war der Ansturm vorbei. Die Notbeleuchtung spendete ein düsteres Licht. Irgendwo tropfte Wasser, wie in einer Tropfsteinhöhle.

»Schäden melden!« Thorndykes Stimme war nicht mehr als ein Krächzen. »Folgt das Ruder? Was ist mit der Schraube?«

»Ruder folgt, Maschine geht volle Umdrehungen!«, verkündete John Clarke, der Rudergänger. »Ruder liegt wieder hart Backbord!«

»Okay, John, einen vollen Kreis und wieder auf die Lücke zu!«

Collins kam von achtern. »Der Frischwassertank ist lädiert, ansonsten ist hinten alles okay!«

»Na, dann kannst du mir ja helfen, den Kram hier einzusammeln!«, forderte James ihn auf, der auf allen vieren über das Stahldeck rutschte und seine Utensilien aufklaubte.« Sein Grinsen war etwas blass. »Gute Nummer!«

»Wir sind noch nicht durch! Charles, wie sieht es aus?«

»Nummer zwei hat abgebrochen und läuft einen Bogen! Geht mit der Fahrt runter! Er scheint Nummer eins in die Quere gekommen zu sein.«

Thorndyke lächelte schmal. Die beiden Schnellbootkommandanten mochten ambitioniert sein, aber sonderlich erfahren waren sie offenbar nicht. Die hohe Fahrt des ersten hatte ihn fast in den Angriffskurs des zweiten Schnellbootes getrieben. Der zweite Kommandant hatte seinen Angriff nicht durchführen können, weil er sonst mit dem anderen Boot kollidiert wäre. »Schön, dann wird es Zeit, den Burschen etwas Angst zu machen. Peil den zweiten mit dem Aktivsonar ein, und gib ordentlich Saft drauf, Charles!«

»Er wird uns sofort hören, Commander!« Spencer sah ihn erschrocken an.

Thorndyke grinste wölfisch. »Das *soll* er ja auch!«

»Aye, aye, Commander!« Spencer tätigte ein paar Schaltungen. Deutlich vernehmbar verhallte das Ping im Wasser. Dann kam plötzlich die Reflexion. Pi-Ping ... Pi-Ping ... Pi-Ping. Weitere Impulse mischten sich, da auch die beiden Schnellboote ihr Aktivsonar einsetzten.

»Nummer zwei dreht nach Steuerbord und nimmt wieder Fahrt auf!« Spencer konnte es fast nicht glauben.

Trevor erhob sich und grinste. »Der ist ein Trottel!«

Der Commander nickte. »Peil ihn noch ein paar Augenblicke ein, aber behalte den anderen auch weiterhin im Auge. Was treibt der?«

»Nummer eins dreht ebenfalls nach Steuerbord. Läuft jetzt dreißig Knoten in null-drei-eins, dreht weiter!«

Thorndyke konnte sich die Situation an der Oberfläche vorstellen. Um das Nervenkostüm des zweiten koreanischen Kommandanten dürfte es mittlerweile nicht mehr gut bestellt sein. Erst war er fast in seinen Kameraden gerauscht, dann hatte ihn das U-Boot mit der offensichtlichen Absicht angegriffen, ihm einen Aal zu verpassen, und nun – Thorndyke schaute auf die Uhr, eine Minute war vergangen – würde er langsam begreifen, dass er gerade mit weit über dreißig Knoten auf eine Untiefe zuhielt.

»Neuer Kurs liegt an, Commander. Zwo-sechs-acht.« Die Stimme des Rudergängers klang fragend.

»Charles, kannst du das bestätigen?«

Der Beobachter betrachtete die 3-D-Darstellung auf seinem Monitor. »Genau in die Mitte! Nummer eins wird uns allerdings vorher erwischen, er ist schon zur Hälfte rum!«

»Abwarten! Dreht Nummer zwei endlich von der Sandbank weg?«

»Nummer zwei dreht weiter nach Steuerbord. Ist jetzt auf Kurs zwo-neun-null bei sechsunddreißig Knoten.«

»Frage Peilung?«

Spencer räusperte sich. »Null-null-null geht durch!«

»Scheiße, der schafft das über die Sandbank!« Trevor James spähte böse auf die Karte und seine Notizen. »Dabei soll es dort angeblich nur ein paar Fuß Wassertiefe geben.«

»Der hat nur vier, maximal fünf Fuß Tiefgang.« Thorndyke dachte nach. »Das ist wie ein Trichter, je weiter wir kommen, desto weniger Spielraum haben wir.«

»Nummer eins läuft wieder an!« Spencers Stimme klang dringend.

Thorndyke verzog das Gesicht. »Frage: Abstand zur südlichen Sandbank?«

»Eine Meile jetzt noch.«

Der Kopf des Commanders ruckte herum. »John, bereithalten. Wir halten den Kurs durch, aber die Schraube muss auf mein Zeichen rückwärts gehen.«

»Aye, aye, Sir!«

James blickte seinen Kommandanten ruhig an. »Dir ist klar, dass es uns dabei den Bug aus dem Wasser reißen kann?«

»Schon, aber was würdest du an meiner Stelle tun?«

»Ausbrechen nach Backbord. Da haben wir den meisten Platz.«

»Richtig.« Thorndyke zögerte, während das Kreischen der rasenden Schrauben immer lauter wurde. »Und genau das wird auch der da oben annehmen!« Er wandte sich zum Maschinisten um. »Haben wir noch genügend Pressluft für zwei Schnellauftauchmanöver? So weit raus aus dem Wasser, wie es geht?«

»Nur wenn das zweite nicht mehr ganz so dringend ist.«

»Gut. Dieses Mal lassen wir ihn noch ins Leere laufen. Aber behalt die Hand am Ventil, Jack!«

»Vierhundert Yards ... dreihundert ...« Spencers Stimme klang unbewegt.

Thorndyke wartete bis zweihundert. Dann brüllte er: »Rückwärts!«

Es dauerte Sekunden, bis die Schraube zum Stillstand kam und begann, in die andere Richtung zu drehen. Die Kräfte der E-Maschine stemmten sich gegen das Bewegungsmoment des Bootes. Ein Gefühl entstand, als sei die *Dolfin* gegen eine Gummiwand gefahren. Immer noch glitt das Boot vorwärts, wenn auch die Geschwindigkeit schnell abnahm. Erst als das heranstürmende Schnellboot bereits ihren Kurs kreuzte, war die Fahrt auf null, und die *Dolfin* begann, Fahrt über Heck aufzunehmen.

Wieder klatschten Bomben ins Wasser. Der Kommandant von Nummer eins hatte sein Manöver genau abgepasst. Wahrscheinlich hatte er das andere Schnellboot bereits genauso abgeschrieben wie Thorndyke. Selbst wenn das Boot es bei dieser Fahrt doch noch irgendwie schaffen sollte, über die Sandbank zu rutschen, würden die schnell drehenden Schrauben genug Sand in die Wellenschächte saugen, um einen Kolbenfresser oder dergleichen zu erzeugen. Von diesem Moment an war das zweite Boot so oder so waidwund, selbst wenn es nicht auflief.

Der Kommandant von Nummer eins wusste das genauso gut wie Thorndyke, und folglich hing nun alles von ihm ab. Das U-Boot konnte nur nach Backbord ausweichen, genau in seinen Kurs hinein. Es gab nirgendwo anders genügend Raum. Zwei Wasserbomben rollten über das Heck, und noch bevor sie detonierten, folgte ein weiteres Paar.

Die *Dolfin* glitt langsam rückwärts. Die ersten beiden Explosionen trafen den stumpfen Bug mit der Wucht von Schmiedehämmern. Im Inneren hielt Trevor James verzweifelt seine Navigationswerkzeuge fest, während er sich an den Kartentisch klammerte. Ein Schapp über dem Funkpult sprang auf, und eine Lawine aus Ordnern und Schlüsselunterlagen polterte auf Ian North hinab, dem nichts anderes übrigblieb, als den Kopf einzuziehen.

Thorndyke klammerte sich mit aller Kraft am Sehrohrschacht fest. Während seine Füße einen unsicheren Tanz auf dem wie betrunken schwankenden Deck aufführten, konnte er wenigstens verhindern, haltlos durch das Boot geschleudert zu werden.

Für John Clarke war es ein Kampf mit dem Ruder. Das Boot gierte in den Druckwellen hin und her. Als die beiden später geworfenen Ladungen krepierten, wurde das Boot von der Druckwelle für ein paar Herzschläge lang mit dem Heck in den Sandboden gedrückt und drohte völlig querzuschlagen.

Das Geräusch der Schrauben über ihnen veränderte sich, während die Druckwellen verebbten. John Clarke grinste unsicher, als er das Boot wieder auf Kurs brachte, sagte aber nichts.

Thorndyke sah sich kurz um. Erfreulicherweise hatte es anscheinend auch diesmal keine ernsteren Schäden gegeben. Nur am Sehrohrschacht rieselte Wasser hinunter in die Bilge. Schade drum, aber im Augenblick konnte er das Periskop sowieso nicht benutzen. »Jack, sieh zu, dass du das Wasser zum Stehen kriegst.« Seine Hand legte sich auf die Schulter des Rudergängers. »Und jetzt vorwärts, John! Die Sportsfreunde da oben sollen glauben, wir versuchen es mit der Rinne.«

Die Schraube kam zum Stillstand, und das Boot schwebte einen Augenblick lang frei im Wasser, bevor die Schraubenblätter griffen und den Rumpf vorwärts drückten.

»Nummer zwei kommt von der Sandbank ab und geht mit der Fahrt runter. Läuft jetzt zwanzig Knoten in null-sechs-null mit Kurs null-eins-null!« Spencer machte eine Pause. »Der andere geht mit der Fahrt runter und dreht nach Backbord. Seine Schrauben scheinen jetzt rückwärts zu laufen!« Er konnte es nicht fassen. »Wieso hast du das vorhergesehen, Commander?«

»Er war von Anfang an der, der sich nicht gegen die Sandbank treiben ließ. Er kam von hinten, während sein Kollege versuchte, uns den Weg abzuschneiden. Aber als Nummer zwei auf die Sandbank raste, musste er uns irgendwie davon abhalten, dem Kerl einen Aal zu verpassen.« Er lauschte dem fernen Rasen der Schrauben. »Na, dann wollen wir auch ihm mal zeigen, was wir alles so draufhaben.«

Der Erste sah den Commander nachdenklich an. »Er wird seinen Bogen geschlagen haben, bevor wir durch die Lücke sind. Und selbst wenn, was hält ihn davon ab, uns zu folgen und weiter zu beharken?«

»Der längere Weg!« Thorndyke grinste. »Er wird sich entscheiden müssen.«

Lieutenant James begriff. »Du hattest nie vor, durch die Lücke zu gehen!« Seine Augen weiteten sich. »Du willst *über* die Sandbank!«

Der Kommandant zuckte mit den Schultern. »Warum nicht? Wenn wir alle Zellen ausblasen, stehen wir zwar hoch aus dem Wasser, aber wir haben gerade mal etwas über drei Fuß Tiefgang. Die Schnellboote haben mehr, ihre Schrauben schlagen tiefer.« Er blinzelte seinem Ersten zu. »Und nachdem der eine Koreaner freundlicherweise die nördliche Sandbank für uns ausgemessen hat …«

»Du bist ein eiskalter Misthund, Commmander, aber das könnte hinhauen!«

»Danke für die Blumen! Aber jetzt an die Arbeit! Charles, sag Bescheid, wenn das Schnellboot auf uns eindreht! John, bei zweihundert Yards will ich Steuerbord zwanzig sehen. Volle Kraft. Und dann hoch mit uns. Jack, wenn John andreht, dann alle Zellen anblasen. Das muss alles sehr schnell gehen. Sowie wir auf der anderen Seite sind, müssen wir sofort wieder unter Wasser verschwinden.«

»Der Buckel der Sandbank ist nicht einmal acht Kabellängen breit, aber das dürfte reichen, auf dem Stück ein Schützenfest mit uns als Zielscheibe zu veranstalten.«

»Abwarten, Trevor, abwarten.«

Spencer drehte sich um: »Er dreht ein, Commander!«

»Dann wollen wir mal!«, erklärte Thorndyke entschlossen.

Wieder preschte das Schnellboot heran. In den Racks auf dem Achterdeck lagen die restlichen vier Wasserbomben, die die letzte Chance bedeuteten, das verdammte U-Boot doch noch zur Strecke zu bringen. Befehle wurden gerufen, und die Wabos fielen über das niedrige Heck in den wirbelnden Schraubenstrom, nicht paarweise, sondern in einer Linie, die sich nach Backbord krümmte. Als die Ladungen donnernd krepierten, Geysire aus der See aufstiegen und der flache Graben zwischen den Sandbänken zu kochen schien, blickten die Männer von der eckigen Brücke gespannt nach achtern. Das müsste es doch eigentlich für diese verdammte U-Boot gewesen sein!

Die *Dolfin* drehte nach Steuerbord, und der Bug hob sich steil an. Die erste Wasserbombe lag zu weit ab, doch die Detonation der zweiten war brutal. Die Druckwelle lief über den flacher werdenden Grund und traf das Boot von backbord achtern. Einer der Außenbordsverschlüsse wurde undicht, und die *Dolfin* rollte schwer auf die Steuerbordseite. Nummer drei fiel zwar noch etwas näher, aber der Winkel der Druckwelle lag nach der Kursänderung etwas achterlicher. Die *Dolfin* hatte sich noch nicht wieder aufgerichtet, als der Stoß das Boot traf. Wie mit der Faust eines Giganten wurde das kleine U-Boot nach oben und vorne gedrückt.

Die Besatzung auf dem koreanischen Schnellboot hatte den Eindruck, ein riesiger Delphin springe aus dem Wasser. Als der Bug der *Dolfin* wieder zurückfiel, streifte er kurz den Sand der Untiefe. Die vorderen Tiefenruder schnitten durch Seetang, als die auf AK drehende Schraube das Boot über das Flach jagte. Zwischen dem Ballastkiel und dem drohenden Unheil lagen zwei Handbreit, nicht mehr.

Eine Fluchkanonade brach auf der Brücke des Schnellbootes aus. Ruderkommandos wurden gegeben, um das Boot herumzureißen, aber die Schraube lief bereits wieder rückwärts, um in dem engen Raum vor der südlichen Sandbank drehen zu können. Nutzlos zeigte das Geschütz auf dem Vordeck in die falsche Richtung, und dabei hätte die hoch aus dem Wasser stehende *Dolfin* das perfekte Ziel geboten. Nur dass kein Geschütz zum Tragen kam. Als das nordkoreanische Schnellboot endlich seinen Schwenk weit genug vollzogen hatte, begann das U-Boot bereits wieder auf der anderen Seite der Sandbank in die Tiefe zu gleiten.

12 : 30 Ortszeit, 03 : 30 Zulu –
Nordwestlich von Namp'o, etwa 12 Meilen vor der Küste

Die Stille war bedrückend. Sie hatten alles versucht und waren sogar das Risiko eingegangen, Gebrauch von ihrem Unterwassertelefon zu machen, doch die *Stingray* hatte nicht geantwortet.

John Thorndyke sah sich in seinem Boot um. Es gab ein paar elektrische Ausfälle, einige Schapps hatten nachgegeben, das Sehrohr war Schrott, aber das Boot selbst war immer noch intakt. Während der Nacht waren sie zeitweise aufgetaucht gelaufen, um die Batterien zu laden und die Pressluftflaschen aufzufüllen.

Die Männer sahen ihren Commander schweigend an, der nachdenklich auf seiner Unterlippe kaute. Die *Stingray* meldete sich nicht. Das konnte heißen, Summers war auf dem Heimweg, mochte aber genauso gut bedeuten, dass er und seine Besatzung hier irgendwo tot in ihrem stählernen Sarg auf Grund lagen. Doch für eine ausgedehnte Suche reichte ihr knapper Kraftstoffvorrat nicht aus. Thorndykes Stimme klang heiser vor Erschöpfung und Frustration. »Also gut, machen wir uns auf den Heimweg. Vielleicht befindet sich die *Stingray* ja auch bereits in der Basis.«

Achtzehn Stunden später lief HMS *Dolfin* aus eigener Kraft in die Bucht. Der Dieseltank war bis auf wenige Gallonen leer, und die Batterieanzeige stand bei vierzig Prozent. Ihr Schwesterboot *Stingray* lag nicht an der Pier, nicht an der Seite des Mutterschiffes und, wie sie später herausfanden, auch nicht in der Halle.

20. Kapitel

21 : 30 Ortszeit, 12 : 30 Zulu – Inchon Base, Südkorea

Lieutenant Commander Thorndyke konnte die Augen kaum noch offen halten. Erst vor einer Stunde war er mit der *Dolfin* wieder eingelaufen, und seither summte und brummte der ganze Stützpunkt vor Aktivität. Die menschlichen Überreste, die Thorndyke am Strand gefunden hatte, waren postwendend in den Sanitätsbereich gewandert und würden noch vor dem Morgen per Flugzeug auf den Weg nach London gebracht werden. DNA-Vergleiche würden die letzte Gewissheit geben, auch wenn Thorndyke bereits den Ring an Baxters Finger erkannt hatte.

Die *Sailfish* jedenfalls war zerstört, und es war mehr als unwahrscheinlich, dass die Nordkoreaner aus den Trümmern große Erkenntnisse über die wahren Fähigkeiten dieser Kleinst-U-Boote gewinnen konnten. Gerade für ein Land wie das ihre hätte eine intakte *Sailfish* eine wahre Fundgrube dargestellt, denn sie hatten ja im Laufe der Jahre selbst Kleinst-U-Boote entwickelt und gebaut – mit anderer strategischer Zielsetzung zweifellos, aber mit einem derartigen Beutestück wäre es möglich gewesen, technisch Anschluss zu finden, vor allem aber, wirksame Abwehrmaßnahmen zu entwickeln.

Die *Dolfin* hatte keine Wasserproben genommen, weil ein entsprechender Container vor dem Auslaufen zu diesem Einsatz nicht installiert worden war. Trotzdem hatten die Computer eine Menge Informationen gesammelt, die Strömungen, Wassertiefen oder auch Wassertemperaturen betrafen. Die Experten waren bereits dabei, die Daten auszulesen. Zum ersten Mal ergab sich ein ungefähres Bild der nordkoreanischen Westküste, und damit sollten sich eventuell auch weitere Hinweise herauskristallisieren lassen lassen, was die immer noch ominöse Geheimanlage der Nordkoreaner anging.

Trotzdem war Commander Dewan übelst gelaunt. »Mein Gott, Thorndyke, Sie haben die *Stingray* mit Summers zurückgelassen, den Abbruchbefehl nicht befolgt, ihr Taucher hat an der *Sailfish* Sprengfallen deponiert, deren es eigentlich nicht mehr bedurft hätte, und Sie haben sich außerdem noch ein Gefecht mit nordkoreanischen Schnellbooten geliefert. Was wollten Sie erreichen? Einen internationalen Konflikt ungeahnten Ausmaßes vom Zaun brechen?«

Thorndyke riss sich zusammen. »Die *Stingray* hatte einen unklaren Kontakt, Sir!«

»Davon rede ich, Thorndyke!« Dewan starrte ihn wütend an. »Die Befehle besagten, wenn Sie entdeckt werden, brechen Sie ab.«

»Wie gesagt, Sir, es handelte sich um einen unklaren Kontakt. Ich habe deswegen selbst einen Rundblick mit dem Periskop genommen. Von einer Überwassereinheit konnte er jedenfalls nicht herrühren, so viel steht fest.«

Der Commander runzelte die Stirn. »Verstehe. Nur besagen die Berichte unserer Dienste, dass es keine solchen Mini-U-Boote gibt. Außerdem sind die uns bisher bekannten Typen alle erheblich größer und lauter als unsere X4-Crafts. Wäre so ein Ding in der Nähe gewesen, dann hätte es alles andere als einen unklaren Kontakt gehabt.«

»Worum soll es sich denn gehandelt haben, Sir?«

»Eine Reflexion, von was auch immer. Vielleicht ist aber Summers auch nur einer Täuschung aufgesessen, was weiß ich.« Der Commander räusperte sich. »Wir wissen beide, dass der technisch mögliche Zeitrahmen für die *Stingray* bereits überschritten ist. Sie haben es ja selbst nur noch auf dem Zahnfleisch bis hierher geschafft. Ich glaube daher, wir müssen die *Stingray* abschreiben. Natürlich wird es eine Untersuchung geben, wie immer, wenn ein Schiff Ihrer Majestät verlorengeht. Was die *Sailfish* angeht, ist die Angelegenheit so weit klar. Im Falle der *Stingray* sollten Sie sich, ... nun ja ..., Sorgen machen, wie die Sache von einer Untersuchungskommission bewertet werden könnte. Der kommandierende Offizier setzt sich mit seinem Boot ab, während das zweite ihm unterstellte Boot einem unklaren Kontakt nachjagt und dabei verlorengeht.« Dewan sah den müden Mann auf der anderen Seite des Schreibtisches durchdringend an. »Sie wissen, wovon ich rede, Lieutenant Commander.«

Thorndyke hob den Kopf. »Ich bin mir darüber im Klaren, Sir. Die Untersuchungskommission kann das als Pflichtversäumnis auslegen und den Fall an ein Militärgericht verweisen, das dann mich zum alleinigen Sündenbock stempeln und alle anderen Beteiligten reinwaschen wird.« Für einen Augenblick herrschte Schweigen, dann stand er auf und angelte nach der Mütze, die vor ihm auf dem Schreibtisch lag. »Wissen Sie, Commander, wie sehr mich das im Augenblick interessiert?«

Dewans Augen weiteten sich. »Sie impertinenter Mistkerl! Das können Sie nicht machen!«

»Was?« Thorndyke blickte ihn verächtlich an. »Die *Dolfin* braucht nur neu versorgt und ein paar Bagatellschäden müssen repariert werden. Ich schlage vor, dass wir noch einmal losfahren und die *Stingray* suchen. Vielleicht können unsere amerikanischen Freunde ja auch mal zur Abwechslung etwas zu der ganzen Sache beitragen. Bisher macht das alles für mich nämlich wenig Sinn.« Er zwang sich zu einem Grinsen: »Mag sein, dass es eine Untersuchung geben wird, aber mutmaßlich werden dann auch jene unklaren Informationen und Verzögerungen zur Sprache kommen, die es gab, bevor wir überhaupt damit beginnen konnten, nach der *Sailfish* zu suchen. Die Sache stinkt, Sir! Und es wird Zeit, dass wir herausbekommen, was hier gespielt wird.«

Dewan sah ihn ungerührt an. »Und was wäre das Ihrer Meinung?«

»Vom ersten Einsatz an waren die Dinge widersprüchlich. Die EMP-Minen, auf die die *Dolfin* gelaufen ist …«

»Unter Ihrem Kommando, Thorndyke!«, warf Dewan sofort ein.

»Ja, unter meinem Kommando. Aber das ändert nichts daran: Diese Minen sind dazu bestimmt, Kleinst-U-Boote aufzubringen, nicht, sie zu versenken. Bei unserem zweiten Anlauf erstreckten sich die für uns ersichtlichen Aktivitäten der Nordkoreaner im Wesentlichen auf den Bereich zwischen Namp'o und etwa dreißig Meilen nördlich davon. Warum jedoch nicht noch weiter nördlich? Weil dort nämlich die Suchaktion in einer Form durchgeführt wurde, von der wir nichts mitbekommen haben.«

»Also glauben Sie weiterhin, dass die Nordkoreaner Kleinst-U-Boote entwickelt haben, die in etwa mit unseren vergleichbar sind?« Dewan beugte sich vor. »Sie wissen, was die Schlussfolgerung daraus wäre?«

Thorndyke stülpte sich wütend die Mütze auf den Kopf: »Ja, es bedeutet, dass diese geheimnisvolle Basis der Stützpunkt dieser Fahrzeuge ist – keine Atomanlage, sondern ein Wespennest voller maritimer Kleinkampfmittel. Wenn das stimmt, dann dürften die Amerikaner es zumindest geahnt haben.«

Thorndyke wandte sich um und ging zur Tür. Auf halbem Weg hielt ihn die Stimme des Commanders auf.

»Sehen Sie zu, dass Sie etwas Schlaf finden. Ich werde mich noch mal mit unserem Freund Small unterhalten.« Er zögerte. »Mein erster Impuls war, Sie als Kommandanten ablösen zu lassen. Freuen Sie sich nicht zu früh, es kann immer noch dazu kommen. Small jedenfalls ist stinksauer.«

John wandte den Kopf. »Dann sagen Sie ihm einen schönen Gruß von mir, ich bin es nämlich auch.«

11 : 45 Ortszeit, 16 : 45 Zulu – Langley, Virginia, USA

»Hier ist die Scheiße am Kochen, Boss!« Small klang erbost. »Dewan hat mich gerade ziemlich in die Zange genommen wegen der EMP-Minen, angeblicher Mini-U-Boote, die von den Nordkoreanern eingesetzt werden, und wegen der ganzen Anlage. Die Limeys glauben nicht mehr, dass wir nichts davon gewusst haben.«

»Er merkt, dass Sie etwas verheimlichen, auch wenn er jetzt völlig auf der falschen Spur ist«, erklärte Marsden.

»Scheint so, Boss!« Small atmete tief durch. »Was für ein verdammtes Durcheinander.«

»Das sollte Ihnen eine Lehre sein, Small. Ziehen Sie niemals gleichzeitig zwei Geschichten auf, wenn Sie nicht genügend Leute dafür haben.«

»Ich weiß, Boss, das haben Sie schon mal gesagt.« Small zögerte. »Mein aktuelles Problem ist dieser Thorndyke. Er will noch mal los, um die *Stingray* zu suchen und endlich in Erfahrung zu bringen, was es mit der Basis auf sich hat.«

»Das ist ja eigentlich auch gar nicht so verkehrt. Wenn Sie ihn überzeugen können, dass er die Prioritäten richtig setzt ...«

»Genau das wird das Problem sein, Sir. Es kursiert hier nämlich eine alte Geschichte. Die Frau von Summers ist die frühere Freundin von Thorndyke. Manche meinen, da liefe noch immer was.«

Roger Marsden pfiff schrill durch die Zähne. »Nett! Und was glauben Sie?«

»Janet Summers würde ihn vermutlich sofort wieder mit Handkuss nehmen. Sie hat so ein gewisses Etwas im Blick, falls Sie verstehen, was ich meine, Boss.«

»Es ist zwar schon ein Weilchen her, aber ich war auch mal jung. Entscheidend ist, wie Thorndyke dazu steht.«

Small zögerte. »Um ehrlich zu sein, ich weiß es nicht.«

Marsden ging im Geiste die Personalunterlagen durch. Wenn er sich auf etwas verlassen konnte, dann auf sein gutes Gedächtnis. »Er ist nicht verheiratet und scheint auch keine feste Freundin zu haben. Egal, ob was dran ist oder nicht, Sie könnten also dieses Gerücht benutzen, um der Sache eine pikante Note zu geben. ›Shallow Waters‹ ist gescheitert, aber die Schuld lag bei den Limeys. Der Kommandant, der es verbockt hat, fliegt unehrenhaft aus der Navy, und die Akte wird geschlossen. Und was ›Korean Rap‹ angeht, so hat Ihr Mann dort genügend Munition, vorausgesetzt, er lässt sich jetzt auf den letzten Schritten nicht noch kriegen. Der ganze Wirbel würde dann noch viel größer.«

»Und wie sähen die Alternativen aus?«

Marsden dachte nach. »Sie können allenfalls Thorndyke den Rücken stärken. Vielleicht kriegt er raus, was die Schlitzaugen in dieser Basis wirklich treiben. Das wäre so etwas wie der Jackpot. Nur, wenn es schiefgeht, werden wir alle rasiert, und dieser Thorndyke als Erster. Die Royal Navy ist da ziemlich rigoros.«

00 : 00 Ortszeit, 15 : 00 Zulu – Inchon Base, Südkorea

In der großen Halle wurde immer noch mit Hochdruck gearbeitet. Für Dewan hatte es den Anschein, als würden die Mechaniker das halbe Boot auseinandernehmen, aber sein technischer Stabsleiter hatte ihm versichert, dass die *Dolfin* in zwölf Stunden wieder im Wasser wäre, danach noch ein paar Funktionstests, und sie würde wieder einsatzbereit sein.

Commander Dewan nickte ein paar Leuten kurz zu und verließ die große Halle. Vor dem zunehmenden Mond sah er am Himmel Wolken vorbeiziehen. Schlechtwetter bahnte sich an. Nachdenklich ging er den Weg entlang. Es würde Sturm geben, an allen Fronten. Selbst wenn die *Dolfin* wieder seeklar war, so war er sich selbst nicht sicher, ob er dann auch den Auslaufbefehl geben sollte. Zu viel war noch unklar.

Michael Dewan spürte den Zorn in sich aufwallen. Er hatte das selbst alles schon zur Genüge mitgemacht, als es darum ging, vom Irak aus jenseits der Grenze im Iran Aufklärung zu betreiben, um endlich herauszubekommen, wo die Terroristen ins Land geschleust wurden. Derartige Einsätze, ob zu Wasser oder zu Land, unterlagen dem gleichen Grundschema. Wenn es schiefging, wollten alle ihre Hände in Unschuld waschen. Auch ihm hatte ein Militärgerichtsverfahren gedroht, weil er die ihm anvertrauten Männer samt und sonders verloren hatte. Dass er selbst wieder aus dem Iran herausgekommen war, war reines Glück gewesen. Sie waren in eine Falle gelaufen und nach und nach wie Hasen abgeschossen worden. Ihn hatte ein Streifschuss am Kopf erwischt, und einer seiner Leute hatte ihn in ein Haus gezerrt. Er hatte nie erfahren, wer sein Retter gewesen war. Die Letzten seiner Männer waren gefallen, während er bei einer verschreckten iranischen Familie bewusstlos im Hinterzimmer lag. Aber wer glaubte einem schon so eine Geschichte, wenn man als Einziger zurückkam? Wenn England und vor allem die Truppe nicht so dringend Heldenfiguren gebraucht hätte, dann wäre er geschasst worden. Stattdessen hatten sie ihm einen Orden umgehängt und ihn befördert. Aber die Gesichter seiner Männer verfolgten ihn noch immer. Jede Nacht.

14 : 00 Ortszeit, 19 : 00 Zulu – Langley, Virginia, USA

Marsden musste einen Augenblick warten, bis sich eine verschlafene Stimme meldete.

»Hallo?«

»Jack, kommen Sie mal schleunigst zu sich!«

Small fluchte am anderen Ende der Leitung. »Verdammt, es ist hier vier Uhr morgens, Boss!«

»Na und? Unsere Bildauswerter haben endlich die

Basis gefunden. Ihr spezieller Freund Thorndyke hatte recht, es es existiert dort eine Art unterirdischer Tunnel, der auf unseren Satellitenaufnahmen nicht auszumachen ist. Erst wenn man überhaupt eine Idee hat, wonach man suchen muss, kann man den Kanal erkennen, der zu der U-Boot-Schleuse führt.«

Small stöhnte. »Verdammt. Was ist das für ein Teil? Eine Raketenstellung, eine Marinebasis, eine Atomanlage oder alles auf einmal?«

»Daran arbeiten wir noch. Hausintern gibt es dazu verschiedene Meinungen, aber die sind im Moment zweitrangig.«

Small war auf einmal hellwach. »Und worin besteht das brennende Problem?«

»Die Schlitzaugen haben letzte Nacht etwas nördlich der Zufahrt nach Namp'o eine Bergung vorgenommen. Ob es sich dabei um eines ihrer eigenen Boote oder die *Stingray* handelte, ist ungewiss. Die Infrarot-Aufnahmen zeigen lediglich, dass ein Kleinst-U-Boot etwas unter Wasser zur Basis geschleppt hat, von dem so gut wie keine Wärmeabstrahlung ausgegangen ist. Das aber spricht dafür, dass es sich um die *Stingray* gehandelt haben könnte, denn es ist eher unwahrscheinlich, dass die Nordkoreaner bereits über die gleiche Technologie wie die Tommys verfügen, was die Abschirmung der Wärmestrahlung betrifft. Deshalb war ja auch das schleppende Boot recht gut zu erkennen.«

»Scheiße! Was nun?« Small dachte angestrengt nach.

»Die Entscheidung liegt bei Ihnen. Niemand will eine neue Pueblo-Krise heraufbeschwören. So, wie es aussieht, nicht einmal die Nordkoreaner. Sie könnten allenfalls Zeter und Mordio schreien, müssten dann aber auch zugeben, dass ihre Volksmarine nicht in der

Lage war, ihre geheimste Anlage zu schützen.« Er zögerte. »Es ist, wie gesagt, Ihre Entscheidung. Wenn Sie Dewan nichts davon erzählen, bleibt alles unverändert beim Alten, und die *Stingray* und deren Besatzung werden einfach für immer verschwunden bleiben.«

»Existiert denn überhaupt eine Alternative, Boss?«

Marsden senkte die Stimme. »Die Besatzung der Basis ist vermutlich nicht allzu groß. Es gibt in Seoul bei unseren Spezialeinheiten einen Lieutenant Colonel namens Sam Webster. Er hat ein paar extrem gute, handverlesene SEALs unter seinem Kommando, alle asiatischer Herkunft, auch wenn sie Amerikaner sind. Ich habe mit ihm telefoniert. Er hält es für möglich, dort einzudringen, die *Stingray* zu sprengen und wieder zu verschwinden. Jedenfalls wenn das letzte ihrer U-Boote ihn dorthin bringen kann und wieder zurück. Es ist ein Job für einen kleinen Stoßtrupp.«

Einen Augenblick lang herrschte Schweigen. Dann hörte Marsden Jack Smalls Stimme. »Mein Gott, wenn das schiefgeht, dann kommt es zum großen Knall.« Es klang, als würde der CIA-Agent plötzlich grinsen. »Verdammt, andererseits pokern wir alle damit schon seit zig Jahren rum, nicht wahr?«

»Wahrscheinlich wird man in dem Fall in Pjöngjang mit dem Säbel rasseln, aber sie wissen genau, dass sie damit nicht durchkommen, also wird alles so ablaufen wie die letzten Krisen auch.« Er straffte sich etwas. »Ich sage Sam Webster, er soll Sie mal besuchen und am besten gleich seine Männer mitbringen.«

»Prima! Und, Boss, ... Danke!«

»Schon in Ordnung! Nur verbocken Sie es nicht, Jack.«

Small schüttelte an seinem Ende der Leitung den Kopf. Das war Wahnsinn, aber die Welt war sowieso wahnsinnig. »Ich tue mein Bestes, Boss!« Die beiden Männer legten auf.

Jack Small betrachtete das Telefon. Er brauchte Dewan und er brauchte Thorndyke, und das ein bisschen plötzlich.

21. Kapitel

08 : 30 Ortszeit, 23 : 30 Zulu – Inchon Base, Südkorea

»Die Zeit drängt, meine Herren! Die *Dolfin* wird in schätzungsweise einer Stunde wieder zu Wasser gelassen. Die Konfiguration ist prinzipiell die gleiche wie beim letzten Einsatz.« Dewan ließ den Blick über die ausdruckslosen Gesichter vor ihm wandern, die immer noch grau und erschöpft wirkten. Die Crew der *Dolfin* hatte ja kaum Zeit gehabt, sich einigermaßen zu erholen, aber es ging nun mal nicht anders.

Thorndyke, der ihm erst am Vortag mit kaum verhohlener Wut seine Meinung unter die Nase gerieben hatte, strahlte eine geradezu gelassene Selbstsicherheit, gepaart mit Tatendrang aus. Der Lieutenant Commander kannte die Neuigkeiten bereits.

Verglichen mit den früheren Briefings, war der Raum nur spärlich besetzt. Kein Wunder, zwei Besatzungen fehlten, und auch die Techniker des Stabes waren abwesend, weil sie noch mit der *Dolfin* zu tun hatten. Dafür saß ein Mann im Kampfanzug in der letzten Reihe und verfolgte den Ablauf ungerührt. Er trug weder Rangabzeichen noch andere Embleme, nicht einmal der obligatorische Sticker mit dem Namen war vorhanden.

Dewan klopfte hinter seinem Pult mit einem Stift

nervös auf das Holz. »Dennoch wird es einen Unterschied geben. Abgesehen von der Bewaffnung werden wir diesmal auf alles verzichten, was für diesen Einsatz unnötigen Ballast bedeuten würde.«

Trevor James hob die Hand. »Darf man fragen, wieso, Sir?«

»Die *Dolfin* wird als Transporter fungieren. Ein Team von US SEALs wird Sie begleiten, genauer, acht Mann mit Waffen und Ausrüstung.«

James stellte eine kurze Überschlagsrechnung im Kopf an. »In Anbetracht des Auftriebs, den die *Dolfin* erzeugen kann, bleibt dann immer noch eine Zuladungsreserve. Wofür ist die gedacht, Sir?«

»Satellitenbilder deuten darauf hin, dass die *Stingray* in diese ominöse Basis geschleppt worden sein könnte. Nur damit wir uns aber richtig verstehen, der Auftrag der SEALs lautet, das Boot zu zerstören.«

Trevor James schnaufte, als er begriff, was gemeint war. »Also, sechs Mann Besatzung, acht SEALs, plus eventuell Überlebende von der *Stingray*? Dann wird es aber im Boot weit schlimmer zugehen als in der Tube zur Rushhour.«

»Mich interessiert nur, ob das zu schaffen ist oder nicht, der Rest ist mir schnuppe«, erklärte Dewan.

»Nun ...« Lieutenant James zuckte mit den Schultern. »Wenn der Commander meint, wir kriegen das hin, klemmen wir uns die Passagiere notfalls unter die Arme und fahren los.«

John Thorndyke wandte den Kopf zu seinem Ersten. »Die Chancen sind gering – das Ganze ist heller Wahnsinn, aber dennoch einen Versuch wert.«

Trevor begann langsam zu grinsen. »Also los, Commander, worauf warten wir dann noch?«

Der Mann im Kampfanzug erhob sich gemütlich

und schlenderte nach vorn. Sein Blick traf Dewan. »Sie erlauben, Sir?«

Dewan trat zur Seite. »Bitte, Sam.«

Thorndyke stutzte. *Sam?* Kannten die beiden sich etwa? Er blickte auf die beiden Männer am Pult. Dewan war von untersetzter Statur, wirkte jedoch ziemlich gut austrainiert. Webster hingegen hatte etwas von einem Bären, so groß und breit war er gebaut. Der Mann strahlte den Begriff »Gefahr« förmlich aus. Seine sparsamen Bewegungen verrieten, dass er alles, was er tat, bewusst in Szene setzte.

»Einen schönen guten Morgen! Mein Name ist Lieutenant Colonel Sam Webster, US Marine Corps. Und nach dieser Besprechung haben Sie das gefälligst sofort wieder zu vergessen. Hören Sie mir gut zu. Was die Qualitäten Ihres britischen Mini-U-Boots angeht, verstehe ich davon so viel wie eine Kuh vom Klavierspielen. Sie brauchen sie mir auch gar nicht erst groß zu erklären. Von Ihnen muss ich nur wissen, ob Sie bei diesem Unternehmen den Ihnen zugedachten Part leisten können.«

»Lieutenant Colonel, wer führt dabei eigentlich das Kommando, Sie?«, erkundigte sich Thorndyke.

»Ich!« Commander Dewans Stimme klang kalt. »Thorndyke, Sie kümmern sich um das Boot und alles, was damit zusammenhängt, Sam Webster übernimmt den Rest der Aufgabe, und ich behalte den Gesamtbefehl.«

»Verstehe ich Sie richtig, Sir, Sie begleiten uns?« Es war deutlich zu erkennen, dass diese Information für Thorndyke überraschend kam.

»Warum nicht? Ich bin zwar kein U-Boot-Kommandant, nie gewesen, aber von Special Forces verstehe ich was, also komme ich mit, bevor ich hinter meinem

Schreibtisch festwachse.« Seine Augen funkelten. »Also lasset los die Hunde des Krieges ...« Als er die erstaunten Blicke bemerkte, grinste er. »Shakespeare, meine Herren!«

16 : 30 Ortszeit, 07 : 30 Zulu – Inchon Base, Südkorea

Trevor James wandte sich um und stieß prompt gegen ein Sturmgewehr, das mit lautem Poltern auf das Stahldeck gekippt wäre, wenn es dafür Platz gehabt hätte. Mit einem Seufzer blinzelte der Erste seinem Commander zu: »Ich dachte immer schon, es sei etwas zu eng an Bord, aber das hier setzt jetzt neue Maßstäbe!«

Thorndyke nickte abwesend. »Sei so nett und gib John mal den neuen Kurs!« Er spähte wieder durch das Sehrohr. Das Boot lief zwar noch aufgetaucht, aber es konnte nicht schaden, das neue Periskop schon mal vorab auszuprobieren, bevor man es im Ernstfall dringend brauchen würde.

Die Marines, die auf den Bodenplatten hockten, sahen dem seemännischen Durcheinander mit eher distanziertem Interesse zu. Sämtliche SEALs waren mit Ausnahme von Webster Asiaten oder Halbasiaten, was aber ohnehin schwer zu unterscheiden war. Die meisten der Männer wirkten drahtig, wie allzeit bereite Kampfmaschinen, selbst in dieser im Moment noch völlig harmlosen Situation. Vielleicht lag es aber auch nur an der Art, wie sie ihre Waffen hielten.

Thorndyke warf einen Blick auf Dewan, der sich auf dem Platz des Funkers niedergelassen hatte. Ian North war immer noch dabei, die restlichen Ausrüstungsstücke der Amerikaner irgendwo zu verstauen. Waffen aller Art, Munition und Sprengstoff. Der Commander hatte sich versichern lassen, dass auch wirklich keine

Zünder dabei waren, die auf Druck reagierten, denn der änderte sich immer etwas, wenn das Boot tauchte.

Dewan trug eine MP7, die aussah, als hätte sie schon ein paar Einsätze mitgemacht und sei zu einem Teil seines Körpers geworden. Die Gestalt im Kampfanzug hatte so gar nichts mehr mit dem geschniegelten Marineoffizier gemein, der sie dazu gebracht hatte, in der Messe Krawatte zu tragen.

Michael Dewan sah auf. »Also, alles klar? Dann ab mit uns!«

Thorndyke nickte ihm zu: »Aye, aye, Sir! Nächster Stopp kurz vor Eintritt in die nordkoreanischen Gewässer. Wenigstens brauchen wir bis dahin bei unserer Überwasserfahrt wegen der Zusatzfässer mit Sprit an Bord nicht auf Sparflamme zu laufen!«

23 : 30 Ortszeit, 15 : 30 Zulu –
Koreabucht, 30 Meilen Westnordwest von Namp'o

»Unser persönlicher amerikanischer Luftbegleiter sendet dreimal Grün!«, meldete Ian North, der den AWACS-Funkspruch natürlich unbeantwortet ließ. Sollten die Nordkoreaner die Meldung des Aufklärers abfangen, wovon auszugehen war, dann konnten sie sich zwar ausrechnen, dass irgendwo innerhalb jenes fast Tausend-Meilen-Radius, in dem die Nachricht des fliegenden Hightech-Giganten empfangen werden konnte, etwas vor sich ging, jedoch auch nicht mehr.

»Fehlen eigentlich nur die lieben Grüße aus Langley, nehme ich an.« Wieder ernst werdend, wandte sich Thorndyke an den Ersten. »Kümmere dich um das Bunkern. Es sollte nicht allzu lange dauern. Und dann sieh zu, dass die Fässer sicher versenkt werden.«

»Schon so gut wie gemacht, Commander!«, bekundete James.

Die AWACS-Maschine kreiste in großer Höhe über Südkoreas Gewässern und konnte mit ihrer Elektronik ohne weiteres bis nach China sehen. Dreimal Grün – das hieß, der Luftraum war frei und keine Schiffe in der Nähe, die das Kleinst-U-Boot hätten sehen können, wenn der kostbare Brennstoff in die regulären Tanks umgefüllt wurde. Nachdem die *Dolfin* etliche Stunden lang mit AK an der Oberfläche gelaufen war, sollten die Bunker des Bootes den Inhalt der Zusatzfässer problemlos aufnehmen können. Ein Überlaufen, das unliebsame Spuren hinterlassen hätte, war dann nicht mehr zu befürchten. Was die Lage betraf, so erkundigte sich der Commander aber dennoch sicherheitshalber: »Charles, was hast du zu bieten?«

Der Beobachter zuckte mit den Schultern. »Alles weit entfernt. Frachter auf dem Tiefwasserweg westlich von uns, aber mindestens fünfzehn Meilen weg. Selbst bei Mondlicht zu weit, um uns zu sehen.«

»Gut, dann los!«

Trevor James turnte die Leiter empor und öffnete das Luk. Salzige Luft drang in das Innere der Röhre. Er robbte vorsichtig hinaus auf das schmale Deck. Der Schwell hatte zugenommen und auch der Wind. Der letzte Wetterbericht war nicht ganz eindeutig gewesen. Es zog ein Sturm auf, aber ob er die Bucht von Korea treffen würde, war noch unklar.

Jack Collins krabbelte hinter dem Ersten her. Sie mussten nichts weiter tun, als die Schläuche anzuschließen und das Öl in die Bunker laufen zu lassen, aber auf dem schmalen Deck, das ständig hin und her tanzte, wurde es ein Manöver, das beinahe schon artistische Geschicklichkeit verlangte.

Unten im Boot wandte sich Thorndyke Dewan und Webster zu, die miteinander neben dem Kartentisch hockten. »Wenn wir tauchen, wird es wieder ruhiger.«

»Dafür stinkt es dann hier vermutlich noch mehr!« Dewan verzog missmutig das Gesicht. Er war zwar noch nicht richtig seekrank, doch die aufziehenden Symptome waren da. Thorndyke lächelte mitleidlos: »Ja, so ist das U-Boot-Leben, Sir. Und es steht zu erwarten, dass der Sturm noch stärker wird und hierherzieht.«

Webster hob den Kopf. »Ist das gut oder schlecht für uns?«

»Kommt auf die Betrachtungsweise an. Unser Trip wird noch etwas unruhiger, und wir werden auf den Sandbänken verdammt aufpassen müssen. Hingegen wird er wenigstens die kleinen Patrouillenboote zurück in ihre Häfen treiben, und wenn es richtig wild kommt, dann vielleicht auch noch deren größere Schwestern.«

Obwohl er selbst leicht grün um die Nase war, zwang sich der Colonel zu einem schalen Lächeln. »Das hört sich für mich gut an. Sie sagten, es wird besser, wenn wir getaucht sind?«

»Für eine Weile zumindest, doch wenn wir über die Sandbänke kriechen, werden auch wir eine Spur mehr durchgeschüttelt werden.«

»Verdammt! Meine Männer werden halbtot sein, bevor wir überhaupt angekommen sind.« Er sah Thorndyke an. »Aber Ihr komisches Boot kann hoffentlich nicht einfach im Sturm absaufen, oder?«

»Nein, ausgeschlossen. Sobald wir getaucht sind, Sir, ist es allerdings lebenswichtig, dass absolute Ruhe im Boot herrscht. Es wäre mir recht, wenn Sie das Ihren Leuten auch noch einmal verdeutlichen würden, Colonel.«

Webster rappelte sich auf und sah sich um. Drei seiner Leute hockten im Bereich der Zentrale in irgendwelche Nischen zwischen Funk und Rudergänger oder den knappen Raum zwischen Beobachter und Kartentisch gequetscht, immer darauf bedacht, nicht im Weg zu sein. Die Stimme des Colonels ließ sie den Kopf heben. »Also Männer, ihr habt den U-Boot-Führer gehört. Keinen Laut, oder ich reiße euch eigenhändig was ab, verstanden?«

Sie nickten unisono, konnten sich aber das Grinsen nicht ganz verkneifen. Anscheinend herrschte bei den Special Forces ein anderer Umgangston.

Webster nickte knapp und quetschte sich an Thorndyke vorbei. »Ich sag es meinen Männern hinten auch noch!«

»Achtern heißt das.«

Der Colonel sah Dewan kurz an. »Von mir aus!« Er wandte sich um und ging zur Schleuse, durch die der Weg in den Maschinenraum führte. »Achtern! Na gut!« Er schüttelte den Kopf.

Collins kam die Leiter von oben heruntergerutscht. »Fast alles ist in den Bunkern. Nur ein Viertelfass war noch übrig, aber die Tanks sind voll bis zum Stutzen.«

»Was macht Trevor?«

»Er wartet, bis die Behälter auch wirklich abgesoffen sind. Vermeidbare Hinweise für die Nordkoreaner, dass wir uns hier herumgetrieben haben, müssen wohl nicht sein, Commander.«

»Klar! Wenn wir getaucht sind, kann dann von mir aus das übliche Prozedere anlaufen, Jack!«

»Wird gemacht! Für alle?«

»Zumindest für jene, die möchten.«

»Was hat das nun wieder zu bedeuten?«, fragte Dewan irritiert.

Thorndyke blickte seinen seekranken Oberbefehlshaber ohne eine Spur von Mitleid an. »Kalte Corned-Beef-Sandwiches mit Pickles und Senf.« Er ignorierte geflissentlich, dass Dewan noch etwas blasser wurde.

Trevor James kam herunter. »Die Fässer sind sang- und klanglos abgesoffen, nachdem Jack und ich mit den Marlspickern ein paar schöne Löcher reingeschlagen haben.« Er steckte seinen blutenden Daumen in den Mund und meinte leicht verschämt: »Bei anderer Gelegenheit sollten wir das aber vielleicht nochmals üben!« Ohne auf einen weiteren Kommentar zu warten, wandte er sich seinem Kartentisch zu.

In der Annahme, dass dies nicht die einzige Verletzung bleiben würde, griff Thorndyke über sich und schloss das Luk. »John, bring uns runter auf sechzig Fuß!« Kurz darauf war die *Dolfin* von der Oberfläche verschwunden.

Fünf Minuten später strahlte der Seefunkdienst Inchon eine Warnung für die Bucht von Korea aus. Das angekündigte Sturmtief hatte seine Richtung gewechselt und nahm nun geradewegs Kurs auf die Koreabucht. Vorausgesagt wurden Windgeschwindigkeiten von über achtzig Knoten. Und noch immer legte das Tiefdruckgebiet, das auf den poetischen Namen »Nabi«, Schmetterling, getauft worden war, an Wirkung zu. Eine Stunde später wurde Nabi vom Joint Typhoon Warning Center auf Hawaii, das den pazifischen Raum unter Beobachtung hielt, als Stufe-vier-Sturm klassifiziert. Neueste Windmessungen hatten Spitzengeschwindigkeiten von einhundertzwanzig Knoten ergeben, und der Luftdruck im Zentrum des Sturms lag bereits bei neunhundertachtundzwanzig Hektopascal und fiel weiter. Aber auf der *Dolfin* empfing man diese Nachrichten nicht mehr.

03 : 00 Ortszeit, 18 : 00 Zulu – Nördlich der Tong-Ju-Untiefe

Obwohl die *Dolfin* sich in einer tieferen Fahrrinne befand, sechzig Fuß unter Wasser, zehn Fuß über Grund, wurde das Boot mächtig durchgeschaukelt. Über ihnen musste die Hölle toben, und die Wellen mussten trotz der flachen Gewässer bereits so hoch sein, dass sie sich an der Oberfläche brachen.

»Charles?«

Der Beobachter wandte sich um. »Das Brandungsgeräusch ist sehr stark, schwer zu sagen, ob ein Schiff dazwischen ist, aber ich glaube eher nicht. Im freien Wasser vor der Untiefe ist alles klar, Commander.«

»Trevor, wie sieht es bei dir aus?«

Der Erste studierte die Karte. »Das ist die einzige Rinne mit einer gewissen Wassertiefe hier. Wir müssen da durch.« Missmutig betrachtete er seine Eintragungen. Das Boot stand vor dem nördlichen Ende der Tong-Ju-Untiefe, etwa in der Mitte zwischen den Positionen, an denen sie selbst bereits zweimal gelegen hatten, und jener, an der Baxter in das Gewirr der Untiefen eingedrungen war. Sie hatten gute Fahrt gemacht, besser als vorher erhofft. Als dieser Plan in aller Eile entworfen wurde, waren sie davon ausgegangen, dass sie einen Tag damit verlieren würden, sich unbemerkt anzuschleichen, aber bisher hatte das Sonar nicht eine einzige Gefahrenquelle entdecken können. Bei diesem Wetter trieben sich anscheinend nur komplett Verrückte hier draußen herum. Die nordkoreanische Volksmarine auf jeden Fall nicht.

Thorndyke tippte Dewan auf die Schulter. »Sir?«

Der Mann sah auf. »Was bereitet Ihnen denn Sorgen, Commander?«

»Wir kriegen ein Problem mit unserem Timing, da

wir zu früh dran sind. Wenn das so weitergeht, können wir in vielleicht sechs Stunden bis zur Basis der Nordkoreaner durchfahren. Der Sturm hat sie in die Häfen getrieben, das bedeutet, sie wissen, dass das erst der Anfang des Unwetters ist.«

»Und das heißt für uns?«

»Ein Taifun ist im Anmarsch. Normalerweise wandern sie in dieser Region immer etwas nach Westen aus. Aber wenn es dumm läuft, schaffen sie auch mal genau Nord. So schnell, wie der Seegang zunimmt, haben wir es unter Umständen sogar mit einem Rogue zu tun.« Thorndykes Stimme klang warnend.

In Webster kam Bewegung. »Commander, verraten Sie mir doch mal, was ein Rogue ist.«

»Ein Wirbelsturm, der sich aufgrund seiner Größe unberechenbar verhält, und keiner kann sagen, warum.« Thorndyke zuckte hilflos mit den Achseln.

»Es gibt drei Probleme, wenn ich Sie richtig verstehe«, fasste Dewan die Lage zusammen. »Erstens sind wir zu früh dran, zweitens klappt ein Absetzen vor der Basis nicht wegen des Sturms, und drittens kommen wir gegen einen solchen Taifun nicht wieder raus.«

Webster verzog unwillig das Gesicht. »Mit anderen Worten, wir sind geplatzt, kaum, dass wir Anlauf genommen haben?« Er überlegte kurz. »Wir können abwarten, bis der Sturm abgezogen ist. Sie dauern nie lange, diese Biester. Das würde unsere Probleme lösen.«

Thorndyke erinnerte sich, dass Webster in Seoul stationiert war. Er hatte also zumindest schon ein paar kleinere Taifune mitbekommen, wenn auch weit vom Wasser entfernt. Aber der Colonel übersah etwas. »Einen halben Tag Reserve kann ich anbieten, nicht mehr. Wir verbrauchen Strom und Luft. Strom ist noch nicht kritisch, aber das Boot ist nicht für so viele Leute ausgelegt.«

Dewan blickte auf. »Sie wollen also gleich durch die Untiefen gehen. Aber wenn der Sturm abflaut, haben sie sofort wieder die Patrouillenboote am Hals. Dann können Sie auch nicht auftauchen und Batterien laden oder das Boot durchlüften.« Er schnüffelte. »Nötig wär's ja.«

Der Kommandant kratzte sich am Kinn und verzog das Gesicht: »Wir kommen durch bis zur Basis, auch wenn es eine etwas unkomfortable Fahrt wird. Später, wenn das Sturmzentrum weiter nach Norden gezogen ist, dürfte der Wind drehen. Dann kommen wir zumindest nach Südwesten wieder weg. Ich habe nur keine Ahnung, wo und wie ich Sie absetzen soll.«

»Uns bei diesem Wetter in Strandnähe rauszuwerfen dürfte in der Tat ein Riesenproblem sein«, konstatierte Dewan.

»Wo soll uns der Commander denn sonst absetzen?«, fragte Webster sichtlich irritiert.

Trevor James musterte seine drei Vorgesetzten, während die die Lage diskutierten und das Boot sich langsam, aber stetig der Küste näherte. Er blickte von einem zum anderen. Thorndyke begann schon wieder zu grinsen wie ein Wolf. »Nein, Commander, du hast doch nicht etwa vor ...«

Spencer stöhnte ungläubig auf. »O Gott, das Netz, direkt voraus, drei Meilen. Das Ding muss gigantisch sein.«

Thorndyke drehte sich kurz um. Sie liefen jetzt gerade einmal drei Knoten. Strom sparen, hieß die Devise. Das Netz war also noch eine Stunde entfernt, vielleicht etwas weniger, weil die Wellen ihnen auch noch etwas Fahrt verliehen. Zeit genug. Seine Stimme klang völlig ruhig. »Auf Minen und Sonarbojen achten, Charles. Wenn es geht, dann lotse uns genau in die Mitte, dahin, wo das Wasser am tiefsten ist.« Dann wandte er sich wieder an Dewan und Webster. »Also, wie hätten Sie es denn gern?«

»Wenn ich das richtig kapiert habe, bieten Sie uns gerade an, uns statt *bei* der Basis *in* der Basis abzusetzen?«, sagte Dewan.

»Nur, wenn Sie keine bessere Idee haben. Irgendwo haben die koreanischen Boote ihr Schlupfloch. Das sollte der Ort sein, wo sie uns als Letztes vermuten. Sie müssen sich nur ausknobeln, wie Sie Ihre Leute schnell genug aus dem Boot bekommen.«

Webster sah von einem zum anderen. »Das klingt zwar komplett verrückt, doch sollte es klappen, dann hätten wir uns den gefährlichsten Teil der ganzen Geschichte erspart. Wir wären schon drinnen, statt uns erst mühsam durchzukämpfen.«

»Commander! Minen am Grund! Das gleiche Muster wie beim ersten Mal!« Spencers Stimme überschlug sich fast.

»Mahlzeit! Und wie wollen wir da durchkommen?«

»Da habe ich schon eine Idee, Sir!«

Dewan zog eine Braue in die Höhe. »Wieso bin ich jetzt so sicher, dass mir die Idee *nicht* gefallen wird?«

04 : 00 Ortszeit, 19 : 00 Zulu – Songun Basis, Nordkorea

Kapitän Park erwartete van Trogh bereits in der Kontrollzentrale. »Sie haben mich rufen lassen, Genosse Kapitän?«

Park wirkte angesäuert und deutete auf einen der Bildschirme. »Wir haben einen Alarm!«

Van Trogh schielte auf den Monitor. »Worum handelt es sich dabei?«

»Um ein U-Boot-Abwehrnetz nördlich von Tong-Ju«, erklärte der Soldat, der das Pult bediente. »Wenn das Netz beschädigt wird, dann zerreißen die darin vorhandenen Leitungen, und wir bekommen hier einen Alarm.«

»Nördlich Tong-Ju?« Der Kapitän runzelte die Stirn. »Da liegen auch Minen und Sonarbojen. Haben Sie was von denen?«

Der Soldat nahm über die Tastatur ein paar Abfragen vor und studierte die Liste, die auf dem Bildschirm erschien. »Das Passivsonar der Grundbojen wird per Kabel nach Siun Do übertragen, und von dort kriegen wir es per Richtfunk. Eine Alarmmeldung von den Genossen am Sonar haben wir nicht, und es hat bisher auch keine Minenexplosion gegeben.«

Kapitän Park sah van Trogh an. »Es sind die EMP-Minen. Wenn eine von denen losgeht, dann würden wir das als Störung im Sonar mitbekommen.«

»Also Sonar und die Minen bleiben ruhig, nur das Netz meldet eine Beschädigung.« Van Trogh fuhr sich mit der Hand durch die Haare. »Vermutlich wird der Sturm das Netz beschädigt haben.«

»Vermutlich?« Kapitän Park konnte seine Zufriedenheit kaum unterdrücken.

Van Trogh begriff, was Park wollte. »Hundertprozentig wissen wir es natürlich nicht, Genosse Kapitän!«

Park lächelte süffisant. »Dann werden wir es herausfinden müssen. Ich will, dass Sie auslaufen und der Sache auf den Grund gehen!«

»Nur mein Boot?«

Kapitän 1. Klasse Park dachte nach. Er wollte den

Vietnamesen loswerden, schon lange. Aber vielleicht war der Mistkerl gut genug, es trotzdem zu schaffen. Man wusste ja nie bei van Trogh. Besser, man hielt ihn unter Beobachtung. Langsam schüttelte er den Kopf. »Nehmen Sie alle drei Boote, Genosse Kapitän. Nur für den Fall, dass die Engländer wiedergekommen sind.« Seine Stimme nahm einen etwas öligen Ton an. »Wir wollen ja nicht, dass Ihnen noch einmal ein Boot entkommt, nicht wahr, Genosse?«

Van Trogh wusste, dass alle ihn anstarrten. Die Stille im großen Kontrollzentrum war plötzlich ohrenbetäubend. *Ein Boot entkommen? Bisher hatte er eines versenkt und eines aufgebracht!* Aber er wusste, dass es nichts nutzte. Wie aus weiter Ferne hörte er seine Stimme: »Zu Befehl, Genosse Kapitän. Ich lasse die Besatzungen rufen! Wenn Sie mich dann entschuldigen?«

Kapitän Park nickte gönnerhaft. »Wegtreten, Kapitän!«

Van Trogh ging zum Ausgang. Seine Gedanken rasten. *Das leben von drei Besatzungen einfach deshalb zu riskieren, weil er mich hasst!* Er wusste, dass viele Augen ihm folgten. Am liebsten wäre er weggerannt, aber er fürchtete, seine Beine würden unter ihm nachgeben.

22. Kapitel

04 : 30 Ortszeit, 19 : 30 Zulu – Nördlich der Tong-Ju-Untiefe

Ian North schwitzte in dem engen Taucheranzug. Immer wieder trieb ihn der wilde Seegang von dem Netz ab, und er musste sich dann erst wieder mühsam in Position kämpfen, um die Zange anzusetzen und die nächste der dicken Trossen zu kappen. Aber er war nahezu fertig. Ein umgekehrtes V ergab ein großes dreieckiges Loch. Den Rest konnte die *Dolfin* erledigen, wenn sie sich durchquetschte. Schon jetzt drückte der stumpfe Bug gegen die losen Drähte. Mit sparsamen Bewegungen schwamm er zur Schleuse und öffnete sie. Aus dem dunklen Bullauge zur Zentrale fiel plötzlich ein Lichtschimmer. Im Licht der Taschenlampe erschien James' Gesicht ungewöhnlich blass.

North zog das schwere Schott zu und verriegelte es. Dann zeigte er James mit Daumen und Zeigefinger das O für »Okay«. Der Erste wiederholte die Geste. Keine Pumpe summte, und das Wasser in der engen Schleuse fiel daher auch nicht. Der Taucher setzte sich auf die Toilette und atmete tief und langsam. *Was für eine bescheuerte Idee!*

»Dann mal los, John, Schleichfahrt voraus!«, wies Thorndyke den Rudergänger an.

Achtern begann sich die Schraube wieder zu drehen. Das Boot wurde zwar immer noch von den Brechern an der Oberfläche abwechselnd um mehrere Fuß auf- und abwärts gedrückt, aber nach und nach bohrte sich der Bug durch das aufgeschnittene Netz.

Dewan verzog das Gesicht, als er ein ekliges Knirschen vernahm, aber Thorndyke lächelte nur knapp. »Damit kommt das Boot schon klar. Ich fürchte allerdings, wir werden etwas von unserer Gummihülle einbüßen, aber das dürfte dann auch schon alles sein.«

Weiter und weiter schob sich *Dolfin* durch das Netz – ins feindliche Territorium, aber gleichzeitig auch weg von den Minen, die nur rund dreißig Fuß unter dem Boot auf Opfer lauerten.

Im Inneren der Röhre wischte sich Trevor James demonstrativ den Schweiß von der Stirn. »Wie bist du bloß darauf gekommen, Commander?«

Thorndyke wandte seine Aufmerksamkeit von den schabenden Geräuschen an der Bootshaut ab. Sie verursachten ihm einen schon beinahe physischen Schmerz, als würden ihm selbst Fetzen der Haut vom Leib gerissen und nicht der *Dolfin* Teile der dicken Waffelgummischicht. Trotzdem zwang er sich zu einem Grinsen. »Zwei Überlegungen steckten dahinter, Trevor. Erstens, wenn so ein Ding zündet, dann trifft es uns nicht so hart, wenn die Systeme abgeschaltet sind. Zweitens habe ich mich gefragt, wodurch eigentlich die Minen ausgelöst werden. Berührungen können es nicht sein, denn die hat es beim ersten Mal ja auch nicht gegeben. Und nachdem es uns erwischt hatte, sind wir sogar noch auf ihnen rumgerollt, ohne dass weiter etwas passiert wäre.« Er runzelte die Stirn. »Denkbar wäre auch gewesen, dass die Dinger ein eingebautes Sonar haben und vielleicht auf Geräusche reagieren. Aber der Kontakt, den die *Stingray* hatte, war verdammt nahe an der Chung-Ju-Untiefe, und er war lauter, als wir es waren. Diese Möglichkeit schied daher ebenfalls aus. Blieben nur die Magnetfelder unserer Systeme, aber die reichen nicht weit, zumal wir im Augenblick alles abgeschaltet haben, was Strom braucht, außer dem Antrieb natürlich.« Sein Grinsen kehrte zurück. »Jetzt kann ich ja ruhig zugeben, dass mir deswegen etwas mulmig war.«

Dewan stieß Webster an, als handle es sich um einen Riesenspaß. »Ich habe doch gleich gesagt, mir würde seine Idee nicht gefallen. Dieser Verrückte kutschiert uns gerade blind und taub nach Nordkorea rein!«

Der Colonel zuckte mit keiner Miene. »Dann erinnern Sie mich daran, dass ich nie mit ihm in einem Auto fahre.« Er nickte Thorndyke zu. »Gute Arbeit, Commander, auch wenn es wirklich aberwitzig ist.«

»Von jemandem, der sich mitten in einen feindlichen Stützpunkt chauffieren lässt, nehme ich das als Kompliment an, Sir!«

Die Kratzlaute verschoben sich mehr und mehr nach achtern. Das Boot schien sich regelrecht durch das Netz hindurchzuwinden, denn John Clarke musste kräftig nach Steuerbord gegenhalten. Für einen Augenblick hielten sie den Atem an, aber der nächste Brecher an der Oberfläche drückte das Boot wieder herum. Ein Knall ertönte, als eines der Stahlkabel draußen aus der Gummihaut gerissen wurde.

»Ich gehe bestimmt nie wieder angeln«, verkündete Trevor James, »denn ich weiß jetzt, wie dem Fisch dabei zumute ist.«

Endlich, mit einem letzten Ruck kam die *Dolfin* frei. Sie waren durch! Ungläubig sahen die Männer in dem überfüllten Boot einander an. Zwei der Marines boxten sich gegenseitig feixend in die Seite. Trotzdem herrschte weiterhin die befohlene Ruhe. »John, weiter nach Kompass, immer stur nach Osten«, ordnete Thorndyke mit gedämpfter Stimme an. »Trevor, genau mitkoppeln. Ich will wenigstens eine Meile Abstand, bevor wir die Systeme wieder hochfahren.«

»Aye, aye, Sir!«

Trevor verbarg ein Grinsen, als er sich über seine Karte beugte und im schwachen Licht einer Taschenlampe navigierte. Kurs null-neun-null, plus/minus der magnetischen Missweisung. Blieb die Frage offen, wie schnell sie über Grund waren. Die Schraube machte Umdrehungen für einen Knoten, nur, was brachte der Sturm in ihrem Rücken zusätzlich? Aber in Wirklichkeit waren seine Gedanken noch beim Commander. *Kalt wie ein Zofenkuss! Jeder andere hätte sich ins Hemd gemacht. Oder zumindest Erleichterung gezeigt, nachdem sie durch das Netz waren. Aber nicht John, der hat keine Zeit für so was, muss schon die nächsten Schritte planen.* Eine weitere Lektion, die er künftig für sein eigenes Kommando beherzigen würde.

Vierzig Minuten später wurden die Systeme wieder hochgefahren, und Ian North konnte die Schleuse endlich verlassen.

04 : 45 Ortszeit, 19 : 45 Zulu – Songun-Basis, Nordkorea

Kapitän van Trogh musterte nachdenklich das englische Boot, das er erst vor ein paar Tagen selbst hereingeschleppt hatte. Mittlerweile war es aus dem Wasser gehoben und auf der Pier aufgebockt worden. Auf den ersten Blick wirkte es nicht so viel anders als sein eigenes Boot, nur die seltsame schwarze Gummihülle gab ihm ein bedrohlicheres Aussehen. Trotz der frühen Stunde machten sich schon wieder etliche Experten daran zu schaffen. Wie Möwen auf einem gestrandeten Wal, pickten sie mal hier, mal da.

Ein letztes Mal blickte van Trogh durch die große Halle des unterirdischen Marinestützpunkts. Sechs Piers ragten in das Wasser. Neben den drei Kleinst-U-Booten der Il-Sung-Klasse gab es ein Boot der Yugo-Klasse, das etwas größer war. Die Sang-O's eine Pier weiter waren »ausgewachsene« Boote, die vornehmlich bei Einsätzen Verwendung fanden, die der Infiltration Südkoreas dienten.

Der Kapitän wandte seine Aufmerksamkeit nun den anderen beiden Booten seiner Gruppe zu. Wenn deren Kommandanten sich Sorgen machten, dann zeigten sie es nicht. Aber natürlich taten sie das. Wer sich bei so einem Wetter keine Sorgen machte, war kein Seemann, sondern ein Narr.

Der Blick des Kommandanten blieb an der Glasfront der Kontrollzentrale hängen. Kapitän Park stand dort oben und wartete ungeduldig darauf, dass seine Befehle endlich ausgeführt wurden. *Wohl eher darauf, dass ich mir den Hals breche!* Der Gedanke zauberte ein Lächeln auf Van Troghs Lippen. Er würde auch dieses Mal wieder zurückkommen, und sei es auch nur, um Park zu ärgern. Entschlossen gab er den anderen Kommandanten ein Handzeichen. Die E-Maschinen sprangen an, und die Boote lösten sich von der Pier. Van Trogh wartete, bis die anderen Kommandanten in den Türmen verschwunden waren, dann stieg auch er ein und schloss das Luk.

»Hang, haben Sie das Peilsignal?«

Der Leutnant nickte kurz. »Klar und deutlich! Zwo-neun-null!«

»Dann runter mit uns. Acht Meter, und wenn es Probleme gibt, sofort melden!«, wie er den Rudergänger an. Wahrscheinlich würde das Verlassen der Basis den schwierigsten Teil des Unternehmens bilden. »Wir müssen mit dem Rückstrom raus. Halten Sie sich bereit für AK!«

»Die *Chong-Haneul* nimmt Position hinter uns ein, die *Bati* dreht noch!« Leutnant Hangs Stimme verriet seine Aufregung. Er konnte das Donnern der Wellen bereits im Sonar hören. Noch benutzte er beide Systeme, aktiv wie passiv. Anders würden sie nicht einmal durch den Tunnel kommen, der in den betonierten Kanal führte.

Das Boot senkte sich. Als die großen Tore geöffnet wurden, spürten sie sofort die Bewegungen. Der Sturm drückte auch durch den Kanal in den Tunnel. Zuerst hinein, dass man meinte, seine *Il Sung* würde im Wasser trotz voller Schraubenkraft einfach stehenbleiben, dann mit dem Rückstrom hinaus. Dem Rudergänger brach jetzt schon der Schweiß aus.

»Los geht's! AK!« Van Trogh brüllte beinahe. Hoffentlich hielten die anderen beiden Boote genügend Abstand. Wenn sie unbeschädigt hier rauswollten, dann mussten sie sich dem Rhythmus der wütenden See anpassen, die dort draußen auf sie wartete.

Alles ging plötzlich rasend schnell. Der Rückstrom sog die *Il Sung* mit brutaler Gewalt in den Unterwassertunnel.

»Sender vier!«, meldete Hang.

Auch der Kommandant hörte das Stakkato des kleinen automatischen Morsesenders im Tunnel. »Festhalten! Rudergänger, aufpassen, gleich kommt der nächste Brecher!«

Die Vorwärtsströmung riss ab. Für eine kleine Ewigkeit schien die Welt dem Atem anzuhalten. Van Trogh vergaß die anderen Boote, er konnte ihnen jetzt nicht helfen.

Der plötzliche Druck des Brechers, der in den Kanal draußen rammte, fühlte sich in dem kleinen Boot an wie ein Schlag. Die Schrauben liefen auf voller Kraft. Der Rudergänger mühte sich verzweifelt, den Bug in die Strömung zu halten. In Leutnant Hangs Kopfhörer kam der gerade passierte Sender vier wieder näher. Selbst mit voller Kraft schafften sie es nicht, gegen den Druck anzulaufen.

Dann war wieder Stille.

»Jetzt!« Der Rückstrom setzte erneut ein, und die *Il Sung* schoss wieder vorwärts. Die rasenden Schrauben verliehen ihr zusätzlichen Schub. Van Trogh spürte eine wilde Freude. So leicht ließ sich sein Boot nicht unterkriegen! Tapfer gehorchte es dem Ruder und schoss in wilder Fahrt durch die Tunnelröhre hinaus in den betonierten Kanal. Der Druck ließ nach, aber noch immer drehten die Schrauben mit voller Kraft. Die *Il Sung* schaffte das Rennen auf den letzten Metern. Der nächste Brecher überlief das Boot, als es bereits die trichterförmige Öffnung passiert hatte. Vom Druck wurde es auf den Sandgrund gepresst, aber das war eine Lappalie. Als die Welle über sie hinweg war, löste sich die *Il Sung* und nahm den nächsten Sprung hinaus auf See in Angriff.

Das zweite Boot, die *Chong-Haneul*, kam wie ein Korken aus dem Tunnel geschossen. Sehen konnten sie es nicht, aber hören. Die Männer brüllten vor Erleichterung, es geschafft zu haben. Van Trogh spürte Stolz in sich aufsteigen. Als er das Kommando über die Gruppe übernommen hatte, kamen sie mit Ach und Krach bei gutem Wetter durch diesen verdammten Tunnel.

Das Hochgefühl war nur von kurzer Dauer. Das Kreischen der Schraube der nachfolgenden *Bati* verriet, dass sie sich mindestens eines der Blätter abgeschlagen hatte. In den Pausen zwischen den Brechern war dies auch ohne Sonar deutlich zu hören. Hang starrte seinen Kommandanten mit wortlosem Entsetzen an.

Van Trogh spürte Übelkeit in sich aufsteigen, riss sich aber mit aller Macht zusammen. Die *Bati* war vermutlich erledigt. Mit einer beschädigten Schraube hatte das Boot nicht mehr die Kraft, sich gegen die Wellen zu halten.

Der Funker nahm unaufgefordert das Unterwassertelefon ab, als die Signallampe aufleuchtete. »Die *Bati* fragt an, was sie jetzt tun soll.«

Wenn überhaupt, dann gab es nur eine Chance. »Sie soll hoch und sich auf den Strand treiben lassen.«

Der Funker wiederholte die Anweisung van Troghs. Die *Il Sung* torkelte selbst schwer hin und her, und immer wieder streifte ihr Bug den Grund, wenn die Brecher sie überrollten. Die gelbe Gesichtsfarbe des Funkers, der weiterhin den Hörer ans Ohr presste, war einem ungesunden Grau gewichen. Dann hängte er plötzlich ein. »Der Kontakt ist abgerissen!« Seine Stimme klang tonlos. »Ich habe sie zuvor noch schreien hören!«, stammelte er.

Hinter van Troghs Stirn liefen die Ereignisse ab wie in einem Film. Das Boot war wahrscheinlich unter Wasser vom letzten Brecher auf die Seite der Kanalmündung geworfen worden. Tausende Tonnen von Stahlbeton waren dort verbaut, aber nicht in Form einer Wand, sondern einer Trichtermündung. Das Boot war regelrecht zerbrochen und das Wasser hineingestürzt wie eine grüne glasige Wand, die alles ersäufte, was sie vorfand. *Park, du bist ein ausgemachter Schweinehund!*

07 : 30 Ortszeit, 22 : 30 Zulu –
Ostnordöstlich der Tong-Ju-Untiefe

Die Fahrt der *Dolfin* hatte sich in die einer wilden Achterbahn verwandelt. In der engen Röhre gab es so gut wie niemanden, der sich noch keine blauen Flecke eingehandelt hatte. Colonel Webster begann sich so langsam Sorgen darüber zu machen, ob alle seine Leute unversehrt ihr Einsatzziel erreichen würden. Ein harter und gnadenloser Einsatz stand ihnen bevor, und er brauchte jeden Mann.

Thorndyke hatte seine eigenen Sorgen. Der Taifun hatte mit seinen Ausläufern die Küste erreicht, aber er hatte keine Ahnung, welchen Weg sein Zentrum nahm. Zunehmend zu spüren er war nur, dass die Wellenberge sie mehr und mehr nach Südosten drückten. Halb am Sehrohrschacht hängend, bemühte er sich, die Bootsbewegungen auszugleichen. »Wie weit noch?«

Trevor überprüfte seine Eintragungen. »Der Sturm kann uns sonst wohin versetzt haben, Commander!« Er zuckte mit den Schultern. »Acht Meilen? Aber das ist eher eine fundierte Vermutung!«

Thorndyke wandte sich an Dewan. »Entweder ich muss hoch und versuchen, eine Peilung zu nehmen, oder ich brauche das Aktivsonar. Beides ist ein Risiko.« Als er merkte, dass Dewan sich nicht schlüssig wurde, fuhr er fort: »Ich schlage vor, wie probieren es mit dem Aktivsonar, denn auf Sehrohrtiefe wirft es die *Dolfin* nur noch ein paar Zacken wilder herum!«

»Einverstanden, Thorndyke, Sie sind hier der Boss! Nur warnen Sie nicht gleich die ganze Gegend!«

Der Commander drehte sich um: »Charles, du hast es gehört! Nur ein Ping! Dann gib uns mal eine Tiefe, damit Trevor ausknobeln kann, wo wir sind!« Er zuckte mit den Schultern. »Wahrscheinlich ist bei diesem Wetter sowieso niemand draußen, der was von uns mitkriegen könnte, aber Vorsicht ist die Mutter der Porzellankiste, oder so.« Er grinste.

Östlich der Nordspitze der Tong-Ju-Bank versuchte Kapitän van Trogh, etwas per Sehrohr zu erkennen, eine Landmarke, ein Leuchtfeuer, was auch immer. Aber alles, was er sah, waren Brecher, die das Flach einfach überrollten, und dichter Starkregen, der keinerlei Fernsicht zuließ. Wütend fuhr er das Periskop wieder ein.

»Hang, was ist mit Decca, Loran, WSG, GPS?«

Der Beobachter der *Il Sung* verzog das Gesicht. »Allenfalls das GPS gibt was her, aber wir rollen einfach zu stark, um vier Satelliten gleichzeitig zuverlässig einzupeilen. Mehr als Näherungswerte dürften nicht drin sein.«

Dann geben Sie die eben dem Ersten trotzdem, und wir setzen das Aktivsonar ein, um die Tiefe festzustellen. Dann haben wir noch einen Anhaltspunkt. Aber nur ein Ping, wenn auch nicht zu erwarten steht, dass bei dem Wetter außer uns sonst noch jemand unterwegs ist.«

Das Ping hallte laut durch die See. Und Sekundenbruchteile ein weiteres Ping. Ein scharf abgegrenzter Laut, der direkt ins Gehirn zu schneiden schien.

»Was zum ...«

»Aktivsonar! Keine direkte Peilung!« Der Beobachter richtete sich in seinem Stuhl auf und presste die

Kopfhörer fester an seine Ohren. »Keine klare Richtung, es war nur ein Ping!«

Thorndyke erstarrte. »Ein Echo?«

»Negativ, Commander!« Spencer begann hektisch, Schaltungen vorzunehmen. »Bei dem Durcheinander kann ich keine Schraube hören. Aber es war in der Nähe!« Er verzog das Gesicht. »Mir hat es fast die Ohren weggerissen!«

»Tiefe?«

»Zweiundsiebzig Fuß.«

»John, wir gehen auf sechzig, Schleichfahrt. Trevor, sind wir irgendwo in der Mitte zwischen den Sandbänken?«

Der Lieutenant rechnete fieberhaft. »Ich glaube, der Sturm hat uns weiter nach Süden gedrückt. Wenn alles andere stimmt, befinden wir uns irgendwo südlich Chong-Ju, aber gut frei!«

Thorndyke erstarrte für einen Moment zur Statue. Das Boot begann sich bereits steil nach unten zu senken. Von achtern kam ein unterdrücktes Fluchen. Er wandte sich um. »Ian, sorg dahinten für Ruhe! Sag ihnen, ich glaube, ein U-Boot ist hinter uns her, und wenn sie zu viel Lärm machen...« Er ließ den Rest offen, denn es war sowieso klar, was das für Konsequenzen haben konnte.

Der Kommandant der *Chong-Haneul* dachte nach. Wenn Kapitän van Trogh sein Aktivsonar einsetzte, musste er die Gegend für sicher halten. Zumal wenn er sich sogar den Luxus mehrerer Pings gönnte. Der Oberleutnant wusste nicht genau, wo das Boot seines Gruppenchefs steckte. Nur ab und zu bekamen sie etwas mit, was nach Aussage seines Beobachters vielleicht die *Il Sung* sein könnte. Aber zumeist übertönte das Tosen der Brecher über ihnen alle sonstigen Geräusche.

»Beobachter?«

»Genosse Oberleutnant?« Der Leutnant sah seinen Kommandanten erwartungsvoll an.

»Wir brauchen Tiefenangaben, und wir sollten feststellen, wo die *Il Sung* steckt!« Er lächelte etwas gezwungen. »Es wäre mir schrecklich peinlich, wenn ich unseren Gruppenchef verloren hätte.« Der Kommandant war noch jung, aber er wusste, dass seiner Besatzung der Verlust der *Bati* natürlich noch immer zu schaffen machte. Verdammt, an Bord waren fünf Männer gewesen, mit denen sie seit zwei Jahren Dienst taten. Freunde! Aber wenn sie sich nicht auf das konzentrierten, was sie taten, konnten sie schnell die nächsten Opfer dieses verdammten Taifuns sein. Der junge Oberleutnant riss sich zusammen. »Wir sollten unter allen Umständen an der *Il Sung* dranbleiben. Der Kapitän ist jetzt unsere beste Lebensversicherung.« Er grinste breit. »Wenn der nicht mehr weiß, wo es langgeht, dann weiß es keiner!«

Der Beobachter machte sich ans Werk, und eine ganze Reihe von Sonarimpulsen raste hinaus ins Wasser.

Kapitän van Troghs Augen sprühten vor Zorn. »Nur ein Ping, habe ich gesagt!«

Hang straffte sich. »Das erste war nicht von uns, Genosse Kapitän!«

Der Schreck fuhr dem Kommandanten durch die Glieder. »Tiefe?« Die *Il Sung* hing dicht unter der Wasseroberfläche und hüpfte herum wie ein tapsiger Tanzbär. Von der *Chong-Haneul* konnte dieses Ping, das so laut gewesen war, dass es sogar das Tosen des Taifuns übertönte, unmöglich stammen. Ab und zu, zwischen den Brechern, hatten sie das Schwesterschiff backbord achteraus gehört, aber in weit größerer Entfernung.

»Vierundzwanzig Meter, Genosse Kapitän!«, meldete Hang.

»Rudergänger, runter auf zwanzig Meter. Backbord zehn, Schleichfahrt!« Er rechnete kurz. »Erster, wie sieht es aus? Eins-sechs-null?«

Sein Erster Offizier, der darüber hinaus auch aller Wahrscheinlichkeit nach ein Spitzel der Geheimpolizei war, nickte. »Sollte frei sein. Wassertiefe nimmt aber nach Westen hin ab, Genosse Kapitän!«

»Rudergänger, auf eins-sechs-null!« Er lächelte leicht. »Stimmt, die Wassertiefe nimmt ab, aber noch nicht hier. Bis es so weit ist, haben wir mindestens noch drei Meilen Raum.« In seinem Geist formte sich das Bild des breiten Tals zwischen den Untiefen. *Drei Boote mindestens! Il Sung, Chong-Haneul, und das dritte konnte nur eines der Engländer sein, geführt von noch so einem Verrückten, der nicht davor zurückschreckte, sich bei diesem Wetter durch die Sandbänke zu schleichen!*

Eine breitgefächerte Reihe von Impulsen raste durch das Wasser, traf sowohl auf die *Dolfin* als auch auf die nach Backbord drehende *Il Sung*. In der Wahrnehmung der *Chong-Haneul* waren beide Boote relativ dicht beieinander. Die von der Durchquerung des U-Boot-Netzes teilweise aufgerissene Gummiummantelung der *Dolfin* war nicht mehr in der Lage, alle Sonarimpulse abzufangen. Ein Teil von ihnen wurde in den merkwürdigsten Winkeln reflektiert und verhallte im Wasser, andere prallten als Echo gegen die Bordwände der *Il Sung*. Für Leutnant Hang hörte es sich an, als würde sein Boot auf einmal aus zwei Richtungen angepeilt. Obwohl er, da ja die *Il Sung* nicht der Aussender der Pings war, über keine genaue Abstandsmessung verfügte, war zumindest klar, welches Boot in welcher Richtung stand.

Diejenigen Reflexionen, die es von der *Il Sung* und der *Dolfin* zurück zur *Chong-Haneul* schafften, überlappten sich aufgrund des nur geringen Abstandes der beiden U-Boote und gaukelten dem Beobachter ein U-Boot von beinahe der doppelten Größe des eigenen Bootes vor. Der Leutnant schaltete sofort das Aktivsonar aus. »Feindkontakt, Genosse Oberleutnant!«, meldete er. »Ein U-Boot in null-drei-null, zwanzig Meter, Abstand etwa eintausenddreihundert Meter. Fahrt fünf Knoten.«

Der Kommandant fuhr herum. »Sind Sie sicher, dass es sich nicht um die *Il Sung* handelt?«

»Zweifelsfrei, Genosse Oberleutnant! Der ist viel größer!«

Nicht die geringste Unsicherheit schwang in der Stimme des jungen Leutnants mir. Die *Chong-Haneul* hatte den Feind gefunden! Wo die *Il Sung* steckte, mochte der Teufel wissen. Klar war aber auch, dass der Gegner seinerseits auch die *Chong-Haneul* geortet haben musste. »Feuerleitlösung! Beobachter, ich brauche den Kurs!«

Der Leutnant zögerte keinen Augenblick, das Sonar sofort wieder zu aktivieren und weitere Unterwasserpings auf die Reise zu schicken. »Kurs ist null-neun-null!«, sagte er kurz darauf an.

»Feuerleitlösung steht!«, meldete der Erste seinem Kommandanten.

»Torpedo los!«, befahl der Oberleutnant und blickte auf die Uhr. Es war sieben Uhr dreiunddreißig!

Es gab keine Versteckmöglichkeit mehr, und das Kräfteverhältnis lautete zwei Boote gegen eins. Thorndyke spürte ein Kribbeln unter der Haut. »Hart Steuerbord, AK! Eins-sechs-fünf!« Colonel Webster schien die neue Lage noch gar nicht realisiert zu haben, während Dewan wirkte, als habe ihn der Schlag getroffen. Doch darauf konnte er jetzt keine Rücksicht nehmen. »Feuerleitlösung auf erkanntes Ziel! Charles, was macht der andere, den wir zuerst gehört haben?«

Charles Spencer tat alles auf einmal. Vor ihm lief das Programm ab, das einen ihrer vier Torpedos mit Daten fütterte, gleichzeitig lauschte er in die Kopfhörer. Sechzig Fuß, das war zwar nicht tief, aber ausreichend, um den Brandungslärm abzuschwächen und andere Geräusche wieder hörbar zu machen. Der Bug der *Dolfin* war nur noch etwa hundert Yards von den Schrauben des einen Koreaners entfernt, der zudem auch noch Schleichfahrt lief. »Commander, wir haben einen der Burschen direkt vor uns. Läuft langsamer als wir! O mein Gott, gleich rauschen wir in den hinein!« Panik erfüllte die Stimme des Sublieutenants.

»Gegnerischer Torpedo im Wasser!« Spencer schrie die Meldung förmlich heraus.

Kapitän van Trogh war einen kurzen Augenblick wie gelähmt. Hinter ihm drehte das englische Boot in einer engen Wendung so dicht ein, dass Hang es sogar im Hecksektor noch wahrnehmen konnte. Der Engländer musste eine wesentlich höhere Fahrt laufen als die *Il Sung*. Das bedeutete, er würde mit seinem Bug in die Schrauben und Ruder schmettern, wenn er nicht umgehend reagierte. Er konnte mit der Fahrt hochgehen, aber noch bevor Hang den Torpedo meldete, hatten weitere Sonartöne die *Il Sung* getroffen und ihm mit ihre rasche Abfolge verraten, was von dort auf sie zukam. Er musste sofort etwas unternehmen, aber auf die Schnelle fiel ihm dazu absolut nichts Passendes ein. Mit aufgerissenen Augen starrten seine Männer ihn an.

Thorndyke hatte ein geradezu diabolisches Grinsen aufgesetzt. »Es wird langsam Zeit zu verschwinden! John, hart Backbord! Auf mein Zeichen anblasen, alles, was geht!«
»Ruder liegt hart Backbord! Maschine geht AK!«
»Charles, Abstand zum Torpedo?«
»Neunhundert Yards, vierzig Knoten!«
»Okay. Erst bei vierhundert geht's hoch!«

Als sich plötzlich vor ihm das Ziel teilte, geriet der nordkoreanische Torpedo aus russischer Produktion in einen Zustand elektronischer Verwirrung. Zwei Objekte ungefähr im gleichen Abstand, von denen jedoch keines den von den Computern der *Chong-Haneul* eingegebenen Daten entsprach. Die Elektronik traf eine Entscheidung und wählte jenes Boot, das nicht über jene Gummischicht verfügte, die viele der Ortungsimpulse diffus machte. Eine kleine Kurskorrektur brachte den Aal auf den Weg zur *Il Sung*!

Hinter dieser stieg die *Dolfin* auf wie ein Ballon, und die Geräusche der Schrauben mischten sich mit der Brandung.

23. Kapitel

> 07 : 38 Ortszeit, 22 : 38 Zulu –
> Ostnordöstlich der Tong-Ju-Untiefe

Kapitän van Trogh blieb nichts anderes übrig, als dem halsbrecherischen Manöver der *Dolfin* zu folgen, wobei er aber nach Steuerbord drehte. Den Torpedo bereits dicht auf den Fersen, tauchte die *Il Sung* in die tobende See auf. Selbst mit voller Kraft konnten die Schrauben das Boot nicht gegen die Wellenberge vorwärts bringen, wie ein Stück Treibholz wurde es herumgewirbelt. Die Männer an Bord flogen wild durcheinander. Am schlimmsten von allen erwischte es den Ersten, der gegen ein Stahlschott geschleudert wurde und sich dabei den Schädel einschlug.

Der gut auf seinem Sitz festgeschnallte Rudergänger kämpfte in diesem Chaos verzweifelt um das Überleben des Bootes. Der anlaufende Torpedo war sekundär geworden. Alles, was er tun konnte, war, die *Il Sung* langsam mit der Nase aus der Windrichtung zu bringen, ohne bei der Wende querzuschlagen, wenn ein Brecher sie erwischte, und alles, was ihm dabei zur Verfügung stand, war sein seemännischer Instinkt.

Eine Ewigkeit schien das Boot auf dem Kamm eines Brechers zu balancieren, bevor es herumkam, dann brach die Woge, und das U-Boot wurde mit brutaler Gewalt Richtung Osten herumgeworfen. Der Rudergänger hatte das Manöver richtig abgepasst, aber trotzdem erschütterten schwere Schläge den Bootskörper, als Tausende von Tonnen Wasser über dem niedrigen Turm zusammenbrachen.

Der Torpedo war zwar der *Il Sung* weiter gefolgt, doch wie alle Unterwassergeschosse war er nicht dafür ausgelegt, an der Oberfläche zu operieren, und schon gar nicht bei einem derartigen Sturm. Etliche Kabellängen südlich der *Il Sung* machte ihm die Gewalt der Brecher den Garaus. Die Elektronik zündete zwar noch am Ende der Laufzeit die Ladung, aber nur die *Chong-Haneul* bekam überhaupt etwas von deren Detonation mit.

Als Van Trogh die *Il Sung* endlich wieder unter Kontrolle hatte, war die *Dolfin* verschwunden, was ihn zu der Annahme veranlasste, die Maschinenleistung des englischen Bootes sei stärker als die des eigenen, weswegen es selbst in diesem Sturm noch dem Ruder gehorchte. Ein Irrtum, aber das konnte der Kapitän nicht wissen.

08 : 00 Ortszeit, 23 : 00 Zulu – Südlich der Chung-Ju-Untiefe

Die *Dolfin* schwankte schlimmer als ein sturzbesoffener Seemann, und John Clarke hatte ständig damit zu kämpfen, den Kurs zu halten. Den Vortrieb des Bootskörpers hatte die Macht des Sturms übernommen, und die Leistung der Schraube sorgte allenfalls noch für eine gewisse Steuerfähigkeit. Sofort nach dem Auftauchen hatte Collins die *Dolfin* achterlastig getrimmt, weshalb sie immer noch mit dem Bug nach oben zeigte, von der Lage her einem überdimensionierten Surfbrett nicht ganz unähnlich.

John Thorndyke wischte sich den Schweiß von der

Stirn. »Die Nordkoreaner sind wir los, wobei ich mich frage, ob der eine Genosse seinen eigenen Kameraden mit dem Aal erwischt hat oder ob der am Ende nicht doch davongekommen ist.«

»Hat das für uns irgendeinen Belang?«, wollte Dewan wissen.

»Wir könnten den Burschen auf dem Rückweg immerhin noch mal begegnen, Sir. Aber darum kümmern wir uns dann, wenn es so weit ist.«

Thorndyke fuhr das Sehrohr aus und entdeckte ein winziges Funkeln, das aber gleich darauf wieder verdeckt war. Wenig später, davon abgesetzt, ein zweites. »Trevor, ich hab kurz zwei Leuchtfeuer in eins-eins-fünf und eins-drei-eins gesehen!«

Der Erste hob überrascht den Kopf. »Das müsste Sak-To sein, und damit wären wir knapp an Chung-Ju vorbei, Commander.« Er nahm eine Entfernung aus der Karte. »Kurs null-sechs-fünf, sieben Meilen noch, aber vorher wird es mächtig flach. Eigentlich müsste es hier auch so was wie einen Peilsender geben, denn sonst würden die Schlitzaugen bei schwerem Wetter ihre eigene Basis nicht wiederfinden. Frage: GPS?«

»Warum auch nicht, nachdem wir sowieso bereits aufgetaucht sind.« Thorndyke wandte sich langsam zu Dewan und Webster um. »Sieht so aus, als brächten wir Sie tatsächlich heil ans Ziel. Haben Sie schon eine Idee, wie das mit dem Aussteigen gehen soll?«

»Lässt sich Ihre Schleuse über Wasser öffnen, ohne sie vorher zu fluten?«, fragte Webster.

»Prinzipiell ja, nur das Schott zur Zentrale muss dann geschlossen bleiben, sonst läuft das Boot voll.«

»Okay, vier Mann in die Schleuse, einer durch das Luk, der dann sofort den Feuerschutz übernimmt. Danach sehen wir weiter.«

John Thorndykes Augen funkelten. »Ein Schockeffekt? Wir werden sowieso mit der Tür ins Haus fallen!«

»Dit-dit-dit-dit-dit ... dit-dit-dit-dit-dit ...« In unaufhörlicher Abfolge morste der automatische Sender die Zahl fünf. »Es geht los!«, verkündete Trevor.
»Charles, Aktivsonar! Falls dir eine Blockade, ein Tor oder sonst etwas in der Art angezeigt wird, feuern ohne Rückfrage.«
»Aye, aye, Sir!«
Die Spannung stieg. In der Schleuse quetschten sich vier der Marines zusammen, unter dem Turmluk hatte sich ein weiterer Mann der SEALs mit einem geradezu mörderisch aussehenden Maschinengewehr postiert. Verschlüsse schnappten laut und vernehmlich.
»Ich hab den Kanal! Da hängen zwar eine Menge Trümmer rum, aber wir kommen durch! Anlaufkurs ist eins-eins-null, vierundzwanzig Fuß!«
»Dann runter mit uns, John!« Thorndyke angelte nach Halt, aber die *Dolfin* tauchte zunächst ohne Probleme in den Kanal. Der Druck der auflaufenden Brecher wurde jedoch stärker, als die Wassermassen von den konisch zulaufenden Betonmauern eingezwängt wurden. Geradezu mit Gewalt wurde die *Dolfin* dann förmlich in den Tunnel gepresst, und die Fahrtmessanlage sprang plötzlich auf elf Knoten hoch. Was auch immer vor ihnen lag, sie würden es in Minutenschnelle erreichen.
»Tor voraus!«, warnte Spencer, während bereits ein Ruck durch das Boot ging. »Torpedos laufen!«
Aber noch bevor jemand die Meldung überhaupt verarbeiten konnte, hatten die beiden Aale bereits das Stahltor am Ende des Tunnels erreicht, und die geballte

Doppelladung fetzte es auseinander. Die Kraft der Brecher, die von außen auf dem Tunnel stand, fegte die Reste beiseite. Die *Dolfin* schoss in das unterirdische Hafenbecken.

»Volle Kraft zurück! O mein Gott!«, rief Spencer, als die Instrumente haufenweise Metall vor dem Bug anzeigten. »Wir rauschen gleich voll in irgendwelche Boote!«

»John, sofort auftauchen!«, befahl Thorndyke. »Webster, gleich sind Sie dran!«

»Null! Wir sind oben!«, brüllte John Clarke.

»Warten!« Thorndyke fuhr das Periskop aus und sah sich kurz um. »Halt nach Backbord, da ist eine leere Pier!« Einen Atemzug später: »Webster, rechts von uns sehe ich die *Stingray*. Mein Gott, sie haben das Boot aus dem Wasser geholt.«

Mit einem harten Stoß rammte die *Dolfin* die Pier, an der Stunden zuvor noch die *Il Sung* gelegen hatte. Die eindringende Frischluft zeigte Thorndyke an, dass der amerikanische Marine bereits das Luk geöffnet hatte. Im Sichtfeld des Periskops erschien für einen Augenblick der Lauf des Maschinengewehrs. Dann ratterten auch schon die ersten Garben. Es klang im Inneren des Bootes seltsam weit entfernt. Neben ihm polterten weitere Stiefel die Leiter hoch.

»Ian, Sprechfunk der Marines mithören!« Thorndyke klebte förmlich am Sehrohr. Gestalten rannten die Pier entlang, bevor sie im konzentrierten Feuer der vorwärts stürmenden Marines zu Boden gestreckt wurden.

Dann verschwanden die Marines in Deckung. Handgranaten wurden geworfen, und im oberen Teil der großen unterirdischen Halle zerbarst eine Glasfront. Menschen wurden durch die Luft geschleudert. Erneut schoss eine Springflut vom Kanal her in die Höhe, riss Männer und Material mit sich und rammte die *Dolfin* in die Reste des hölzernen Landungsstegs. Thorndyke schwenkte das Periskop. Ein Mini-U-Boot, etwas größer als seine *Dolfin,* trieb mit Schlagseite zwischen kleine Schnellboote. *Submersibles!* Aber er brauchte sich darum keine Gedanken mehr zu machen. Die Woge vom Kanal her warf den rundlichen Rumpf einfach mitten zwischen die kleinen Fahrzeuge.

Schüsse schlugen gegen den Bootskörper. Im Inneren der Röhre hörte es sich an, als würden Steine vom Rumpf abprallen. Obwohl er aus einer dreiviertel Zoll starken Titanstahllegierung bestand, wurden die Männer etwas blasser.

»Commander, ich höre, dass die Marines offenbar einen Weg nach unten gefunden haben.« Ian North fluchte. »Sie haben Verletzte!«

»Commander Dewan, wir sollten ...« Verwundert starrte Thorndyke auf den leeren Platz neben dem Kartentisch.

Trevor James blickte auf. »Der Commander ist mit den Marines rausgestürmt.«

»Oh!« Thorndyke sah ihn verständnislos an. »Und wer hat jetzt den Oberbefehl?«

»Keine Ahnung, Commander!«

Draußen dröhnten weitere Explosionen, aber das Gefecht schien sich zu entfernen.

Thorndyke blickte durch das Sehrohr und nahm schweigend einen Rundblick. Das Panorama war erschreckend. Tote lagen herum, aus der Höhlung, die mal ein Kontrollzentrum gewesen war, quoll dicker schwarzer Rauch. Mit jeder Woge, die durch den Tunnel in die Halle schwappte, trieben mehr halb zerstörte Wracks auf dem Wasser. Einige, deren Treibstoff sich entzündet hatte, standen in Flammen. Auf der anderen Seite breitete sich bereits ein kleiner brennender Ölteppich aus, aber er wurde von den Wellen gegen die Stege und damit weg von der *Dolfin* gedrückt. Sie selbst konnten nichts anderes tun, als auf die Rückkehr der Marines zu warten!

Vorsichtig robbte Dewan durch die Reste einiger Proviantkisten, die den Koreanern als Deckung gedient hatten. Handgranaten hatten deren Inhalt mitsamt den Verteidigern zu einem unansehnlichen Kaleidoskop des Grauens vermengt. Aber das war nicht Dewans Problem. Sein Problem war die *Stingray*. Es war unklar, ob sich noch irgendwelche Verteidiger hinter dem Boot verschanzt hatten oder nicht. Schüsse von dort fielen jedenfalls keine mehr, aber das hieß nicht, dass nicht jemand auf sie wartete.

Hinter dem Commander grinste einer der beiden Marines, die ihn begleiteten. Der Tommy war nicht schlecht in seinem Job. »Was machen wir, Sir?«

Dewan blickte auf den Rucksack des Mannes, der, wie er wusste, sechzig Pfund hochbrisanten Sprengstoff enthielt. Das sollte allemal reichen, das Boot in wertlosen Schrott zu verwandeln. »Wir müssen rüber, Sie und ich!« Er deutete auf den anderen Marine. »Sie geben Feuerschutz!« Er steckte ein neues Magazin in seine MP und lud durch. »Auf drei! Eins ... zwei ... drei!«

Die beiden Männer sprangen aus der Deckung und rannten los. Der verbliebene SEAL feuerte vorsichtshalber eine Salve in Richtung auf das U-Boot, aber hinter der *Stingray* verbarg sich niemand mehr. Atemlos erreichten sie das Boot. Dewan blickte auf die Uhr. »Wie lange?«

»Zwölf Minuten, Sir!«
Dewan schüttelte den Kopf. »Zu viel. Geben Sie her den Kram, ich kann das schneller!«

Ein Stockwerk tiefer, auf Sohle vier, im Folterkeller der Geheimpolizei, stießen Webster und seine drei Marines auf ein paar menschliche Wracks, die Vogelscheuchen glichen. In den Augen der hartgesottenen Marines standen Tränen, als eine der Gestalten sich hochrappelte und militärisch korrekt grüßte. »Lieutenant Thomas White, HMS *Stingray*!« Die Stimme des Mannes war nur noch ein Krächzen. »Der Kommandant ist leider verhindert, Sir!« Er deutete auf den am Boden liegenden Lieutenant, dessen rechter Arm und linkes Bein in grotesken Winkeln abstanden. »Er ist bewusstlos, Sir. Sie haben ihm mit einem Schlagstock die Knochen gebrochen, weil er versucht hat, das Boot zu sprengen, nachdem wir ausgestiegen sind.«

»Mein Gott! Wie viele von Ihnen können überhaupt noch laufen?«

Eine weitere Jammergestalt quälte sich auf die Beine und sah ihn aus blutunterlaufenen Augen an. »Petty Officer Miller, Sir. Wahrscheinlich der einzige Überlebende der *Sailfish*.« Als zwei Koreaner in zerfetzten Uniformen sich hinter ihm aufrichteten, hoben die Marines ihre Waffen. Miller winkte ab. »Das sind Stan und Olli, jedenfalls nennen wir sie so. Freunde, und sie haben teuer dafür bezahlt.« Seine Stimme wurde grimmiger. »Sagen Sie uns, wohin, und wir können laufen.«

Webster musste schlucken, um seine Gefühle zu verbergen. Die *Dolfin* würde brechend voll werden, aber er wusste, Thorndyke würde alles Menschenmögliche tun. Er zählte insgesamt sieben Engländer und drei Koreaner. Seine Leute hinzugerechnet waren sie zu viele für das Boot. Trotzdem nickte er. »Gut!«

Der Widerstand auf Seiten der Koreaner war härter geworden, nachdem sie den Schreck der Überraschung abgeschüttelt hatten. Es wurde wild geschossen. Dewan schien das alles nicht zu rühren. In aller Ruhe verband er die Zeitzünder mit dem mitgebrachten Sprengstoff und dem Gefechtskopf eines Torpedos. Er zuckte nicht einmal, als eine Kugel über ihm in die Gummihülle des Bootes schlug.

»Sir, die anderen sind bereits auf dem Rückzug, und ein paar Dutzend nordkoreanische Soldaten setzen ihnen nach.« Die Stimme des Marine verriet seine Unruhe.

»Hat Webster unsere Leute gefunden?«

»Sie sind schon auf dem Weg zum Boot!« Instinktiv zog er den Kopf ein, als von der anderen Seite her Schüsse knallten. Aber sie galten nicht ihnen. Einer der befreiten Männer in der Prozession der Elendsgestalten drehte sich um seine eigene Achse wie eine Marionette, deren Schnüre nachgaben. Die anderen begannen zu laufen, soweit ihr Zustand das zuließ. Ein großer Marine, der sich einen Mann über die Schulter geworfen hatte, tauchte von irgendwoher auf und feuerte einhändig seine MP ab. Die Antwort war ein noch wilderes Geballere.

Dewan sah sich kurz um. Er lief Gefahr, abgeschnitten zu werden. Aber das war ihm egal. Sein Fühlen und Denken galt einzig und allein den wankenden Gestalten, die sich verzweifelt mühten, die Pier mit der *Dolfin* zu erreichen. Sie waren auch *seine* Männer! Die kampferprobten Marines taten ihr Bestes, waren aber eindeutig in der Unterzahl. Michael Dewan traf eine

Entscheidung. »Schnappen Sie sich Ihren Kameraden und helfen Sie den anderen, ich komme schon klar!«

»Sir?« Der SEAL sah ihn fragend an, aber Dewan winkte ab. »Das ist ein Befehl, Marine!«

Der Mann salutierte. »Viel Glück, Sir!« Die beiden Marines rannten los. Dewan blickte ihm hinterher und lächelte. *Mit Glück hatte das nichts zu tun!* Er verband die letzten Kabel und drehte das Stellrad. Dann richtete er sich auf und rotzte das ganze Magazin seiner MP auf die nachrückenden Koreaner raus. Beinahe automatisch schob er ein neues ein. Die ersten von Websters Männern hatten die *Dolfin* erreicht. Ein Teil der nordkoreanischen Soldaten konzentrierte sich nun auf die *Stingray*. Der Commander schleuderte ihnen eine Handgranate entgegen und kroch dann, so schnell es ging, unter den Waffencontainer, wo er nur noch die Füße der heranstürmenden Koreaner sehen konnte. »Jetzt gibt's gleich den großen Knall, ihr Arschlöcher!«, murmelte er vor sich hin und betätigte den Zündschalter.

Sechzig Pfund Sprengstoff sind eine Sache, vier zusätzliche Minitorpedos mit insgesamt vierhundert weiteren Pfund PBX-104 eine ganz andere. In der Halle schien ein Vulkan auszubrechen. Teile der Hallenkonstruktion stürzten auf der Seite, auf der die *Stingray* aufgebockt gestanden hatte, ein und begruben so ziemlich alles unter sich. Websters Trupp mit den befreiten Gefangenen erreichte nunmehr fast unbehelligt die *Dolfin*.

Trevor James quetschte in Windeseile jeden einzelnen der Männer in den Bootskörper, während sein Kommandant das Auslaufen vorbereitete. Nur Minuten später löste sich das schwarze U-Boot von den Resten der Pier und tauchte beinahe sofort unter.

09 : 30 Ortszeit, 00 : 30 Zulu – Südlich der Chung-Ju-Untiefe

Die *Dolfin* schoss genauso wie Stunden zuvor die *Il Sung* hinaus in den Sturm. Thorndyke hatte das gleichen Verfahren gewählt wie zuvor auch Kapitän van Trogh, zumal es ja auch keine andere Möglichkeit gab. Mühsam kämpfte sich das U-Boot vom Ufer und den drohenden Betonwänden frei, die der *Bati* zum Verhängnis geworden waren.

John Clarke, der Rudergänger, und Jack Collins, der Maschinist, kämpften ihren eigenen Kampf. Die *Dolfin* war überladen. Das Boot hatte zwar noch genügend Auftrieb, um nicht hilflos in die Tiefe zu sacken, aber es war nahezu unmöglich, es unter Wasser auch nur einigermaßen auszutarieren.

»Auftauchen, John. Jack, wirf den Diesel an!«, ordnete Thorndyke an.

»Den Diesel? Aber ...«

Der Commander würgte den Einwand mit einer Handbewegung ab. »Ich weiß! Wir müssen eben das Luk etwas öffnen und die Pumpen laufen lassen.«

Collins verzog das Gesicht. »Leise ist aber was anderes!«

»Dessen bin ich mir bewusst, aber wir müssen hier so schnell wie möglich abhauen!«

»Wohin soll's denn gehen, Commander?«, erkundigte sich der Erste.

Thorndyke stieg über einen der am Boden liegenden Männer der *Stingray* und tippte mit dem Finger auf die Karte. »Zuerst einmal dahin!«

»Schon wieder diese Route?« Trevor schob sich die Mütze ins Genick. »Hoffentlich kommen die Schlitzaugen nicht auf die Idee, dass du die Strecke besonders magst ... Außerdem könnte es sein, dass in der Ecke nach wie vor die Fregatte lauert, die sich da vorher schon rumgetrieben hat.«

Der Kommandant sah ihn ruhig an. »Die hab ich schon nicht vergessen, Trevor.« Er wandte sich um. »Charles, Systemcheck! Mit besonderem Augenmerk auf die Aale, wenn ich bitten darf.«

Als er zum zweiten Mal über den bewusstlosen Mann stieg, um zu seinem Stammplatz am Sehrohr zurückzukehren, begriff er, dass es sich dabei um Charles Summers handelte.

Stunde um Stunde verging. Immer wenn Brecher die wild schwankende *Dolfin* überliefen, schlugen die achteren Außenbordsverschlüsse zu, und der Diesel begann, die Luft aus dem Innenraum des Bootes anzusaugen. Ohne Vorwarnung sackte der Druck ab, und den Männern schienen die Trommelfelle platzen zu wollen. Sobald sie wieder an der Oberfläche waren, glich der Druck sich dann wieder an. Doch lange währte es nie, bis das Spiel von neuem begann.

Die Zentrale stand teilweise knietief unter Wasser, das mühsam von den Pumpen durch die Bilge wieder hinausbefördert wurde. Die Köpfe derjenigen, die dazu nicht mehr selber in der Lage waren, mussten hochgehalten werden. Zwanzig Personen, dazu die Waffencontainer und das Wasser, das eindrang, machten ein Gewicht aus, das nahe an ihrem Gesamtauftrieb lag. Alle Zellen waren ausgeblasen, doch trotzdem lag das Boot tief und schwer in der See. Aber die *Dolfin* kämpfte sich dennoch voran, und nach und nach ließ der Seegang etwas nach.

»Radar!«, meldete Spencer. »Laut Datenbank handelt es sich dabei um eine Fregatte der Sohon-Klasse.«

Also doch! Die Fregatte als Empfangskomitee in der Bucht von Namp'o! Er hatte es irgendwie vermutet. Wahrscheinlich hatte der verdammte Eimer nur irgendwo unter Land das Abflauen des Sturms abgewartet. Groß genug dafür war er. In der Zwischenzeit musste die ganze verdammte Volksmarine wissen, was geschehen war.

»Okay, Umschalten auf E-Maschine, Trevor, mach den Deckel zu! Wir gehen runter und legen uns in den Sand. Jack, lass die Pumpen laufen, ich will jedes bisschen Wasser raus aus dem Boot haben. Pressluft haben wir ja genug!«

James sah ihn ernst an. »Wenn du gedenkst, den gleichen Trick wie bei dem U-Boot anzuwenden, wird er uns nach dem Torpedo auch noch eine Rakete auf den Pelz brennen!«

Thorndyke nickte bedächtig. »Wenn er sehr schnell ist, ja. Deswegen müssen wir sofort wieder runter, wenn wir den Torpedo abgehängt haben.« Seine Stimme wurde etwas härter. »Feuerleitlösung, beide Torpedos!«

Augenblicke später schlug die *Dolfin* hart auf dem Sandboden auf. John Clarke lief rot an. »Sorry, Commander, aber das Boot lässt sich kaum halten.«

Thorndyke zuckte mit den Schultern. »Wir leben immerhin noch!«

Die Fregatte näherte sich ungewöhnlich vorsichtig. Wahrscheinlich konnte sie wegen der schweren See gar keine volle Fahrt laufen. Aber das machte sie für das Kleinst-U-Boot nicht weniger gefährlich.

In regelmäßigen Abständen traf das Ping des Aktivsonars das getauchte Boot und ließ die Verwundeten stöhnen.

»Eintausend Yards!« Spencer zuckte mit den Schultern.

Trevor verzog das Gesicht. »Was macht der Kerl? Wenn er nicht bald feuert ...«

Ian North, der Funker, hob den Kopf. »Er sendet Morsezeichen. E-X-M-C, was auch immer das bedeuten mag!«

Ein Erkennungszeichen! Der Kommandant der Fregatte war sich nicht sicher, ob nicht eigene Boote in der Nähe waren! Thorndyke grinste. Wieder erklangen die Morsezeichen. »Alles klar?« Er hob die Hand. »Also los, anblasen! Charles, wir feuern im Auftauchen! John, hoch mit uns und direkt auf ihn zu!«

Pressluft zischte in die Zellen. Schwerfällig begann die *Dolfin* sich vom Grund zu lösen, während achtern die Schraube wieder anlief. Ein Ruck ging durch das Boot, als die beiden Torpedos abgefeuert wurden, und sofort machte die *Dolfin* einen Sprung der Oberfläche entgegen. Der Bug richtete sich steil auf, und Männer rutschten nach achtern. Wie ein Zeigefinger reckte sich plötzlich der schwarze Rumpf aus dem Wasser, bevor er schwer in die See zurückfiel und sofort wieder von einem Brecher überrollt wurde.

Jemand an Bord der Fregatte reagierte schnell. Ein Torpedo schoss aus einem Rohr und klatschte ins Wasser, die Schraube drückte ihn in die Tiefe, noch bevor ihn der nächste Brecher erwischen konnte. Nachdem der Aal den Sicherheitsabstand hinter sich gebracht hatte, aktivierte sich der Suchkopf. Pings hallten durch das flache Wasser, als der Torpedo sein Opfer suchte.

Ein breiter Strom weißen Wassers quoll hinter dem Schiff auf, als die Fregatte panisch nach Backbord abzudrehen versuchte. Das Achterschiff schien sich unter den plötzlich erhöhten Schraubendrehungen tief ins Wasser zu wühlen, während das Vorschiff sich hob. Die eigentliche Gefahr, die mit diesem Manöver verbunden war und eine weit größere Bedrohung als die Torpedos des Engländers darstellte, erkannte der Kapitän zur spät. Mit Brachialgewalt drosch die See auf die *Sohon* los, zerschlug Schotten und drang in das Vorschiff ein. Die Wassermassen rissen das komplette Buggeschütz samt seiner Bedienung mit sich, und die Kraft der Brecher bereitete der Drehung der Fregatte ein abruptes Ende. Breitseits erwischten die beiden Torpedos das Schiff. Zwei Wassersäulen stiegen an der Bordwand empor, die jedoch in Anbetracht des tosenden Meeres zu scheinbarer Bedeutungslosigkeit verblassten.

Im Inneren des Rumpfes sah man das allerdings anders. Der erste Torpedo hatte einen der beiden Maschinenräume aufgerissen. Es war kein absolut tödlicher Treffer, wie er es gewesen wäre, wenn die *Dolfin* über die großen Torpedos ausgewachsener U-Boote verfügt hätte. Aber er reichte, um die Antriebskraft und Stromerzeugung der Fregatte zu halbieren. Ab diesem Moment kämpfte die *Sohon* um das eigene Überleben, obwohl der zweite Torpedo nur einen leeren Bunker getroffen und keinen nennenswerten Schaden bezüglich der Seetüchtigkeit des Schiffes angerichtet hatte.

Die *Dolfin* war nur für Augenblicke an der Wasseroberfläche geblieben, bevor das Boot steil wieder abtauchte. Fünfundsiebzig Fuß waren es bis zum Grund, doch Clarke fing es trotz des Übergewichts noch rechtzeitig nach sechzig Fuß auf.

»Torpedo nach wie vor im Wasser! Eins-drei-fünf, zwotausend, vierzig Fuß!«

Spencers Warnung klang nicht beunruhigend. Der Torpedo hatte sie durch das Auftauchmanöver verloren und war geradeaus weitergelaufen. Nun musste er erst einmal wieder zurückkommen. Der Aal musste insgesamt schon mehr als dreitausend Yards gelaufen sein, weitere zweitausend würde er nicht schaffen.

»AK, weiter nach Süden. Trevor, wie weit noch bis zum Tiefwasserweg?«

»Zwei Meilen!« Trevor nickte. »Dann nach Steuerbord und weg?«

»Also ab nach Steuerbord und weg! Was macht unser Torpedo?«

»Ist bei eintausendachthundert!«

Für einen Augenblick spürte Thorndyke eine gewisse Unsicherheit. Sollte er sich verkalkuliert haben?

Der Torpedo schaffte es fast. Etwa vierhundert Yards hinter dem Boot ging ihm der Treibstoff aus, und der Gefechtskopf zündete. Die Druckwelle schüttelte die *Dolfin* ein letztes Mal gehörig durch. Und das war's dann gewesen.

»Trevor, gib mir einen Kurs nach Hause!«

Epilog

10 : 00 Ortszeit, 01 : 00 Zulu – Pjöngjang

Die Männer im Konferenzraum des Regierungspalastes lauschten ihrem Führer, der in Hochform war. »Wir können und wollen uns das von den Imperialisten in Washington und London unter gar keinen Umständen bieten lassen! Die Armee befindet sich in Alarmbereitschaft! Genossen, ich erwarte Vorschläge.«

Sung Choang-Wo wechselte einen Blick mit dem Außenminister. Der ehrenwerte Do-Hoang war politisch sicher kein Falke, aber auch nicht unbedingt eine Taube, dafür aber jemand, dem die Dominanz der Militärs im Kabinett nicht so ganz behagte.

Do-Hoang nickte beinahe unmerklich. Sung unterdrückte ein Lächeln. Natürlich würde der Alte sich selbst nicht vorwagen, wenn er jemand anderes vorschicken konnte. Der Kulturminister räusperte sich leise. »Genosse Vorsitzender, ich schlage vor, die Amerikaner für diese Geschichte in Form von Dollars kräftig bluten zu lassen. Zahlungen an uns dürften sie weit mehr schmerzen als alles andere.« Sung beherrschte sein Mienenspiel vortrefflich. Wie viele Politiker der Welt hätte auch er als Schauspieler Ehre eingelegt. »Ich fürchte, derzeit würden wir mit weiteren demonstrativen Waffentests oder Aufmärschen nicht viel erreichen. Unsere bislang so glorreichen Streitkräfte des Volkes haben durch diese leidige Angelegenheit an Gesicht verloren, Genosse Vorsitzender, so leid es mir tut, das in dieser Deutlichkeit sagen zu müssen.«

Vier Generäle saßen mit am Konferenztisch sowie ein Admiral, der versuchte, einen unbeteiligten Eindruck zu machen. Jeder wusste, wen die Attacke treffen würde. Kim No-Woung, der Chef der Geheimpolizei und damit der Verantwortliche für die Sicherheit, setzte an, etwas zu diesen Worten zu sagen, aber Kim Jong-Il bedeutete ihm durch eine unwirsche Geste zu schweigen. »Fahren Sie fort, Genosse Choang-Wo!«

»Unsere Sicherheitsmaßnahmen haben sich bedauerlicherweise als unzureichend erwiesen. Es ist den Engländern nicht nur gelungen, unsere geheimste Anlage zu enttarnen, sondern auch in sie einzudringen und schwere Schäden anzurichten. Darüber auch nur ein Sterbenswörtchen verlauten zu lassen, halte ich nicht für opportun.«

»Wie würden Sie vorgehen, Genosse?« Kim Jong-Il lehnte sich in seinem hochlehnigen Sessel zurück.

»Der Außenminister lässt, auch wenn es keine offiziellen diplomatischen Kontakte gibt, dennoch über die üblichen Kanäle eine Note zustellen. Wir deuten darin unsere möglicherweise vorhandene Bereitschaft an, die zweifelsfrei vorhandene Verletzung des Völkerrechts nicht an die große Glocke der Weltöffentlichkeit hängen zu wollen. Unsere Forderung einer hohen Devisenzahlung, die unsere Wirtschaft fraglos gut gebrauchen könnte, ließe sich sogar dezent als humanitäre Hilfe für die Opfer des jüngsten Taifuns verbrämen. Aber auch das Thema zumindest konsularischer Kontakte könnte wieder aufs Tapet gebracht werden. Derartiger Möglichkeiten gäbe es einige, Genosse Vorsitzender. Machen wir aus der Niederlage einen Sieg.«

Kim Jong-Il dachte intensiv nach, und die gesamte Runde verharrte in respektvollem Schweigen, obwohl die Generäle Sung ansahen, als wollten sie ihn am liebsten auf der Stelle umbringen. Nur der Chef der Geheimpolizei, aus dessen Gesicht alle Farbe gewichen war, starrte auf den Tisch. Er sah aus, als sei er bereits tot, und de facto war er es auch. Die Gedanken des Kulturministers schweiften ab. In zwei oder drei Tagen würden seine Leute die Männer der *Sailfish* über die Grenze bringen. Danach würde es keine Spur mehr geben. Er lächelte ganz leicht. Wenn der Genosse Vorsitzende auf seinen Vorschlag einging und Amerika mitspielte, würde er im Kabinett weiter an Gewicht gewinnen.

10 : 00 Ortszeit, 01 : 00 Zulu – Inchon Base, Südkorea

Thorndyke hatte auf einem der Stühle vor Jack Smalls Schreibtisch Platz genommen, der Dewans Büro in Beschlag genommen hatte, weil der es nicht mehr benötigte. »Ich habe nachgedacht, Mr. Small!«

»Und mit welchem Ergebnis?«

»Sie haben alle gelinkt, uns genauso wie die Nordkoreaner. Ich habe auf dem Rückweg mit Greg Miller, einem der Männer der *Sailfish*, geredet. Es existiert offenbar eine Widerstandsgruppe, die bis in hohe und höchste Ebenen vernetzt ist, denn sonst wäre die Organisation einer solchen Rettungsaktion nicht möglich gewesen. Und diese Regimegegner hatten, worauf ich wetten möchte, einen der ihren unter den Leuten in der Geheimbasis, Von daher bedurfte es unseres Einsatzes gar nicht, um die Anlage auszukundschaften. Sie hatten dazu weit bessere Möglichkeiten. Wozu also das Ganze?«

»Eine gute Frage.« Small lächelte nachdenklich. »Wissen Sie die Antwort?«

»Ich bin mir nur nicht sicher, ob sie mir gefällt. Wir waren Teil eines politischen Schachzuges, Springer als Angreifer und Bauernopfer in einem.«

Small räusperte sich. »Übergeordnete Belange sind zumeist immer etwas kompliziert zu erklären. Die Lektion, die wir den Nordkoreanern mit Ihrer Hilfe verabreicht haben, wird sie dazu bringen, künftig etwas weniger in der Region mit dem Säbel zu rasseln und sich auch politisch mehr Zurückhaltung aufzuerlegen. Bedenken Sie doch nur, wie viele Millionen Menschen innerhalb der Raketenreichweite dieses Regimes leben, das über ein komplettes Arsenal an A-, B- und C-Waffen verfügt. Friedensbedrohende Potentiale können nicht einfach nur so hingenommen werden, auch wenn die Welt inklusive der UNO dem Problem immer wieder ausweicht. Wo liegt die politisch-moralische Grenze? Irak? Nordkorea? Oder gelten auch für Syrien und den Iran andere Spielregeln?« Der Agent hielt einen Moment inne. »Es ist nicht Ihre und meine Aufgabe, darüber zu befinden, aber irgendjemand muss es dennoch tun.«

Thorndyke nahm seine Mütze vom Tisch. »Vielleicht haben Sie recht, Small, vielleicht auch nicht. Amerika hat in solchen Dingen bekanntlich auch schon geirrt, und das nicht nur einmal.« Er sah auf die Kopfbedeckung, die schmutzig und verschlissen war, genau so, wie er sich fühlte. »Sie brauchen sich keine Sorgen zu machen, Small. Wir alle sind mitschuldig, irgendwie. Aber das nächste Mal, wenn Sie Verbündete suchen, spielen Sie besser mit offenen Karten ... der Nachgeschmack ist dann nicht so bitter!«

»Der Autor kennt die gnadenlose Hetzjagd auf Leben und Tod unter Wasser aus eigenem Erleben.«
Eberhard Bergmann, Berliner Morgenpost

Die U-Boot-Romane von Erik Maasch

Auf Sehrohrtiefe vor Rockall Island
ISBN-13: 978-3-548-24741-0
ISBN-10: 3-548-24741-5

Duell mit dem nassen Tod
ISBN-13: 978-3-548-26279-6
ISBN-10: 3-548-26279-1

Im Fadenkreuz von U 112
ISBN-13: 978-3-548-26462-2
ISBN-10: 3-548-26462-X
(August 2006)

Letzte Chance: U 112
ISBN-13: 978-3-548-25731-0
ISBN-10: 3-548-25731-3

Tauchklar im Atlantik
ISBN-13: 978-3-548-26134-8
ISBN-10: 3-548-26134-5

U-Boote vor Tobruk
ISBN-13: 978-3-548-25333-6
ISBN-10: 3-548-25333-4

Die U-Boot-Falle
ISBN-13: 978-3-548-25773-0
ISBN-10: 3-548-25773-9

U 112 auf der Feindfahrt mit geheimer Order
ISBN-13: 978-3-548-25087-8
ISBN-10: 3-548-25087-4

U 115: Jagd unter der Polarsonne
ISBN-13: 978-3-548-25446-3
ISBN-10: 3-548-25446-2

U 115: Die Nacht der Entscheidung
ISBN-13: 978-3-548-25912-3
ISBN-10: 3-548-25912-X
(März 2006)

U 115: Operation Eisbär
ISBN-13: 978-3-548-25651-1
ISBN-10: 3-548-25651-1